KB269165

영원히
목마르고
영원히
젊은

영원히 목마르고 영원히 젊은

민음사

| 차 례 |

■ 발문

작가, 스승, 그리고 인간 이문열

이문열 선생님이 금년에 회갑이라는 말을 듣고 나는 새삼, 그러고 보니 한 세월이 흘렀구나 하는 생각을 하게 된다. 1970년대 후반에 『사람의 아들』이라는 작품으로 우리 문단에 돌풍을 일으키며 나타난 신선한 젊은 작가의 모습을 나는 아직도 생생히 기억하고 있는데, 그런 그가 어느덧 회갑을 맞이한다니 어언 30년이란 세월이 훌쩍 흘렀다는 말이 된다.

『사람의 아들』은 당시에 대단한 화제작이었다. 신의 문제라는 다분히 사변적인 문제를 다루고 있음에도 막힘이 없이 읽히는 유장한 문체와 치열한 지적 모험은 한국 문학에서는 예가 없던 것이었다. 당시에 출간된 한국 문학 작품들을 샅샅이 찾아 읽어 웬만큼 당대 소설 문학의 조류를 파악하고 있다고 자부하면서 동시에 사르트르의 실존철학에 대한 모호한 지적 호기심 내지는 동경에 사로잡혀 있었던 1970년대의 나 같은 문학청년들에게 이 새로운 작품은 이문열 시대의 도래를 예감하게 하기에 충분했다.

우리의 예감은 적중했다. 갑자기 나타난 이문열은 수많은 작품들을 쏟아 내기 시작했으니, 『황제를 위하여』, 『젊은 날의 초상』, 「우리들의 일그러진 영웅」 등이 그런 것이다. 이런 작품들이 발표될 때마다 화제가 되면서 그는 지난 30년 동안 이 나라에서 명실 공히 일세를 풍미하는 작가가 되었다.

그는 이미 한 사람의 작가로서 충분히 놀라운 업적을 이룩하였다. 그가 이룩한 수많은 업적들 중 두 가지만 지적하면 다음과 같다.

그는 우선, 우리나라 역사상 가장 많은 당대 독자를 가진 작가로 기록될 만큼 광범위하게 애독되었다. 내는 책마다 베스트셀러가 되었다는 것은 의미가 있는 일이다. 그것은 몇몇 호사가들만이 아니라 많은 사람들이 그의 문학을 애호하게 되었다는 것으로 볼 수 있다.

그리고, 그가 쓴 작품들은 양적으로도 엄청나지만 질적으로도 상당히 우수하다. 「금시조」를 비롯한 그의 많은 작품들은 후세 독자들에게도 널리 읽힐 것이 확실하다. 작가로서는 정말이지 행복한 사람이라 아니할 수 없다.

이제 인간 이문열에 대하여 좀 이야기하자.

내가 이문열 선생님을 직접 만나 본 것은 그러나 1970년대 후반이 아니라 그 후로도 10여 년이 지난 1990년 5월 옛 민음사가 있던 종각 근처의 어느 다방에서였다. 그 무렵에 나는 졸작 『경마장 가는 길』의 원고를 민음사에 넣어 두고 있었는데, 그 원고를 미리 읽은 이문열 선생님이 날 한번 만나 보자는 전갈을 해 온 것이다.

그날 내가 만난 이문열 선생님은 참으로 소탈했다. 처음 들으면 약간 알아듣기 힘든 발음으로 격 없이 말씀을 하시는데, 듣는 사람으로 하여금 마음을 편안하게 해 주는 데가 있었다. 그리고 그해 11월에 내가 위의 책을 출간했을 때, 안면 가득히 미소를 머금은 채 진심으로 기뻐해 주던 그의 모습을 나는 아직도 잊지 못한다.

이런 일들이 계기가 되어 근 20년 세월을 두고 나는 이문열 선생님과 종종 만나 왔는데, 그는 한마디로 마음씨 좋은 고향 당숙 같은 사람이다. 1990년대에는 여름마다 삼복더위에 지친 작가들을 수십 명씩 초대하여 보양탕과 술을 대접하곤 했는데, 그럴 때 보면 그는 여러 사람들과 어울려 왁자지껄 웃고 농담하기를 좋아하는 매우 유쾌한 사람이라는 것을 알 수 있었다. 그리고 어려운 후배 작가에게는 흔쾌히 도움을 주려고 한다. 막대한 사재를 들여 부악문원을 만들어 후학을 양성하려 했던 것도 사리사욕보다는 인간을 아끼는 그의 훈훈한 품성에서 비롯된 것이라 할 수 있다.

문학적 업적에 있어서나 품성에 있어서나 이문열 선생님은 큰 나무와 같은 사람이다. 그런 그가 회갑을 맞이하였고, 그를 존경하는 후배 작가들이 모여 이 문집을 발간하였으니, 참 보기가 좋은 일이다.

아무쪼록, 선생님의 건강을 기원하면서 앞으로 남은 생애에도 주옥같은 작품들을 남겨 우리에게 기쁨을 주기를 바랄 뿐이다.

2008년 7월
하일지

망배(望拜)

이 순 원

1957년 강원도 강릉에서 태어나 1985년 《강원일보》 신춘문예에 「소」가 당선되고, 1988년 《문학사상》 신인상에 「낮달」이 당선되면서 작품 활동을 시작했다. 소설집 『그 여름의 꽃게』, 『얼굴』, 『수색, 그 물빛 무늬』, 『말을 찾아서』, 『그가 걸음을 멈추었을 때』, 장편소설 『우리들의 석기시대』, 『압구정동엔 비상구가 없다』, 『아들과 함께 걷는 길』, 『19세』, 『그대 정동진에 가면』, 『나무』 등이 있다. 1996년 동인문학상, 1997년 현대문학상, 2000년 한무숙문학상, 이효석문학상, 2006년 남촌문학상, 허균문학작가상을 수상했다.

처음 전화는 내가 걸고, 두 번째 전화는 올해 대학 1학년생인 장조카가 걸어 왔다. 밖에 나가 공부를 하는 아이가 증조할아버지 제사 때문에 일부러 내려간 것은 아니겠지만, 지난주 제 생일을 두고 이번 주에 내려간 건 어쩌면 할아버지 제사에 맞추어서인지 모른다. 아니, 아이가 어느 것에 맞추고 말고 할 것 없이 방학 전에 한 번 더 집에 내려왔다 갈 거면 그렇게 하라고 큰형이 분별했을 것이다.

서울에 사는 작은형과 동생 역시 할아버지 제사 때문에 강릉에 내려가 있었다. 장조카야 내일 아침에 올라와도 되지만, 어제 토요일 오후에 내려간 작은형과 동생은 저녁에 제사를 지낸 다음 밤중에 다시 서울로 올라와 내일 출근들을 해야 할 사람이었다. 두 사람 다 평일이라면 몰라도 모처럼 휴일에 든 할아버지 제사를 어떻게 앉아서 지내겠느냐고 생각했을 것이다. 게다가 동생은 마흔한 살 나이에 지난달 자신의 늦둥이 막내를 보았다. 어른들은 말렸겠지만 동생으로선 아버지에게 올리는 새 손자의 인사를 겸해 그렇게 새로 태어난 아이와 함께 할아버지의 제사에 참석하고 싶었는지도 모른다. 아이를 낳을 때 어머니만 이틀 서울에 올라왔다. 그러니까 새로 태어난 아이의 입장에서 본다면 그것은 할아버지에 대한 첫인사인 동시에 제 아버지의 할아버지에 대한 첫인사이기도 한 것이었다. 아마 동생은 뒤늦게 본 아이에 대해 그런 의미까지 생각해 이제 겨우 산후 조리나 끝냈을 제수씨에게 아직 물과도 같은 아이를 안겨 강릉으로 내려갔을 것이다.

그러나 두 사람처럼 매일 나갈 직장이 있는 것도 아닌 나는 이번에도 내려가지 못했다. 같은 서울에 살면서 동생이 아이를 낳은 후에도 가 보지 못했다. 아이를 낳을 땐 20여 일 동안 중국에 나가 있어 그곳 오지에서 간신히 연결된 전화로 며칠 전 아이를 낳았다는 소식을 들었으며, 무리한 여행으로 지난해에 꺾인 허리가 다시 꺾여 들어와 병원 출입조차 거동이 불편하던 것이다. 말로만 언제 한번 가 봐야지 하면서도 나는 가지 못하고 아내만 산전에 한 번, 어머니가 올라오던 이튿날에 다시 한 번 가 보았을 뿐이었다. 그렇다고 예전이라고 할아버지의 제사에 다른 형제들보다 더 많이 참석했던 것도 아니었다.

"작은아버지, 이제 준비하시라는데요."

장조카는 옆에서 아버지가 전하는 말을 받아 전하듯 짧게 말했다.

"알았다. 진설(陳設)은 다 했냐?"

"아뇨. 하고 있어요."

나는 제상에 음식을 다 놓아 이제 곧 절을 올릴 때가 되었느냐고 물었다. 장조카는 지금 놓고 있고 있는 중이라고 말했다. 그러자 새로 지은 시골집 거실 풍경과 그 거실과 문 하나 사이로 열리는 사랑 풍경이 한눈에 들어오는 듯했다. 주방에서는 어머니가 두 형수에게(제수씨는 아기 때문에 빠졌을 테고) 나지막한 소리로 제상에 올릴 음식을 분별할 테고, 그렇게 준비된 제수를 막내와 장조카가 열심히 사랑으로 나르다가 지금 장조카가 내게 전화를 했을 것이며, 사랑에서는 큰형과 작은형이 왼손으로 도포의 오른쪽 소매 끝을 걷어잡고 한 가지씩 제수 음식을 제상에 올리고 있을 것이다. 그리고 아버지는 아들들이 제수를 다차리는 동안 갓을 꺼내 쓰고 상을 나르는 길목에서 비켜나듯 거실 한편 등나무 의자에 앉아 있을 것이다. 텔레비전을 볼 때에도, 또 전화를 받을 때에도 아버지는 늘 그 자리에 앉아 있길 좋아했다. 그러다 제수가 사랑으로 거반 다 옮겨질 무렵 장조카를 시켜 내게 전화를 하라고 했을 것이다. 제사 일은 언제나 부엌에서 어머니가 제수를 준비하는 일로부터 시작하지만, 그렇게 음식 장만이 끝난 다음 제례의 시작은 또 언제나 아버지의 다음 말 한마디로 시작했다.

"이제 상률 내다 심어라."

지금 찾으니 상률이라는 말은 사전에 나오지 않는다. 그러나 어릴 때부터 우리는 제사 때 쓰는 상을 어른들이 부르는 대로 상률이라고 불렀다. 상의 다리와 위의 널판이 한 몸으로 붙어 있는 것이 아니라 다리는 다리대로 이쪽저쪽 두 짝씩 떨어져 있는 것을 긴 막대로 홈에 끼워 연결해 균형을 잡고 그 위에 다시 두 짝의 긴 널판을 올려 제사상을 준비하는 걸 우리는 상률을 심는다고 했다. 아니, 우리가 아니라 어른들이 그렇게 말했다. 오히려 우리는 '심는다.'는 말을 이해하지 못해 가끔 '세운다.'는 말을 써 어른들께 야단을 듣곤 했다. 각각 떨어져 있는 두 짝의 다리를 긴 막대로 홈에 연결해 쓰러지거나 움직이지 않도록 고정하는 것이 우리에겐 말 그대로 세우는 것이었으며 어른들에겐 심는 것이었다.

"본래 말을 써라. 예전부터 내려오는 말을. 없는 말 흉하게 만들어 쓰지 말고."

할아버지가 살아 계시던 어린 시절, 제사 때마다 우리는 그 말을 들었다. 때로는 우리의 그 말이 할아버지 귀에 들어갈까 봐 아버지가 먼저 우리를 단속하기도 했다.

"준비했으면 상률 내다 심어라. 넘어지지 않게 잘 심어."

그때 '심어라.' 하는 말 뒤에 다시 '넘어지지 않게 잘 심어.' 하는 것이 할아버지 앞에 표 나지 않게 우리를 단속하던 말이었다. 그래서 상률을 심으면서도, 또 심는다는 말을 하면서도 우리는 그 말을 잘 이해할 수 없었다. 어른이 된 다음에야 제사상의 다리 역시 옛 어른들은 조상에게 올리는 음식상을 받치고 있는 살아 있는 나무처럼 여겼던 것이 아닐까 하는 생각해 보는 것이다. 찾아도 사전에 나오지 않는 상률이라는 말 역시 그랬다. 아마도 한자로는 '상률(床律)'이라고 쓸 텐데, 어쩌면 그것은 위에 얹는 널판까지 포함해 제사상 전체를 말하는 것이 아니라 긴 막대로 연결해 그 널판을 받치는 두 짝의 다리만을 말하는 것인지도 모른다. 그 다리가 율(律) 자의 뜻풀이 그대로 상을 '짓고' 상을 '바르게 하는' 상의 '법'이기도 하니까. 그 상률 역시 신주를 모셔 두고 있는 뒷 사랑 사우(祠宇)에 보관되어 있었다.

어쨌거나 어린 시절 제사 때마다 한밤중에 일어나 마당가에 나가 하기 싫은 세수를 하고, 병풍 대신 옛날 어느 조상이 하사 받았다는 어필 족자를 내걸고, 그 앞에 상률을 내다 심고, 유지를 깔고, 그날 제사를 모실 조상 신위의 주독(主櫝)을 꺼내 모시고, 역시 사우 안에 신위와 함께 보관하고 있는 향탁과 촛대를 꺼내 제자리에 가지런히 놓고, 향합 안에 지난번 제사 때 깎아 놓았거나 쓰고 남은 향편이 충분한지 살피고, 향로에 미리 숯불을 담아 놓는 일까지 모든 게 우리의 몫이었던 것이다. 아니, 찬찬히 쓰느라고 했는데도 또 한 가지, 지금처럼 이렇게 가끔 빼먹기도 하는 제석(祭席)자리를 제상 앞에 까는 것도 잊어선 안 될 일이었다.

할아버지는 우리에게 상률을 심는다고 하지 세운다는 말을 쓰지 못하게 했던 것처럼 제석자리를 지금 흔히 부르는 이름처럼 돗자리라고도 하지 못하게 했다. 같은 왕골로 엮어 만든 것이긴 하지만 할아버지가 부르는 제석자리와 돗자리의 다른 점은 분명 있었다. 우리 어린 시절 할아버지는 겨울마다 곶감을 접는 일을 끝낸 다음 열 닢에서 열서너 닢의 자리를 짜셨다. 그때 집 앞 논 가운데 가장 작은 논 한 배미의 절반은 으레 왕골 차지였다. 그때 왕골 못자리를 어디에 어떻게 만들고, 또 그것을 논에 옮겨 심던 때가 모내기와 비교하여 어느 정도 빠르고 늦는지 정확하게 기억할 수 없어도 어느 가을날, 할아버지가 작은 주머니칼로 껍질을 벗길 때 수수깡 속보다 더 하얗게 드러나던 왕골 속살은 지금도 내 눈앞에 선명하다. 그렇게 할아버지는 왕골을 심고 키우고 다듬어 겨울마다 자리를 짜시곤 했다. 그때 자릿닢 길이보다 짧은 왕골들을 모아 제일 마지막에 한 닢이고 두 닢 짜시던 것이 바로 제석자리였다. 그냥 크기만 자릿닢보다 작은 것이 아니라 자리를 짜는 방법도 달랐다. 보통 자리는 왕골 뒤에 짚을 대더라도 왕골의 매끈한 표면이 바깥으로 나오게 짜는데 제석자리는 갈퀴로 잎을 추려 낸 볏짚 한 올에 왕골 한 올을 같이 섞어 어느 것이 밖으로 나오고 어느 것이 안으로 들어가고를 가리지 않고 조금은 투박한 모습으로 짰다. 물론 봄이 되면 그것도 시장 자릿전에 내다 팔았다. 봄이든 겨울이든 할아버지는 손을 놓으시는 적이 거의 없었다.

상률을 왜 심는다고 하지 세운다고 하면 안 되느냐고는 묻지 못했지만, 쌓인 눈이 거반 다 녹아 이제 자리틀을 벗겨 내기 전 마지막으로 한 닢이든 두 닢 제석자리를 짤 때 제석자리는 왜 다른 자리나 돗자리처럼 매끈하게 짜지 않느냐고 물어본 적은 있다. 그런 일에 할아버지가 내 수준에 맞추어 무얼 설명해 주신 적은 없었다. 그런데도 내가 충분히 그 뜻을 알아들었던 것으로 보아 아마 중학교는 들어간 다음이었던 것 같다.

"예전에 석고대죄는 맨바닥에서 하고 사약은 자리를 깔고 앉아 받았다. 조상 전에 앉는 것도 마찬가지다. 살아 계실 땐 돗자리에 앉은 부모한테 돗자리에서 절을 올려도 무방한 일이나 돌아가신 조상을 대하며 후손이 돗자리에 앉아 예를 올리는 법이란 없다. 예란 속으로도 겉으로도 공손해야 한다. 그렇다고 멧방석을 깔고 앉기엔 조상 보기에 사는 모습이 너무 측은한 일이 아니더냐. 그래서 제석자리를 쓰는 게야. 예에도 중용이라는 게 있는 법이고."

그때 나는 태어나 처음으로 뜻도 모를 중용이라는 말을 들었다. 그리고 그것을 그때의 내 수준에 맞게 볏짚 한 올에 왕골 한 올을 섞어 짜는 제석자리 같은 것으로 이해했다. 어떤 사람들은

그것 역시 허례라 여길지 모르나 지금도 여전히 나는 그것의 깊
거나 바른 뜻을 잘 알지 못하는 중용의 뜻을 우리 삶의 그런 그
제석자리 같은 것으로 이해하고 있다.

오늘이 바로 그런 할아버지의 제삿날이다. 잠시 전 상률을 내
다 심은 건 장조카였을 것이다. 옛집의 사우 대신 뒷 사랑에 벽
쪽으로 놓아둔 검은 나무 궤에서 신주를 모셔 내고 향탁이며 향
로 같은 몇 종류의 제기를 제상 위나 아래에 준비할 땐 반쯤 감
독하는 기분으로 동생도 함께 도왔을 것이다. 그러나 이제 자식
들도 제 가정을 거느리고 나이들을 먹은 만큼 예전처럼 아버지
가 다시 제상 준비를 둘러보는 일 같은 건 없었을 것이다.

예전에 아버지는 그랬다. 우리가 상률을 심고 제상을 준비하
고 나면 꼭 아버지가 마지막으로 사랑에 들어와 아직 제수를 올
리지 않은 제상을 둘러보았다. 언젠가 아버지의 그런 점검 없이
바로 제수를 차리고 제사를 지내던 중 뒤늦게야 제상 위에 모신
신주가 다른 할아버지 할머니의 신주인 것을 알게 된 적이 있
다. 그래서 제사를 다시 지냈는지 어땠는지 뒷일은 잘 기억나지
않는다. 아마 잊고 싶었을 테고, 큰형과 작은형이 나중에 큰 꾸
중을 들었던 것으로 봐 그것 역시 내가 초등학교를 다니고 형들
이 중학교를 다니던 시절의 일이었던 것 같다.

지난 일이긴 하지만 형들도 변명할 말은 있을 것이다. 마을에
전기가 들어오기 10여 년 전의 일이었다. 뒷 사랑 벽 쪽으로 다
락처럼 붙어 있는 사우에서 무얼 꺼내자면 촛불을 켜 들고도 눈
보다 먼저 손으로 그것을 더듬어야 했다. 게다가 거기엔 얼마
전에 돌아가신 할머니의 주독에서부터 우리한테는 증조, 고조,
오조, 육조되시는 할아버지 할머니의 주독들이 똑같은 크기와

똑같은 모습으로 오른쪽에서 왼쪽으로 차례대로 놓여 있었다. 양쪽 끝에 있는 할머니의 주독과 육조 할아버지 할머니의 주독은 크게 헷갈릴 게 없지만 깡짓발을 하고도 눈보다 높은 다락에서 손짐작만으로 세 번째나 네 번째의 주독을 제대로 모셔 내는 것이 우리에겐 쉽지만은 않은 일이었다.

그 일이 있고 난 다음 아버지는 제사 때마다 아닌 것처럼 하면서 할아버지 몰래 사랑으로 건너와 우리가 준비한 제상을 미리 둘러보았다. 참 이상한 것이 우리는 주독의 상합을 열고도 한자를 몰라 헷갈릴 때가 많은데 할아버지와 아버지는 상합을 열지 않고 언뜻 바라보는 것만으로도 어느 것이 어느 조의 주독인지 정확하게 아셨다. 불경스럽게도 나는 그것을 오래 쓴 화투의 뒷면에 난 어떤 표시 같은 걸로 이해했다. 그래서 형들이 대처의 학교로 나간 다음 이제 중학생이 된 내가 그것을 모시고 동생이 깡짓발로 초를 켜 들고 하던 시절 아무도 모르게 화투 뒷면에 해 놓는 어떤 표시처럼 나만 아는 손톱 비표를 해 놓았다. 할머니와 육조의 것은 그냥 두고 나머지 주독들은 상합 윗면에 증조는 ㅈ, 고조는 ㄱ, 오조는 ㅇ이라고 썼다.

지난번 설날 아침, 차례를 준비하다가 형제들이 제상 앞에서 한바탕 크게 웃은 적이 있었다. 아직 고등학교 졸업 전인 장조카가 제상 위에 깔은 유지에 적어 놓은 비표 때문이었다. 아버지 형제들이 다 내려와 지내는 명절 차례라든가 증조할아버지 제사 땐 저도 제 사촌동생들과 함께 상률을 심는 데서부터 제석자리를 깔기까지 제상 준비만 하지 제수의 진설까지는 하지 않는다. 장손이긴 하지만 아직 아버지의 형제가 그득하다 보니 그중 높게 맡는 일이 제례 중에 잔심부름을 하거나 제상 위의 잔일을 돕는 정도였다. 그러다 아버지의 형제들이 제대로 참석하지 못하는 윗대 조상들의 제사 때면 사정이 달라지는 것이다. 지난 번 제사 때 큰형이 조카에게 일부러 진설을 시켜 본 모양이었다. 그러곤 나이가 한둘이냐, 장손이 어쩌고 하며 꾸중을 한 모양이었다. 어릴 때 우리가 그랬듯 조카도 변명할 말은 많았을 것이다. 이제까지 자신은 아래에서 음식을 올려 진설을 하는 아버지를 돕기만 했지 직접 그것을 놓아 본 적이 없었던 것이다. 유지 위엔 대추, 밤, 배, 감, 쇠고기, 탕, 문어, 간장 하는 식으로 그 음식이 놓일 자리의 이름들이 적혀 있었다.

"저 자식, 야단을 치니 뭐라는 줄 아냐?"

"뭐라는데요?"

"시켜 줘 봤어요? 하더라. 만날 아빠가 진설하고, 하면서."

"맞는 말이네요, 뭐."

"그러곤 철상(撤床)할 때 제수를 하나하나 들어내며 이걸 써 놓은 모양이야."

이제 설을 쇠어 쉰셋이 된 큰형은 그래도 그런 아들이 흐뭇하다는 얼굴로 웃었다. 언제까지 이런 풍습이 계속될지 모르지만 조카도 장손으로서 알게 모르게 그런 부분에 대해 받고 있는 스트레스가 적지 않다는 얘기일 것이다.

"그래도 구구는 멀쩡하네."

나는 그보다 더 어린 시절에 내가 해 놓은 주독의 비표 얘기를 했다. 바로 여기에 말이죠. 차례상 오른쪽 아래에 나란히 벗겨 놓은 주독의 상합을 살펴보니 아직도 그때 눌러놓았던 ㅈ, ㄱ, ㅇ 모양의 손톱자국들이 그대로 남아 있었다.

"그랬다고. 그때 우리 표시는 이거였지."

　그러고 보니 어린 시절 상률을 심을 때 우리는 주독에 저마다 자기만 아는 비표들을 차례로 해 왔던 것이다. 두 살 터울의 큰형과 작은형은 상합 전면 한 귀퉁이에 못으로 긁어 1, 2, 3, 4 숫자를 써 놓았고, 나는 ㅈ, ㄱ, ㅇ을, 고등학교에 들어간 다음에야 혼자 상률을 심었던 막내만 주독의 상합을 열어 신주를 보고 그것을 구분했던 것이다. 나는 다시 그런 우리들의 비표를 가리키며 장조카에게 말했다.

　"그렇지만 너는 이걸로 순서를 외우면 안 된다. 너한테는 다 한 계급씩 올라갔으니까."

　"걱정 마세요. 저는 아빠들처럼 그런 표시 안 해도 뚜껑만 열어 보면 아니까."

　계급이고 뚜껑이고, 예전에 할아버지가 들었으면 질색을 할 소리들이었다. 아버지도 이제 차례상 앞에서 그런 농담을 하는 아들이나 조상의 신주를 모시는 주독의 상합을 '뚜껑만 열어 보면'이라고 말하는 손자를 나무라지 않았다. 나는 다시 상합 위에 내가 해 놓았던 비표를 손으로 쓸어 보았다. 앞으로도 이 주독을 계속 쓴다면 손톱자국들 역시 내가 죽은 다음까지도 계속 그 자리에 남아 있을 것이다. 그래서 아버지에게 이 주독들은 언제 만들었으며, 또 언제쯤 다시 만들게 되는 것이냐고 물어보았다.

　"글쎄다. 느 할머니 할아버지는 오래지 않지만, 윗대로 올라갈수록 오래됐겠지. 그리고 앞으로의 일이야 다들 있는 신주들도 치우고 제사를 없애는 시절인데, 언제 다시 만들지보다 언제 한뭇에 치우게 될지가 더 문젠 거지. 느 대는 아닌 거 같고, 느 다음 대는 모르는 거지. 지금 상수가 하는 걸 봐서는 안 그러겠다 싶지만, 그거야 또 그때 가 봐야 아는 일이고."

괜한 얘기를 물은 것이었다. 아버지로선 충분히 할 수 있는 말이지만, 그 말 역시 어린 조카에겐 또 다른 부담이 될 수도 있는 소리였다. 그러나 조카는 마치 할아버지에게 왜 내 마음을 몰라 주냐는 식으로 항의하듯 큰소리로 대답했다.

"전 아니에요, 할아버지. 걱정 마세요."

"그래. 너는 아니어도 앞으로 니가 데리고 들어올 색시 처분에 달린 문제라는 거야. 요즘엔 그런 일들이 마커(모두)."

"그래도 전 아니라니까요."

거듭 그렇게 말하고도 할아버지를 안심시키기에 부족하다고 생각했는지 다시 장조카가 말했다.

"보세요, 할아버지. 아빠가 지금 쉰세 살이고 제가 스무 살이잖아요. 아빠는 죽어도 저거 안 치울 사람이고요. 아빠가 앞으로 30년만 더 산다 해도 제가 오십이 될 때까진 저거 안 치울 거잖아요. 그러면 그다음엔 저도 안 치우죠."

그래, 이거 저거. 치울 거 안 치울 거……

입에서 나오는 대로 뱉는 게 아이들의 말이라지만, 아직 철이 덜 들었어도 그 일에 대해 아버지와 제 나이 계산까지도 하고 있다는 얘기였다. 두 살 아래로 줄줄이 있는 제 사촌들은 어느 누구도 그런 생각을 해 보지 않았을 것이다.

"그럼 또 전화해라, 지낼 때. 작은아빠도 준비할 테니까."

나는 소파에서 일어나 거실의 유선 전화기와 한 세트로 이룬 무선 전화기를 들고 작은아이를 불렀다. 고등학교 2학년인 큰아이는 내일 모레가 시험이라며 일요일인데도 학원에 나갔다. 2층 테라스의 은박 자리는 아까 아버지와 통화를 한 다음 미리 깔아 두었다. 그땐 망배(望拜)까지는 생각을 않고 저녁을 먹은 다음 지금쯤이면 제사를 지내지 않을까 싶어 전화를 했는데, 동생이 받아 아버지를 바꾸어 주었다. 나는 내려가지 못해 거듭 죄송하다고 말씀드렸다. 아버지는 몇 마디 내 허리에 대해서 묻고는, 또 어떤 치료를 받고 있으며 차도는 어떤지에 대해 물은 다음 잠시 전보다는 좀 더 위엄 있는 목소리로 분부하듯 말했다.

"그러면 제사 시간에 맞추어 망배를 하도록 해라."

참으로 오랜만에 듣는 말이었다. 망배라. 멀리서 절을 올리라는 얘기였다. 그 말을 듣자 갑자기 마음이 엄숙해 오는 걸 느꼈다. 전에도 할아버지 제사에 내려가지 못한 적이 많았다. 그런데 그땐 죄송하다는 전화를 했어도 망배 얘기까지는 없었다. 아마 형제들 모두 참석한 제사에 나만 빠져, 또 그렇게 혼자 빠진 것을 어떤 안타까움과 함께 죄송함으로 전하자 아버지도 아주 예전에 한 번 그랬던 것처럼 망배 얘기를 했을 것이다.

"거기 집에 동향으로 트인 데가 있냐? 벽이 막아서지 않는 데가."

나는 있다고 대답했다.

"그럼 거기에서 망배를 드려라. 잔이야 못 올리더라도. 지금 형들도 도포를 갈아입고 있으니 너도 반듯하게 차림을 해서."

그때에도 시골집 거실 풍경이 한눈에 들어오는 듯했다. 다들 의관을 갖추어라. 등나무 의자에 앉아 아버지가 말했을 테고, 서방들 도포 입는 거 거들어라, 하고 어머니가 부엌에서 제수 준비를 하는 형수들에게 말했을 것이다. 그리고 어머니도 아버지의 도포와 갓을 챙겨 드리고 양쪽 끝에 푸른색 수술이 달려 있는 도포 끈을 아버지의 가슴에 둘러 주셨을 것이다. 또 그런 어머니의 말에 며느리들도 음식을 만지던 손을 씻고 한묶에 보관하고 있는 도포 뭉치 가운데 제 서방의 도포를 챙겨 주기 위해 부산을 떨었을 것이다. 제사 때 갓은 아버지만 쓰고, 우리는 유건(儒巾)을 썼다.

언젠가 추석날 아침이었다. 어머니가 서방들 도포를 챙겨 주라고 하자 큰형수가 그랬던 거 같지는 않고 둘째 형수거나 셋째 며느리인 아내 중에 누가 여자들은 바쁘게 음식 준비를 하고 있는데 언제 손을 씻고 거들고 하느냐며 그런 것쯤은 남자들이 알아서 갈아입으면 안 되느냐고 말했다. 사실 그때에도 며느리들은 아버지의 것과 형제들의 것까지 다섯 뭉치의 도포 가운데 어느 것이 제 서방의 도포인지 몰라 어머니가 하나씩 집어 주고 나누어 주는 것을 우리들에게 가져오곤 했다. 그때 그 말을 듣고 어머니가 며느리들에게 말했던 것이다.

"옷을 못 입어 거들라는 게 아니다. 누가 먼저 가든 이다음 저승길에 느덜이 서방 못 알아볼까 봐 그러는 거지."

다시 어느 며느리인가 왜요? 하고 물었고, 어머니가 말했다.

"도포는 일생의 의복이고, 또 천생의 의복이다. 그래서 느덜이 시집올 때 제만큼씩 해 온 게 서방들 도포고. 도포는 이다음 나이 들어 아무리 낡아도 다시 해 입지 않고 일생에 그렇게 한 벌 느덜이 처음 시집올 때 해 온 걸로만 입는 게야. 다음에 저세상 갈 때에도 다른 옷은 다 그만두고 그 도포만 입고 가는 거고. 그래서 제만큼 서방들 도포를 챙겨 주라는 게야. 서방들이 옷을 입을 줄 몰라서가 아니고. 내가 시집올 때 해 온 내 낭군 도포가 어느 건지, 입어 가며 어떻게 낡아 가는지 이럴 때라도 틈틈이 눈에 익혀 두라고."

그거야 얼굴 보면 알죠, 하고 누군가 말했고, 그 말을 받아 또 누군가 우스갯소리로 그래도 거기는 이담에도 지금 낭군 다시 만나고 싶은가 봐, 하는 말을 했다. 그러자 또 어머니가 말했다.

"가 보지 않았지만 예전부터 전해 오는 말이 그렇단다. 이승에서 다시 짝을 찾을 땐 저쪽에서 내민 도포 자락이나 고름을 보고 제 낭군을 찾는다니 다음부터는 내가 찾아 주기 전에 제 것만큼씩 찾아 입혀라. 내가 언제까지 느덜 도포 분별할 양도 아니고. 일손이 바쁘더라도 여편이 서방 도포 챙겨 주는 집과 그렇지 않은 집은 안팎 간에 정도 다를 게야. 그게 다 정붙이고."

아마 그래서였을 것이다. 며느리들은 저마다 남편들 도포 목깃에 '맏이', '둘째', '셋째'를 썼다. 제수씨만 어머니가 낭군, 낭군 하는 말을 듣고 반쯤 장난을 섞어 '낭군님'이라고 썼다. 나도 그때서야 알았다. 예전에 제사를 지낼 때면 할아버지와 작은할아버지가 왜 그렇게 다 낡은 도포를 입고 계셨는지. 아버지의 도포도 예전 할아버지의 도포만큼은 아니지만 이미 낡을 대로 낡아 있었다. 때론 그런 아버지보다 아들들이 더 새 도포를 입고 제상 앞에 서는 것이 송구스럽기도 했는데, 그게 전혀 그럴 일이 아니었던 것이다. 언젠가 내 도포도 아버지의 도포처럼 낡아 갈 것이고, 그것이 낡아 가는 동안 내 일생도 끝나 갈 것이다. 그리고 처음 내게 그것을 해 준 한 여자가 그것의 시작과 끝을 지켜보며 함께 가는 것이다. 이미 내 것도 제수씨의 '낭군님' 것보다 후줄근한 티가 났다. 명절에만 입고 제사 때만 입는 데도 그랬다. 우리보다는 아버지가 더 많이 입었고, 아버지보다는 할아버지가 더 많이 더 자주 입으셨을 것이다. 지금 시골집 거실에 풀어 놓은 도포 보자기엔 내 도포와 유건만 목깃에 '셋째'라는 이름을 달고 덩그렇게 남아 있을 것이다.

"참 유별도 나셔요. 아버님이나 아드님이나."

초등학교 6학년인 작은아이를 데리고 2층으로 올라가는 내게 도포를 해 준 여자가 말했다. 그렇지만 아들을 데리고 2층으로 올라가는 내 모습이 그렇게 나쁘게 보이지만도 않는다는 얼굴이었다. 살면서 닮는다는 건 어쩌면 저런 얼굴도 포함해서인지 모른다.

"엄마. 엄마 아드님이면 나?"

계단 중간에서 아이가 제 엄마를 돌아보며 물었다.

"아니. 그 위에 유별난 아버님과 유별난 아드님 얘기란다. 그리고 그런 거 그대로 배우는 손자들까지."

우리가 결혼할 때에도 그랬다. 아버지와 어머니는 저쪽 집에 대해 가장 검소한 뜻으로, 그러나 그런 검소함 속에서도 이것만은 꼭 하는 마음으로 도포를 지어 보내라고 했고, 그 말을 저쪽 집에서는 요즘 혼인에 남들은 하지 않는 도포까지 지어 보내라는 집안이니 그사이에 채울 건 또 오죽이나 많을까로 한동안 고민했다는 얘기를 들었다. 2층 테라스에 나가 나는 미리 깔아 놓은 은박 자리를 뒤집어 깔았다. 아이가 왜 그러냐고 물어 나는 너무 번쩍거려서 그런다고 대답했다. 아까 떠오른 제석자리 때문이었다.

"아빠, 그러면 지저분해요."

"많이 지저분하지 않으면 괜찮다."

나는 아이에게, 아이가 들어도 아직 이해하지 못할 예의 중용에 대해서 말했다. 기억한다면 아이는 중용을 은박 자리와 맨바닥의 중간쯤 되는 은박 자리의 밑판 같은 물건으로 생각할지 모르겠다. 이미 노을이 지고 아까보다 짙게 어둠이 밀려 오고 있었다.

잠시 후 들고 있던 전화기의 벨이 울리고, 장조카가 말했다.

"작은아버지, 참신(參神)하세요."

아버지의 분향과 강신(降神)이 끝났으니 방 안에 선 사람들과 마찬가지로 나도 두 번 절을 하라는 얘기였다. 사랑의 제상 앞엔 아버지와 어머니, 오늘 제사에 참사한 세 형제와 장조카, 동생의 여덟 살 난 딸이 서고, 문을 연 거실 쪽엔 세 며느리가 섰을 것이다.

"앞으로는 느덜도 참사해라."

언젠가 아버지가 며느리들에게 말했다. 그때 며느리들은 제수를 차려 낸 다음 부엌 쪽에 모여 앉아 있었다.

"느 서방들이 있게 하신 어른들이고, 느가 천지에 없어 하는 애들이 있게 하신 어른들이시다."

밤 제사를 지내던 예전엔 저녁 때 미리 집에 와 묵던 대소가의 조항과 숙항들이 바깥 마루가 비좁을 정도로 서 있었다. 그건 우리 집뿐 아니라 조상을 모시고 있는 집집마다 그랬던 거 같다. 때로 이삼일 전에 미리 우리는 제사 기별 심부름을 다니기도 했다. 멀리는 10리도 더 되는 송두 고개를 넘어 송암까지 다녀오기도 했다. 그곳에는 오래전 그쪽에서 이쪽으로 양자를 온 오조 할아버지의 생가 자손들이 살고 있었다. 이젠 가까운 제사에도 사람들이 다니지 않는다. 아버지가 할아버지 신위 앞에 무릎을 꿇고 향합을 열어 분향하고 강신하는 동안 오른편의 동집사로는 큰형이 섰을 테고, 왼편의 서집사로는 작은형이 섰을 것이다. 예전에 비해 알게 모르게 달라진 그림은 그런 것이었다. 우리가 어릴 땐 마루가 가득하도록 서 있었던 집안의 숙항들이 그 일을 도왔다. 향을 피우는 건 위에 계실지 모르는 할아버지를 아래로 모시는 것이고, 강신에 모사(茅沙)를 쓰는 것은 땅 아래에 계실지 모르는 할아버지를 술 향으로 이끌어 위로 모시는 것이라고 했다. 나는 아이와 함께 동녘을 향해 두 번 절을 올렸다. 절을 올리며 아이는 이 이상한 원거리 제사에 대해 장난처럼 키득거렸고, 나는 짐짓 엄숙한 얼굴을 했다.

이제 제주로서 아버지가 올리는 초헌(初獻)과 큰형이나 작은형의 독축(讀祝)이 있을 것이다. 유세차…… 하고, 예전 집안 제사에 조항과 숙항들이 참사하던 우리 어린 시절엔 안곡 아저씨가 할아버지 왼쪽 옆에 다소곳이 꿇어앉아 축문을 읽었다. 그러나 지난번 내려가 들은 말로는 안곡 아저씨 댁도 이제 제사를 치웠다고 했다. 그때에도 아버지는 말했다.

"집안이라도 남의 집 일에 뭐랄 거 없다. 그 형님이 치우고 싶어 치운 것도 아니고. 요즘은 그런 일들이 마커 새로 들어오는 식구들 처분에 달린 거니까."

비록 쓸쓸하게는 말했어도 아직은 아버지의 권위에 눌려 그런 말을 꺼내지 못하지만 어쩌면 우리 집 며느리들도 마음속으로는 그러고 싶어 할지 모른다. 아니, 아버지의 권위보다는 이시절까지도 아버지와 그 아래의 네 자식들이 제례 때마다 당연한 모습으로 도포에 갓을 쓰거나 유건을 쓰고 제상 앞에 서는 엄숙한 분위기에 눌려 말을 꺼내지 못하는 것인지도 모른다. 언젠가 아내도 내게 그렇게 말했다. 형제들이 다 모여 지내는 명절 차례나 할아버지 제사 때 보면 그게 단순한 차례나 제사가 아니라 이 집안의 어떤 종교의식처럼 느껴질 때가 있다고. 형식으로 봐도 그렇고 절차로 봐도 그렇다고 했다. 어쩌면 아내가 바로 보았는지도 모른다. 돌아보면 할아버지에게 그것은 틀림

없는 종교였다. 지금 아버지에게도 그것은 종교이며, 내게도 이미 반쯤은 그런 자리에 그것이 있는 것이다. 아니, 말은 '소박하게' 반쯤이라고 했지만, 앞으로도 시속이 아무리 바뀌고 변한다 하더라도 하루아침 개종을 하듯 떨쳐 버릴 수 없게 어린 시절부터 이미 그것은 우리가 숨 쉬는 공기였던 것이다.

아버지의 초헌 후 큰형으로부터 아래 형제들과 장조카까지의 아헌(亞獻)과 종헌(終獻)이 뒤따르고, 다시 아버지의 첨작(添酌)과 유식(侑食)이 이어질 것이다. 이때부터는 아버지가 쓰는 한마디 한마디의 말도 마치 종교의식의 그것 같아진다.

"계반(啓飯)하고 삽시정저(揷匙正箸)해라."

그러면 메의 뚜껑을 열고 수저를 꽂고(숟가락 바닥이 동쪽으로 가게) 그 앞에 젓가락을 가지런히 놓는다. 이때 수저 방향이 틀리거나 삐뚤면 뒤에서 바로 혐, 하는 외마디 탄식이 들린다.

"자, 음향(飮饗)하시게 합문(闔門)하고 모두 물러서라."

그러면 사랑에 있던 사람들 모두 거실로 물러나와 조용히 문을 닫고 앉아 다시 개문하라고 명을 내릴 때까지 기다린다. 어릴 때 그 사이를 못 참아 형제간에 장난을 치다 야단을 제일 많이 듣던 때도 바로 이때다. 언제나 아버지의 어흠, 하는 기침이 그 앞과 뒤의 신호다. 개문 후의 진행도 엄숙하다.

"낙시(落匙)하고 갱을 내리고 헌다(獻茶)해라."

그건 메에서 숟가락을 내리고, 국 대신 숭늉을 올리라는 얘기다. 이때 집사는 메에서 조금씩 세 번 밥을 떼어 숭늉 그릇에 담는다. 메의 뚜껑도 비스듬히 반만 닫는다.

"그만 철저(撤箸)하고 복반(復飯)해라."

그러면 또 양편에 선 형들이 갱 대신 올린 숭늉 그릇의 수저를 거두고 메의 뚜껑을 완전히 닫는다. 그러나 이렇게 멀리 떨어져 망배를 올릴 때면 참신에서 철저복반까지 그 시간을 잘 가늠할 수가 없다. 짧은 듯해도 긴 시간이다.

이윽고 조카가 다시 전화를 한다.

"사신(辭神)하세요, 작은아버지."

나는 다시 아이와 함께 동녘을 향해 두 번 절을 한다. 내가 한 번 절을 하고 두 번째 절을 하려고 허리를 굽힐 때 이미 두 번의 절을 끝낸 아이가 묻는다.

"다 끝난 거예요, 아빠?"

"그래."

나는 마저 절을 하고 나서 대답한다.

그러나 아버지의 다음 말은 계속 이어질 것이다.

"이제 주독을 사우로 모셔라."

"초를 끄고 철상(撤床)해라. 안들은 음복 준비하고."

그러나 그것도 할아버지가 살아 계시던 시절에 비하면 많이 간소화된 것이다. 나로서는 한자도 어떻게 쓰는지 모를 변(실과와 건육을 담는 제기)과 두(김치 젓갈을 담는 제기)를 가리고, 병대(떡을 담는 제기)와 적대(적을 올리는 제기)와 조(고기를 담는 제기)를 가리던, 물건은 늘 봐서 용도는 알아도 이름은 들을 때마다 생소하던 예전의 그 놋제기와 목제기들은 또 다 어디로 갔을까.

아이는 아래층으로 내려가고 나는 뒤집어 깔은 은박 자리 위에 앉았다. 밤 제사에서 저녁 제사로 바꾼 것도 할아버지가 돌아가신 다음부터였다. 살아 계실 때 할아버지가 늘 그렇게 말씀하셨다.

"내 죽은 다음 느 고조부님 제사부터 저녁 제사로 바꾸어라.

그러지 않고는 점점 젊은 것들 참사가 어렵다니.”

아버지한테 고조부면 우리한테는 오조부이다. 할아버지가 돌아가시면 육조부 제사는 없어지는 것이 아니라 사당의 시제로 넘어간다. 강릉에서는 그걸 전사(奠祀)라고 불렀다. 할아버지의 말씀은 이랬다.

“제사도 시속을 아니 따를 수 없다. 허나 당장 시속을 따를 수 없는 것이 조상님들은 그걸 모르시고 전에 늘 제사를 지내던 새벽에 오시지 않겠느냐. 누가 올라가 말씀을 드려야지.”

그렇게 ‘내 죽은 다음’ 바꾸라는 것이 많았다. 한 해 동안 지내는 차례만 해도 그랬다. 설날 아침 차례에서부터 시작해 보름, 한식, 단오, 추석, 동지, 그믐 저녁 차례까지 일곱 번의 차례를 설날과 한식과 추석, 그렇게 세 번으로 줄이게 한 것도 할아버지셨다.

“나중에 또 시속이 간소화되어 제사도 1년에 한 번 합사하게 되면 그건 니 생전에라도 그렇게 해라. 어느 해부턴가 제사가 없어지면 내가 그렇게 말씀드릴 테니.”

돌아가실 때 당장 바꾸게 한 것이 할아버지의 장례와 이후 탈상 절차였다. 할아버지께서 돌아가신 건 내가 군에 입대한 지 6개월도 채 안 된 졸병 시절이었다. 양력으로는 그해 6월이었고, 음력으로는 5월이었다. 그때 할아버지 연세 여든여섯이셨다.

할머니는 초등학교 3학년 겨울방학 때 돌아가셨는데, 유가의 옛 풍을 따라 유월장(踰月葬; 돌아가신 달에 장례를 치르지 않고 그달 그믐을 넘겨 다음 달에 장례를 치르는)을 하다 보니 십구일장을 치르게 되었다. 당시엔 몰랐는데 그것 역시 이 땅에서 내 눈으로는 마지막으로 본 전통 장례 모습이었다. 새벽과 저녁으로 아버지와 어머니가 한겨울에도 추운 옛집 부엌에서 목욕재계를 하고 마당 앞 텃밭에 마련한 가묘에 나가 호곡하던 모습을 저러면 또 아버지와 어머니는 얼마나 추울까 하며 바라보았다. 또 이 땅에서 내 눈으로는 마지막으로 1년 동안 아버지가 외출 시 베 조각을 갈가리 찢어 붙인 원투데기 도포에 방갓(方笠)과 오동나무 상장(喪杖)을 갖추고 출입하는 것을 지켜보았다. 먼 훗날에야 그 무렵 이 세상에서 내가 마지막으로 본 것이 참으로 많다는 생각을 했지만, 당시엔 그런 분위기를 나를 둘러싸고 형제를 둘러싸고 우리 집을 둘러싼 공기처럼 당연하게 여겼다. 당시 강릉의 어느 고등학교에 근무하던 아버지는 1년간 휴직을 했다. 그것 역시 내 눈엔 조금도 이상하게 보이지 않았다. 아니, 할아버지에게처럼 내게도 당연하게 보였다. 아버지의 어머니인 할머니가 돌아가셨기 때문이었다. 장례 때 산소에 올릴 석물들도 석수장이 둘이 보름 넘게 뒷 사랑에 머물며 앞산의 큰 바위를 깨서 다듬었다. 상석과 석물을 다듬는 산으로 점심을 나르고 술 주전자를 나르는 게 우리 형제들의 몫이었다.

그로부터 꼭 15년 후에 할아버지가 돌아가셨을 땐 삼일장을 치렀다. 관보가 날아왔어도 아직 작대기 하나의 이등병 시절이었다. 직접 부대장실을 찾아가 아직 이등병이고, 또 셋째 손자지만 내가 왜 할아버지 장례에 꼭 참석해야 하는지 세 가지 이유를 대고, 이렇게 말씀을 드리는데도 휴가를 보내 주지 않으면 내일 밤이든 새벽엔 탈영을 하겠다고 공갈을 쳐 나온 휴가였다. 바로 다음 날이 장례인 날이었다. 그래서 태어나 처음으로 아버지와 맞절을 했다. 아마 다른 형제들은 그러지 않았을 것이다. 휴가증은 점심때가 지나서 나왔고, 도착하니 저녁이었다. 불 켜진 마당엔 사람이 가득했다.

"셋째가 오네. 이 집 군인이."

"뭐이, 셋째가 와?"

"니가 어떻게 오나? 용케도 휴가를 받았구나."

사람들은 나를 그렇게 맞았고, 얼른 할아버지의 상막(喪幕)부터 뵈라고 했다. 그때만 해도 어안이 벙벙해 눈물 같은 건 흘리지 않았다. 부대에서 이미 울었고, 집으로 오는 버스 안에서 손에 쥔 군모로 꾹꾹 눈물을 찍어 냈다. 군화를 벗고 마루를 올라 가운데 방으로 들어서자 어린 날에 보았던 원투데기 도포 차림으로 아버지가 상막 저편에 대나무 상장을 짚고 서 있었다. 아버지는 내가 들어오는 것을 보고 다시 아이고 아이고, 하고 곡을 하기 시작했다.

"아버지."

아버지는 대답 대신 할아버지의 상막을 가리켰다.

"우선 할아버지한테 절부터 올려라."

문밖에 섰던, 아버지보다 두 살 위의 안곡 아저씨가 말했다. 나는 손에 든 모자를 옆에 놓은 다음 향합 안에 연필처럼 잘게 썰어 놓은 향을 집어 분향했다. 그때서야 나도 모르게 왠지 눈물이 주르르 흘러내렸다. 내가 군에 가기 전인 지난 해 어느 제사 때만 하더라도 할아버지가 그 목향의 향기에 대해 말씀하시던, 수년 전 일가의 어느 조항께서 일부러 할아버지께 보내온 울릉도 향이었다. 작은 물건 같아도 그런 걸 받으실 때 할아버지는 참 기뻐하셨다. 팔뚝 크기의 반만 한 향 토막을 들고도 냄새를 맡았고, 주머니칼로 향편을 내어서도 냄새를 맡았다. 나는 상막 위에 놓인, 갓을 쓴 할아버지의 사진을 향해 두 번 절을 했

다. 그러곤 다음 차례의 행동을 몰라 잠시 우물쭈물하자 다시
문밖에 섰던 안곡 아저씨가 나직하게 일렀다.

"이제 아버지한테 절을 해라."

그때만 해도 나는 아버지가 나한테 맞절을 하리라는 걸 몰랐
다. 내가 아버지를 향해 절을 하자 아버지도 두 손으로 상장을
잡고 내게 맞절을 했다. 자식의 절을 받으면서도 반절이 아닌 온
절의 맞절이었다. 절을 받고서야 나는 당황했다. 자식 앞이어도
아버지는 아버지가 아니라 그 자리에 상주로 서 있었던 것이다.

"야야, 할아버지가 돌아가셨다. 니가 집 떠나 있는 동안 애비
가 제대로 할아버지를 못 모셔서……."

"아버지."

"그래. 그간 니 몸은 편했냐?"

"예."

"그럼 됐다. 성하고 편한 몸으로 할아버지한테 인사드렸으면.
이제 나가 봐라. 부엌에 에미한테도 가서 인사하고."

아마 다른 형제들은 기별을 받은 당일 상막을 모시기 전에 다
들 집에 도착했을 것이다. 그래서 아버지와 할아버지의 상막 앞
에서 맞절을 하는 일 같은 것은 없었을 것이다. 더 많은 눈물
은 다음 날 할아버지의 상여를 따라 나가면서 쏟아졌다. 유월장
으로 치른 할머니의 십구일장과 할아버지의 삼일장 속에 세월
이 이렇게 달라져 가는구나를 느끼고, 그렇게 달라져 가는 세
월 속에 할아버지가 가시는구나 싶어 펑펑 눈물이 쏟아지던 것
이었다. 할아버지의 상세도 서럽고, 그때와는 달라진 삼일장의
조촐하고도 쓸쓸한 풍경도 왠지 모르게 나를 서럽게 했던 것이
다. 예전에 할머니가 돌아가셨을 땐 석수장이 둘이 보름을 묵으

면서 다듬은 석물을 상군들이 모두 매달려 통나무 발구로 옮겼는데, 전날 아침 시내 석재상에 나가 맞춘 비석이 경운기에 실려 바로 산소로 오는 모습도 내 눈엔 낯설고 쓸쓸해 보였다. 비석 뒷면에 근면 성실, 자수성가, 자손 교육 전념, 그런 말들이 보였다.

사실 한 집안의 종손과 자수성가라는 말은 어울리지 않는다. 그러나 할아버지는 열네 살에 증조할아버지로부터 살림을 맡아 오직 근면과 성실로 자수성가를 하신 분이었다. 아주 멀지 않은 윗대에 한 번 멸문의 화가 있었으며, 수대 후 오대조께서 오직 조상 하나만을 보고 송암의 생가를 떠나 이 집으로 양자를 왔던 것이라고 했다. 그리고 이후 아랫대의 삶도 늘 그렇게 어려웠다고 했다. 나는 어려서부터 이후 할아버지가 돌아가실 때까지 단 한 번도 할아버지가 술을 드시는 걸 본 적이 없었다. 열네 살에 있는 거라곤 오직 조상뿐인 집안의 살림을 맡으며 세운 결심이 그것이었다고 했다. 내 대에 살림을 이루고 내 후대에 다시 교육을 이루리라. 어릴 때 따로 서당에 다니거나 따로 교육을 받은 일도 없었다고 했다. 그런데도 할아버지는 남들의 어깨너머로 문자를 깨우치고 그것을 할아버지 방식으로 일상생활에 활용하셨다.

"이두야, 이두. 비밀문서고. 다른 사람들은 읽어도 해독이 안 돼요."

언젠가 할아버지의 장부를 보고 동생이 말했다.

고은령김종기십만내평삼녀혼인금화시후(高銀嶺金宗基拾萬內平三女婚姻金花柿後)

하서천함씨도이댁부삼만이남학비추잠약(下徐川咸氏島二宅婦參

萬二男學費秋蠶約)

정말 누구도 읽을 수 없을 것이다. 아니, 읽어도 뜻을 모를 것이다. 그러나 어디 한 군데 띄어쓰기를 하지 않고 쓴 윗줄은 높은재에 사는 김종기가 10만 원을 안뜰로 시집가는 셋째 딸의 혼인금으로 빌려 갔는데 곶감을 팔아 갚겠다고 한 것이고, 아랫줄은 아랫느림내에 섬둘집이라는 택호를 쓰는 함 씨 집 부인이 둘째 아들 학비로 3만 원을 빌려 갔는데 가을누에로 약속을 했다는 뜻이다. 우리는 어릴 때부터 늘 그런 할아버지의 문자에 익숙해 있었다.

참 많은 사람들이 할아버지에게 와서 돈을 빌려 갔다. 할아버지는 용처와 금액과 갚을 날만 물었다. 그러나 빌려 주지 않는 돈도 있었다. 평소 동네에서 행실이 바르지 않아 돈을 빌려 가도 어디에 쓸지 모를 사람과 농사 자금을 핑계 대는 사람들에게였다. 겨울에 가마니를 치고 자리를 짜 팔아도 그렇지 삼동 긴 겨울 동안 농군이 반쯤의 예비도 없이 농사철을 맞았다는 것을 신용하지 않았고, 장마다 술을 입에 대거나 슬금슬금 투전판에 기웃거리는 사람들을 신용하지 않았다. 그러면서도 단 한 번 봄에 쌀을 풀어 가을에 웃되를 얹어 거둬들이는 고리의 장리쌀을 놓은 적이 없었다. 봄마다 그런 장리쌀을 얻으러 다니는 사람도, 남의 허리뼈를 빼듯 장리를 놓은 사람들도 마뜩잖아 했다. 어린 나이에 할아버지가 살림을 맡기 전 증조할아버지가 그렇게 매년 장리쌀로 허리를 휘었다고 했다. 어릴 때 우리 형제들은 한 뼘만 넘는 띠만 보면 할아버지에게 가져다 드리곤 했다. 할아버지, 이거 돈 띠 하세요. 사랑 웃목 자리 밑엔 우리가 가져다준 돈 띠들이 가득했다.

"참 이상해. 어릴 때 느덜이 무슨 띠만 보면 돈 띠를 하라고 수시로 날라 드렸거든. 그러면 또 그걸 흐뭇해하시고 그걸 한 번도 그냥 버리거나 치우신 적이 없으셨거든. 그런데도 어느 날 사랑에 나가 자리를 걷어 보면 돈 띠가 더 늘지 않고 늘 있는 만큼만 있었어. 그러니 그때 느덜이 날라 준 띠들이 다 할아버지가 버신 돈에 묶여 나갔다는 게지. 평생 술 한 잔 드시지 않고, 시장에 나가셔도 무얼 사 드시지 않으시고."

그런 식으로 할아버지는 일찍이 윗대에 몰락한 집안의 양자 장손으로 평생을 집안 일으키기에만 몸을 바쳤다. 열다섯 나이에 배를 곯아 떫은 굴암(도토리)을 삶아 먹으면서도 잡목뿐인 선산에 밤 다섯 말을 심었다고 했다. 이내 산은 밤나무로 숲을 이루고, 우리 어린 시절 그 밤은 웬만한 집의 몇 집 농사보다도 수확이 많았다. 한 해 400~500접씩 하는, 오랍들에 심은 감나무들도 할아버지가 다 스물 전에 접을 붙인 나무들이라고 했다. 평생을 손을 쉬지 않고 땅을 늘리고 가세를 늘렸다. 아끼지 않고 쓰신 것은 오직 제수를 장만할 때뿐이었다고 했다.

"어물도 그렇고 실과도 그렇고 무엇이든 그날 시장에 난 것 가운데 제일 좋은 것을 고르셨다. 그러곤 당신은 점심을 굶고 20리 길을 걸어 다시 집으로 오시고. 인근의 땅 절반이 들어온다는 소문이 날 때에도 단오 구경 한 번 나가시지 않으셨다."

그런 평생의 근면과 검소와 절약으로 할아버지는 당대에 집안을 일으키고 부를 일으킨 사람이었다. 취미라면 자라나는 손자들을 차례로 사랑에 불러 낭랑하게 『삼국지』를 읽게 하고 그것을 들으시는 것이었다. 그럴 때면 옆에 사시는 작은할아버지도 함께 계셨다. 할아버지와 달리 작은할아버지는 젊은 시절부터 일본이며 중국이며 안 다녀 본 데가 거의 없다고 하셨다. 견문도 넓고 박식하시기도 했다.

"형님, 중국 성두에 가면 무후사라고 있어요."

"무후사면 제갈량의 사당이다?"

"야. 거기 무후사에 들어가면 제갈량 사당으로 들어가는 문지방이 다른 문지방보다 한 뼘쯤 턱이 높아요."

"그건 또 왜?"

"문지방을 높게 해서 그걸 넘을 때 앞으로 몸을 저절로 숙이게 만든 거지요."

"하, 예를 갖추라는 말이구먼, 승상전에."

그때쯤 『삼국지』를 열 번은 더 읽고도 우리들로선 짐작도 할 수 없는 사정을 할아버지는 작은할아버지의 단 한마디 말로 파악하셨다. 아마 그날이었을 것이다. 두 분이 사랑에 함께 앉으시면 가끔 요즘 우리들이 하는 『삼국지』 퀴즈 같은 것을 하셨다. 동생 이걸 아는가, 혹은 그럼 형님 이걸 아시우? 하는 식으로. 그 내기에서 할아버지는 작은할아버지에게 자주 밀리셨다. 어린 나이 때부터 살림을 맡은 할아버지와 달리 작은할아버지는 글공부도 하셨다. 할아버지가 혼자 글을 깨우친 데는 그런 작은할아버지의 도움도 컸을 것이다. 우리가 『삼국지』를 읽어 드릴 때 작은할아버지는 조맹덕의 「횡삭부시(橫槊賦詩)」와 소동파의 「적벽부(赤壁賦)」를 줄줄 외우시기도 했다. 할아버지와 달리 작은할아버지는 가끔 약주도 하셨다.

"그럼 동생, 내가 하나 물어 보지."

"물으셔요, 형님."

"무후사 얘기가 나온 김에 동생은 양의 이처(二妻)를 아는가?"

"하나는 황승언의 딸 얼금뱅이고, 또 하나는……."

"모를 게야, 동생은."

"그런 게 책에 어디 나옵니까? 야들아, 지금 할아버지 말씀하시는 거 책에 나오는 얘기더냐?"

물론 우리도 본 적이 없었다. 궁금하기는 마찬가지다.

"형님도 참. 제갈량한테 무슨 이처가 있다고 그러시우?"

그러면 할아버지는 이따가 일어설 때까지 말미를 줄 테니 그 이처가 어디에 있는지 잘 생각해 보라며 다른 얘기를 하신다. 그러다 작은할아버지가 그만 집으로 돌아가기 위해 자리에서 일어설 때 묻는다.

"형님, 아까 말씀하시던 양의 이처가 어디에 있습니까?"

"아직도 그 얘기야. 이봐, 동생. 책에 없다고 다 없는 게 아니야. 그 이처는 책 밖에 있고, 그때 세상 속에 있었지. 책에 없다고 일국의 승상에게 이처가 없었겠는가?"

우리는 할아버지가 작은할아버지에게 늘 밀리니 억지를 쓴다고 생각했다. 그런데 작은할아버지는 세우던 무릎을 도로 낮추고 할아버지께 반절을 하며 환하게 웃으셨다.

"내가 이래서 형님을 못 따라가요. 예나 지금이나."

풍류와 담을 쌓은 듯하여도 그런 멋도 가지고 계셨던 분이다. 어린 날의 결심으로 평생 술을 멀리하셨어도 집을 찾아온 오직 한 술꾼에게만 술상을 차려 주게 하신 적도 있었다. 고라우라고, 마을에서 10리쯤 떨어진 곳에 '콩게이'라는 별명을 가진 혀가 짧아 말을 좀 데데거리게 하는 아저씨가 있었다. 사람도 혀만큼이나 짧고 모자랐다. 게다가 늘 얻어 마시는 술에 절어 있기 일쑤였다. 내가 방학을 해 집에 내려와 있을 때였다. 어느 비 오는 날 이 아저씨가 당대 걸음을 않던 우리 집에 놀러 왔다.

"하응, 하, 을딘네(어르신네), 안녕하습듀?"

콩게이 아저씨는 마루 끝에 앉은 할아버지에게 인사를 했다.

"그래. 자네도 무고하지?"

"하응, 하, 무고나 마나 디야 뭐 사는 기 매련이 없듀."

"그래, 여긴 어인 일루다 먼 걸음을 핸?"

"하, 하응, 디가 을딘네 딥에 술 한단 얻어 마시러 왔듀."

"그래? 그런데 어떡한다? 이 집엔 술이 없는데."

그러자 이 콩게이 아저씨가 수돗가에 놓인 샴푸 병을 보곤 얼른 그 샴푸 병을 술병처럼 잡더니 노래를 시작했다.

하, 앗또, 이거시 또두병이었으믄 참 도케따

이걸루다 딱 일띠꼬뿌 했으믄 참 도켓는데

앗또, 하늘에서 떨어디고, 터마에서 떨어디는

더 물이 다 내 입에 떨어디는 또두였으믄 딱 도케따

하, 앗또 내가 이여케 노래를 불러도

이 딥에 덴당(쥔장) 을신네는 들은 테도 않는데

앗또, 오늘은 또 어디 가서 일띠꼬뿌 속으 푸나……

그러자 그 노래를 듣고 계시던 할아버지가 어머니에게 일렀다.

"지난번 제사 때 빚은 거 남았거든 한 상 차려 내줘라. 없으면 애들 시켜 한 병 받아 오라고 하고."

옆에 섰던 당숙만 아이고 아이고, 저 인간 왜 날 궂은데 올라와서, 하며 그저 민망스러워 했다.

"괜찮다. 내가 술은 안 해도 술에 대해 들으니 제대로 된 술꾼은 안주를 보면 술을 떠올리고, 얼치기 술꾼은 술을 본 다음 안주를 떠올린다는데 애들 비누를 보고도 술을 떠올리고 낙수를 보고도 술을 떠올릴 정도라면 이 집에서도 술 한 상 받을 만하다. 술을 청하는 노래도 그만하면 어느 것하고도 짝을 이룰 만하고."

콩게이 아저씨는 그때 이미 알코올중독자였다. 그다음부터 이 아저씨, 비만 오면 우리 집에 올라와서 할아버지 앞에 샴푸 병을 잡고 앗또 이거시 또두병이었으믄 딱 도케따, 하고 노래를 불렀다고 했다. 정말 술꾼 중의 술꾼이었다. 할아버지 생전에 유일하게 할아버지한테 술상을 받았던 그 아저씨도 할아버지 장례 때 왔었다. 와서 또 노래를 불렀다. 하, 앗또 북망산턴 언데 가나, 가고 보니 앗또 예 앞산이 북망일떼…….

그런 할아버지께 내가 처음 망배를 드린 건 다음 해의 기제사 때였다. 첫 휴가를 나왔다가 부대로 들어갈 때 아버지가 제삿날 저녁에 부대 어디에서건 동쪽을 향해 망배를 드리라고 했다.

"느 호강이 다 할아버지 손과 등에서 나왔다. 느 배움도 그렇고. 잊어서는 안 된다."

그날 나는 초소에서 총을 놓고 동남쪽을 향해 두 번 절하고, 오늘처럼 잠시 사이를 두어 두 번 더 절했다. 탈상은 이미 100일 때 했다. 그것도 할아버지의 분부셨다. 그때 오마 바깥사람들에 대해 네 체면치레로 헛걸음 않게 해라. 아버지한테 모든 걸 그렇게 미리 말씀하시고 가셨다고 했다.

돌아가실 땐 고등학생이던 동생이 사랑에서 함께 기거하며 할아버지 온갖 시중을 다 들었다. 그러면서 틈틈이 할아버지께 말씀드렸다고 했다.

"할아버지 얼른 기운 내고 일어나세요. 저는 할아버지가 촌장을 하시는 거 꼭 보고 싶어요."

그건 동생뿐 아니라 어릴 때부터 할아버지에 대한 우리 네 형제의 한결같은 소망이었다. 마을엔 400년 전통의 대동계가 있었고, 이 땅에선 유일하게 촌장을 두고 있었다. 정월 초이튿날이면 마을 사람들 모두 촌장 댁에 모여 합동 세배를 올렸다. 지난해 혼인을 한 집안의 어른과 혼인자도 합동 세배 때 촌장께 따로 인사를 올렸다. 당연히 마을에서 가장 나이 많은 어른이 촌장으로 추대되었다. 실권은 없어도 그 영예만으로도 한 집안이 빛나는 자리였다. 자손들한테도 그랬다.

그런 촌장님께서 할아버지가 돌아가시기 사흘 전 마흔이 넘은 손자의 부축을 받고 할아버지의 망종(亡終)을 오셨다. 우리에겐 증조항 되시고 할아버지에겐 숙항이 되시는 어른이었다. 그때 촌장님의 연치 여든일곱이었고 할아버지의 연치 여든여섯이었다. 그때까지 할아버지는 집안의 문장(門長)이기도 한 촌장님 아래 아촌장으로 계셨다. 그러나 망종이란 이런 경우보다는 나이 든 부모가 객지에 있는 자식들의 집을 살아생전에 마지막으로 다니러 갈 때 더 많이 쓰는 말이다. 또한 그 안엔 어떤 축제적 의미까지 포함되어 있었다. 비록 마지막 걸음이긴 하지만 어쨌거나 후에도 고향을 찾으면 언제나 만날 수 있는 부모님이 계시고, 이번엔 그런 부모님이 일부러 객지의 자식 집에 다니러 오는 아주 특별한 의미의 만남인 것이다. 그러나 촌장님이 할아버지를 찾아오신 망종은 그런 것이 아니었다. 촌장님이 오셨을 때 막내가 할아버지를 가슴으로 부축해 일으켰다고 했다.

"이봐, 자일(子一)이. 이제 그만 일어나시게."

저쪽 손자의 부축을 받고 오신, 같은 집안의 문장님이시기도 한 촌장님께서 할아버지의 손을 잡고 말씀하셨다. 전에도 집안 어른들은 할아버지의 호 때문에 할아버지가 외아들로 아버지만 두었다고 했다.

"자네도 촌장 한 번 하고 가야 하지 않겠는가?"

그 말씀에 할아버지는 이렇게 대답하셨다고 한다.

"아이고, 아저씨. 그런 참람시러운(스럽게 하는) 말 거두셔요. 저는 아저씨 아래 아촌장으로도 내내 영광스러웠습니다."

"이봐, 내 사람. 끝내 그렇게 가고 말 참으로 말하시는가?"

"죄송합니다, 아저씨. 조카가 먼저 가게 되어서."

"허어이."

이어 할아버지는 촌장님께 '우리 배께다(밖에 아이)'를 잘 부탁한다고 말씀하셨다고 한다.

"아직 경중을 모릅니다. 아저씨가 늘 타일러 주세요."

변변한 살림 하나 없는 가운데 모셔야 할 신주만 한 짐인 집안의 장손으로 열네 살에 혼례를 올린 할아버지에게 아버지는 서른네 살이 되어서야 본 늦아들이었다. 그러나 그때 아버지도 이미 쉰셋의 나이였다. 나는 나중에야 동생한테 이 세상에서 가장 아름다운 이별로서 두 분의 망종에 대한 얘기를 들었다. 이 세상엔 이런저런 이별 속에 그런 이별도 있는 것이었다.

그렇게 할아버지가 가신 지 21년이 지나고 있다. 할아버지가 살아 계시는 동안에도 이미 많은 것이 바뀌었지만 이후에는 많은 것이 바뀌고, 또 바뀌어 가고 있다. 왠지 눈물이 날 것 같았다. 어릴 때 내게 익숙했던 많은 것들이 다 그렇게 할아버지를 따라 떠나가고 있는 것이다. 자리를 접은 다음에도 나는 오래도록 테라스에 서서 아까 내가 절을 올린 동쪽 하늘을 바라보았다.
뒤늦게 아내가 2층으로 올라와 어두운 데서 혼자 무얼 하느냐고
물었다. 나는 여전히 동쪽 하늘에 눈을 둔 채 작은 소리로 대답
했다.

　"배웅……."

승경(勝景)

구 효 서

1957년 강화도에서 태어나 1987년 《중앙일보》 신춘문예에
「마디」가 당선되며 작품 활동을 시작했다. 창작집 『도라지꽃
누님』, 『아침 깜짝 물결무늬 풍뎅이』, 『시계가 걸렸던 자리』,
장편소설 『늪을 건너는 법』, 『라디오 라디오』, 『비밀의 문』,
『낯선 여름』, 『나가사키 파파』 등이 있다. 1994년 한국일보문
학상, 2005년 이효석문학상, 2006년 황순원문학상, 2007년
한무숙문학상, 허균문학작가상을 수상했다.

소바 알갱이를, 하고 말한 뒤 그녀는 숨을 멈추었다. 오후 2시였고, 밖은 5월의 봄빛이 화창했으나 실내는 약간 어둡고 서늘했다.

길고 가느다란 그녀의 손이 백자(白磁) 포트를 기울였다. 잔에 고이는 갈색 찻물을 바라보며 소바란 물론 메밀이겠지, 하고 나는 속으로 중얼거렸다.

볶아 만든 차입니다. 찻물을 따른 뒤 그녀가 말을 이었다. 나는 숨을 크게 들이마셨다. 그녀가 백자 포트를 탁자 위에, 소리 나지 않게 내려놓았다.

그녀의 수척한 팔 위로 푸른 정맥이 지나갔다. 57세. 하루미. 터무니없어. 나는 고개를 흔들 뻔했다. 그녀의 관능을, 불현듯 보았고, 내치려 했다. 나보다 스무 살이나 많은 미망인. 무렴하게도 첫 대면에 관능과 싸우다니. 곤혹스러워 잔을 들었다. 소바 차는, 차갑고 깔끔했다.

나도 모르게 홀랑 잔을 비워 버렸다는 사실을, 마신 다음에야 깨달았다. 빈 잔은 곧 채워졌다. 독주를 마신 듯 가슴과 얼굴이 홧홧했다.

그 모든 것이 바깥의 봄빛과 완연히 대비되는 실내의 어둠과, 녹은 땅에서 끼쳐 올라오는 은근한 냉습, 오래된 규슈 전통 가옥에서 배어 나오는 묵은 목향과, 그녀의 날카로운 콧등에 드리운 각진 음영 때문이라고 마음대로 생각해 버렸다.

침대 다리 하나가 살짝 열려 있는 문틈으로 보였다. 냉기를 떨쳐 내기라도 하려는 듯 나는 노란색 침대보를 잠깐 동안 간절히 바라보았다. 사이드 테이블 위의 소라 껍데기, 마른 풀과 열매들, 그리고 이런저런 자잘한 물건들은 여행지에서 모아 온 것들일까.

한국에서 오신, 하고 말한 뒤 그녀는 다시 숨을 멈추었다. 아련한 기운이 그녀의 눈빛에 얼핏 스쳤다.

작가 선생님이시라고요? 그녀가 물었다. 나는 놀랄 것도 없이 놀라 아, 예, 김현수라고 합니다, 라고 대답했다. 그녀는 혼잣소리로 긴, 긴상……, 을 입속으로 중얼거리더니 양손을 가지런히 모았다. 90도로 머리를 숙여 지나치다 싶을 만큼 깍듯이 인사를 했다. 짧은 생머리가 귀밑에서 흔들렸다.

고개를 든 그녀는 숨을 멈추는 법 없이, 활기찬 보국대원처럼 절도 있게, 누추한 집을 방문해 주셔서 영광입니다, 환영합니닷, 이라고 말했다.

활짝 열어 웃는 입술 사이로 하얀 덧니가 보였다. 터무니없는 긴장을 들킨 것 같아 나는 얼른 함께 웃지 못했다. 창문 밖엔 연산홍 꽃무더기가 봄볕에 바래고 있었다. 다테노 마을의 유일한 산, 오기야마〔扇山〕의 푸른 정상이 멀리 바라다보였다.

*

히라타 씨가 나의 방문을 그녀에게 미리 통보했을 것이다.

히라타 씨는 다테노 마을의 이장쯤 되는 육십대 초반의 남자였는데 나에겐 관광 가이드나 마찬가지였다.

그의 다변을 나는 친절로 받아들였다. 도착 사흘 만에 마을의 거의 모든 것을 알아 버린 것 같은 착각을 일으킨 것도 히라타 씨 때문이었다. 그의 친절은 어딘가 분명 지나친 점이 있어 보였지만, 거부감이 들 정도는 아니었다.

하루미를 방문할 것을 그는 일찌감치 내게 권했다. 저로서도 잘 모르는 부분은 있거든요, 라고 말한 뒤 그는 습관처럼 하루미 씨라면…… 하고 말끝을 흐렸다.

그러나 나는 하루미를 방문하지 않았다. 히라타 씨의 다변의 8할이 어차피 내게는 궁금하지 않은 것들이었으니까. 나중에 시간이 있거나 필요하다면, 이라고 혼자 생각해 버렸다.

내가 다테노에 도착한 것은 마을의 내력이라든지 마을 사람들의 삶 같은 것과는 상관없는 일이었다. 원고지 700장 정도의 소설을 쓰는 데 필요한 한적한 환경. 그런 곳이면 되었다. 다만 내가 쓸 소설의 공간 배경이 나가사키라는 것. 그래서 이왕이면 나가사키와 가까우면서, 나가사키보다는 체재비가 적게 들 법한 만만한 지역이면 좋겠다는 게 내가 다테노를 선택한 이유의 전부였다. 관심이 필요했던 곳은 나가사키였고, 일주일에 한 번 정도 전기철도를 타고 다녀오면 될 거라고 생각했다.

그렇게 했고, 계획했던 3개월이 지났다. 소설은 당초의 생각대로 나가 주지 않았지만 늘 그렇지 뭐, 라고 자조 섞인 한숨을 지으며 짐을 꾸렸다. 거의 두문불출하다시피 한 지난 3개월과, 어쨌든 700장의 원고를 마쳤으니 만족하기로 했다. 나가사키에 들러 후쿠오카에서 하룻밤 잔 뒤 첫 페리를 타고 느긋하게 부산에 도착하기로 했다.

오전에 히라타 씨를 만나 그동안의 친절과 보살핌에 대한 감사의 마음을 전했다. 그리고 하루미 씨를 잠깐 만나고 갔으면 좋겠다는 뜻도 함께 전했다.

*

그녀는 이목구비가 또렷했을 뿐 아니라, 분명한 미인이었다. 나는 그녀의 손과 팔, 이마와 코와 턱을 유심히 보았다. 60에 가까운 몸이었으나 아무것도 와해되지 않은 것 같은, 아담하고 가느다란 체형.

히라타 씨로부터 들을 바로 그녀의 남편은 장애인이었다. 들을 수 없고 말할 수 없는 남자의 아내. 어쩔 수 없는 나의 선입견을 스스로 탓하는 순간 문득 그녀의 관능이 느껴졌던 것일까. 그녀는 비장애인이었으며 뛰어난 미모를 간직한 여성이었다. 나는 차가운 소바 차를 한 잔 더 마시며 화끈거리는 부끄러움이 어서 씻겨 내려가길 바랐다.

"미꾸라지군요."

나는 더 이상 그녀의 모습을 훔쳐보지 않기로 하고 도망하듯 시선을 돌렸다. 어두운 거실 한편에 제법 큰 수조가 놓여 있었다. 미꾸라지들이 활기차게 움직였다.

"이왕이면 내일, 불탄일에 풀어 주려고요."

"방생?"

"음, 저는 불자는 아니지만, 그래도 이왕이면 부처님 오신 날에 풀어 주면 좋을 것 같아서."

그녀가 웃었고 나는 고개를 끄덕였다.

"내일부터 저놈들은 긴린코에서 자유롭게 살겠네요."

"미꾸라지는 물속 토양을 헤집어서 공기를 공급하지요. 호수가 썩지 않을 거예요. 수초와 그리고 다른 물고기들의 생장에도 이로워요."

"긴린코 주인다운 말씀입니다."

"주인은요. 이름을 긴린코라 지은 게 호수한테 미안할 뿐이지요. 자꾸 미꾸라지만 넣으니까요. 하지만 뭐 미꾸라지도 배의 색깔이 노랗긴 하죠?"

겸연쩍은지 하루미는 입을 가리고 찡그리며 웃었다.

저토록 아름다운 여인이 어째서 듣지 못하고 말하지 못하는 사내와 결혼할 생각을 했을까. 내 천박한 선입견과 궁금증은 정말 어쩔 수 없는 건가.

*

긴린코〔金鱗湖〕. 말 그대로라면 금빛 비늘 물고기가 사는 호수라는 뜻이다. 잉어쯤이라면 알맞겠지. 하늘을 반사하고 있어 늘 눈부신 호수. 그것만으로도 이름에 값하는 거라고 나는 생각했다.

천천히 걸어도 7분 정도면 다 돌아볼 수 있을 만큼 호수는 작았다. 깊이도 그다지 깊어 보이지 않았다. 호수라기보다는 연못이라 할 만했다. 보잘것없는 호수는 그러나 명소였다. 유치원생과 초등학생들이 호숫가로 줄지어 봄 소풍을 왔다. 제법 먼 곳에서 찾아오는 여행객도 있었다.

각별한 것이 있을까 싶어 유심히 호수와 호수 주변 풍경을 관찰했다. 얕고 작아 수면이 늘 잔잔했다. 푸른 하늘과 흰 구름이 비쳤다. 그뿐이었다. 채색한 지 오래된 양옥의 불그죽죽한 지붕과 버드나무 가지들이 호수 가장자리에 겨우 투영되고 있을 뿐.

그것만으로도 아름다울 수 있었다. 산이 있고 나무가 있고 물이 있으면 하루 봄 소풍 장소로는 안성맞춤. 그래도 어딘가 궁금증이 가시지 않는 건 어쩔 수 없었다.

궁금했던 건 그뿐만이 아니었다.

나는 석 달 전, 잠시 머물 장소를 추천해 주면 좋겠다는 메일을 면사무소에 해당하는 무라야쿠바〔村役場〕로 무조건 보냈다. 신분을 밝히기 위해 작품 평이 실린 국내 일간지 리뷰 기사와 내 소설책 표지 사진 몇 개를 첨부 파일로 보냈다. 쓸 소설의 배경 설명을 간단히 덧붙였고 머물 기간도 함께 적었다. 대학에서 일어일문을 전공하긴 했지만 내 메일은 많은 부분 영어 단어로 채워졌다.

무라야쿠바로부터 날아온 답신은 놀랍게도, 모두 한글이었다.

환영하며, 영광이라고까지 했다. 다테노 마을을 추천했고, 숙식비는 예상했던 것보다 훨씬 저렴했다. 나는 망설이지 않고 가겠노라, 한글로 답했다.

단 한 번의, 일방적인 메일로 계획이 성사되다니. 다테노 마을에 대한 첫인상은 그렇게 깔끔했다. 히라타 씨의 친절한 안내와 배려 때문에 나는 칙사(勅使)라도 된 기분이었다.

낯선 이방인을 대하는 다테노 마을 사람들의 태도 또한 히라타 씨와 별반 다르지 않았다. 언제나 나보다 먼저 그들이 인사를 건네 왔고, 아이들은 밝게 웃으며 손을 흔들었다. 그들은 4년 전의 월드컵 얘기를 빼놓지 않았다. 그래서 나는 그들의 환대가 월드컵 4강까지 오른 우리 축구 선수들의 눈부신 활약 덕분이라고 생각했다.

정말 그런 건지는 물론 알 수 없었다. 한국의 어느 마을에서도 한 일본인 방문자에게 이토록 우호적일 수 있을까. 역시 알 수 없었다. 다테노 마을의 공기는 다른 곳에 비해 산소 함량이 다소 높은 건 아닐까.

*

그중 한 가지 궁금증은 얼추 풀렸다. 다테노에 도착한 지 2주 만이었다. 긴린코에 관한 것이었다.

"역시 작가 선생님이라 다르군요."

히라타 씨가 한 말이었다. 내가 하는 말과 행동은 민망하게도, 그와 마을 사람들에 의해 늘 특별한 어떤 것으로 인식되었다.

"작가가 아니더라도 이곳을 찾는 이방인이라면 누구나 궁금해하지 않을까요? 긴린코에서 특별한 점을 찾을 수 없으니까요."

내 궁금증을 히라타 씨는 반겼다.

"그럴지도 모르죠. 명소가 된 호수의 내력을 모를 테니까."

그는 입맛을 한 번 쩍 다시고는 고개를 들어 오기야마[扇山]를 바라보았다.

오기야마는 원래 쥘부채를 거꾸로 놓은 형상이었다고 했다. 그러나 정상이 뾰족하다면 모를까, 오기야마는 거꾸로 놓은 부채꼴이 아니었다. 정상은 평평했다. 그래서 나는 처음에 부채 선(扇) 자를 평평할 편(扁) 자로 잘못 읽었다.

히라타 씨의 말에 따르면 오기야마의 정상이 평평해진 것은 전쟁 이후였다. 나가사키에 원자폭탄이 투하되었을 때 오기야마 정상에 우뚝 솟아 있던 크고 뾰족한 바위가 산 뒤쪽으로 굴러 떨어졌다.

나가사키와 30킬로미터나 떨어져 있는 오기야마의 거대한 바위가 원자탄의 폭풍에 굴러 떨어졌다는 건 아무래도 과장인 듯했다. 정말 그랬다면 우연일 뿐이다. 폭심(爆心) 바로 곁의 우라카미 성당 벽돌 기둥이 아직도 그 자리에 얼마간 남아 있지 않은가. 폭심에서 10분 거리에 서 있는 외다리 도리이도 어쨌든 반쪽이나마 그대로 서 있질 않던가. 하지만 오기야마의 크고 뾰족한 바위가 원폭 투하일에 쓰러져 버렸다는 것만큼은 사실인 듯했다.

그래서 다테노 마을 사람들은 평평해진 오기야마의 정상을 바라볼 때마다 가슴이 아팠다. 가슴이 아픈 것뿐만 아니라, 태어나 늘 보고 살아온 오기야마의 모습이 일순간 변하면서 다테노 마을 사람들은 균형 감각을 잃기 시작했다. 유실된 바위의 존재감만큼 마음 한 귀퉁이에 텅 빈 상실감이 들어앉았다.

패전의 우울과 아픔, 쉽게 치유되지 않는 상흔과 말 못 할 속병쯤으로 해석할 수도 있겠지만, 정상이 없어져 버린 오기야마는 다테노 마을 사람들에게 보다 더 직접적인 증상들을 불러 일으켰다.

마을 유일의 산. 그 산의 중요한 일부가 유실됨으로써 마을 전체가 중심을 잃었다. 유실된 만큼 산이 가볍게 느껴졌고, 균형 반사 작용 때문인지 사람들의 몸이 기울기 시작했다. 현기증으로 비틀거렸고 길을 잃었다. 걷던 사람들끼리 부딪치거나 전신주에 걸려 넘어졌다. 논두렁을 지나다 균형을 잃고 무논에 처박히기 일쑤였다. 논흙이 기도를 막아 숨진 노인도 있었다.

마을 전체가 빈혈에 걸려 구토를 앓았다. 불면에 시달리는 사람들처럼 모두 창백해졌다. 수년이 지나도록 증상은 쉽게 가라앉지 않았다.

그런 사태를 마침내 진정시킨 것이 긴린코였다. 긴린코는 하루미와 그녀의 남편 야마가와 겐타로가 막대한 비용을 대 완공한 인공호였다. 긴린코는 하늘을 반사해 늘 희게 빛났다.

오기야마는 그 정상을 잃어버림으로써 가벼워졌고, 상대적으로 땅은 한쪽으로 기울어지는 것처럼 무거워졌다. 오기야마의 대칭점에 못을 파 하늘을 반사하게 함으로써, 땅의 무게를 줄였다.

하루미의 남편 야마가와의 아이디어였다. 어떻게 그런 생각을 해 냈는지 사람들은 신기해했다. 야마가와는 말을 못 하는 사람이기도 했지만 말을 아끼는 사람이기도 했다.

"어떻게 그런 생각을 해 냈을까요?"

히라타 씨에게 내가 물었다.

"나라고 다 아는 건 아니에요. 하루미 씨라면……."

그는 내가 하루미를 만날 것을 은근히 바랐다. 하루미의 남편 야마가와가 어떻게 그런 생각을 해 낸 건지 전혀 모르는 눈치는 아니었다. 하루미를 만나게 하려는 데는 왠지 내가 작가이기 때문일 가능성도 없지 않은 듯했다.

긴린코가 나름대로 명소일 수 있는 이유를 알긴 했지만 궁금증이 다 풀린 것은 아니었다. 호수를 만들면 땅이 가볍게 느껴져 상실한 균형 감각이 회복될 거라는 것. 그런 힌트를 어디서 얻었는지도 물론 궁금했으나, 내심 다른 의문 하나가 슬며시 고개를 들었다. 그러저러하여 긴린코가 의미 있는 명소가 되었다면 그건 어디까지나 전전세대의 명소일 뿐이지 않은가. 전쟁 뒤에 태어나 오기야마를 원래 평평한 산으로 알고 자란 세대들에게는 균형 회복의 필요성도, 보잘것없는 호수를 명소로 여길 까닭도 없는 것 아닌가. 전전세대의 우울과 상흔, 그리고 그들의 간절했던 치유 욕구가 지금의 어린 세대들에게까지 유전되고 있다는 말일까. 봄 소풍이 끊이지 않다니.

그런 것이 유전될 리 없었다. 일본인들의 국수주의 냄새가 나는 부분이었다. 전쟁에 대한 일본인들의 겉 다르고 속 다른 태도가, 보잘것없는 호수를 대를 이어 명소로 만든 건 아닐까.

하루미를 만나게 하려는 히라타 씨의 은근한 권유마저 알량하게 느껴졌다. 그의 말을 못 들은 척해 버렸다. 어쨌든 다테노 마을의 공기가 전체적으로 가볍게 여겨지는 까닭만큼은 짐작이 됐다.

*

탁자 위로 몇 개의 과자가 차례로 놓였다. 밤 빵일까. 밤 만주, 녹차 만주, 소바 만주……. 하루미는 그것들을 하나하나 가리키며 혼잣소리로 말했다. 모모야마, 유과…….

점심을 먹었느냐는 그녀의 물음에 나는 예, 라고만 대답했다. 점심 생각은 없었다.

그녀에게 어떤 질문을 했는지 깜박 잊고 있었다. 대답 대신 그녀가 점심을 먹었느냐고 내게 되물었고, 이어 아지노메이사쿠〔味の銘作〕라고 적힌 종이 상자를 들고 나왔기 때문이다. 내 질문에 대한 완곡한 거절의 의사로 받아들였다. 입을 다문 채 주방에서 탁자까지 천천히 움직일 뿐이었으므로.

“이것은 락교.”

그녀가 작은 접시 위의 것을 가리켰다. 와인 락교, 라고 덧붙였다. 함께 먹으면 목이 메지 않을 거라고.

포도 같았다. 그녀는 묻지도 않은 말을, 입 안의 포도 씨를 고르듯 가만가만 늘어놓았다. 락교, 레드와인, 설탕, 포도당, 식염, 산미료를 첨가한 거예요.

“집 앞 텃밭에 토란부추를 잔뜩 심곤 했어요.”

“아, 예.”

나는 과장되게 고개를 끄덕이며, 그녀가 모모야마라고 짚은 과자를 한 입 베어 물었다. 흰 팥 앙금이 드러났다. 그녀의 시선은 집 밖의 텃밭을 향했다.

“락교가…… 토란부추의 뿌리거든요.”

그녀는 창가의 작은 나무 의자 위에 자신의 여린 몸을 가만히 앉혔다. 몸에서 종이 접는 소리가 났다. 한때 한가득 토란부추였을 텃밭엔 유채꽃이 피어 있었다. 나는 문득, 그녀가 대답을 하려는 것임을 깨달았다.

겨울에도 토란부추를 재배해 봐야겠다고 야마가와가 말했다. 하루미는 땅거미가 질 때까지 텃밭에 비닐을 덮어 온상(溫床)을 만들었다. 마을에서 처음 시도해 보는 토란부추 온상을 하루미는 혼자서 해 냈다. 야마가와와 결혼하기 전이었다.

야마가와는 하루미를 일꾼처럼 부렸다. 그녀에게 밭일을 시키고 거들지도 않았다. 불쌍한 하루미에게 밭을 맡긴 뒤로 부지런하던 야마가와가 게을러져 버렸다고 마을 사람들은 혀를 찼다.

그 밭 말고도 자신이 일궈야 할 땅이 많다며 야마가와는 변명했다. 하루미는 농사에 서툴렀다. 그녀 혼자 350평이나 되는 토란부추 밭을 일군다는 건 무리였다.

그녀는 그러나 솜씨 좋게 그 일을 해 냈다. 밤 때문이었다. 엉성하던 텃밭이, 밤이 지나고 나면 깔끔해졌다. 마을이 잠든 사이, 야마가와의 손길이 지나갔던 것이다.

하루미는 병든 아버지와 다테노로 흘러든, 당장의 끼니조차 어려웠던 스물세 살의 처녀였다. 그녀에게 일을 주기 위해 야마가와는 낮에 게으르고 밤에 부지런했다. 텃밭에 비닐을 덮은 다음 날, 야마가와는 키 작은 벽오동들이 서 있는 마을 한편을 가리키며 하루미에게 말했다.

저쯤에…… 호수를 팔 거예요. 그러고 싶어요.

호수는 왜요?

하루미가 물었다.

어젯밤 텃밭의 비닐이 달빛을 반사하는 걸 보았어요. 호수가 하늘을 반사하면 땅이 가벼워질 거예요.

나는 와인 락교의 향을 음미하며 창가에 앉은 하루미를 바라보았다. 그녀는 말을 하며 손으로는 연신 수화를 지어 냈다. 그녀 앞 어디쯤에 야마가와가 서 있는 듯했다.

그녀의 마지막 수화는 말이 되지 않았다.

"무슨 뜻이죠?"

내가 물었다. 그녀가 손을 내리고 말했다.

"호수를 파려면 많은 돈이 필요할 텐데요……."

호수가 들어선 곳이 원래는 벽오동 밭이었구나. 나는 혼자 중얼거렸다.

*

그들 부녀가 처한 형편을 다테노 마을 사람들은 잘 알지 못했다. 그녀의 아버지는 중절모에 양복 차림으로 마을에 들어섰다. 그녀도 도회풍의 밝은 물방울무늬 원피스를 입고 있었다.

게다가 그들이 머문 곳은 에도시대 말기 존왕파 지사였던 사카모토 료마의 별장(다만 그렇게 알려졌을 뿐 사실인지는 지금도 모르겠어요, 라고 그녀는 말했다.)이었다.

처음부터 형편이 나빴던 건 아니었다. 그들을 보살폈던 나가사키 쓰키마치도리 번영회 미우라 상무의 부도 소식이 전해지기까지는, 부족하나마 다테노에서의 요양과 수발이 가능했다. 친구이며 상인회 동료였던 미우라의 부도가 그들 부녀에게는 너무도 빠르고 갑작스러웠을 뿐이다.

원자병을 앓던 어머니가 일찌감치 죽고, 아버지마저 증상이 깊어지면서 겪은 모진 유랑의 세월이 다시 하루미 앞에 닥쳤다. 미우라의 생활비가 끊기자, 원래 버려진 집이나 다름없던 별장은 더욱 퇴락해 갔고, 귀기마저 서렸다. 그것은 병든 아버지와 야윈 하루미의 생명을 시나브로 잠식하는 무덤이었다.

그녀의 원피스가 늘 눈부시도록 깨끗했으므로 마을 사람들은 그들 부녀의 형편을 얼른 알아채지 못했다. 계절이 바뀌어도 언제나 원피스 한 벌뿐이었다는 것, 그 깨끗한 원피스가 시나브로 옥죄어 오는 죽음의 그림자를 떨쳐 내기 위한 주술이었다는 것도 알아채지 못했다.

어느 겨울, 야마가와는 자신의 빈 텃밭에서 서성이는 하루미를 보았다. 그녀는 무심함을 가장하고 있었으나 이따금씩 발끝을 재빠르게 움직였다. 주변을 두리번거리고, 발길에 뽑혀 나온 형편없이 언 무를 집어 들었다. 슬프도록 민첩한 동작이었다.

그날 이후 부녀가 묵고 있는 별장 회랑에 하루에 한 번 밥이 놓였다. 간장에 절인, 이름을 알 수 없는 마른 생선과 함께.

언제나 흰 밥에 절임 생선이었다. 바뀌는 법이 없었다. 절임 생선의 맛은 그다지 좋은 편이 아니었다. 짜고, 군내가 났다. 누군가 버릴 음식을 가져다 놓는 거라고 생각했다. 그러나 음식을 가져다 놓는 사람을 탓할 계제가 아니었다. 허드레 음식이나마 그치지 않는 것을 다행으로 여겼다.

누가 가져다 놓는 것인지 궁금하지 않을 수 없었다. 하루미는 종일 그를 기다린 적도 있었다. 아무도 별장 주변을 얼씬거리지 않았는데도 음식은 땅에서 솟은 듯 그 자리에 놓이곤 했다.

황조롱이 한 마리가 공중을 선회할 뿐이었다. 이따금씩 그림처럼 정지한 채 황조롱이는 땅을 굽어보았다. 어떨 때는 땅으로 내려와 음식 위에 앉기도 했다. 하루미가 본 것은 황조롱이뿐이 었다. 황조롱이야 고맙다. 그녀는 날아가는 황조롱이에게 손을 흔들었다.

*

"아시겠어요?"

그녀가 자줏빛 종지의 뚜껑을 열어 보였다.

혹시 이것이 그때의 그 음식이냐고 내가 눈빛으로 물었고, 그 녀 역시 눈빛으로 그렇다고 대답했다.

새까만 간장에 절인 도막 난 마른 생선. 형태가 부서지고 으 깨져 생선인지조차 구분할 수 없었다. 칡뿌리 같았다. 벗겨진 껍질 사이로 드러난 V자형 살갗 무늬가 낯이 익긴 했다.

한 조각을 입에 넣고 천천히 씹었다.

"코다리?"

그녀가 고개를 저었다.

"북어……가 맞지 않나요?"

그녀가 다시 고개를 저었다. 나도 따라 고개를 저었다.

"후안테."

그녀가 말했다.

"황태?"

내가 되묻자 그녀가 활짝 웃으며 고개를 끄덕였다.

"그럼 북어가 맞아요. 코다리도 맞는 거죠."

“아니요. 후안테예요. 후안테.”

그러면서 그녀는, 남편이 ‘후안테가 아니면 안 돼.’라고 말했다고 했다.

“규슈 지방에서는 한국의 총각이란 말을 의미와 발음 모두 동일하게 사용한다는 얘길 들은 적이 있어요.”

“그래요.”

“그럼, 황태라는 말도 그런가요?”

그녀는 고개를 저었다.

“후안테는 한국 거예요. 시어머니의 고향 인제. 인제 후안테 덕장.”

“시어머니가 한국인이셨군요.”

“시아버지의 고향은 함경도.”

“야마가와라고 해서 저는 남편 분이 일본인인 줄 알았습니다.”

“개명을 했어요. 하지만 고국산천이 그립다고 야마가와〔山川〕로 했죠. 원래 이름은 김, 상, 호.”

나는 그제서야 히라타 씨의 은밀한 권유와, 뭔가를 감추는 듯한 눈빛과 웃음의 정체를 알았다. 히라타 씨는 다변이었으나 지나친 다변은 아니었던 셈이다.

나도 모를 긴 한숨이 새어 나왔다. 김상호. 그는 어떤 사람일까. 나에 대한 마을 사람들의 환대와 우호가 아무래도 그 김상호라는 존재와 무관하지 않은 것 같았다.

후안테에 얽힌 사연, 하고 말한 뒤 하루미는 숨을 멈추었다.

야마가와는 그녀에게 더 많은 일을 주었다. 농사에 서툰 그녀가 본때 있게 작물을 키워 내는 까닭을 마침내 마을 사람들도 알았다. 하루미도 그즈음, 황조롱이가 다름 아닌 야마가와라는 사실을 알았다.

야마가와는 일부러 게으를 필요가 없어졌다. 밤낮 없이 부지런한 야마가와로 되돌아왔다. 가족처럼, 둘이 함께 땅을 일구었다. 야마가와 총각이 하루미를 맘에 두고 있는 게 분명해. 그런 소문은 어쩌면 자연스러운 것인지도 몰랐다. 하지만 과연 듣지도 말하지도 못하는 조센징에게 하루미가? 그런 생각 또한 전혀 부자연스러운 것만은 아니었다.

꽃 피는 4월의 논밭에서 허리 숙여 괭이질 하는 두 남녀는 다정한 신혼이었다. 그러나 일이 끝나면 각자의 집으로 돌아갔고, 지겨운 절임 생선 반찬도 그다지 달라지지 않았다. 그것이 이쪽으로도 저쪽으로도 자연스럽게 여겨지는 생각과 소문의 근거였다.

멀쩡한 입으로도 하기 힘든 게 청혼인데 하물며 듣지도 말하지도 못하는 야마가와에게 있어서야. 다테노 사람들의 호기심이 깊어 가던 어느 여름 날, 하루미는 처음으로 야마가와 집을 방문했다. 야마가와 노모의 청에 의한 것이었다. 나라쓰케 담그는 법을 가르쳐 준다는 이유에서였으나, 아들의 맘을 가장 잘 아는 것은 그의 노모일 수밖에 없었다.

그날 하루미는 맛있는 나라쓰케 담그는 법을 그의 어머니에게서 배웠다. 비법은 술지게미에 있었다. 그의 어머니는 꼬들꼬들하게 지은 밥에 누룩과 술약 섞는 요령을 보여 주었다. 독에 넣어 온돌에 띄운다고 했다. 온돌이란 것을 하루미는 그의 집에서 처음 봤다. 장차 독 안에 흰 빛의 술이 고일 것이며, 그 술의 이름은 막걸리라고 했다.

막걸리를 걸러 낸 술지게미에 율외나 노각을 박으면 특유의 나라쓰케가 되는데, 그 맛이 워낙 유명해서, 야마가와의 노모가 만드는 것은 특별히 다테노 나라쓰케라는 상표가 붙었다. 이것이 백제인 수수허리가 오우진 천황을 위해 만든 최초의 방식 그대로라오.

그리고 노모의 말은 조금 더 이어졌다. 나가사키에서의 피폭과, 우키시마 호가 현해탄에 수장된 이후 귀국을 단념한 얘기들. 무지한 부모 탓에 애당초 장애를 안고 태어난 데다 아버지를 일찍 여의고 열다섯 살부터 땅을 일군 불쌍한 야마가와…….

문 밖의 야마가와는 두 사람의 대화를 들을 수 없었다. 그러나 노모가 무슨 말을 할지 짐작 못 할 그도 아니었다. 멀찌감치 들판으로 도망쳐 나가 있고 싶었으나 발이 떨어지지 않는 것은 어쩔 수 없었다.

부친의 병이 저토록 중하니 들어와 우리와 함께 사시도록 하세나. 노모의 말이 무얼 뜻하는지 하루미가 모를 리 없었다. 전혀 예상치 못했던 건 아니었지만 대답을 준비한 것도 아니었다. 요즘은 웬만하십니다. 걸어서 산보도 하시는걸요, 라는 말로 하루미는 대답을 대신했다.

문이 열리고 하루미가 밖으로 나오자 야마가와는 깜짝 놀라 자리에서 벌떡 일어섰다. 방 안의 노모는 고개를 돌려 오기야마의 평평한 정상을 바라보고 있었다.

몸 둘 바를 모르던 야마가와는 쥐고 있던 부채를 얼떨결에 하루미에게 건네고, 환관처럼 고개를 숙였다. 그때 어디선가, 솜털처럼 흩날리는 홍화 꽃잎과 함께 낯익은 냄새가 흘러들었다고 했다.

"절임 생선 냄새였어요."

내 앞에 놓인 황태 절임을 내려다보며 그녀가 말했다.

"그때 아신 건가요? 황조롱이가 야마가와란 걸?"

"그전에 이미 알고 있었지요. 다만 냄새가 구수하다고 느낀 건 그때가 처음이었어요."

"익숙해진 거였군요."

"그럴 수도 있겠지만……."

그녀가 말했다.

"……운명의 냄새였던가 봐요. 매일처럼 얻어먹던 그 허드레 음식의 정체를 알고 싶었거든요."

음식은 매우 깊고 어두운 질그릇 안에 들어 있었다. 바닥에 조금밖에 남아 있지 않은 절임 생선은 얼핏 보아도 수년 전에 버린 쓰레기 같았다. 울컥 욕지기가 올라왔다. 하루미의 창백한 낯빛을 거니챈 야마가와는 그러나 당황하지 않고 천천히, 손을 움직여 말을 만들어 냈다.

"수년 동안 묵은 게 아니라, 정확히 20년이나 묵은 거라더군요. 20년 묵은 장에 담근 후안테. 한국의 강원도에서 얼음과 눈과 바람에 얼고 녹으며 마른 게 후안테라죠. 어렵사리 구해 온 그것을, 노모가 직접 담가 스무 해나 묵힌 장에 절인 거였어요. 노모와 야마가와가 귀한 약으로 조금씩 아껴 먹는 거였는데, 저와 아버지에게 주느라 두 모자가 그동안 그걸 먹지 못했다더군요. 히로시마나 나가사키에서 피폭당한 조선인들 중에는 후안테 100축을 고아 먹고 정말 나은 사람이 있다고 했어요. 아버지의 증세가 호전되어 산보라도 하게 되었던 게 그 절임 생선 덕분이 아니었을까 싶었던 건 나중 생각이었어요. 제가 야마가와 집에 들어가 산 뒤로."

"야마가와 집으론 언제 들어갔는데요?"

"그날로요. 그날 야마가와 집에서 아예 나오질 않았죠."
나는 황태 절임을 찬찬히 씹으며 웃어 보였다.
"음, 정말 구수해요."

*

현관문이 벌컥 열렸다. 5월의 햇살이 먼저 쏟아져 들어왔다. 침몰하는 배의 깨진 현창으로 바닷물이 들이닥치는 것 같았다. 잠시 뒤에 그 햇살을 밟고 노년의 한 사내가 들어섰다. 눈이 부셔 나는 잠시 눈꺼풀을 닫았다.

사내는 신발장 앞에 우두커니 서 있었다. 표정이 없었다. 지나치다 싶을 만큼 마른, 작은 체구였다. 그의 손에는 종이 한 장이 들려 있었다.

하루미가 천천히 다가가 종이를 건네받았다. 그리고 그를 거실 한편의 의자에 앉도록 했다. 하루미를 대하는 사내의 태도는, 정숙하고 공손하다 못해 비굴할 정도였다. 다이묘 시대의 사유 노비가 그랬을까.

하루미가 방 안으로 들어가고 거실에는 그와 나만 남았다. 그와의 거리는 일곱 걸음 정도. 사내는 두 손을 무릎 위에 가지런히 모으고 초등학교 입학생처럼, 역시 지나치다 싶을 정도로 얌전히 앉아 있었다. 얼핏 봐도 정신이 온전치 못한 사람이었다.

나는 고개를 돌려 창밖을 바라보았다. 여기저기 연보랏빛 오동나무 꽃이 한창이었다. 오동나무가 특별히 많은 마을은 아니었다. 나는 다테노의 경치를 살피면서 알게 되었다. 산벚꽃이 필 때 사방은 온통 산벚꽃뿐이고, 아카시가 필 때 또 사방은 온통 아카시 천지라는 걸. 오동나무도 그랬다. 머잖아 온통 초록으로 범벅되고 말 나무들은 꽃을 피울 때야 비로소 자신의 정체를 오롯이 드러냈다. 일정한 간격을 두고 차례로 꽃 잔치를 벌일 때만 그랬다.

창밖으로부터 눈길을 거두어들였다. 의자에 앉은 노년의 사내가 나를 보고 웃고 있었다. 어이없을 만큼 활짝 웃는 웃음이었으나 정지된 화면 같아 생명력도 감정도 없어 보였다. 주름 많은 하회탈. 저 상태로 얼마나 견딜 수 있을까. 숨이 턱 막혔다.

상대로 하여금 아무런 감정 변화도 유도해 내지 못하는 이상한 웃음은, 하루미가 방에서 나오자 금방 무표정 모드로 바뀌었다. 눈 깜짝할 사이에, 예의 그 공손하다 못해 비굴한 표정으로 돌아가 버렸다. 너무 빠르고 완벽한 회귀가 나를 어리둥절하게 만들었다. 좀 전에 웃던 모습은 환영일 거라고 생각했다.

사내는 머리를 조아리고 하루미가 건네주는 두툼한 봉투를 받았다. 귀중한 물건 떠받들 듯했다. 더 깊이 머리를 숙이며 뒷걸음(뒷걸음이었다!)으로 물러났다. 그리고 고개를 들어 그는 잠시 나를 바라보았고, 얼굴은 또 다시 완벽한 하회탈 모드로 바뀌어 있었다. 내게 보내는 모종의 인사인 듯했으나 나는 꼼짝할 수 없었다. 잃어버리지 말고 잘 가지고 가세요. 하루미의 말에, 그는 다시 다이묘의 사유 노비처럼 허리를 굽히고 현관문을 빠져나갔다.

"호우지라고 해요."

하루미가 멀어져 가는 사내를 바라보며 말했다. 호우지. 사내의 이름일지도 모른다고 생각했다.

"옛날 쇼군들이 쓰던 도장을 그렇게 불렀다나 봐요. 다테노 절임 식품임을 증명하는, 인증 딱지인 셈이죠."

하루미가 사내에게 준 것은 도장 찍힌 상표였다. 우메보시 400장, 나라쓰케 400장, 후쿠진쓰케와 우엉 절임 각각 800장. 사내가 들고 온 종이는 일종의 상표 주문서였던 것이다.

호우지는, 시어머니를 이어 그녀의 남편이 관리하던 도장이었다. 이제는 다테노 마을에서 생산되는 모든 절임 식품 상표에 찍히지만, 원래는 야마가와 모자의 것에만 제한적으로 붙던 표지였다.

하루미가 야마가와의 아내가 되면서 절임 식품의 종류와 양이 비약적으로 늘어났다. 노각을 재료로 한 데쓰쿠리 나라쓰케, 갓의 일종인 다카나쓰케, 심해어류인 발광오징어를 간장과 주정에 담그는 호타루이카, 다시마 표고버섯 조림, 마늘 된장 절임, 깨 다시마 조림, 중국 야채와 뿌리 열매를 이용한 야마쿠라게와 자사이 절임까지, 그 종류가 50가지를 넘었다.

두 사람의 각별하고 신바람 나는 사랑 때문이라고 마을 사람들은 부러워했다. 독특한 맛과 향 때문에 그들의 다테노 나라쓰케는 마침내 도쿄에서도 가장 잘 팔리는 절임 식품으로 인정받았다.

운두 높은 독들이 줄지어 늘어나는 것만큼 가족 소유의 땅도 해마다 늘어났다. 야마가와는 밤낮 없이 일했으나 왠지 지치거나 힘들어하지 않았다. 마을 전체의 땅을 사고도 남을 만큼 돈을 벌었다. 야마가와는 그때를 회상하며, 정말 원 없이 일해 봤노라 말하곤 했다.

한 가족이 감당하기엔 벅찬 주문이 밀려들면서 결국 야마가

와와 하루미는 자신들의 비법을 마을 사람들에게 공개하고 전수
했다. 다테노는 유명한 절임 식품 마을이 되었다.

"어머니가 계실 때는 물론 도장을 어머니가 관리하셨죠. 어머
닌 직접 일일이 맛을 보고 흡족해야 상표에 도장을 찍어 주셨어
요. 그때부터 도장이 호우지라는 이름으로 불렸죠. 어머니가 돌
아가신 뒤 야마가와는 도장을 마을 협의체에 맡기려 했어요. 검
품 자체도요. 나라쓰케가 마을 것이 된 거니까요. 하지만 마을
사람들은 극구 사양했죠. 호우지는 반드시 야마가와 댁에 있어
야 한다, 라고 했어요."

쇼군의 보새(寶璽) 호우지. 과연 사내가 떠받들 만한 거였다.
이젠 그냥 형식적으로 제가 관리하는 것뿐이죠. 검품 과정은 생
략한다고 하루미는 말했다. 마을 사람들이 워낙 제조 원칙을 잘
지키니까. 은혜에 대한 보답이라 여기는 다테노 사람들이라면,
정신이 온전치 못한 이가 아닐지라도 호우지에 대해 사내와 다
르지 않은 태도를 보일 터였다. 그들은 그렇게 스스로 호우지의
권위를 지켜 나가는 거였다.

*

연보랏빛 오동나무 꽃 사이로 푸른 하늘이 보였다. 흰 구름
이 천천히 흘러갔다. 휘파람 소리 같은 새 울음이 들렸다. 자동
차가 이따금씩 멀리 어딘가를 지나갔다. 낮잠에 빠져 들기 좋은
오후였다.

"열차 시간이 돼서 전 이만……."

나는 자리에서 일어섰다. 달콤한 밤 만주와 와인 락교, 소바차에 대해 감사의 마음을 표했다. 그녀가 잠깐만요, 라고 말했다.

냉장고에서 종이 상자 하나를 꺼내 왔다. 아지노메이사쿠와 비슷한 규격의 상자였다.

"이게 호타루이카예요."

그녀가 상자를 열었다. 진공 포장지 속에 식품 덩어리가 엉겨 있었다. 연한 갈색과 보랏빛을 띠고 있었다.

"새끼 오징언가 봐요."

"사실은 다 자란 성어예요. 심해어류라 작지요. 200에서 1000미터 깊이의 수심에서 살아요. 몸에서 반딧불이 같은 빛이 나죠. 호타루. 반딧불이란 뜻이니까요. 이카는 오징어. 반딧불이처럼 빛나는 오징어란 뜻."

나는 고개를 끄덕였다. 그녀가 말했다.

"4~5월이 산란기인데 그때 잡은 것이 가장 맛이 좋아요. 작년 이맘때 잡힌 것들이죠. 다테노의 명품. 정갈하게 씻은 호타루이카에 간장, 식염, 설탕, 그리고 주정과 천연 다시마 조미료를 넣지요. 담그는 법은 간단하지만 맛만은 최고. 담백하면서도 내장에 아미노산이 많아서 좋은 맛을 내요. 그대로 먹어도 되지만 실파를 썰어 넣거나 고춧가루를 살짝 뿌려 먹어도 돼요. 술안주로 먹어도 되고 그냥 따뜻한 밥 위에 얹어 먹어도 좋아요."

그녀는 당장에라도 밥 한 그릇을 내오고야 말 기세였다. 다테노 마을 원조 절임 식품 전문가다운 면모였으나, 그녀의 상기된 얼굴에서는 아까 생긴 홍조가 가시지 않고 있었다.

신바람이라고 해야 할지, 남편과 함께 긴린코 파던 얘기를 할 때 그녀는 피어오르는 흥분을 감추지 못했다.

벌어들인 돈으로 그녀 가족은 호수를 파기로 했다. 야마가와의 오랜 꿈이었다. 사람의 힘으로 파는 것치고는 꽤나 큰 호수였다. 마을 사람들이 공사에 동원되었다. 일당을 넉넉히 쳐 주었다.

어째서 갑자기 호수를 파는 거냐고 물어도 야마가와는 대답하지 않았다. 하루미에게 물으면 그녀는 금빛 잉어나 낚으며 살겠답니다, 라고 대답했다. 부자의 호사치고는 연못이 너무 크다는 공론이 있었으나 야마가와는 당초의 계획대로 밀고 나갔다.

그들 부부는 마을 사람들을 깜짝 놀라게 하고 싶었다. 호수에 물을 가두는 날 비로소 회복될, 마을의 균형감. 상상만으로도 기뻤다. 미리 사실을 알리면 공사비를 갹출하자고 할까 봐 숨겼다. 야마가와는 비용을 혼자 대고 싶어 했다. 자신과의 약속이었다.

불도저는 한 대만 빌렸다. 나머지는 손수 만든 넉가래로 팠다. 온 마을 사람들이 달려들어 땅을 파고 흙을 실어 나르는 광경이 두 달 내내 장관을 이루었다.

당시의 얘기를 하면서 하루미는, 미세하지만 전율하듯 다리를 떨었다. 살짝 벌어진 원피스 앞자락 사이로 그녀의 흰 무릎이 흔들리는 것을 나는 놓치지 않았다. 가늘고 푸른 정맥이 투명한 살갗 속에서 빛을 발했다.

그녀의 몸 구석구석 핏줄이 팽팽하게 당겨지고 있는 거라고 생각했다. 차분하게 말했지만 그녀에게선 잔잔한 열기가 느껴졌다.

불도저를 한 대만 빌린 것은 온 마을 사람들에게 넉넉한 품삯을 나눠 주기 위해서였지요. 그리고…… 말소리에서도 약간의 경련이 일었다. 아, 야마가와는 그런 사람이었어요. 호수를 팠다는 성취감을 마을 사람 모두가 나눠 가져야 할 필요가 있기 때문이라고 했지요.

그녀는 눈을 가늘게 뜨고 창밖 어디쯤을 바라보았다. 나는 관능의 정체를 알았다. 야마가와에 대한, 조금도 식지 않은 그녀의, 사랑이었다.

호수가 완성되고 물이 들어찬 날, 마을 사람들은 기쁨도 환성도 없이 저마다 섰던 자리에 주저앉아 넋을 잃었다. 끼니도 잊고 말 없이 눈만 연 채, 언제까지고 언제까지고 그렇게 앉아 신비에 젖어 들었다. 수면 위로 금빛 노을이 떨어질 때까지.

"이걸 드릴게요. 방문 감사의 선물."

하루미가 호타루이카 박스를 내게 잠시 내밀었다. 그러곤 다시 거두어들이며 말했다.

"하지만 냉동식품이라 특별 배송을 해야 돼요. 서울 도봉구에 거래처가 있어요. 지금 주문을 넣으면 작가님 댁에 두 시간 안에 도착하죠."

아파트 주소와 전화번호를 알려 주는 것으로 내 방문은 끝났다. 5월의 햇살을 으샤, 밀치며 나는 그녀 집을 나왔다.

*

어디선가 삽살개 한 마리가 달려와 그녀의 종아리를 맴돌았다. 손을 뻗으면 마당 저쪽으로 도망쳤다가 다시 돌아와 종아리를 핥았다. 그러기를 반복했다.

삽살개는 오랜 친구처럼 그녀와 장난을 쳤다. 햇살이 삽살개의 털끝에서 부서졌다. 그녀의 원피스 자락은 커튼처럼 투명했다. 가늘고 흰 종아리가 눈부신 햇빛에 녹아 버릴 것 같았다. 그녀에게 자녀는 없는 걸까.

사요나라. 나는 고개 숙여 인사했다.

"안녕히……."

그녀가 한국말로 응대했다.

긴린코로부터 흘러내리는 작은 개울을 따라 걸었다. 맑은 물 속에서 피라미들이 움직였다.

초등학교 저학년으로 보이는 세 명의 아이들이 개울물처럼 맑은 웃음을 지으며 내 곁을 지나쳐 갔다. 손짓을 해 보이자 까르르 웃었다. 다테노에 처음 도착했을 때부터 아이들은 나를 보고 맑게 웃었었다. 멀리 기차역 건물이 바라다보였다.

나는 잠시 서서, 뒤돌아보았다. 책가방을 등에 멘 초등학생들이 팔짝팔짝 멀어져 갔다. 하루미는 삽살개를 잡으려고 이따금씩 손을 뻗었다. 그녀의 손을 피해 장난스레 도망치는 삽살개는 공연히 신나 있었다.

그들 모습 뒤로 평평한 오기야마의 푸른 정상이 보였다. 그리고 하늘을 반사하는 긴린코가 눈에 들어왔다. 유치원생들이 인솔 교사를 따라 호숫가를 줄지어 걸었다. 갓 부화한 병아리들 같았다. 처음 보는 풍경이 그곳에 있었다.

이불

최용운

1954년 강원도 영월에서 태어나 1988년 《경향신문》 신춘문
예에 「폐각처분(廢却處分)」이 당선되어 작품 활동을 시작했다.
소설집 『바빌론에 가까이』, 장편소설 『흰 겨울 검은 봄』, 『사
랑할 시간이 너무 적다』, 『그곳엔 까만 목련이 핀다』, 『권력과
영광』 등이 있다.

"이달에도 틀렸어요. 죄스러워 어떡해요."

그 말이 끝나기 전에 벌써 아내의 눈은 흥건해졌다.

"며칠 있으면 일을 하게 된다니까 다음 달에 장만해 드려요."

나는 회사에서 들은 말과는 정반대로 말하고 방을 나섰다.

"어디 가요?"

"나가서 담배 한 대 피우며 산책이나 하려고요."

"공장에서 밤낮 일하는 사람이 웬 산책? 그건 운동이 부족한 사람이나 하는 거지."

대답 없이 머리를 부딪칠까 고개를 숙이고 부엌문을 나왔다. 사장은 오늘도 본 공장에 가 늦도록 있다 왔지만 헛걸음이었다. 벌써 그런 헛걸음은 세 달째였고 납품 대금은 1년 8개월이나 밀렸다. 서로 사정을 잘 아는 사이라 우리는 임금을 재촉하지 않았고, 사장은 이리저리 돈을 꿔 겨우 쌀 살 돈이나 나눠 주는 형편이었다.

"외국계 회사가 회사를 헐값에라도 사 주지 않으면 오래 버티기 어려운가 봐. 채권단은 더 이상 돈을 내놓지 않으려 하고……. 전 직원 고용을 보장하라며 매각을 반대하던 노조도 구조 조정 때문에 말이 먹히지 않는대. 하긴 한쪽에서는 헐값에는 팔 수 없다는 주장도 있다지만 어째 기분이 안 좋아. 이대로 나가면 우리도 사람을 더 줄여야겠어. 며칠 후에 그 얘긴 다시 하기로 하고 우선 그렇게들 알지."

이미 세 명이 그만두고 여섯 명이 남았는데 거기서 사람을 더 줄여야 한다는 것이었다. 그 세 명은 모두 미혼이라 인원을 줄여야 한다는 얘기가 나오자 어디 가면 밥 못 먹겠느냐며 자진해서 물러났었다.

내가 다니는 공장은 D 자동차 회사의 1차 협력 업체인 상수 공업사에서 2차, 3차, 4차를 거쳐 도달한 최막장 하청 공장이다. 설비 또한 냉장고만 한 수동 사출기 네 대와 책상 높이 정도의 수동 프레스 다섯 대가 사장의 10평 남짓한 집 방과 마루, 그리고 손바닥만 한 마당 구석에 설치되어 있는 게 전부였다.

게다가 의료보험과 연금보험, 퇴직금도 없는 노동정책의 사각지대였다. 그러므로 작업 중에 다치면 공상(公傷)이나 산재 처리는 꿈도 못 꾸고 그저 사장이 주는 봉투와 생활비를 아껴 치료를 해야 했다.

사출기나 프레스는 두어 달이 지나면 더 배울 것도 없다. 그때부터는 그 사람의 노력에 의해 작업량이 늘거나 줄 뿐이다. 우리는 작업량을 계산하여 임금을 받았는데 어떤 것은 1000개를 찍어야 10원을 받는 것도 있었다.

하지만 좋은 시절도 있었다. 하루 16시간씩 일해도 일거리가 쌓여 사장은 어떻게든 일을 더 시키려고 툭하면 술을 내고, 직공들이 저녁 먹으러 가는 시간도 아까워 저녁을 대접하고는 했다. 그러나 지금 생각하니 그때는 외환위기가 오기 전의 일이니 우리만이 아니라 온 국민이 다 좋았던 시절이라고 해야 옳을 게다.

그 시절 여름방학 때 한 대학생이 사촌 매형인 직공 집에 놀러 왔다가 아르바이트를 하러 온 적이 있었다. 대학생을 가까이서 보고 얘기를 나누기는 모두 처음이어서 우리는 기계 조작으로 그 친구를 놀라게 하고 애먹이고 못 알아듣는다고 핀잔을 주는 것보다 얘기 듣기를 더 좋아했다.

—이 공장처럼 줄줄이 걸린 그 관계를 먹이사슬이라고 하는데 맨 끝인 식물은 햇볕을 받아 스스로 양분을 만들어 내어 자라서 동물에게 뜯어 먹히죠. 그 동물은 또 자기보다 힘센 동물에게 먹히고요.

그 먹이사슬과 우리가 왜 닮았다는 것인지 도통 이해를 할 수가 없었지만 그보다 대학생이 왜 이런 곳으로 일을 하러 왔는지가 더 궁금했다.

—여기 말고도 아르바이트 하려면 많을 텐데?

—경험을 쌓으려고요. 이런 경험은 아무나 쌓는 게 아니잖아요.

나는 이 일자리를 떠나면 죽는 줄 알고 있는데 경험을 하러 왔다니……. 약을 올리는 것 같지는 않아 감정이 상하지는 않았지만 기분은 좋지 않았다. 하지만 그 친구 덕에 아예 딴 사람들 얘기라며 생각 없이 지나가던 문제를 다시 곱씹어 보게도 됐다. 이를테면 일요일 쉬는 문제나 퇴직금 같은.

그렇다고 우리가 쉬지 않고 1년 내내 일만 하는 것은 아니었다.

우리가 쉬는 날들은 주로 명절과 일거리가 없는 때였다. 그것도 우리 사장이 결정하는 게 아니라 본 공장에서 결정했다. 물건이 달리니 추석에 기계를 세우지 말라면 그렇게 했고, 설에는 재고가 많으니 한 열흘 기계를 세우라면 또한 그렇게 했다. 바쁠 때는 아버지 제사 지낼 시간을 못 내 다음 날 아침에 올린 적도 있었다. 하지만 재고가 많을 때는 한 달 보름을 쉰 적도 있었다. 그것도 언제 일감이 올지 몰라 하루에 한 번은 공장에 출근을 해야 하므로 멀리 갈 수도 없었다.

— 앞으로 뭘 할 건데?

누군가 물으니 그 대학생이 대답했다.

— 컴퓨터 프로그래머요.

— 아하, 컴퓨터?

— 컴퓨터가 아니라 컴퓨터를 이용하는데 필요한 소프트웨어를 만드는 일요. 이해를 못 하시는 것 같은데, 여하튼 컴퓨터에 관련된 일을 할 겁니다.

— 자동차 계통은 아니로구먼.

— 아저씨들은 뭐 자동차 계통입니까?

— 우리야 먹고살기 위해서 하는 거지.

— 저도 이런 경험이 앞으로 먹고사는 데 필요하거든요. 이렇게라도 경험하지 않으면 뭘 알겠어요. 학교 다니고, 군대 갔다 온 게 경험의 전부가 돼서는 큰사람이 못 돼요.

우리는 그 학생의 자신 있는 말에 모두 입을 다물었다. 이래서 사람은 배워야 하는구나 하는 생각만으로도 나는 자신이 부쩍 달라진 기분이었다.

어쨌든 그 시절은 제품을 검사하고 마무리 잔손질을 하는 아내와 둘이 벌어 적금과 애 교육보험을 붓고도 얼마쯤 저축이 가능했다. 월 15만 원씩 들어가는 적금은 만기에 타서 조건이 좋은 곳으로 방을 옮기고, 애를 가르칠 돈은 따로 장만한다면서 해산도 하기 전에 아내는 자녀 교육보험에 들었던 것이다.

기지도 못하는 애 교육보험금이 한 달에 10만 원이 넘는데도 아내는 보험 증서를 꺼내 보며 희망에 부풀어 함빡 웃음을 짓곤 했다. 그래, 내가 무슨 짓을 하든 가르칠 테니 너는 나처럼 살지는 말거라. 말은 안 해도 나나 아내는 그런 생각을 하고 있었다.

조금만 걸어가면 등산로였다. 광역시 끝에 우리 동네와 공장이 있고, 그 끝에 등산로가 있었다. 나는 등산로가 가까워 오자 발길을 돌렸다. 온통 건강만이 인생의 전부인 양 팔을 흔들고 심호흡을 하며 울긋불긋한 등산복으로 치장한 사람들이 지나다니는 그 길을 걷고 싶어도 사람들이 지나다니는 시간은 피하는 나였다. 깜깜한 밤중이나 첫새벽 그 길을 걸어 나는 물을 떠 왔다.

집으로 돌아가면서 자꾸 아내가 한 말이 머릿속을 휘저었다.

이달에도 틀렸어요. 죄스러워 어떡해요.

틀렸다는 것은 이달에도 어머니 이불을 장만할 수 없다는 말이었다. 아내에게 어머니의 이불은 당장의 끼니 걱정보다도 더 중요한 듯했다. 나 또한 어떻게든 돈을 마련해 주고 싶으나 곱사등인 내가 달리 할 일이 없었다.

*

나 때문인지는 모르지만 아버지는 폭음을 많이 하셨다. 그래서인지 쉰여섯에 중풍을 맞았고 그해 나는 초등학교를 졸업했다.

어머니와 바로 위의 누나가 애면글면 남의 허드렛일이나 김매기 등으로 일해 끼니를 이었다. 마음씨 고운 동네 한의사의 무료 침으로 겨우 연명하던 아버지는 3년을 넘기지 못하고 돌아가셨다. 화장장에서 마치 솔가지 꺾어 놓은 것 같은 앙상한 뼈 몇 토막으로 아버지가 나왔다. 나는 너무도 기가 막혀 사람들 다리 사이를 빠져나가 그 뼈를 두 손으로 움켜잡았다. 뼈는 마치 쇠처럼 달구어져 내 두 손을 지져 댔고 나는 온몸을 비틀고 뒹굴면서도 그 뼈를 놓지 않았다.

—나 원, 20년 뼈를 빻아 살았지만 이런 일은 처음이여. 성치 않은 자식 효성이 더 지극하다더니 참…….

내 손에 약을 발라 주고 붕대를 감아 준 그 인부는 대신 곱게 빻았노라며 나를 위로했다. 누나가 어디서 들었는지 2만 원을 주려 했지만 기겁을 하면서 받지 않았다.

—아니여. 그 돈으로 동생 손 치료나 잘해 주어. 쯔쯔 몸도 성치 않는데.

없는 사람이 제일 먼저 아낄 것은 차비라면서, 식구들에게 걸을 수 있는 데까지 걷게 하거나 꼭 타야 된다면 걸리는 시간과 차의 질에 상관없이 가장 싼 차를 타라던 어머니가 이번에는 급행 표를 끊었다. 그러고는 아버지의 뼛가루가 담긴 항아리를 안고 우리 남매를 재촉해 태백선을 탔다.

아버지의 고향은 큼지막한 강이 동서로 누워 있고 왕의 능도 있는 영월인데, 누나나 나는 그곳에서 태어나지 않았다고 했다. 강에 분(粉)을 뿌리나 했더니 어머니가 정한 곳은 산이었다. 여우고개라는 야트막한 야산이었는데, 예전 두 분이 첫 살림을 차려 몇 년 사시던 곳이라고 했다.

붕대를 감은 손으로 어렵게 아버지의 분을 뿌렸다. 소나무 밑에도 뿌리고 참나무 밑에도 뿌리고 칭칭나무 아래에도 뿌렸다. 내가 분을 뿌릴 때마다 어머니와 누나는 쉰 목소리로 울었다. 리듬을 맞춘 곡(哭)이 아니라 마구잡이 울음이었다.

누나가 친구의 소개로 인천 어느 방직 공장에 취직이 되자 어머니는 그동안 살던 교문리를 떠나 당신의 먼 친척이 있다는 부평으로 옮겨 왔다. 그러고는 누나의 속옷을 두 벌 사고 고기 찌개를 끓여 먹인 후 그 밤 여러 번 같은 말을 했다.

"재워 주고 먹여 주니 버는 거 허튼 데 쓰지 말고 알뜰히 모아 니 살길 니가 찾아라. 에미하고 동생은 어떻게든 살아갈 테니 우리 걱정은 하지 말고. 우쨌거나 야무지게 해라. 우엣분들 말 잘 듣고 눈 밖에 나지 말거라. 차비 드니 쉬는 날 자주 올 것도 없다."

이튿날 새벽같이 떠나는 누나에게 어머니는 또 같은 말을 여러 번 되풀이했다.

부평은 서울과 가까워 야채를 재배하는 비닐하우스가 많았는데, 그 덕에 어머니가 일을 나가기는 어렵지 않았으나 문제는 열일곱이나 된 나였다. 어머니는 내 장래를 생각하여 어떻게든 기술을 배울 수 있는 곳으로 취직을 시키려 했고, 나도 여기저기 공장을 찾아다니기 시작했다. 그러나 사람을 뽑는다는 곳에서도 한결같이 나를 보고는 머리를 저었다.

─그 몸으론 이 일 못 하네.

생각 끝에 나는 어머니를 따라나섰다. 그래도 농사를 짓는 사람들은 내 몸을 따지지 않아 일을 할 수 있었다. 다만 이미 할머니 소리를 듣는 어머니보다도 일당이 적은 것이 흠이었다. 그리하여 봄이면 야채 모종, 여름이면 조금 멀리 나가 김을 매고, 가을이면 고추를 따는 일로 7년을 보냈다. 그 사이 군 입대를 면제받았고, 억척스럽게 둘이 일한 덕에 부엌도 없던 방에서 제법 널찍한 부엌이 딸린 방으로 이사를 할 수 있었다.

운도 서서히 터 왔다. 나이 스물넷에 드디어 나를 써 줄 공장이 나타난 것이다. 나를 받기로 한 곳은 사고가 나 찢어지거나 다 닳은 타이어에 고무를 대고 프레스로 찍어 다시 새것으로 둔갑시키는 타이어 재생 공장이었다. 일이 힘든 것도 있지만 무엇보다 여름이 고통스러웠다. 증기로 쇠를 달구는 방식이라 공장 안은 숨을 쉴 수 없을 만큼 더웠다. 사정이 급해 힘자랑을 하며 들어온 장정들도 한 해도 넘기기 전에 기신거리다 슬며시 그만두는 곳이었다.

내가 들어갔을 때 8개월이 된 직공이 가장 고참이었다. 하지만 나는 그곳에서 6년을 버티었다. 이미 1년이 지나면서 최고참이 된 나는 그 자리를 6년이나 지켜 나가던 그 어느 여름날 밤 자정 무렵, 운명처럼 아내를 만났다.

문이란 문은 모두 열어젖히고 더위와 싸워 가며 일을 하고 있는데 문께 웬 여인이 나타났다. 나는 그냥 동네 사람이 더위를 피해 나왔다가 구경을 하는 것이라 짐작하고 더는 신경을 쓰지 않았다.

그런데 이상한 것은 그녀가 한 시간이 다 되도록 그 자리에서 꼼짝 않고 안을 들여다보고 있는 것이었다. 뭔가 이상하여 나는 내 튀어나온 등과 작은 키를 보이기 싫어 프레스 받침 위에 올라서서 핸들에 몸을 반쯤 숨기며 물었다.

“누굴 찾아왔어요?”

“아니요.”

“그럼?”

한참 대답을 미루던 그녀가 조심스럽게 말했다.

“저어, 혹시 일을 할 수 있을까 해서요.”

“보기엔 이래도 장정도 오래 못 버티는 중노동이에요. 그래서 여자는 아예 쓰지도 않아요.”

“…….”

나는 그녀를 더는 신경 쓰지 않고 일에 열중했다. 재생된 타이어는 그 즉시 물에 담가 식혀야 하는데 너무 무거워 천장에 달린 도르래를 이용했다. 땀을 비 오듯 흘리며 도르래 줄을 당기고 있는데 언제 들어왔는지 그녀가 도르래 줄 당기는 걸 돕는 것이었다. 그날 밤은 모두 네 명의 작업자가 아홉 대의 프레스에서 돌아가며 작업 중이었다. 상한 타이어와 새 고무를 끼우고 그 고무가 녹아 타이어에 달라붙는 시간에 다른 프레스에서 제품을 꺼내는 식이었다.

“손 버려요.”

나는 별 이상한 여자도 다 있다 싶어 그렇게 말하고는 작업을 계속했다.

“저어, 아무 일이라도 할 수 있거든요…….”

그때 나는 아주 오랜만에 아니 어쩌면 처음으로 가까이 있는 이성의 냄새를 맡았다. 향기는 아니었지만 그건 분명 공장의 다른 직공들에게서 맡던 땀 냄새와는 다른 냄새였다. 뭐랄까, 빨아 말린 옷에서 나는 냄새 같기도 했고, 옅은 송진 냄새 같기도 했다. 나는 조금 자세히 그녀의 온몸을 훑어봤다. 무릎 아래까지 내려

오는 치마를 입고 앞으로 단추가 여럿 달린 남방셔츠를 입고 있었다. 머리는 뒤로 묶여 있었는데, 풀면 겨우 어깨에 닿을 길이였다. 얼굴은 좀 검은 편이었으나 이목구비는 대체로 뚜렷했고 무엇보다 키가 나보다 목 하나는 더 컸다.

사정이 절박한 걸 느낀 나는 구석으로 그녀를 안내했다. 그녀는 몹시 지쳐 있었다. 수중에 돈은 없고 갈 곳도 없고 배는 고픈데 저 멀리 훤히 켜진 불빛에 끌려 여기까지 왔으리라. 그래서 별 생각 없이 허기진 배나 채우라고 라면을 끓여 주었고, 우리가 일감이 떨어지면 잠시 눈을 붙이는 구석의 널빤지 위에서 자게 해 주었다.

그것도 인연인지 그녀는 이튿날 새벽같이 퇴근하는 나를 따라나섰다. 직공들이 우리를 보며 킥킥거렸지만 나에게 다른 의도는 없었다.

어머니는 그녀를 이리 뜯어보고 저리 뜯어보다가 당신의 옷으로 갈아입히고는 부엌에서 씻는 그녀가 듣지 못할 목소리로 내게 말했다.

"니가 여자 복은 있나 부다."

"그런 게 아니에요. 그냥 안돼서 집에서 밥 한 끼 먹여 보내려고 했을 뿐이에요. 제 주제에 저런 여자가 가당키나 해요?"

"그러기에 복이 있다는 게지. 뭔지는 모르겠지만 사연이 깊을 듯싶다. 그러니 니는 잠자코 내가 하는 대로 내버려 둬라."

"그냥 아침밥 먹이고 차비나 줘서 보내요. 괜히 사람들이 웃어요."

그러나 내 생각은 빗나갔다. 밤을 새운 나는 늘 하던 대로 잠에 떨어졌다가 오후 2시쯤 일어났다. 그런데 그녀가 부엌에서 뭔가 열심히 일을 하고 있었다.

"우리 어머닌 어디 가셨소?"

나는 그녀가 불룩 솟은 내 등을 잠든 새 본 것 같아 언짢은 기분으로 물었다.

"시장에 가셨어요."

그러고는 어머니에게 무슨 말을 들었는지 밥상을 차려 들여오는 것이었다. 세수도 안 한 상태였지만 나는 얼결에 수저를 들었다.

어머니는 내가 출근하기 직전에 돌아왔다. 그동안 나는 밖에서 서성였고 그녀는 방을 차지하고 있었다.

어머니는 눈을 흘기더니 내 옆구리를 쥐어박았다.

"못난 것, 굴러 들어온 복도 못 잡아?"

"복은 무슨……."

밤일이 끝나는 날까지 그녀는 가지 않았고, 낮일이 시작되자 어머니는 갖은 핑계를 대고 동네를 전전하면서 주무셨다. 그렇게 두 달이 흘렀지만 나는 그녀와 살을 섞지 않았다. 오히려 잠자리가 불편했다. 바로 누워서 잘 수 없어 늘 옆으로 누워 자야 했는데 등이 보이기 싫어 그녀를 향해 얼굴을 두고 잤기 때문이다.

그러던 어느 날 어머니는 그동안 모아 놨던 돈을 꺼내 놓으며 말했다.

"이달이면 계약도 끝나니 방을 새로 얻자. 방 빼고 이 돈 보태면, 조금 더 올라가면 두 개짜리 방을 얻을 수 있겠더라."

당신은 우리가 이미 남이 아닌 것으로 알고 계셨던 것이다. 하지만 나는 아니라고 부정하기는커녕 묵묵히 어머니의 뜻을 따랐다. 하기야 그때까지 어머니의 뜻을 거역한 적도 없었다.

방 하나에 살다가 방 두 개짜리로 이사를 와서야 나는 왜 사람들이 기를 쓰고 집에 집착하는가를 어렴풋이 깨달았다. 그때까지 나는 체념이 아니라 당연하다는 식으로 세상을 살아왔다. 조금이라도 나은 자리에 서려고 누구와 목소리 높여 싸운 적도 없었고, 뭘 갖고 싶어 안달을 한 적도 없었다. 그러나 이사를 온 그날 그녀를 안고부터 이상하게도 화장품을 보면 화장품을 사고 싶고, 예쁜 여자 옷을 보면 탐이 났다.

"복은 복이고 국수는 언제 먹나?"

사장이나 직공들이 묻더란 얘기를 하루는 저녁을 먹으며 꺼냈다.

"아기 말이 식구가 없다 하나 그거야 알 수 없는 게고. 나중에야 어떻게 되더라도 우선은 머리를 올리고 살아야 누가 찾아오더라도 이쪽에서 할 말이 있다. 그러니 날을 잡아 가까운 절에라도 가서 아기 머리를 올려 주자꾸나. 말을 들으니 절에 공양만 조금 올리면 된다고 하니 돈은 꾸지 않아도 될 듯싶다. 그러고 나서 공장 사람들 오라고 해 집에서 저녁 한 끼 대접하면 되는 거고."

그날 밤 아내가 예전에 없던 표정을 지으며 말했다.

"본래 예단이란 제가 장만해 와야 경우지만 사정이 이러니 어쩝니까. 저는 입은 대로 좋아요. 하지만 제 손으로 어머님 옷은 몰라도 이불은 한 채 꼭 해 드리고 싶어요."

자신의 것을 해 달래도 무슨 수를 써서라도 해 줄 판이었다. 나는 그녀의 너른 마음에 감동했다.

"알았어. 그렇게 합시다."

그동안 월급은 어머니가 챙겨 오셨지만 내 앞으로 저축된 돈도 조금 있었는데 나는 그 돈 모두를 찾아 아내에게 줬다.

절을 다녀온 다음 날 아내는 정말 푸짐한 상을 봤다. 그 솜씨에 나보다 어머니의 놀람이 더 컸다.

"참말로 솜씨도 좋다. 4만 원어치로 어찌 이렇게 만들어 낼 수가 있나?"

그때껏 나는 앞으로 뭘 어떻게 한다는 계획 따위는 가지고 있지 않았다. 다만 너무도 고단했던 예전의 삶으로만 되돌아가지 않기 위해 집과 공장을 오갔을 뿐이다. 그런데 차츰 목적이 생기고 계획도 저절로 짜이기 시작했다. 그것은 억척같이 돈을 모아 번듯하게 살고 싶은 내 최초의 욕망이었다.

그러나 내 욕심과는 달리 일거리가 자꾸 줄어들고 있었는데, 몇 달 전 멀쩡히 달리던 버스가 다리에서 떨어지고 트럭이 고속도로에서 달리다 뒤집히는 사고가 일어난 뒤부터였다. 그 사고가 재생 타이어 때문에 일어났다는 조사 결과가 나왔기 때문이었다.

그즈음 공장을 차리기 위해 며칠 있으면 그만둔다는, 들어온 지 두 달밖에 안 된 이철용이라는 직공이 있었다. 언뜻 들으니 그는 이미 한 차례 공장을 운영한 경험이 있다고 했다. 임금이 나은 곳으로 한번 옮기고 싶었던 나는 지나가는 말처럼 사장에게 그게 정말이냐고 물었다.

"공장 했었지. 자동차 부품을 만드는 공장에서 하청을 받았는데 그 공장에서 일 주는 걸 말도 없이 1년도 안 돼 끊고 다른 데로 돌렸어. 기계니 뭐니 전부 외상으로 들여놨으니 거덜이 날 수밖에."

"가서 사정을 해 보지도 않았나요?"

"사정이 아니라 따졌지. 그런데 그 공장에서도 좋아서 한 게 아니라 그 위의 공장에서 한 일이라 어쩔 수 없었다고 오히려 사정을 하더래. 그럼. 사람이야 확실하지. 이번에는 그 위 공장 높은 사람한테 손을 써서 일을 땄나 봐. 그동안 담뱃값이라도 번다고 여기 와서 일한 것만 봐도 사람이 성실하다는 걸 알 수 있잖아. 나도 어찌 아나. 몇 달 후에 공장 문 닫고 남의 집에 프레스 돌리러 갈지."

사실을 안 나는 기회를 봐 그를 만났다.

"사장님에게 들으니 자동차를 만드는데 들어가는 부속품을 만든다면서요?"

"그래요."

"거기 일하면 여기보다 월급이 더 많은가요?"

"뭐 돈이 많지는 않아요. 다만 일거리가 계속 있으니까 노는 날이 없어 손에 쥐는 건 좀 낫지요."

"기술이 필요합니까?"

"여기나 거기나 기계가 다 만드니까 꼼꼼하고 진득하기만 하면 되죠."

"그럼 저를 좀 데리고 가면 안 되겠습니까?"

"김 씨를요?"

"예. 앞으로 애도 생기고 할 텐데 키우려면……."

"김 씨 같은 사람 있으면 나는 좋지요. 다만 여기 사장과 모르는 사이도 아니고 어떻게 생각할지 몰라서 그럽니다."

"그건 걱정 마십시오. 제가 잘 말씀드리지요."

사장은 내가 그만둔다는 말을 하자 한동안 멍하니 나를 내려다보았다. 가까이 보니 6년 전보다 그도 많이 늙어 있었다.

"어디로 가려고?"

사장의 물음에 나는 조금도 숨김없이 모든 걸 말했다.

"그래, 그것 참 다행이다. 이제야 얘기지만 나도 너를 데리고 있으면서 앞으로 어떻게 될지 몰라 걱정을 하는 중이었다. 이 짓도 얼마 남은 것 같지 않다. 자동기계로 찍어 내는 공장이 나타나니 거래하던 사람들이 자꾸 떨어진다. 자동기계를 들여 놓을 돈은 없고, 대출을 받자니 담보가 없고. 나도 언제 문을 닫을지 모른다."

우리에게 퇴직금이 있을 리 없었다. 그저 보내 주는 것만으로도 감사했고, 그날 저녁 돼지 갈비와 소주로 환송회를 해 준 것에만 고마워 몇 번이나 고개를 숙였다.

그렇게 나는 공장을 옮겼고 아내도 조금이라도 벌겠다며 나를 따라 나섰다. 눈에 보이는 것은 온통 푸른빛이 감도는 희망이었다. 어디를 내놔도 나만큼 운이 따르는 놈은 그리 많지 않을 것이라는 생각이 들 정도였다.

그런데 나만 달라진 게 아니었다.

"이상하세요. 새로 해 드린 이불을 도통 덮지 않아요."

그 말을 들으니 집히는 게 있었다. 잠자리 인사를 하러 갔다가 몇 번인가 본 광경이 떠올랐다. 어머니는 이불을 말끔히 개어 놓고는 맨바닥에 웅크리고 잠이 들어 있곤 했다. 누워 계시다가 잠이 드셨거니 생각하고 이불을 덮어 드리고 나온 게 여러 번이었다.

"너무하세요. 제가 해 오지 않아서 덮지 않으시는가 봐요."

나는 처음으로 어머니가 미워졌다. 이 할마씨가 분란(紛亂)을 일으키는 것인가. 언제까지 내가 어머니 치마폭에 싸여 살아야 한단 말인가. 하지만 대놓고 그 일을 따질 자신이 없었다. 겨우 아내를 다독여 없던 일로 쳤다.

그러나 두 달도 되지 않아 일은 터지고 말았다.

"덮고 주무시지도 않으시면서 오늘 또 빨았어요. 제가 빨겠다고 했더니 만지지도 못하게 해요. 그것뿐인 줄 아세요. 풀을 손수 쑤셔서 빳빳하게 먹여서는 다듬이를 빌려다……."

나는 더 듣지 않고 어머니 방으로 들어갔다. 누워 있던 어머니가 일어나 앉으면서 반갑게 맞았다.

"애비 왔구나. 요새는 일찍 끝나네. 아직 일이 별로 없든?"

나는 그 말을 무시하고 따지듯이 물었다.

"어머니, 이불을 덮지도 않고 왜 자꾸 빨아요?"

"저런, 내가 말을 안 했구나. 하기야 말을 해도 니가 어찌 알겠느냐? 하지만 안 하면 고부 간에 금이 가니 내 말을 하마. 내 평생 새 솜에 명주로 홑청을 한 이불은 이게 첨이다. 시집올 때도 집에서 쓰던 솜에 무명만 입혀서 왔으니까."

누나와 내가 덮던 시커먼 무명 홑청 이불이 생각났다.

"만져 봐라. 비단이 얼마나 곱고 부드러운가. 느 아버지 3년을 누워서 앓았는데 이런 좋은 이불이 있었으면 얼마나 좋았겠냐. 내가 안 덮은 건 더러워질까 봐서다. 새 아가보고도 니가 그래라. 다른 건 몰라도 시어미 죽거든 꼭 이 이불만은 태워 달라고. 저세상 가서 느 아부지랑 덮을란다고. 죽을 때 얘기를 못 하더라도 이 약속만은 지켜 달라고."

눈물이 이불로 떨어질까 얼른 돌아서서 부엌으로 나왔다. 부엌에 서 있던 아내의 눈도 질펀했다.

그날 밤 아내는 자신의 가벼움을 탓하며 오래도록 울었다. 그러더니 입을 열지 않던 자신의 과거에 대해 털어놓는 것이었다. 그동안 아내의 과거가 궁금하지 않은 것은 아니었다. 하지만 겨우 붙은 불을 쑤석거려 끌지도 모른다는 우려 때문에 나는 먼저 아내의 과거에 대해 언급하지 않았다. 그저 딱 한 번 주민등록을 전출시키라면서 혼인신고가 너무 늦으면 벌금을 낼지 모른다고 말했을 뿐이다.

"어머님을 보니 숨긴다고 될 일이 아니네요. 살아 보고 짐작은 하셨겠지만 이미 한 번 출가를 했었어요."

그러면서 아내는 내 눈과 자신의 눈을 마주쳤다. 그 시선을 먼저 피한 건 나였다.

"흉을 알았으니 정나미가 떨어지나요?"

"그, 그렇지 않소. 나 같은 게 무슨……."

"그런 소리 마세요. 낯바대기 번듯하고 사지 멀쩡한 남자보다 당신이 나아요. 그때 당신을 만나지 못했다면 나는 죽었을 거예요."

"도, 도대체 어찌된 거요?"

"누가 그러는데 사이다와 수면제를 같이 먹으면 죽는다고 해서……."

"그렇게 했단 말이오?"

"예. 죽산(竹山)에 올라가 기다렸다가 사람들이 모두 내려간 후……. 몇 시간 후에 깼는데 어찌나 무서운지……. 약이 부족했는지 사이다와 먹으면 안 되는지……."

죽산이란 예전에 다니던 공장 뒷산으로, 본래는 이름이 없었는데 어느 호사가가 심은 몇 무더기 갈대숲을 보고 동사무소에서 붙인 이름이었다.

"죽기로 살면 못 살 것도 없소. 나 같은 사람도 그런 마음을 품지 않고 살고 있잖소. 높게 보고 넓게 보라지만 모두 그렇게 본다면 세상이 뭐가 되겠소? 애는 없었소?"

"……몇 번 긁어 냈지만 낳진 않았어요."

"친정은?"

스스로 놀랄 정도로 내 목소리는 차분히 가라앉았다. 처음에 뛰던 가슴도 진정되었다. 전남편과 사이가 좋았다면 죽을 이유가 없을 테지. 그보다 나는 내 주제를 너무도 잘 알고 있었다. 저 정도의 여자가 내 품에 안겼다는 것이 그 모든 문제의 해답이었다.

"어머니는 내가 열일곱 살 때 폐결핵으로 돌아가셨어요. 아버지는 생긴 건 번듯하고 사람도 좋았지만 생활력이 너무 약했어요. 그래서 일찍부터 식모 생활을 해야 했지요. 이 집 저 집 다니다가 어느 집에서 운전기사를 하는 그 인간을 만났어요."

"얼마나 살았소?"

나는 잔인하다고 생각하면서도 묻지 않을 수 없었다. 손은 담뱃갑을 움켜쥐고 있었다. 그런 말을 들은 적도 없으면서 상황이 훤히 떠올랐다. 가정부와 운전기사의 그렇고 그런 사랑.

"3년요."

"……."

"아버지한테 그토록 데었으면서도 허우대 멀쩡한 데 반한 제가 정신 나간 년이지요. 운전기사를 9년이나 했다면서 방 한 칸 없이 그 집에서 붙어살았으니까요. 배가 부르고 둘 다 쫓겨나 이리저리 헤맨 세월이 너무 분하네요."

"주민등록은 어디 있소?"

나는 이 여자를 떠나지 못하게 하는 방법이 혼인신고라고 생각했다. 그 말을 하면서 나는 그 남자와 혼인신고를 하지 않았기를 가슴 떨며 간절히 빌었다.

"처음에 남의집살이를 할 땐 몇 번 옮겼는데 이리저리 옮겨 다니자니 그게 또 발길을 잡는 수가 있더라고요. 그래서 아버지에게 갖다뒀어요. 물론 혼인신고는 하지도 않았고요."

나는 더 이상 말없이 아내를 힘껏 껴안았다. 아내의 파들거리던 가슴이 점점 세게 요동치는 듯하더니 긴 울음을 토해 내기 시작했다.

*

어머니의 죽음은 받아들이기 어려울 정도로 어이없었다. 그즈음 부평 인근에는 변두리 끝까지 개발 바람이 불어 야채 비닐하우스들이 사라지고, 그 주인들은 고양과 광명, 멀게는 문막까지 옮겨 갔다. 그러자 어머니와 같이 일을 하던 할머니들은 일을 쫓아 멀리 원정을 다녔다. 주인들도 같이 일하던 정리 때문인지 아니면 사람을 구할 수 없었던지 연락을 하고 찾아오는 경우도 있었다.

문막으로 떠나기에 앞서 어머니는 그동안 벌어 모았다면서 통장과 도장을 내놓았다.

"이번에는 한 달 일거리가 있다는구나. 그럼 냉장고 한 대는 살 수 있을 것 같다. 애를 낳기 전에 다른 것보다 냉장고는 준비하라고 다들 그러더구나."

“어머니……”

“야는 천성이 우찌 이리 고울꼬. 요즘 세상에는 시에미하고 안 살라고 갖은 머리를 다 쓴다더구먼. 냉장고 한 대 사 줄라고 하는 기 뭐 그리 대단하다고 눈물을 비치나. 걱정마라. 별일 없다. 내가 할 줄 아는 기 일이다. 안 하면 온몸이 쑤시고 재미도 없고.”

일거리가 줄어들어 아내부터 쉬기 시작할 때여서 나는 어머니를 말릴 엄두도 내지 못했다. 게다가 일을 나가 떠나는 어머니도 보지 못했는데, 느닷없이 할머니 다섯 분이 비닐하우스에서 자다가 연탄가스에 질식하여 병원으로 옮겼지만 모두 숨을 거두었다는 소식이 날아온 것이다.

“어떡해, 어떡해. 우리 어머니 불쌍해서 어떡해.”

문막으로 가는 동안에도 아내는 계속 울었다.

누나에게는 연락이 닿지 않았다. 절에서 식을 올릴 때도 연락은 했지만 오지 않았는데 그러고 보니 벌써 5년이나 됐다. 그때 어머니는 대수롭지 않게 말했다.

“언 놈 만나 살겠지. 놔 둬라. 무소식이 희소식이라더라.”

이미 사고 조사도 끝나 있었다. 시신 거두기를 거부하고 하우스 주인과 합의를 주선하는 자식들도 있었으나 나는 그들의 반협박에도 불구하고 시신을 거두기로 했다. 경찰도 현명한 판단이라며 덧붙였다.

“합의 가망이 별로 없어요. 위로금이라면 모를까 여기 주인 잘못이 없다는 거죠. 주인은 숙소로 방을 준비해 줬는데, 할머니들이 오가기 귀찮고 밤에 난방을 하니까 여기서 스티로폼을 깔고 잔 거죠. 사고가 나던 날은 난로에 삼겹살을 구워 소주도 한잔씩 했나 봐요. 그리고 난로 뚜껑을 잘못 닫았는지…… 어쨌든 돌아가신 분 가지고 떼를 쓰면 우리도 피곤해져요. 저 사람들이 저러니까 어떤 결말이든 나기는 나겠지요. 나면 연락드릴 테니 장례 잘 치르세요."

나는 경찰서에서 주소와 전화번호를 적어 주면서도 어머니의 죽음만이 슬플 뿐 다른 것에는 관심이 없었다.

나는 어머니의 분을 아버지 분을 뿌렸던 곳에다 뿌렸다. 내 뒤에서 아내가 따라오며 하염없이 울고 있었다.

돌아오는 길에 나는 아내가 임신 중인 것을 알았다. 몇 년이 지나도 애가 생기지 않아 내 등과 관계가 있다고 짐작하고 있던 차였다.

"올라가는 대로 얼른 주민등록부터 옮깁시다. 그래야 혼인신고를 하고 애 출생신고를 제때 할 게 아니오."

"예."

이틀 후 아내와 함께 군포로 가 동사무소에서 일을 마치고 아내가 살았다는 움막 같은 집들이 10여 채 있는 산비탈 동네로 갔다. 그러나 그녀의 집은 오래전부터 사람의 발길이 닿지 않은 듯 폐가로 변해 있었다. 인근의 집들을 하나하나 들러 어렵게 장인이 의왕의 한 요양소에 있다는 걸 알았다.

"이제 어디 있는지 알았으니 가요."

"그럼 안 돼. 찾아뵈어야지."

마다하는 아내를 억지로 끌어 도(道)에서 운영한다는 요양소를 찾아갔다.

"아버지."

그녀의 아버지는 믿기지 않는 듯 한참 딸의 얼굴을 올려다보더니 두 눈 가득 눈물을 흘리기만 할 뿐 아무런 말도 하지 못했다. 한참을 울던 아내가 나를 가리켰다.

"남편이에요. 결혼식도 올렸고요."

"인사가 너무 늦었습니다."

그러자 장인은 나와 아내를 몇 번 번갈아 본 뒤에 말했다.

"날 좀 잡아 주게. 나가게."

나는 장인을 부축하여 건물 뒤 나무의자들이 있는 곳으로 갔다. 장인은 의자에 앉자마자 나에게 담배를 달라고 했다. 담배에 불을 붙여 주자 몇 번 피우더니 기침을 심하게 했다.

"심성이 나쁜 것 같지는 않아 안심이네."

"죄송합니다. 아무것도 준비하지 못했습니다."

"여기서 다 줘."

"그래도 필요한 게 있으면 준비하여 다시 오겠습니다."

"필요한 건 없네. 다만…… 자네에게 부담이 안 간다면 이불을 한 채 가져다주게. 새로 살 건 없고 집에서 덮던 걸 가져다 줘. 사 봐야 뜨시지도 않고."

"여기서 이불을 안 줘요?"

그때껏 가만히 서 있던 아내가 목소리에 조금 날을 세워 물었다.

"주지. 하지만 얇고 도통 뜨신 맛이 없구나. 아이 엠 에프인가 뭔가 터진 뒤에는 기름 값 아낀다고 불을 하루에 세 번밖에 안 때 줘 늘 춥다. 집에서 갖다 덮는 사람도 있는데, 여기선 다른 것보다 그게 제일 부럽지. 귀찮고 어려우면 그만둬라. 내가 뭘 해 줬다고 그런 걸 바라겠냐."

"아닙니다. 집에 마침 새 이불이 한 채 있습니다. 며칠만 기다리시면 제가 다시 오겠습니다."

“……..”

나는 극구 마다하는 장인에게 5만 원을 드리고 방까지 부축해 드렸다. 나오는 길에 사무실에 들러 이불에 대해 물으니 갖다가 덮어도 괜찮다면서 덧붙였다.

“여기서 금하는 것은 술입니다. 담배도 안 되지만 방에서만 피우지 않으면 막지는 않아요. 저분들 다 사형선고 받은 사람들이니까 가능하면 원하는 대로 해 주세요.”

“감사합니다. 그럼 그렇게 하겠습니다.”

아내는 요양원을 나오는 동안 내내 입을 꼭 다물고 있었다. 자신을 잘못 거둔 원망과 아버지를 향한 그리움은 평행선으로, 오래갈 수 없을 터였다.

“장사 지내느라 돈 들고 봉급이 줄어 적금 넣기도 빠듯한데 이불은 왜 갖고 온다고 약속했어요?”

되짚어 오는 차 속에서 아내가 얼굴을 창가로 돌린 채 물었다.

“집에 있잖아. 어머니가 덮지도 않았는데 그걸 가져오지 뭐.”

“안 돼요, 그건 안 돼요.”

아내가 갑자기 정색을 하며 고개를 저었다.

“왜 안 돼?”

“당신도 들었잖아요? 어머니가 뭐라 그러셨어요? 당신 돌아가시면 꼭 이불만은 태워 달라고……..”

아내의 흐느낌이 아니더라도 내 가슴도 쓰리고 아팠다. 그러나 죽은 자를 위해 산 자에게 인색할 수는 없다는 것이 내 판단이었다.

“아버님을 모시고 와야 하는데……. 못 모시는 것도 죄가 되는데 어머니가 한번 해 본 소리 때문에 이불까지 못 갖다드리면 너무 죄가 커."

"한번 해 본 소리요? 어머니 말씀이 한번 해 본 소리라고
요?"

"……."

"안 돼요."

"이번은 내 말을 들어요. 그리고 곧 일을 하게 된다니 봉급 타
좋은 거 한 채 맞춰 절에 가 제대로 해 드리자고."

"절에 가서 말이죠?"

"응."

일도 없을 때여서 이튿날 나는 이불을 들쳐 메고 집을 나섰
다. 전철은 태워 줄 것 같지 않아 시외버스를 네 번이나 갈아타
고 온 나를 보고 장인은 손을 꼭 잡더니 말했다.

"젊었을 적에 너무 편한 일만 찾다가 이렇게 됐네. 내가 애살
이 있었으면 그 애 그렇게 고생시키지는 않았을 테지만 이제 어
쩌겠나. 나는 여기서 죽을 테니 너무 미안하게 생각 말게. 혹 내
가 죽었다고 연락이 가거든 화장해서 가까운 바다에다 뿌려 주게.
군대 있을 때 말고는 한 번도 바다를 본 적이 없네."

"돌아가시기는 왜 돌아가십니까? 조금만 기다리십시오. 살림
이 나아지면 모시러 오겠습니다. 요즘 의술이 좋아 치료 받으면
못 고치는 병이 없다고 합니다."

"말이라도 너무 고맙네. 그러나 이제 다 죽게 된 몸으로 합쳐
무얼 하나. 걱정 말고 어떻게든 잘살게. 미안하이."

얼른 보기에도 배가 불룩한 게 이미 복수가 차고 있는 것 같
았다. 배를 오래도록 내려다보는 내게 장인이 말했다.

"복수가 차면 뽑아 주네. 그러니 여기저기 돌아다니는 것보다

는 여기가 더 편해."

"죄송합니다."

"내 딸 잘 부탁하네."

나는 장인이 내미는 앙상한 손을 잡고 다짐하듯 말했다.

"집사람이 눈물 흘리지 않도록 열심히 살겠습니다."

*

아내가 두 장의 보험증서를 내 앞에 내놓았다.

"이건 왜?"

"결정을 해 주세요. 애 보험과 적금 중에서 어느 걸 해약할지를요. 저는 적금을 해약하고 싶어요. 만기가 2년 남아 아깝긴 하지만 그 욕심 때문에 어머님에게 한 약속을 더 늦출 수는 없어요. 전화로 물어 보니 지금 해약하면 700만 원을 받는데요. 이불이야 30만 원이면 되고요. 애 보험은 두 달만 못 넣으면 자동 해약이 된대요. 못 먹더라도 그건 넣어야지요. 돌만 지나면 애 업고 뭐라도 할 수 있어요. 그때 다시 이 돈 보태서 적금을 들면 돼요. 당신 요새 자면서 땀을 흘리고 헛소리도 자주 해요. 제 손으로 못 벌어 낯이 없지만 약 한 재 해 드시고……."

그때 문득 예전의 그 대학생의 말이 떠올랐다. 그가 나보고 월급을 어디다가 쓰느냐고 물어 첫 대답이 적금과 생활비라고 하자 이렇게 말했다.

—적금식 보험요? 그 자식들 돈을 받고 나중엔 휴지를 주는 거예요. 하지만 그렇다고 어쩌겠어요. 그것도 안 들면 앞이 너

무도 막막하니.

　"그렇게 합시다……."

　그때 잠든 아이가 젖 먹을 때가 됐는지 꿈틀거리며 칭얼거렸다. 아내가 증서를 넣으라며 얼른 애에게 젖을 물렸다. 나는 보험증서를 챙기는 대신 열심히 젖을 빠는 어린 딸의 얼굴을 들여다보았다.

내 혈관 속의 창백한 시(詩)

박 상 우

1958년 경기 광주에서 태어나 중앙대 문창과를 졸업했다. 1988년 《문예중앙》 신인문학상에 「스러지지 않는 빛」이 당선되어 작품 활동을 시작했다. 소설집 『샤갈의 마을에 내리는 눈』, 『사탄의 마을에 내리는 비』, 『독산동 천사의 시』, 『사랑보다 낯선』, 장편소설 『호텔 캘리포니아』, 『가시면류관 초상』과 산문집 『내 영혼은 길 위에 있다』 등이 있다. 1999년 이상문학상을 수상했다.

한동안 나는 두려운 마음으로 손바닥에 난 구멍을 내려다보았다. 통증은 전혀 느껴지지 않았지만, 구멍이 났다는 사실은 막막한 공포감을 조성하며 가슴 한가운데에다 또 하나의 구멍을 만드는 것 같았다. 피도 나지 않는데 어째서 손바닥에 자두 크기만 한 구멍이 뚫린 것인지 모를 일이었다. 얼핏 보기에도 구멍은 터무니없이 깊어, 손바닥의 두께와 아무런 상관도 없이 음험해 보였다.

한껏 겁먹은 눈빛으로 나는 허리를 굽히고 구멍 안쪽을 들여다보았다. 희끄무레한 뼈와 검붉은 피와 먹보랏빛 혈관 같은 것들, 들여다보는 순간 가슴이 견딜 수 없이 저려 오는 것 같아 반사적으로 시선을 거두고 말았다. 도대체 나에게 무슨 일이 생겨난 것인가. 근원을 알 수 없는 초조감으로 숨도 제대로 쉴 수 없을 지경이었다.

잠시 뒤, 구멍 안쪽에서 미묘한 움직임이 느껴지기 시작했다.

뭔가가 살아서 구물거리는 듯한 느낌이 전해진 것인데, 그것 때문에 허리와 상체가 거의 동시에 좌우로 뒤틀렸다. 하지만 다음 순간, 손바닥에 난 구멍에서 작고 검은 무엇인가가 툭, 하고 지상으로 떨어져 내렸을 때 나는 지나치게 긴장한 나머지 그것이 무엇인지를 전혀 알아차릴 수 없었다. 살아 있는 무엇이 내 몸 안에 들어 있었던 것일까.

내 몸뚱어리를 끔찍스럽게 이물스러워하며 나는 고개를 숙이고 검은 물체가 떨어져 내린 아래쪽을 내려다보았다. 배경이 침침했기 때문에 내가 발을 딛고 선 곳이 실내인지 실외인지도 전혀 식별할 수 없었다. 설령 식별할 수 있었다 해도 마찬가지, 그 순간 나에게 엄습한 게 오직 죽음에 대한 예감이었기 때문에 그런 건 전혀 문제가 될 리 없었다.

불길하고 음습한 예감의 응고처럼 검은 물체는 잠시 아무런 움직임도 나타내지 않았다. 이것이 내 몸에서 빠져나오기 위해 손바닥에 구멍이 뚫린 것인가? 극도로 긴장한 와중에도 나는 그런 유추를 해 보았다. 하지만 다음 순간, 검은 물체가 꿈틀거리며 앞쪽으로 가볍게 구른 뒤부터 생각은 고스란히 소멸되고 말았다. 오직 시각만 살아 대뇌의 어느 곳, 공포감이 조성되는 근거지에다 정보를 제공하는 것 같았을 뿐이다.

검은 물체에서 푸르륵, 아주 가벼운 진동이 일어났다. 그러고는 몇 센티미터 위로 봉긋하게 솟아올라 제 모습을 갖추기 시작했다. 작디작은 머리와 몸통, 짧고 가느다란 다리는 어렴풋이 식별할 수 있었지만 온몸이 검은색이라서인지 눈의 위치는 좀체 가늠하기 어려웠다. 하지만 살아 있다는 걸 확인시켜 주기라도 하듯 그 작고 앙증맞은 생명체는 톡, 톡, 톡, 튀듯이 앞쪽으로 걸음을 옮겨 놓았다. 그 탄력적인 몸짓을 보고 나서야 비로소 나는 그것이 무엇인지를 분명하게 알아차릴 수 있었다.

검은 새.

그것이 가볍게 주변으로 튀어 다니는 걸 보다가 나는 슬그머니 잠에서 깨어났다. 가마푸르레한 방과 낮은 천장, 손바닥에 난 구멍과 검은 새가 동시에 중첩돼 언뜻 현실감이 회복되지 않았다. 그래서 몇 분 동안 꼼짝도 하지 않은 채, 검은 연기처럼 연해 허공에서 굼실거리는 불온한 어둠을 올려다보았다. 그러는 동안 목구멍 깊숙한 곳에서부터 타는 듯한 갈증이 치밀어 오르고, 머릿속은 짓이겨지듯 지끈거리기 시작했다.

벽 쪽에 붙은 침대에 누운 채 가까스로 고개를 돌리자 반대편의 물상들이 희끄무레하게 시야로 밀려들기 시작했다. 침대 바로 옆의 화장대와 자잘한 화장품, 옷들이 촘촘하게 걸린 두 개의 행거, 낡은 386 컴퓨터가 올려진 원목 책상, 협소한 방의 넓이에 비해 터무니없이 커 보이는 중형 냉장고, 가로로 여닫게 되어 있는 격자무늬 미닫이 방문. 그것들 전체를 그나마 식별할 수 있었던 것은 외부에서 밀려든 불빛이 창호지 발린 방문을 푸르스름하게 적시고 있었기 때문이었다.

팔과 다리가 몹시 저렸지만 더 이상 갈증을 견디기 어려워 나는 침대에서 내려가 허겁지겁 냉장고 앞으로 갔다. 하지만 문을 열고 안을 들여다보자 이런 쓰펄, 하고 나도 모르게 욕이 튀어나왔다. 빈 주스 병 하나뿐, 마실 것은 아무것도 없었다. 혹시나 싶어 냉동실 문을 열어 보았지만 얼음을 얼리는 두 개의 용기마저도 고스란히 비어 있었다. 빌어먹을 기집애, 도대체 뭘 처먹고 사는 거야!

세차게 냉동실 문을 닫고 나는 무너지듯 주저앉았다. 그러고는 마지막으로 야채를 저장하는 가장 아래쪽 플라스틱 용기를 바깥쪽으로 당겨 보았다. 그러자 거기, 어이없게도 주먹만 한 귤들이 꽤 많이 들어 있었다. 하지만 얼마나 오래된 것들인가, 그것들은 과육과 내피 사이에 공간이 생겨 껍질이 쭈글쭈글하게 가라앉아 있었다. 개중에는 푸르스름하게 곰팡이가 피어난 것까지 있었다.

지금 내게 필요한 건 껍질이 아니라 수분이라는 생각에 나는 손아귀에 가득 들어차는 귤 하나를 집어 들었다. 그러고는 허겁지겁 손을 놀리기 시작했는데, 두껍고 메마른 껍질은 까는 게 아니라 훌러덩 벗겨지는 듯한 느낌으로 이내 손놀림을 허망하게 만들었다. 과육에도 곰팡이가 피었나, 살피고 자시고 할 건덕지도 없이 나는 까슬까슬한 속껍질이 들러붙은 과육을 통째로 입 안에다 밀어 넣었다. 그러고는 우걱우걱, 수분도 별로 없는 그 것을 메마른 우거지처럼 짓씹어 대기 시작했다.

10여 분 정도 웅크리고 앉아 나는 야채 저장 용기에 들어 있던 열댓 개의 귤을 모조리 먹어 치웠다. 수분도 별로 없는 그 쭈그렁이들을 악골이 뻐근할 정도로 짓씹어 대고 나자 갈증은 어느 정도 가셨지만, 왠지 모르게 추저분하고 비감스러운 여운이 남아 명치끝에서부터 옹골찬 부아가 치밀어 오르기 시작했다. 아무도 없었기에 망정이지, 누군가 옆에 있었다면 아무런 이유도 없이 다짜고짜 목을 졸라 버릴 수도 있을 것 같았다. 인간아, 왜 나를 이렇게 비참하게 만드니?

냉장고 문을 닫고 돌아앉자 방바닥, 거기엔 두 개의 빈 소주병과 세 개의 맥주 캔, 그리고 재떨이가 제멋대로 널브러져 있었다. 몇 시간 전에 내가 마시고 피워 댄 흔적들, 아니 자멸을 향해 미친 듯 몸부림치던 끔찍스러운 시간의 허물이었다. 몇 시나 됐을까, 고개를 들고 화장대 위에 올려진 둥근 탁상시계를 올려다보았다.

1시 40분.

은지가 돌아오지 않았다는 사실이 마음을 찜찜하게 했지만 무슨 상관이란 말인가, 손을 들어 지끈거리는 이마를 짚으며 나는 다시 침대 위로 기어 올라갔다. 몸을 길게 누이고 눈을 감자 취기와 잠기운이 뒤섞여 이내 깊은 현기증이 느껴졌다. 어둠에 파묻힌 광장, 줄기차게 솟구치는 분수의 환영. 속이 연해 메슥거리는 게 금방이라도 허공으로 오물이 치솟아 오를 것만 같았다. 그래서 어금니를 앙다물고 조심스럽게 호흡을 가다듬었다. 밤보다 더 깊게, 이럴 때 육신을 영원히 잠재울 수 있는 치명적인 알약이 수중에 있다면 얼마나 좋을까.

왜 돌아왔지?

밤 9시경, 은지의 카페로 들어섰을 때 그녀는 별로 놀라는 기색도 없이 눈을 가늘게 뜨고 나를 노려보았다. 49일 만에 돌아온 거야, 라고 말하려다가 그만두고 나는 물끄러미 바 안쪽에 앉아 담배를 피우는 그녀를 내려다보았다. 집에서 빠져나온 직후부터, 그러니까 내 마음의 향방이 그녀를 향하고 있다는 걸 알아차린 뒤부터 나는 온다 간다 말 한마디 없이 그녀의 방을 떠나던 날부터 오늘까지의 날수를 헤아리기 시작했다. 그런 것에 특별한 이유를 부여하기 위해서가 아니라 그녀를 만나도 별달리 할 말이 없을 거라는 예상이 막연한 불안감으로 작용한 때문이었는데, 그녀의 카페로 가는 좌석 버스 안에서 헤아린 날수가 공교롭게도 49일이었다. 두어 번 되풀이해 헤아려 봤지만 마찬가지, 더함도 덜함도 없이 내가 그녀에게서 떠나 있던 날수가 49일이었던 것이다.

49.

사람이 죽어서 다음 생(生)을 받을 때까지의 중음(中陰) 기간, 그것이 49일이라고 해서 기이하다는 생각을 한 건 아니었다. 내가 아무런 말 한마디 남기지 않고 바람처럼 그녀의 방을 빠져나가던 날, 그것을 일종의 죽음으로 치부하고 싶어 하던 나 자신에 대한 울화가 얼핏 되살아나서도 또한 아니었다. 문제는 되돌아간다는 것, 그것이 몹시 찜찜하게 여겨져서 49라는 숫자를 자연스럽게 받아들이지 못한 것이었다. 중음 기간을 채운 뒤, 다음 생을 받는 게 아니라 똑같은 생으로 환원하는 건 다행인가 불행인가.

아무것도 설명하고 싶지 않아. 그때는 그랬고, 지금은 이런 거야. 됐어?

알 수 없는 울분을 억누르며 나는 고의적으로 뻔뻔스러운 표정을 지어 보였다. 그러고는 그녀와 마주되게 앉기 위해 바 앞에 놓인 의자를 뒤로 끌어냈다. 그러자 그녀가 피우던 담배를 재떨이에 던지고 벌떡 자리에서 일어났다.

—어딜 앉으려고. 꼴 보기 싫으니까 여기서 꺼져!

—꺼지라고?

의자의 등받이를 손에 잡은 채 나는 동작을 멈추고 그녀를 노려보았다.

—그래, 꺼져 버리란 말이야!

두 주먹을 다져 쥐고 그녀는 발악적으로 소리를 내질렀다.

이거, 인간에 대한 예의가 영 개판이로군.

그녀의 눈꺼풀에서 파르르 경련이 일어나는 걸 보고 피식, 나는 어이가 없다는 표정으로 쓴웃음을 지어 보였다. 골목 끄트머리, 장사도 제대로 되질 않는 카페에는 그 시간까지 손님이 단 한 명도 없었고 그녀와 동업을 하는 영주도 아직 출근을 하지 않고 있었다. 그래서 한번 뒤집어엎고 그냥 돌아가 버릴까, 하는 충동을 느끼며 나는 미간을 찌푸리고 날카로운 눈빛으로 주변을 둘러보았다. 49일 전이나 지금이나 달라진 건 아무것도 없었다. 지긋지긋한 이승, 인간이건 공간이건 본질적으로 달라질 게 뭐란 말인가.

그녀의 방을 떠나던 날처럼 나는 아무 말도 남기지 않고 묵묵히 카페를 빠져나왔다. 그러고는 골목 어귀의 구멍가게로 나가 소주 두 병을 사 가지고 곧장 그녀의 자취방으로 갔다. 카페에서 걸어서 10분 거리, 도심의 뒷골목에 은밀한 아지트처럼 자리 잡고 있는 낡고 오래된 한옥에는 그녀처럼 단칸방을 얻어 세를 살고 있는 다종다양한 인간들이 있었다. 하지만 그들은 은지처럼 주로 밤에 활동하는 야행족들이라서 좀체 얼굴을 마주치는 일이 드물었다. 낮 동안은 정신없이 곯아떨어져 자다가 밤이 되면 부나비처럼 네온 불빛 속으로 화려하게 날아 들어가는 인간들, 그리고 날 밝기 전에 지칠 대로 지친 몰골로 돌아와 주검처럼 고꾸라져 버리는 그렇고 그런 인생들.

뒈질 테면 뒈져라.

은지의 자취방에서 홀로 소주를 마시는 동안 나는 한 가지 생각에만 집요하게 사로잡혀 있었다. 저녁 무렵, 혼자 집을 지키고 있을 때 고시원에서 걸려 온 한 통의 전화. 그것이 지난 49일

동안 잠잠하게 가라앉아 있던 나의 자멸 욕구에 또다시 기름을 부었고, 바로 그것 때문에 다음 생으로의 변태(變態)가 수포로 돌아갔다고 단정한 때문이었다. 빌어먹을 자식, 하필이면 이런 날 나와 상충(相沖)될 게 뭐란 말인가.

그럼 지금 전화 받으시는 분이 하길 형 동생인가요? 다른 게 아니라 말이죠, 하길 형이 좀 전에 폭주족 오토바이에 부딪쳐서 병원 응급실로 실려 왔어요. 얼굴과 머리가 온통 엉망이 됐는데……. 아무튼 길게 말할 수 없으니까 지금 빨리 어머님과 영등포 자혜병원으로 오세요. 지금 빨리요!

전화를 끊고 나서 나는 방바닥에 누워 10여 분 정도 멍하니 천장을 올려다보았다. 빗물 자국인가 쥐 오줌 자국인가, 천장의 사방 연속무늬에 거무끄름하게 얼룩이 져 있었다. 웃기는 자식, 하길 형이라면 엄마를 모셔 오라고 말해야지 어째서 어머니를 모셔 오라고 말하는 거야. 누운 채 담배를 피워 물고 나는 한심스럽다는 표정으로 츳, 츳, 츳, 하고 혀를 찼다.

엄마와 어머니라는 호칭의 차이.

그것이 사소하고 단순한 차이라고 생각하는 사람들은 예외 없이 혈연에 내재된 악연의 고리를 이해하지 못하는 사람들이다. 형에게는 엄마로 불리는데 어째서 나에게는 어머니로 불리는가. 그것을 이해하지 못하는 사람들에게는 마땅히 나 자신을 설명하고 자시고 할 필요도 없었다. 엄마라고 부르고 불릴 수 있는 관계가 형성하는 놀라운 친연성의 세계에 대하여, 그래서 나는 의도적으로 어머니라는 호칭을 사용하며 객관적인 거리감을 유지하려고 기를 쓸 수밖에 없었다. 그러니 형의 엄마와 나의 어머니는 동일인이면서도 엄연히 다른 존재로 기능할 수밖에 없었다.

그 엄마의 아들이 사고를 당했다는데, 어째서 내가 나의 어머니
에게 그 소식을 전해야 하는가.

 빗물 자국인지 쥐 오줌 자국인지도 모를 천장의 얼룩을 올려
다보며 곰곰이 생각해 보았지만, 왠지 모르게 형의 사고 소식을
어머니에게 전하는 일은 나의 몫이 아닌 것 같았다. 근거를 설명
할 순 없었지만 그런 당위성이 본능적으로 나를 당당하게 만든
것이었다. 내가 동생이기 때문에 마땅히 사고 소식을 형의 엄마
에게 전해야 할 의무가 있다? 그런 생각을 하자 불쑥, 나도 모르
게 울화까지 치밀어 올랐다. 그래서 서둘러 집을 빠져나가야겠
다고 생각하며 나는 자리에서 일어나 주섬주섬 옷을 챙겨 입기
시작했다. 내가 누구의 동생이고 누구의 자식이란 말인가.

 뒈지거나 말거나.

 팔을 들어 지끈거리는 이마 위에 얹으며 나는 길게 한숨을 내
쉬었다. 형이 아니라 이 시간까지도 돌아오지 않는 은지가 훨씬
끈끈하게 뇌리에 들러붙어 정신을 어지럽게 하는 것 같았다. 혼
자 두 병의 소주를 비우고 냉장고에 들어 있던 세 개의 캔 맥주
까지 모조리 비우는 동안, 서너 번 누군가에게서 괴전화가 걸려
왔다. 여보세요, 하고 내가 말하면 몇 초 동안 아무 말도 하지
않고 있다가 그대로 전화를 끊어 버리곤 해서 세 번째 수화기
를 집어 들었을 때는, 좆 같은 인간아, 목구멍에 화염병이라도
박혔니? 하고 욕을 하고는 내가 먼저 전화를 끊어 버렸다. 나를
향해 입을 벌리지 않는 인간들은 십중팔구 적일 터, 누가 전화
를 걸어왔건 그런 건 조금도 상관하고 싶지 않았다. 내가 자신
의 방에 있는지 없는지를 확인하고 싶어 하는 은지의 전화, 아
니면 그녀를 찾는 골 빈 사내새끼들의 전화가 분명할 테니 별달

리 궁금해할 건덕지도 없었던 것이다.

*

눈을 뜨자 침대 옆, 푸르스름한 어둠 속에서 은지가 옷을 벗고 있었다. 이제 막 상의를 벗는 참에 내가 눈을 뜬 것인데, 나의 시선을 의식하면서도 그것을 고의적으로 무시하려는 듯 그녀는 허공에다 시선을 붙박고 옷을 마저 벗었다. 형광 물질이 발린 것처럼 희디흰 상체, 옷을 벗어던지자마자 검은 브래지어가 두드러지며 알살과 극적인 대비를 이루었다. 벨트를 풀고 청바지를 밑으로 밀어 내리자 이번에는 검은 팬티가 드러나며 주변의 푸르스름한 어둠을 순간적으로 약화시키는 것 같았다.

무엇을 도발하고 싶어 하는 건가.

길게 한숨을 내쉬고 나서 나는 한 손을 들어 이마 위로 올렸다. 머릿속은 여전히 지끈거리고 입 안에서는 지분지분 모래가 씹히는 것 같았다. 목구멍 안쪽에서부터 바작바작 타오르는 갈증 때문인가. 목울대도 제대로 움직여지지 않았다. 쭈그렁이 같은 귤들을 짓씹어 먹고 나서 짧은 동안 다시 잠에 빠져 있었지만, 치명적인 맹독처럼 술기운은 변함없이 내 혈관을 따라 흐르며 심신을 무기력하게 만들고 있었다.

몇 초 동안, 보란 듯이 검은 팬티와 브래지어 차림으로 서서 그녀는 나를 내려다보았다. 냉기가 가득 어린 그 눈빛이 나를 비웃고 있다는 걸 직감적으로 알아차릴 수 있었다. 눈빛에서도 냉소를 읽어 낼 줄 아는 사람의 비굴과 비감을 느끼며 뭔가,

116

나는 뭔가를 말하려고 몸을 굼지럭거렸지만 그것을 이미 알아차린 듯 그녀는 망설임 없는 동작으로 단호하게 내게 등을 보였다. 그러고는 행거에서 다른 바지와 상의, 그리고 조끼를 꺼내 입기 시작했다. 마지막으로 쇼트커트를 한 짧은 머리에다 검은 모자를 눌러썼을 때, 그제서야 나는 그녀의 차림새가 검정 일색이라는 걸 알아차릴 수 있었다.

얼핏 꿈에서 보았던 검은 새가 뇌리를 스쳐갔다. 내 손바닥에 난 구멍에서 빠져나와 오종종, 오종종, 좌우로 옮겨 다니던 그것이 은지와 어떤 연관성을 지닌 꿈이었던가. 불길한 기분으로 나는 냉기가 어른거리는 그녀의 뒷모습을 지켜보았다. 하지만 그녀는 더 이상 내 쪽으로 돌아서지 않고 그대로 방문을 열고 밖으로 나가 버렸다. 한껏 무기력해진 나 자신을 비웃고, 가증스러워하고, 혐오하고, 무시하려는 몸짓 언어. 나는 그것이 기막히게 유치하고, 치졸하고, 저질스럽고, 구태의연하다는 생각을 하며 천천히 침대에서 몸을 일으켰다.

2시 35분.

화장대 위에 놓인 시계를 보고 나서 나는 다시 냉장고로 갔다. 거기서 빈 주스 병을 꺼내 들고 조심스럽게 방문을 열고 마당으로 나갔다. 디근(ㄷ)자 형으로 지어진 낡고 오래된 한옥, 불이 켜져 있는 방은 단 한 군데도 없었다. 뿌리 없는 영혼의 소유자들은 지금쯤 황홀한 네온의 바다, 저마다 꿈의 질감을 느끼게 하는 현란한 밤의 세계를 부유하고 있으리라. 지붕을 넘어와 마당으로 내려앉는 푸르스름한 빛의 기운에서 인간들이 토해 낸 광기의 잔해가 추저분하게 스멀거리고 있는 것 같았다.

나는 마당의 수도꼭지에다 입을 대고 정신없이 물을 마셨다.

굶주린 아이가 게걸스럽게 엄마 젖을 빨 때처럼, 나도 모르게 눈동자가 자꾸만 뒤쪽으로 넘어가는 것 같았다. 그럼 지금 전화 받으시는 분이 하길 형 동생인가요? 의식의 아득한 저편에서 누군가 다급한 목소리로 나를 부르는 것 같았다. 지금 빨리 영등포 자혜병원으로 오세요, 지금 빨리요!

빈 주스 병 가득 물을 받아다 화장대 위에 올려놓고 나는 다시 침대로 올라가 누웠다. 방바닥에서 침대까지의 높이 60센티미터, 침대에서 천장까지의 높이 1미터 30센티미터 어림짐작으로 수치를 헤아리자 내가 꽤 큼직한 관 속에 누워 있는 것 같다는 생각이 들었다. 뭔가를 계산하고 헤아리는 게 고질적인 버릇이라서가 아니라, 형의 사고 소식을 알리던 인물의 목소리를 밀어내기 위해 의도적으로 정신을 방기한 것이었다. 하지만 그 결과는 엉뚱하게도 세상에서 가장 큰 관을 탄생시키고, 살아 있는 나와 주검을 동일시하게 만들었다. 그래, 나는 죽은 게 아닌데도 커다란 관 속에 누워 있구나.

성은(聖恩)이 부재하는 인생.

내가 어느 곳에도 정착하지 못하고 떠도는 이유를 어머니는 언제나 성령이 임하지 않았기 때문이라고 지적하곤 했다. 그리고 내게 성령이 임하지 않는 이유는 내 스스로 구원을 위해 회개하지 않기 때문이라고 설명하곤 했다. 그래서 회개하라고, 아직도 늦지 않았으니 심판의 그날이 오기 전에 속히 회개하라고 귀에 못이 박힐 정도로 똑같은 말을 되풀이하곤 했다. 믿음을 갖지 않고 회개하지 않는 자들, 심판의 그날이 오면 유황불의 지옥 속으로 팽개쳐질 거라고 말할 때 어머니는 이미 심판자가 되기라도 한 것처럼 살벌한 눈빛으로 나를 노려보곤 한 것이었다.

드디어 심판의 날이 왔다고 말해 줄까?

형의 사고 소식을 듣고 집을 나온 직후, 나는 어머니가 경영하는 성은식당(聖恩食堂) 앞에서 잠시 걸음을 멈추고 서 있었다. 창으로 넘겨다보이는 허름한 식당 안에는 시장 바닥의 노무자들로 보이는 사내들 서넛이 둘러앉아 고기를 구워 소주를 마시고 있었다. 하지만 그 순간, 어느 날 밤의 악몽 같은 기억이 되살아나서 나는 황망스럽게 그곳을 떠나지 않을 수 없었다. 형의 사고가 심판이 아니라 나로 인한 시험(試驗)이라고 생각할 게 불을 보듯 뻔한데, 그런 걸 어찌 내 입으로 전해 줄 수 있으랴.

— 하길아, 마당으로 나오너라.

지금으로부터 49일 전, 내가 반년 만에 다시 집으로 돌아가 열흘쯤 지난 뒤였을 것이다. 고시원에서 기숙하는 형이 모처럼 집에 다니러 왔을 때, 나는 그와 같은 공간에 머무는 게 싫어서 동네 포장마차로 소주를 마시러 나갔다. 그리고 밤 10시경까지 두어 병의 소주를 마시고 돌아와 그대로 잠자리에 들어 버렸다. 같은 방에 머물던 형은 내게 뭔가를 말하고 싶어 하는 눈치였지만, 들으나마나 그것이 어떤 종류의 말일 거라는 걸 나는 훤히 알고 있었기 때문에 어떻게 해서든 그에게 말할 기회를 주지 않으려 했다. 어쨌거나 책상에 앉아 책을 보는 형에게 등을 보이고 먼저 잠이 들었는데, 공교롭게도 자정이 훨씬 지나 식당 문을 닫고 집으로 돌아온 어머니가 방문을 열고 은밀하게 형을 불러내는 소리에 그만 잠이 깨어 버리고 말았다.

— 피곤하실 텐데 그만 주무시지, 왜요?

자기 엄마의 부름에 형은 고분고분하게 밖으로 나갔지만, 나는 등을 보인 채 계속해서 잠을 자는 시늉을 했다.

─시험공부 하느라 몸이 많이 곯았을 텐데, 고기 좀 구워 먹고 자라고 불렀다. 오늘 정육점에서 아주 좋은 고기가 들어왔어. 내가 금방 숯불 준비할 테니 잠깐만 기다려라.

─재욱이는요?

─걘 그냥 놔 둬. 안 그래도 자잖아.

그날 밤, 두 모자는 사이좋게 좁은 마당에 앉아서 오래도록 고기를 구워 먹었다. 그리고 어려운 현실을 참고 견디면 반드시 주님의 은총으로 성공할 날이 올 거라는 얘기를 주고받으며 화려한 미래를 설계해 나갔다. 누구나 고시에 붙는 게 아니니까 두 번의 실패를 마음에 두지 말고 올해는 편안한 마음으로 시험에 임하라고 형의 엄마는 말했고, 두 번의 실패가 좋은 경험이 돼서 올해는 반드시 엄마를 기쁘게 해 드리고 싶다고 형은 자신의 엄마에게 붙임성 있게 말했다.

안 그래도 자잖아.

그날 밤, 나의 가슴에 커다란 대못이 박힌 것은 그들 모자가 둘이서만 고기를 구워 먹었다는 사실 때문이 아니라 어머니의 입에서 무심결에 흘러나온 그 한마디 말 때문이었다. 안 그래도 자잖아, 라고 말할 수 있는 무의식의 저변을 감지하며 나는 온몸에 푸릇푸릇하게 소름이 돋아 오르는 걸 느꼈다. 저놈이 깨어 있어도 너만 먹이고 싶어서 어서 자라고 말을 해야 할 판국인데, 때맞춰 잠을 자니 얼마나 잘된 일이니? 지난 25년 동안, 한마디의 말이 나에게 그토록 공포스럽게 느껴진 적은 단 한 번도 없었다.

어머니는 나의 악마.

앉으나 서나 성령의 힘으로 세상을 살아간다는 어머니는 이미 고등학교 시절부터 나의 낙서장에서 악마가 되어 있었다. 형과 나에 대한 노골적인 차별 대우가 싫어서이기도 했지만, 형에 대한 기대감을 키우기 위해 나를 희생양으로 삼고 있다는 걸 그때 이미 확연하게 알아차리고 있었기 때문이다. 내가 고등학교 2학년이 되었을 때, 형은 자기 엄마의 기대감에 부응하듯 법대생이 되었고 나는 어머니로부터 대학 포기를 종용받기 시작했다.

  ―자고로 형이 잘돼야 동생도 잘되는 법이라고 했다. 우리 형편에 둘씩 대학을 보낼 수 없으니 네가 다른 길을 찾아야지 달리 어쩌겠니?

  그때, 나는 어머니의 그 말이 새빨간 거짓말이라고 단정했다. 가정 형편이 어려워서 대학을 포기하라는 게 아니라, 형에게 적극적인 뒷받침을 하기 위해 다른 쓰임새를 막아 보자는 말로 받아들여진 때문이었다. 그리고 내가 세 살 때 세상을 떠났다는 아버지, 내가 그를 빼다 박은 듯 닮았다는 이유 때문에 어머니가 본능적으로 나를 싫어하는 거라고 미루어 짐작했다. 하지만 내가 세상에 태어나기 직전부터 딴 여자와 살림을 차려 집을 나갔다가 이태 뒤에 교통사고로 세상을 떠났다는 아버지의 죄를 어째서 내가 대속해야 하는가.

  대학을 포기하라는 종용을 받은 직후부터 나는 그때까지와 전혀 다른 방식으로 세상을 살기 시작했다. 가출을 하고, 무기정학을 당하고, 술을 마시고, 담배를 배우고, 심지어는 패싸움을 벌이고 경찰서 유치장 신세를 지기도 했다. 고등학교는 가까스로 졸업했지만, 그때 이미 나에게는 혈연에 대한 아무런 소속감도 남아 있질 않았다. 지갑을 만들어 납품하는 몇 군데의 가내 공장을 전전하고, 거기서 만난 인물들의 권유로 술집과 카페를 전전하기도 했다. 어쩌다 오갈 데가 없어져 며칠씩 집으로 돌아가 보기도 했지만, 그때마다 내가 확인할 수 있었던 것은 싸늘한 타인의 세계일 뿐이었다. 어머니와 형에게 나는 이미 남과 같은 존재가 되어 있었고, 내가 그들의 화평을 침범하는 못된 파괴자가 된 것 같아 도리 없이 또다시 집을 떠나곤 했던 것이다.

사법 고시?

집을 떠나 세상을 떠도는 동안, 나는 변함없이 어머니와 형의 꿈을 가소롭고, 가증스럽고, 황당무계한 것이라고 비웃으며 살았다. 어쩌면 그런 저주를 지탱력으로 삼아 사막같이 거친 세상을 하루하루 견뎌 낸 것인지도 모를 일이었다. 형이 법대에 입학하고 판검사가 되겠다는 야무진 꿈을 키우기 시작한 직후부터 나는 죽기 전에 한 번, 노골적으로 형을 비웃을 수 있는 기회를 기다려 왔다. 그리고 그런 기회가 오면 주저 없이 이렇게 말하고 싶었다.

—너 같은 돌대가리가 판사가 된다면, 나는 어둠 속을 떠돌며 매번 너에게 물을 먹이는 탁월한 범죄자가 되겠다. 어머니를 닮았다는 것 말고 네가 나보다 나은 게 뭐지?

노력을 통해 모든 걸 다 성취할 수 있다고 해도, 어린 시절부터 형이 나에게 느껴 온 열등감은 죽을 때까지 지워지지 않을 거라고 나는 확신하고 있었다. 그리고 어쩌다 한 번씩 마주칠 때마다 형이 나에게 나타내는 어정쩡한 태도를 통해 나는 변함없이 그것을 확인할 수 있었다. 적어도 형이 법대에 입학하고 어머니가 나에게 대학 포기를 종용하기 전까지, 학교 성적상으로건 성격상으로건 형은 나보다 나은 게 아무것도 없었던 것이다.

우열의 척도란 무엇인가.

간단히 말해 형은 어머니를 닮았고, 어머니가 원하는 대로 무한정 성실했을 뿐이다. 그나마 형이 유지하던 성적은 철저하게 노력의 결과였지만, 어머니는 그것을 내가 해마다 받아들고 오는 우등상장보다 훨씬 우월한 것인 양 칭찬을 아끼지 않곤 했다. 뿐만 아니라 형의 주변머리 없는 성품은 어머니에게서 유전된 차분한 성품으로 미화되고, 주변에 친구가 많은 나의 성품은 아버지를 닮아 싹수가 없어 보이는 성품으로 터무니없이 폄훼되기까지 했다.

얼마나 웃기는 일인가.

어머니가 아무리 형의 편을 들어주고 나를 왜곡하는 일을 되풀이해도, 형은 자신과 나 사이에 운명처럼 주어진 우열의 진실을 알고 있었다. 그리고 그것을 어머니만큼 노골적으로 왜곡하고 은폐하지 못해 매번 괴로워하곤 했다. 그가 판검사가 되고 내가 지능적인 범죄자가 되는 일이 실제로 일어난다고 해도 마찬가지, 그와 나 사이의 우열 관계에는 평생 역전극이 일어나지 않으리라는 걸 나는 알고 있었다. 설령 그가 나에게 사형 선고를 내린다 해도, 나는 끝끝내 서늘한 오만함을 잃지 않고 그를 비웃을 자신이 있었다. 마지막 역전극을 만들어 내기 위해 그가 아무리 발버둥 친다 해도, 사형수가 된 나에게 그가 전할 수 있는 마지막 자비란 것도 기껏 동정이나 연민 이상의 것은 결코 되지 못할 것이라고 생각하며 회심의 미소를 짓곤 했던 것이다.

얼마나 통쾌한 일인가.

10여 분 정도, 나는 서늘한 벽에다 이마를 붙이고 모로 누워 있었다. 그러다가 다시 갈증이 살아나 부스스 몸을 일으키고 화장대 위에 올려 둔 물병을 집어 들었다. 한없이 낮은 곳으로 잦아드는 듯한 가을밤, 물을 마시는 동안 이상하게도 몸이 땅속으로 꺼져 드는 듯한 기분이 들었다. 나를 무시하기 위해 밖으로 뛰쳐나간 은지, 그 한심한 영혼은 지금 어느 곳을 부유하고 있을까.

　─이것 봐. 이것 보란 말이야. 나는 지금 다른 남자하고 바람을 피우고 있는 거야. 약 오르지 않아?

　물을 마시고 나서 나는 벽에 등을 기대고 앉아 물끄러미 컴퓨터를 내려다보았다. 카페를 끝내고 돌아와서도 잠이 오지 않는다고 통신에 접속을 하고, 이곳저곳 채팅실을 돌아다니며 아무 놈하고나 닥치는 대로 수다 떨기를 하며 보란 듯 나에게 스크롤되는 모니터를 가리키곤 하던 은지. 그런 것을 보며, 아니 그녀가 다른 남자를 만날 수도 있을 거라는 가능성에 대해 내가 단 한 번이라도 질투심을 느껴 본 적 있었던가?

　오다가다 만나 몇 번 잠을 자고, 그래도 괜찮을 것 같다는 생각으로 반년 가까이 그녀와 동거를 하는 동안 나는 단 한 번도 그녀를 사랑한다고 생각해 본 적이 없었다. 그녀가 자신을 배신하면 죽여 버릴 거라고 심심할 때마다 한 번씩 내게 했던 말도 또한 사랑과 아무런 상관이 없는 말이라고 나는 생각했다. 그리고 아무리 기회가 주어진다 해도 이런 식 이상으로는 절대 여자에게 가슴을 열지 않으리라, 여자라는 족속을 은근히 어머니와 동일시하기까지 했다. 지금은 달라도 나중에는 같아질 수 있다는 끔찍스러운 가능성.

　아, 씨!

　컴퓨터를 물끄러미 바라보다가 문득 떠오르는 게 있어 나는 굼뜨게 침대에서 기어 내려갔다. 그러고는 엉금엉금 컴퓨터가 올려진 원목 책상 앞으로 기어갔다. 한순간, 전원 스위치를 누르자 짙푸른 빛살이 터지듯 밖으로 밀려 나왔다. 접속 번호, 기다림, 그리고 원하는 이동. 은지에게서 통신 접속법을 배운 직후, 한동안 줄기차게 이곳저곳 게시판을 기웃거린 적이 있었는데, 그렇듯 무수한 곳을 돌아다니며 그때 내가 발견해 낸 낙은 어이없게도 오직 한 가지뿐이었다. 아주 가끔 어떤 여자가 특정한 게시판에다 올려놓는 시, 그것을 읽는 미묘한 쾌감이 있어서 그 뒤로는 아예 그것을 찾아 읽기 위해서만 통신 접속을 하곤 했던 것이다.

하지만 지난 49일, 애석하게도 내가 은지의 방을 떠난 뒤로 그녀가 추가로 올린 시는 단 한 편도 없었다. 그래서 물끄러미 화면을 들여다보다가 그동안 그녀가 게시판에 올린 시를 모조리 불러내 차례차례 다시 읽어 나가기 시작했다. 전부라고 해 봤자 고작 일곱 편. 그것을 모조리 읽고 나서 나는 특정한 시 한 편을 서너 번 되풀이해 읽었다. 독에는 독, 혈관을 따라 흐르는 독보다 더욱 강한 독이 주입될 때처럼 마음이 편안하게 진정되는 것 같았다. 약간의 독은 편안한 잠을 가져다주고 많은 독은 영원한 잠을 가져다준다고 했던가.

너의 집은 그곳이 아니야
너의 집은 내가 너와 함께 있는 그곳이지
함께 피운 담배꽁초들이 어질러져 있고
몸에서 흘러나온 질척한 것들로 이불이 더럽혀져 있는
너의 집은 내가 너의 팔을 베고,

네 손가락이 내 머릿결을 헤집어 놓는
우리가 나눈 농담들과 진저리쳐지는 얘기들이
담배 냄새와 함께 공중에 녹아 있는 그곳이지
너는 이제 돌아왔어
너는 어디로도 가지 않아도 돼
집이 아니라면 어디든 편안하다고 너는 말하지만
또한 내가 너와 함께 있는 여기가 아니라면 어디라도
네 마음은 편안하지 않을 테지

*

　설핏 다시 잠이 들었다가 깨어났을 때, 은지가 푸르스름한 어둠 속에서 다시 옷을 벗고 있었다. 처음 집으로 돌아와 옷을 갈아입을 때보다 표정은 더욱 경직돼 있었지만, 그때와 달리 훌렁훌렁 옷을 벗어 닥치는 대로 팽개치면서도 그녀의 시선은 시종 나에게 집중돼 있었다. 팽팽하게 긴장된 눈빛과 앙다문 입술, 그리고 서둘러 옷을 벗어던지는 그녀의 거친 동작이 의미하는 게 무엇인지를 알아차리고 나는 단박 육체적인 긴장감을 느꼈다.
　기습적인 섹스.
　그래, 은지의 섹스 욕구는 언제나 돌발적이고 기습적으로 살아나 때마다 나를 당혹스럽게 만들곤 했다. 담배를 피우다가, 책을 읽다가, 컴퓨터 통신을 하다가, 라면을 먹다가, 한순간에 동작을 멈추고 그녀는 팽팽하게 긴장된 눈빛으로 나를 건너다보곤 했다. 처음에는 그것이 무엇을 의미하는지 몰라, 왜 그래? 왜 그러는 거지? 하고 몇 번씩이나 되묻지 않을 수 없었다. 하지만 그럴 때마다 나의 물음에는 아무런 대답도 하지 않고, 그녀는 다급하게 옷을 벗어던지고 다짜고짜 나를 공격하며 일방적인 섹스에 몰입하곤 했다.

은지가 내 위로 올라가 자신의 섹스에 일방적으로 몰입하는 동안, 다소 곤혹스러운 기분으로 눈을 감고 누워 나는 엉뚱한 상상의 세계로 빠져 들어가곤 했다. 그녀는 왜 이런 식의 섹스를 즐기는 걸까, 하는 게 매번 되풀이되는 고정적인 상상의 질료였다. 그것은 달리 말하면 내가 그녀의 신상에 관해 별달리 아는 게 없다는 뜻이기도 했다. 그녀는 자신에게 여동생이 하나 있다고 말한 적이 있지만, 그녀와 동거를 한 6개월 동안 나는 단 한 번도 동생을 본 적이 없었다. 그래서 동생과는 전혀 연락을 주고받지 않고 사느냐고 물은 적이 있었는데, 그때 그녀는 다시 한 번 그따위 질문을 하면 내 간을 빼 먹어 버리겠다고 심각한 표정으로 나를 협박했다. 그래서 '여동생이 하나 있다.'는 말에 부모가 없다는 의미가 포함되어 있는지, 그런 것도 모른 채 나는 그녀와 때마다 살을 섞으며 살아갈 수밖에 없었던 것이다.

아무렇든 그녀와의 섹스에서 나는 단 한 번도 일체감 같은 걸 느낄 수 없었다. 그녀와 내가 주고받는 섹스는 아무리 생각해 봐도 합리적이고 조화로운 섹스가 아니었고, 그랬기 때문에 그녀가 자신의 섹스에 몰입하는 동안 나는 육체를 제공해 주는 이상한 보살처럼 묵묵히 눈을 감고 다른 생각에 몰입할 수밖에 없었다. 그러다가 온몸이 땀에 젖은 그녀가 나에게서 떨어져 나온 뒤에야 비로소 나는 뒷북을 치는 사람처럼 체위를 바꾸고 나의 섹스를 시작할 수 있었다. 하지만 내가 섹스에 몰입하는 동안,

그녀는 구제불능의 불감증 환자처럼 뻣뻣하게 굳은 몸으로 또한 나처럼 눈을 감고 인내의 시간을 보내곤 했다.

"안 벗고 버틸 거야?"

침대 옆에 붙어 서서 팽팽하게 긴장된 알몸으로 그녀가 물었다.

"지금 몇 시야?"

"몰라. 쓸데없는 거 묻지 마."

"그렇게 독을 써도 소용없다. 술을 너무 많이 마셔서 지금은 불가능하니까."

제발 내 인내심을 시험하지 마라, 하는 심정으로 나는 그녀를 올려다보았다.

"누군 술 안 마신 줄 알아?"

웃기는 소리 하지 말라는 표정으로 그녀는 침대 위로 올라왔다. 역한 술 냄새가 내 후각을 자극했다. 소주를 마시고 온 건가, 냄새로 미루어 짐작하며 나는 진저리가 난다는 표정으로 미간을 찌푸렸다. 하지만 그녀는 독이 잔뜩 오른 작은 들짐승처럼 입술을 앙다물고 내 혁대를 풀기 시작했다.

"비켜."

인내심의 영역을 조금 더 넓혀 보자, 하는 심정으로 나는 그녀의 손을 밀쳐 내고 상체를 일으켰다. 그러고는 몸에 걸친 옷을 차례차례 벗어 방바닥으로 집어던지며 전혀 다른 종류의 인내심에 대해 생각하기 시작했다. 내 몸을 내 뜻대로 죽여 보리라. 여전히 긴장된 눈빛으로 무릎을 꿇고 앉아 있는 그녀를 한 번 보고 나서 나는 반듯하게 침대에 누웠다. 그러고는 언제나와 마찬가지로 눈을 감고 그녀에게 몸을 맡겼다.

"봐. 네 맘대로 되는 건 아무것도 없지?"

뜻 모를 말을 중얼거리며 그녀는 나의 몸에 손을 대기 시작했다. 하지만 나는 그 순간부터 전혀 다른 종류의 인내심을 발휘하기 시작했다. 한심한 영혼아, 네가 아무리 나를 만져도 싸늘한 주검처럼 나는 끝끝내 살아나지 않을 것이다, 살아나지 않을 것이다, 살아나지 않을 것이다, 하는 말을 주문처럼 연해 마음속으로 되뇌며 나는 그녀의 기대감을 배신하려고 이를 앙다물었다. 죽어도 그녀가 원하는 대로 깨어나고, 살아나고, 그리고 발기하지 않으리라.

"제발, 이런 식으로 날 짜증나게 하지 마."

그녀의 말을 귓전으로 흘리며 나는 영등포에 있는 병원으로 실려 갔다는 형을 생각하기 시작했다. 그녀의 손이 나의 중심부에서 제멋대로 움직이는 걸 느끼며 곳곳에서 비명이 터져 오르는 병원 응급실을 떠올렸다. 그리고 폭주족의 오토바이에 부딪쳐 짓이겨지고 으깨어졌을 형의 얼굴과 머리, 그를 진찰하고 치료하는 의사와 간호사들을 상상해 보았다. 의사가 고개를 가로젓고, 간호사가 흰 시트를 형의 얼굴에 덮는 장면. 그녀의 집요한 손놀림에도 불구하고 나의 육신은 바람 빠진 풍선처럼 한껏 편안하게 이완되고 있었다.

생과 사.

그래, 솔직히 고백하건대 형의 사고 소식을 접한 순간 내가 가장 먼저 떠올린 생각이 바로 그것이었다. 마땅한 이유가 있어서가 아니라 거의 본능적으로 그런 생각을 떠올린 것이다. 내가 살아서도 주검처럼 세상을 떠돌던 시간, 악마의 자식은 화평과 사랑이 넘치는 온실에서 안주하지 않았던가. 그래서 이제 진정한 심판의 시간이 왔는지도 모른다는 생각으로 나는 미묘하게 흥분하기 시작했다. 아주 오래전부터, 그런 심판의 날이 오기를 얼마나 학수고대하고 있었던 것일까.

"병신…… 내가 미쳤지."

그녀가 손놀림을 멈추고 내게서 떨어져 나와 털썩, 침대에 몸을 누이며 중얼거렸다. 울화가 잔뜩 치밀어 오른 듯한 목소리. 그녀의 뜻대로 내 몸이 살아나지 않은 게 아니라 나의 뜻대로 내 몸이 제어된 결과였다. 하지만 그녀, 잠시 침대에 누워 있다가 분해서 못 견디겠다는 목소리로 다시 입을 열었다.

"올라와."

"……."

"올라오란 말이야!"

"……."

"마지막이니까 오늘만 그렇게 해."

"……오늘이 무슨 특별한 날인가?"

천천히 상체를 일으키고 그녀의 몸 위로 기어오르며 나는 물었다. 하지만 짜증스러운 표정으로 눈을 감은 채 그녀는 아무런 대꾸도 하지 않았다. 그녀에게서 나에게로 주도권이 이렇게 빨리 넘겨진 적은 단 한 번도 없었지만, 주도권을 넘겨받았다고 해서 턱없이 방심하다간 이내 자세가 역전되기 십상일 터였다.

3시 40분.

아무런 동작도 취하지 않은 채 나는 그녀의 몸 위에서 길게 목을 늘어뜨리고 화장대에 올려진 탁상시계를 보았다. 갑자기 밤, 깊고 푸른 어둠의 시간이 진저리쳐지게 지리멸렬하다는 생각이 들었다. 한세월 내내 내가 그 어둠 속에 갇혀 있는 것 같았고, 남겨진 세월 내내 내가 그 어둠에서 헤어나지 못할 것 같았

다. 그래서 무엇인가, 내가 뚫고 나가야 할 통로를 만들고 싶다
는 굴진 충동이 은근히 중추를 자극하기 시작했다.

꿈꾸지 마.

그 순간, 빛에 대한 모든 갈망을 갈가리 찢어발기듯 느닷없이
전화벨이 울리기 시작했다. 그녀에게 마악 진입하려다 말고 빌
어먹을, 하고 중얼거리며 나는 동작을 멈추었다. 하지만 그녀는
대수롭지 않다는 표정으로 눈을 감은 채 팔을 뻗어 수화기를 집
어 들었다. 그러고는 음침하게 가라앉은 목소리로 여보세요, 하
고 말하고 나서 뭔가에 퍼뜩 놀란 사람처럼 갑작스럽게 눈을 뜨
고 언성을 높이기 시작했다.

"그래 미친년아, 넌 지금 도대체 어디 있는 거야? 내가 널 찾
아서 베네통 앞에서 패밀리마트까지 몇 번이나 돌았는지 알기
나 해!"

잠시 사이를 두고 저쪽 얘기를 들은 뒤에 그녀는 다시 입을
열었다.

"그래, 알았어. 지금 나갈 테니까 꼼짝 말고 거기 죽치고 있
어."

전화를 끊고 나서 그녀는 아무 일도 없었다는 표정으로 다시
눈을 감았다. 하지만 어둠에 대한 진저리도, 빛에 대한 갈망도,
그때 이미 나에게서는 허망하게 스러진 뒤였다. 그걸 알아차리
기라도 한 듯 그녀는 눈을 뜨고 다소 누그러진 어조로 다시 입
을 열었다.

"금방 안 나갈 거니까 신경 쓰지 마."

"신경 쓰지 말라니……. 밤이 지겹지도 않으냐?"

"지겹지 않아. 차라리 낮이 없어져 버렸으면 좋겠어."

“그럼 그냥 나가. 이건 네 방식이 아니잖아.”

“상관없어. 우린 오늘로 끝이니까 이게 기념식이라고 생각해.”

“기념식치곤 정말 더럽군.”

“그래, 그러니까 더럽게 해 봐. 더할 수 없이 아주 더럽게 말이야.”

“더럽게 하지 않아도 어차피 우린 더러워.”

“우리라고 말하지 마.”

“그럼 어떤 말을 듣고 싶은 거지?”

“다 필요 없어. 그냥 날 창녀라고 생각하면서 해 봐.”

그래 좋다, 하고 이를 악물고 나는 창녀의 몸속으로 불쑥 들어가 버렸다. 그러자 지상의 모든 어둠과 지상의 모든 병마와 지상의 모든 악덕이 도사리고 있는 어둠의 자궁, 그것을 잔혹하게 짓이겨 버리고 싶다는 충동으로 온몸이 뜨겁게 달아오르기 시작했다. 그래서 서너 번 굴신을 한 뒤부터 나는 사뭇 가학적인 흥감을 느끼며 그녀를 공격하기 시작했다. 삐이걱, 그때 밖에서 나무 대문 열리는 소리가 들리고 곧이어 뚜벅뚜벅하는 발소리가 들리기 시작했다.

누군가.

순간적으로 긴장했지만 네온의 바다를 떠돌던 어떤 부나비가 이제 돌아왔겠거니, 발소리에 괘념치 않고 나는 맹렬하게 어둠의 오지로 굴진해 들어갔다. 하지만 발소리가 어디선가 뚝 멈춘 직후, 다름 아니라 바로 내 등 뒤에서 조심스럽게 유리문을 두드리는 소리가 들렸다. 다른 어느 방이겠거니, 그것을 무시하고 나는 계속해서 그녀를 공격했다. 어떤 부나비가 또 다른 부나비를 찾아왔지만 부재중인가, 밖에서는 잠시 아무 소리도 들리지 않았다.

“은지 씨, 계세요?”

다시 한 번 바깥쪽 유리문을 두드리며 조심스럽게 묻는 남자의 목소리를 듣고 나는 벼락을 맞은 듯한 표정으로 동작을 멈추었다. 그녀도 눈을 뜨고 당황스러운 표정으로 숨을 죽였다. 그러다가 목소리의 주인공을 알아차린 듯 나를 밀쳐 내고 다급하게 침대에서 내려갔다. 그러고는 행거에서 손에 잡히는 대로 긴 원피스 하나를 꺼내 정신없이 몸에 걸치며, 누구세요? 하고 방문을 향해 소리쳤다. 곧이어, 저 영민인데요, 하고 밖에 선 남자가 조심스럽게 대답했다. 미닫이문과 유리문을 차례로 열고 마루로 나선 뒤에 그녀는 재빨리 안쪽의 미닫이문을 닫았다. 그러자 다소 의기소침한 목소리로 남자가 물었다.

“희진이는 지금 어디 있죠?”

“자정 무렵에 헤어졌는데 지금은 어디 있는지 몰라요. 그 기집애, 영민 씨 때문에 술 많이 마셨어요. 지금이 몇 신데, 지금 나타나면 어떡해요?”

“…….”

“제 말은요, 영민 씨가 나쁘다는 게 아녜요. 영민 씨도 날 그렇게 생각하는 건 아니죠? 나도 영민 씨에게 연락하고 싶었지만 방법이 없었어요. 지금이라도 호출 번호 알려 주면 안 되나요?”

“그건…… 곤란한데요.”

“영민 씬 나에 대한 감정이 나쁜 건가요? 나하곤 생각이 많이 다른 것 같아요. 그럴 필요 없는 거 아녜요?”

“생각이 잘 정리되지 않아요. 며칠 동안 통 잠을 못 잤거든요.”

“마음이 불편하긴 나도 마찬가지예요.”

"지금, 안에 누가 있나요?"

"아, 오빠가 와 있어요. 친오빠."

"……그럼 갈게요."

"정말 호출 번호 알려 주면 안 되나요?"

"미안해요. 그냥 갈게요."

"그래요, 그럼. 하지만 이삼일 내로 꼭 전화해 줘요. 알았죠?"

뚜벅뚜벅, 다시 마당을 가로질러 가는 발소리가 들렸다. 문을 걸고 안으로 들어와 그녀는 잠시 방 한가운데 우두커니 서 있었다. 그러다가 꼭 세 번, 지겨워, 지겨워, 지겨워, 하고 똑같은 말을 되풀이했다. 그러고 나서 화장대 위에 올려진 물병을 들고 서너 모금 마신 뒤에 냉장고 문을 열고 아무런 동작도 없이 우두커니 그 앞에 서 있었다. 그것이 냉기를 받으며 몸을 식히는 그녀 나름대로의 방법이라는 것, 내가 모를 리 없었다. 하지만 육신이 서늘하게 식을 만한 시간이 흐르기도 전에 다시 전화벨이 울렸다.

"그래, 지금 막 나가려던 참이야."

사이.

"소주 몇 병?"

사이.

"미친년아, 그 자식들한테 너무 쉽게 보이지 마."

사이.

"좀 전에 영민 씨 왔었어."

사이.

"그래, 너 있는 곳은 안 알려 줬으니까 걱정하지 마."

사이.

"그래, 5분 이내로 갈게."

전화를 끊고 나서 그녀는 다시 옷을 갈아입기 시작했다. 검정 진에 타이트하게 상체를 드러내는 흰 반소매 셔츠, 그리고 그 위에 검정 가죽 재킷을 걸치고 다시 모자를 눌러썼다. 그러고 나서 침대 쪽으로 등을 돌리고 그녀는 싸늘한 목소리로 잘라 말했다.

"언제 돌아올진 모르겠지만, 내가 돌아오기 전까지 여기서 사라져 줘."

"……."

"제발 찝찝하게 굴지 마. 정말 지겨워 미치겠어."

"……."

"대답해. 거지야?"

"……."

"집으로 돌아올 땐 다른 놈 데려올 거니까 알아서 하라고."

"……."

묵묵부답으로 허공을 올려다보는 나를 노려보다가 시트, 하는 입소리를 내며 그녀는 방을 나가 버렸다. 혼자 있게 된 공간, 원래의 관으로 환원된 것 같아 쾌적하고 편안한 기분이 들었다. 살아서도 주검과 같은 나날을 사는데, 세계에서 가장 큰 관을 버리고 이제 더 이상 나더러 어디로 가라고 그녀는 성화란 말인가. 더 이상 밀려날 수 없고, 더 이상 밀려날 곳도 없는 인생. 필요하다면 쟁투를 벌여서라도 이제는 내 공간을 확보하고 싶다는 오기가 살아 올라 나도 모르게 두 눈을 부릅뜨게 만들었다. 주인이 있는 방, 임자 있는 영역, 무슨 상관이란 말인가. 내가 피 흘리지 않기 위해 타인의 피를 흘리게 하는 것. 그것은 세상

을 사는 요령이지 단죄의 대상이 아니었다. 내가 세상에서 배운
게 그런 것이라면, 그런 걸 써먹으며 세상을 살아야지 달리 무
슨 묘수가 있으랴.

*

　마지막 파국을 기다리는 사람처럼 나는 미묘한 설렘을 느끼
며 허공을 올려다보았다. 가고 싶지 않은 길과 갈 수 없는 길,
그리고 가지 않은 길들이 푸르스름한 어둠 속에서 모조리 부질
없는 길로 태를 바꾸고 있었다. 그래서 지금 내가 등을 붙이고
누운 이곳, 관처럼 안온한 악연의 터전을 떠나고 싶지 않다는
생각에 굳은 뼈마디가 생겨나기 시작했다. 지금 이곳에 뿌리를
내리고, 바로 이곳에서 저주의 꽃으로 피어나고 싶다는 간절한
열망. 나는 저주의 씨앗으로 잉태되고, 악의 떡잎으로 자라고,
자멸의 늪으로 가라앉아 가는 가련한 인생이 아니었던가.
　신선한 피가 그리운 밤, 나는 막연한 기다림과 막연한 그리움
과 막연한 기대감 속에서 서서히 지쳐 가기 시작했다. 형벌에 대
한 불길한 예감이 엄습하고, 속 깊은 상처의 그늘에서 저주의 꽃
이 피어나기 시작했다. 따뜻한 불빛이 그리운 저녁, 세상을 떠돌
며 한없이 마음 서늘해지던 기억이 문득문득 되살아나 가슴을 저
리게 했다. 그러다가 형, 그의 생사가 궁금해지면 그때까지의 방
심이 말짱 후회스러워 다시금 두 눈을 부릅뜨지 않을 수 없었다.
　4시 50분.
　쿠당, 하는 소리를 내며 나무 대문이 거칠게 열리는 소리가

들렸다. 그리고 누군가 다급하게 마당을 가로질러 뛰어오는 소리가 들리고, 곧이어 유리문을 여는 소리가 들렸다. 이윽고 마지막 차단막 같던 미닫이문이 열리고 불쑥, 오른손에 붕대를 두른 누군가 거친 동작으로 방 안으로 들어섰다. 방 안의 푸르스름한 기운보다 더욱 뚜렷한 기운으로 푸르게 빛나는 존재, 은지가 방 안으로 들어서자마자 역한 술 냄새가 방 안 가득 들어찼다. 무슨 이유 때문에 손을 다치게 되었는지 모르지만, 지혈이 제대로 되지 않았는지 붕대의 반 이상이 피에 젖어 있었다.

"야, 이 새꺄! 왜 아직도 안 꺼진 거야?"

미닫이문에 위태롭게 기대서서 나를 노려보다가, 갑작스럽게 혀 꼬부라지는 소리로 그녀는 언성을 높였다. 슬그머니 내가 상체를 일으키자, 붕대가 감긴 손을 흔들어 대며 그녀는 아슬아슬한 걸음걸이로 나를 향해 다가왔다.

"개자식아, 내가 니 봉이니? 여기가 니 꿀림방인 줄 알아?"

그녀는 보이지 않고 오직 핏물이 번진 붕대만 눈앞에서 연해 어른거렸다. 그래서 그것이 내 턱과 뺨을 건드리고 급기야 내 머리통까지 후려쳤지만 나는 꼼짝도 하지 않았다. 갑작스럽게 명치끝이 저려 오며 숨을 제대로 쉴 수 없었는데, 그런 걸 알아차리기라도 했는지 자제력을 잃은 그녀의 손놀림은 더욱 난폭해지기 시작했다. 하지만 핏물이 번진 붕대, 미친 듯 살아 움직이는 손에서 전혀 다른 무엇인가가 떠오르는 것 같아 나는 타작을 당하면서도 집요하게 그것을 노려보았다.

형!

그 순간, 붕대가 감긴 은지의 손이 아니라 형이 죽지 않았다는 확신이 세차게 나의 뒤통수를 후려쳤다. 그래서 무릎을 꿇고 엉덩이를 허공으로 들어 올린 채 나는 정신없이 베개에다 머리를 처박았다. 견딜 수 없을 정도로 명치끝이 조여들고, 그것이 치받쳐 오르며 기도를 차단하는 것 같았다. 하지만 누구인가, 그런 것 따위는 조금도 아랑곳하지 않은 채 연해 나의 몸을 두들겨 댔다. 은지의 손인가, 형의 손인가, 아니면 어머니의 손인가. 백광의 영역으로 접어든 것처럼 그 순간부터 머릿속으로 눈부신 빛이 밀려들기 시작했다.

"형, 이제 우리의 시간이 왔어."

베개에다 처박았던 머리를 천천히 들어 올리고 나는 핏물이 번진 손의 주인에게 말했다.

"개자식아, 여기서 꺼져 버리라는데 무슨 헛소리야! 꺼지라고!"

손의 주인이 세차게 나의 콧등을 후려쳤다. 그러자 뜨끈하면서도 끈끈한 액체가 주르륵, 콧구멍 밖으로 흘러내리기 시작했다. 하지만 나는 한없이 평온하게 미소 지으며 손의 주인에게 다시 말했다.

"나는 형을 사랑해. 내가 아무리 침묵하고 있어도 형은 그걸 알잖아."

침대에서 내려가 나는 손의 주인에게 조심스럽게 나의 손을 내밀었다. 그러자 손의 주인은 내 손을 세차게 후려치며 발로 나의 정강이를 걷어찼다. 하지만 나는 여전히 미소를 잃지 않으며 손의 주인이 움직이지 못하게 슬그머니 양손으로 어깨를 움켜쥐었다. 그러고는 서서히 손에 힘을 주며 세찬 몸부림을 다스려 나갔다.

"제발 움직이지 마. 이러면 우리가 행복하게 지낼 수 있는 시간이 줄어드는 거야. 알겠어, 형?"

"미친 새끼, 왜 이러는 거야! 정말 미쳤어?"

손의 주인이 발악적으로 몸을 뒤틀어 대자 와장창, 화장대 위에 올려졌던 온갖 것들이 일시에 바닥으로 떨어져 내렸다. 그리고 침대 쪽으로 방향을 틀며 다시 한 번, 손의 임자가 몸을 버둥거리는 바람에 원목 책상 위에 올려졌던 컴퓨터가 방바닥으로 곤두박질쳤다. 그 순간, 나는 참으로 맑고 순수한 분노를 느끼며 차분한 목소리로 손의 주인에게 말했다.

"죽음의 골짜기는 아주 평화로울 거야. 아무것도 걱정하지 마, 형."

"이 나쁜…… 크헉!"

손의 주인, 그의 마지막 몸부림을 손아귀로 느끼며 나는 순간적으로 양손을 목으로 밀어 올리고 힘을 가했다. 그리고 목을 움켜쥔 채 재빨리 반원을 그리며 침대 쪽으로 방향을 틀었다. 거기, 편안하고 부드러운 침대 위에다 손의 주인을 누이자 연해 캑캑거리는 소리를 내며 세차게 허리를 뒤틀어 댔다. 그래서 그러지 말라고, 손의 주인을 부드럽게 타이르며 나는 배를 타고 올라앉아 손아귀에 더욱 힘을 가하기 시작했다. 형과 내가 행복하던 시절에 불렀던 노래, 그와 함께 손을 잡고 부르던 동요가 기억의 그늘에서 아련하게 되살아나는 것 같았다.

"형, 「풀잎 이슬」이란 노래 생각나?"

"……."

나의 물음에 아무런 대답도 하지 않고 손의 주인은 몸 전체를 좌우로 뒤틀어 댔다. 그래서 무릎으로 양팔과 어깨뼈를 동시에 찍어 누르며 나는 다시 물었다.

"흐, 형은 음치였잖아. 그래서 내가 음정을 맞추는 발성법을 알려줬는데……. 생각 안 나?"

등 뒤쪽에서 다리가 심하게 요동질 치는 느낌이 전해 왔지만 나는 조금도 동요하지 않았다. 벌과 나비가 평화롭게 날아다니는 곳, 맑은 냇물과 눈부신 햇살이 지천에 깔린 꽃동산이 선연하게 눈앞으로 떠오르자 손의 주인이 더할 나위 없이 사랑스럽게 느껴져서 가슴이 마구 두근거리기 시작했다. 그래서 주체할 수 없는 사랑의 감정을 느끼며 나는 마지막 안간힘을 다해 손아귀에 힘을 주었다.

"나는 정말 형을 사랑해. 그러니까 어디로 가든 그걸 잊어선 안 돼. 제발, 그런 건 잊지 말라고."

손의 주인이 더 이상 움직이지 않았기 때문이 아니라, 나로 하여금 뜨거운 눈물을 흘리게 만든 격한 감동을 통해 나는 비로소 평화가 완성되었다는 걸 알았다. 그리고 형에 대한 나의 사랑과 평화, 그것이 온전하게 완성되었다고 생각하자 온몸이 종이처럼 가벼워지는 것 같았다. 그렇게 잠시, 지상에서 내가 경험한 시간 중에 가장 감미롭고 가장 평화로운 시간이 흘렀다.

"봐. 형을 위해 세상에서 가장 큰 관을 준비했어. 그러니까 아무런 걱정도 하지 말고 여기서 편안하게 자. 그냥 자면 되는 거야."

평화로운 주검에서 떨어져 나와 나는 어질러진 방바닥에서 물병을 집어 들었다. 그리고 3분의 1쯤 남겨진 물을 모조리 비워 버리고 은지가 그랬던 것처럼 냉장고 문을 열고 잠시 그 앞에 서 있었다. 안쪽에 밝혀진 노오란 불빛을 받으며 굼실굼실, 서늘한 냉기가 안개처럼 내 몸을 덮어 왔다. 그렇게 잠시 서 있자니 냉장고 안쪽의 가로 선반과 세로 선반, 그 하나하나의 선들이 좀 전의 흐무러진 상태와 전혀 다르게 날카롭게 살아나기 시작했다. 그래서 냉기가 집중적으로 얼굴로 밀려들도록 선 자리에 그대로 쪼그려 앉아 나는 냉장고 안쪽으로 목을 길게 뽑았다. 그러자 기억의 저쪽, 아득한 어둠의 공간에서 붉은 네온사인이 연해 깜박거리기 시작했다.

무슨 일이 일어난 건가.

냉장고 문을 열어 둔 채 나는 멍한 표정으로 뒤를 돌아보았다. 핏물이 번진 붕대를 손에 두른 은지가 반듯하게 침대에 누워 있었다. 어디서 손을 다친 건가. 나는 온갖 잡동사니들이 널브러진 방바닥을 엉금엉금 기어 그녀에게로 다가갔다. 그리고 붕대가 감긴 손을 들어 올리고 상심한 눈빛으로 그것을 들여다보았다. 그녀의 상처에서 지속적으로 피가 밀려 나와 이제 붕대는 빈틈없이 핏물에 젖어 있었다.

"이것 봐, 피가 멈추지 않잖아."

나는 다급한 심정으로 푸른빛이 번지는 그녀의 뺨을 두들겨 보았다. 하지만 그녀는 꼼짝도 하지 않았고, 내 기억의 한편에서는 그녀의 세찬 몸부림과 악다구니가 살아나기 시작했다. 그래서 정신없이 침대 위로 기어 올라가 나는 그녀의 어깨를 흔들어 대기 시작했다. 움직여 봐, 눈을 떠 봐, 숨을 쉬어 보란 말이야, 하고 미친 듯 소리치며 이제는 내가 몸부림을 치기 시작한 것이다. 이 지리멸렬한 밤, 이 진저리쳐지는 어둠 속에서 나는 도대체 무슨 짓을 저지른 것인가!

이윽고 차디찬 현실감이 되살아났을 때, 나는 깊고 깊은 밤의 정적 속에서 다시 한 번 그녀를 내려다보았다. 푸르스름한 빛이 속으로 잦아들어 이제는 그녀의 몸 전체가 푸른빛을 발산하고 있는 것 같았다. 그래서 차분하게 호흡을 가다듬고 나는 그녀의 아름다운 얼굴에 입 맞추고 주섬주섬 옷을 찾아 입기 시작했다. 그녀의 얼굴이 저토록 아름답게 빛날 수 있는 신비는 대체 어디서 오는 것일까. 옷을 다 입은 뒤에도 나는 한동안 침대 옆에 붙어 서서 물끄러미 그녀의 얼굴을 내려다보았다.

한 송이, 깊고 푸른 어둠의 꽃.

평온하게 잠들어 있는 은지에게서 등을 돌리고 나는 화장대에 붙어 있는 거울을 들여다보았다. 그러고는 헝클어진 머리카락을 대충 손으로 쓸어 올리고 말라 버린 코피 자국을 제거한 뒤, 화장대 서랍을 열고 그녀의 지갑을 꺼내 들었다. 해장국 한 그릇 가격이 얼마인가, 500원 정도의 차이를 두고 기억이 오락가락했다. 그래서 만 원 정도면 소주까지 한잔 곁들일 수 있겠지, 하는 생각을 하며 지갑에서 푸른 지폐 한 장을 꺼내 바지 주머니에다 찔러 넣었다.

은지가 자주 가던 그 집, 24시간 해장국 집을 떠올리며 나는 서둘러 방을 나섰다. 대문을 열고 골목으로 나와 서늘한 새벽 공기를 들이마시자 머릿속이 한결 맑고 상쾌해지는 것 같았다. 아직 어둠이 걷히진 않았지만 좁은 골목길 어느 곳에서도 사람의 모습은 눈에 띄지 않았다. 어쩌면 이 지리멸렬한 밤이 영원히 끝나지 않을는지도 모르겠다는 생각이 얼핏 뇌리를 스쳐 갔지만, 아침이 찾아온다고 해도 별로 달라질 게 없을 테니 그런 건 아무래도 상관없다는 생각이 들었다.

변함없는 세상, 걱정할 게 뭐란 말인가.

구불구불한 골목길을 반쯤 빠져나왔을 때, 제법 키가 큰 남자

하나가 골목 어귀로 접어드는 게 보였다. 머리를 길게 길러 뒤로 묶은 모습이었는데, 다가가면서 보니 투명한 비닐에 싸인 붉은 장미 한 송이를 손에 들고 있었다. 그래서 나는 신선한 눈빛으로 그의 손에 들린 장미에다 시선을 고정시키고 걸음을 옮겨 놓았다. 첫새벽, 도발적인 기운을 담뿍 머금은 붉은 장미 한 송이 그것이 못내 아쉽게 여겨져서가 아니라 문득 뇌리를 스쳐 가는 생각이 있어 나는 골목 어귀에서 우뚝 걸음을 멈추고 골목 안쪽을 들여다보았다. 하지만 남자의 모습은 그때 이미 어둠의 오지로 잦아들어 발소리만 희미하게 귓전으로 밀려들 뿐이었다. 어디서 들었던가, 왠지 모르게 귀에 익은 듯한 그 발소리.

생각하면 무엇하나, 지나가는 인연이려니.

골목을 벗어나 인도로 나서자 바다처럼 드넓고 무궁무진한 어둠의 세계가 나를 기다리고 있었다. 아주 오래전부터 내가 골목에서 빠져나오길 기다리고 있었던 것처럼 한없이 부드럽고 깊은 자애감이 온몸을 감싸 안는 것 같았다. 그래서 더 이상 다른 아무것도 생각하지 않고 나는 편안한 마음으로 밤의 세계로 나아가기 시작했다. 뇌리에 각인된 몇 줄의 시가 떠오르자 둥실둥실, 온몸이 깃털처럼 가볍게 허공으로 떠오르는 것 같았다. 꿈에 보았던 검은 새 한 마리, 그것이 미래가 예비되지 않은 밤하늘로 무작정 비상하는 시간이었다.

생각한다, 1960년대, 더 후의 마이 제너레이션
그때에도 훅 불면
눈이 돌아가는 무엇이 있었을까?

견딜 만한 고통이 나의 온몸을 휘감아도
태평성대야, 여긴 모두 잘 지내
우린 모두 화평하다고

견딜 만하다고 하니까
그런가 보다 하는 거지 뭐

* 본문 중에 인용한 두 편의 시는 컴퓨터 통신 하이텔 내의 문학 소그룹 '쉬파흐'(go sg85)에 올려진 박세라(ID:SARAH008)의 시 「컴백 홈, 살아 있는 시체들의 별」과 「MY GENERATION」에서 인용한 것임.

알래스카의 여자

박 병 로

1957년 전북 고창에서 태어나 경기대 국문학과를 졸업했다. 1989년 《세계의 문학》에 「뱅에」를 발표하며 작품 활동을 시작했다. 장편소설 『숨어 있는 신(神)』, 『님이 오시는가』와 산문집 『한국의 장수하는 대통령』이 있다.

김포공항 출국 수속장은 부산했다. 수속을 기다리며 늘어선 사람들 속에서 프랑스 배우 제라르 드 파르디유를 닮은 남자를 찾는 것은 어렵지 않은 일이었다. 100킬로그램이 넘게 나가는 큰 체구와 금빛 단발머리, 그리고 약간 눌린 주먹코가 도드라져 보이는 경우가 어디 흔한 일인가. 있기만 하다면 한눈에 알아볼 수 있을 터였다.

"아니에요, 저 사람은."

커다란 트렁크를 컨베이어 벨트에 올려놓는, 골프 모자를 쓴 남자를 바라보며 아내가 초조하게 말했다. 샛노란 단발머리가 어깨까지 닿았으나 그는 안영근이 아니었다. 안영근은 어깨가 넓은데, 골프 모자의 남자는 배가 불룩 튀어나온 마름모꼴 체형이었다. 역삼각형 어깨 위에 올려진 머리가 가볍고 날렵해 보이는 안영근과 달리 골프 모자는 무겁고 굼떴다.

"하긴, 괜히 여기서 머뭇거렸어요. 빨리 가요."

평양행 비행기를 타는 ○○번 게이트를 가리키며 아내가 옷자락을 잡아당겼다. 이륙 시간까지는 이제 겨우 한 시간여 남아 있었다. 그동안 사귄 정이 얼마인데 이렇게 짧은 이별을 해야 하는가. 인터넷 채팅과 온라인 바둑을 굳이 격식을 갖춰 끝내지만 않았어도 시간이 이렇게 촉박하지 않았을 터였다. 내 잘못이었다. 현관문을 나서다 말고 아내한테 화장을 좀 더 화려하게 고치라고 주문하지 말았어야 했다. 기왕에 화장을 고칠 바에는 스키니 청바지보다는 하늘거리는 질감의 짧은 실크 원피스로 갈아입으라고 하지도 말았어야 했다. 활 쏘는 헤라클레스처럼 낑낑거리며 꼭 끼는 청바지를 벗겨 내느라 얼마나 시간을 허비했던가.

○○번 게이트를 가리키며 아내가 걸음을 멈췄다. 안영근이 거기 바위처럼 서 있었다. 서양인처럼 어깨를 으쓱 올리며 아내가 두 손을 들어 보였다.

“우리가 늦었지요?”

금빛 머리칼을 히피족처럼 기른 안영근이 오늘따라 듬직하고 멋져 보였다.

“여, 아직 한 시간은 여유가 있지? 주연이도 안녕?”

내가 그렇게 말하자 패션 배낭을 멘 주연이가 갈래 머리를 보일 듯 말 듯 내렸다 올렸다. 영근은 커피색 뿔테 안경을 이마에 얹어 두고 찡그린 눈으로 고개를 돌렸다. 그러고는 북한 병사처럼 팔목을 척 들어 시계를 보았다. 그렇다고 친구 사이에 길이 막혔느니 미안하다느니 하고 굳이 말해야 하는가. 게으르고 쓸데없는 짓을 했지만 여기까지 오는 동안 나는 충분히 늦지 말아야 하는데, 하며 미안해하고 마음을 졸였다. 집 앞 교차로에서 신호등을 무시하고 건너다 접촉 사고까지 내지 않았는가.

"시간이야 아무려면 어떤가. 질이 중요하지. 약간 아쉽다는 생각이 들게 헤어지는 것이 나중을 위해 좋을 수도 있고."

"아녜요. 20년 지기 친구들이 이렇게 쉽게 헤어지면 서운하죠."

아내가 영근의 뒤쪽으로 돌아가 팔짱을 끼며 말했다.

"우리같이 사랑하는 사람들이 헤어지기에는 시간이 너무 촉박해요. 그죠, 공묵 씨가 늦었어요. 그러는 게 아니었어요."

"아니, 정말 괜찮아요, 선우 씨."

잡힌 팔을 수줍게 뿌리치는 영근을 아내가 올려다보았다.

"아녜요, 영근 씨! 아니 안 박사님!"

아내에게 팔을 내맡긴 영근이 싱글거리며 아내를 돌아다보았다. 팔꿈치를 가슴에 착 끌어다 안은 여자의 느낌을 도저히 억누를 수 없다는 듯 어깨까지 닿는 긴 금발이 순간 자르르 떨렸다. 저 모습을 보자고 내가 얇은 실크 원피스를 입으라고 했을까. 영근의 가슴을 훔치듯이 슬쩍 기대는 아내의 모습이 여간 민망한 게 아니다.

"뭐예요, 아빠?"

눈치 빠른 주연이가 내 시선을 의식했을까. 착 붙어 있는 두 사람 사이로 끼어들며 말했다. 딴에는 나한테 미안하다는 어리광이었다.

어리광? 그렇게 되뇌고 보니 좀 전 아내의 포즈에서 퍼뜩 스쳐 가는 그림이 눈에 들어왔다. 아내의 겨드랑이가 계란 하나만큼 거뭇하게 젖어 있었다. 소름이 돋을 만큼 서늘하게 냉방이 되는 이 공간에서 대체 왜 겨드랑이가 젖는가.

아니, 아니! 나는 고개를 저었다. 그래 봤자 한 자락 추억일 뿐이다. 아내의 감정이 고조돼 한순간이나마 엉킨다 한들 지금 와서 어쩌겠는가. 언뜻 영근의 표정에 익숙하지 않은 수줍음이 비쳤다. 저 수줍음이 무엇일까. 친구인 나에 대한 예의인가. 아니면 죽은 아내(주연의 어머니)에 대한 연민인가.

하지만 잠시 후면 모든 게 끝이다. 여기서 평양행 비행기에 오르면 천재지변이나 정전의 큰 변화가 없는 한 거기 오래 붙잡혀 있을 것이고, 결국은 우리 세 사람 모두 시간에 씻겨서 스핑크스의 잔등처럼 피부에 골이 파이며 늙어 버릴 것이었다. 그러나 다행이라면 다행인 것은 몸이 그렇게 늙어도, 지금의 이 감정들은 우리의 그 몸에 박제된 듯이 남아 오늘을 추억할 것이다. 그러니 지금 이 순간 내가 무엇을 허용하지 못하겠는가.

여섯 달 전이었을 것이다. 한 특급 호텔 커피숍에서 어쩌면 이런 감정을 저 안영근이 내게 전했던 것 같다. 십몇 년을 사귄 친구였지만 우리가 특급 호텔에 마주앉은 것은 그리 흔한 일이 아니었다. 함께할 행사나 비밀이 숱하게 많았으나 동네 카페나 커피 전문점, 혹은 밥과 술을 곁들일 수 있는 식당이나 바에서 훨씬 더 격의 없이 이야기할 수 있어서였다.

특급 호텔에서 만나자고 그가 요구했을 때 그래서 나는 긴장했고, 서두르다 보니 약속 시간보다 30분이나 먼저 도착하고 말았다. 늘 먼저 도착해서 그를 기다렸기 때문에 사실 30분 정도 먼저 온 것이 억울할 것은 없었다. 미리 현장에 도착해서 상황을 점검해 버릇한 직업 정신이려니 해 두지만, 이 작은 시간 투자 덕분에 나는 언제나 영근에게 떳떳하고 약간의 우월 의식도 느꼈다.

방울방울 울리는 피아노 선율에 얼마쯤 마음을 맡겼을까. 다리 옆선이 무릎까지 트인 롱 드레스를 입은 종업원이 와서 허리가 잘록한 컵에 물을 따라 주고 지나갔다. 세 번쯤 여종업원이 물을 채워 줬을까. 영근이 바람처럼 나타나더니 주위를 두리번거리며 허둥지둥 자리를 잡고 앉았다.

"누가 따라오는 것 같아서 말이지."

두리번거리는 이유를 그는 그렇게 설명했다.

"따라오기는……. 정 뭐하면 자리를 옮기든지. 이 호텔 중국 식당도 괜찮아."

"그럴 것까진 없어. 이렇게 공개된 곳에서 얘기하는 게 나아."

그는 다시 한 번 주위를 살피고는 뒷머리를 긁적였다. 무언가 말을 하고 싶지만 선뜻 꺼내기가 곤란하다는 뜻이었다. 종업원이 잔에 물을 채우러 왔을 때 우리는 커피를 시켰다. 커피와 함께 낸 비스킷을 바삭바삭 소리 내 부스러뜨리며 그가 천천히 얘기를 꺼냈다.

"있지. 혹시……. 내가, 아니 나를, 너희 회사의 공작 대상으로 삼은 걸까?"

"그게 무슨 말이야. 공작 대상이라니?"

"지금 나한테 무슨 일이 일어나고 있는 것 같아서 말이지. 사실 나 지금 너무 겁나고 외로워. 뭔지 모르지만 무슨 일이 일어나고 있어."

그가 고개를 푹 숙였다. 커피 한 모금을 홀짝 들이켜고 보니 그의 어깨가 흔들렸다. 스스로를 제라르 드 파르디유를 닮았다고 여기는 몸통 굵은 듬직한 친구가 그날은 줄 위에 선 듯이 애

처로웠다.

"알고 있지, 나한테 무슨 일이 벌어지고 있는지?"

"웬만큼은. 하지만 너무 과장하지는 마라. 우린 결코 무소불위하지 않아. 물론 네가 늘 형수라고 부르기를 바라는 제수씨, 신민희 여사한테 세 번째 남자가 생겼다는 정도야 알고 있지. 하지만 그거야 조직적 차원에서 얻은 첩보가 아니라 우리 와이프가……."

"그래 맞아. 하지만 그게 과연 아무런 연관성도 없을까. 우연이었으면 좋겠는데 어쩐지 나는 그게 잘 짜인 각본 같아. 무슨 일이 생길 때는 뭐든 원인이 있는 법이지."

"대체 무슨 말인지 못 알아듣겠어. 공작 대상이냐고 물은 것은 또 뭐고."

"아까 말했듯이 내 아내가 세 번째 남자를 만난 것 같아. 그녀가 보낸 이메일을 훔쳐보았더니 그녀 일생에서 놓치고 싶지 않은 세 번째 남자를 만났다는 거야. 인생 전부를 걸 수도 있을 것 같다는 거야. 그 메일을 본 뒤부터인 것 같아. 어느 순간부터 나와 내 아내 주변에 누가 있는 것을 느껴. 함께 있을 때나 혹은 따로따로 있을 때 뭔지 모를 존재감을 느낄 수 있어."

"설마? 우리 조직은 그렇게까지 아무 곳에나 원하는 대로 존재하는 조직이 아니야. 인간 안영근이 커피 공장의 핵심 기술을 지닌 물리학 박사지만 그 주변에 아무 때나 자유자재로 존재를 드러낼 만한 가치가 있는지는 모르겠어. 난 안 그럴 거라고 봐. 안영근 박사가 그렇게 대단한 사람인가?"

"그래 대단할 것은 없어. 그러니 어쩌면 이건 피해망상이지. 커피 공장 연구소에서 일하는 나 정도의 기술자야 세상에 흔하지.

내가 다니는 연구소만 해도 200명 가까운 연구 인력을 보유하고
있으니까. 그렇지만 어떤 비선 조직이 나한테 평양행을 제안했
다면 어쩌겠어."

"무슨……. 평양행?"

"그래. 북쪽이야. 평양 근교에 커피 공장을 짓는다나 봐."

"이것이 우리가 이 호텔 커피숍에서 만나는 이유로군. 나는
정보기관의 요원으로 자네의 이야기를 듣고 있는 것이고."

"듣고 기록을 하든지 녹음을 해야겠지. 어제 평양에서 내려온
사람들을 만났어. 그들은 커피 회사를 세우기 위해 삼성물산에
서 차관을 얻을 계획이라더군. 대남 공작을 담당하던 그쪽 고위
인사가 이번에 석유 회사 책임비서가 됐는데, 그 양반이 개인적
으로 커피 공장을 지어 인민과 그들이 속한 당에 충성하고 싶은
가 봐."

나도 알고 있는 얘기였다. 그 고위 인사가 대남 사업을 할 때
힘을 써 줘서 수천 명이나 되는 탈북자를 데려온 적이 있었다.
수년 전 금강산 관광길에서 남북 군인들이 충돌했을 때도 드러
나지는 않았지만 그가 앞장서서 수습했다. 그런 그가 커피 공장
을 짓겠다는 것은 사실 소박한 욕심이었다. 석유 회사를 경영하
면서 언젠가 물러나게 될 것을 염려했고, 은퇴한 뒤에 자그마한
규모나마 커피 공장을 운영해 평생의 업으로 삼았으면 하는 바
람이었다.

"음으로 양으로 북에 들어가는 커피가 얼마쯤 되는지 짐작해
봐. 우리가 커피 공장을 처음 짓던 1960년대 후반에 대략 300톤
정도를 소비했으니 말이지. 아마 저쪽에서도 지금은 커피를 호
화 사치품으로 여길 거야. 한 끼 밥을 먹는 것도 힘겨운데 고기

먹은 뒤에 입가심하는 커피라니! 염장을 지르는 격이라고 화낼
만하지만 커피 공장을 짓겠다는 그 양반의 생각은 옳아. 우리가
그랬고, 중국과 베트남이 그랬으니 경제 발전이 되면 그렇게 갈
수밖에 없겠지.”

“그래서 어떡할 건데? 내 의견을 묻는다면 난 북에 가는 걸
반대한다고 말하겠어. 친구로서 자네를 잃는 것 같아 싫고, 이
정부의 요원으로 보면 그건 명백히 국익에 위배돼. 어차피 교육
때문에 자넨 주연이를 두고 갈 것이고, 주연이 엄마도 자넬 따
라나설 것 같지 않으니까.”

“일이 성사가 된다면 내 딸과 와이프는 인질이야. 그러니 자
네의 조직, 자네가 충성하는 이 정부를 위해서 뭔가 수행해야
할 임무가 부여된다면 난 거절할 수 없어. 아니 기꺼이 수행할
게. 그래서 얘긴데 저 두 인질을 자네가 후견해 줄 수 있을까?
내 아내가 원하고, 그것이 아내와 주연이를 평화롭게 할 수만
있다면 자네가 이따금 묵어간다 해도 난 괜찮을 것 같아. 모르
는 사람보다는 내가 잘 아는 자네가 백번 낫지. 아프리카의 용
맹스러운 마사이족 전사들도 그런다지 아마. 사냥에서 돌아와
집 앞에 낯선 창이 세워져 있으면 집에 외간 남자가 들어 있음
을 알고 비록 몸이 고단해도 어딘가로 자리를 피해 준다는 거
야. 자네라면 나는 마사이 전사처럼 마음이 편할 것 같아.”

너그러워지기로 작정을 하고 보아 그럴까. 마음이 한결 가벼
웠다. 영근과 아내가 감정이 엉킨대도 그때 영근이 그랬던 것처
럼 나 역시 대수롭지 않게 받아들일 수 있을 것 같았다. 사실 그
를 배웅하기 위해 아내에게 옷을 갖춰 입으라고 할 때부터 어쩌

면 빚을 갚는 심정이었는지도 모른다. 마사이족 전사처럼 내가 용맹스러운 것은 아니지만 나는 어쩐지 영근이라면 그것이 무슨 의미가 있는 행위이든 질투하거나 분노하지 않을 것 같았다. 아주 비겁하고 추악하게도 이것이 어쩌면 영근에 대한 수컷으로서의 우월 의식에서 비롯된 감정일지도 모르겠지만 말이다.

그러고 보면 나는 그에게 빚을 많이 졌다. 그가 급한 일이 있거나 술김에 보고 싶다고 나를 부르면 나는 정보기관의 요원이라는 이유로 열에 일고여덟 번은 나가지 못했다. 십몇 년 지기 우정이라고 노래를 부르지만 난 항상 그랬다. 그는 내가 부르면 열에 아홉 번 이상 달려 나왔다. 친하면 친한 만큼 그에게 나는 빚이 되었던 것이다. 그러니 오늘 이 넉넉함도 그동안 쌓였던 빚에 비하면 아무것도 아니다.

"아줌마, 저 햄버거 먹고 싶어요."

주연이가 붙임성 있게 아내의 팔을 잡고 매달렸다. 자꾸 영근에게 들러붙는 내 아내를 떼어놓기 위해 나름대로 꾀를 내는 모양이었다. 아내는 썩 내켜 하지 않았으나 주연이와 눈이 마주치자 마법에라도 걸린 듯이 고개를 끄덕였다. 두 사람이 붉은 도안이 그려진 롯데리아로 빨려 들 듯이 사라지고 난 뒤 우리는 30초 정도 우두커니 서 있었다. 그러다 누가 먼저랄 것도 없이 걷기 시작했다.

그날은 일요일이었고, 나는 서재에서 빈둥거리다 안영근의 전화를 받았다.

20××년 ○월 ○일(일요일) 오전 10시 28분. 이렇게 습관적으로 다이어리에 메모를 하며 귀를 기울였다.

“주연이 엄마를 발견했다네.”

영근의 목소리는 눈물이 묻어날 것처럼 젖어 있었다.

“발견을 하다니? 그럼…… 뭐야?”

나는 자세를 고쳐 앉았다. 그랬다. 남한강을 끼고 달리는 고속도로 절벽 밑에서 그녀는 주검으로 발견됐다. 수석을 채취하는 사람이 사고 차량을 발견하고 신고했다고 했다.

내가 찾아갔을 때, 영근의 아파트는 무덤 같았다. 커튼을 드리워 거실이 어둑어둑했고, 머리를 산발한 채 주연이가 소파에 엎드려 있었다. 문을 열어 준 안영근은 마치 방금 악령이라도 만난 듯 횅한 눈으로 무덤 속 같은 집 안을 둘러보았다.

“어서 준비해. 주연이 엄마한테 가 봐야지.”

커튼 사이로 오전 햇빛이 광선 검처럼 들어와 박혀 있었다. 주연이는 퉁퉁 부은 눈을 비비며 일어나더니 내게 인사를 하는 둥 마는 둥 하고 주섬주섬 옷을 챙겨 입었다. 핏기가 하나도 없는 부석부석한 얼굴의 안영근도 긴 장발을 대충 빗어 넘겨 노란 고무줄로 말총처럼 묶고는 허둥지둥 집을 나섰다.

여주병원의 시체 안치소 접수대에는 경찰이 벌써 와서 기다리고 있었다.

“뭐라고 말씀을 드려야 할지.”

담당 형사가 의례적으로 한마디를 내뱉고는 다이어리를 펼쳤다. 커다란 덩치에 어울리지 않게 그는 손이 희고 작았다.

“추락과 동시에……. 렉스턴이 아니라 허머 트럭이었다 해도 못 살았을 겁니다. 안전벨트도 안 매고 60미터 절벽에서 떨어졌으니 말입니다.”

다이어리 갈피에 끼워진 사진을 살펴보며 강 형사가 말했다.

사건 현장에 도착하자마자 찍은 기록 사진인 것 같았다. 사고 현장 사진은 흉하게 마련이었으나 다이어리 갈피를 훔쳐보니 뜻밖에도 강물 풍경 사진이 눈에 들어왔다. '렉스턴' 로고가 음각된 찌그러진 앞 범퍼만이 물 위에 드러난 순간을 예술사진처럼 포착한 사진이었다. 훔쳐보는 내 시선을 의식했는지 형사가 다음 사진들을 들춰 보여 주었다. 흉하게 일그러진 얼굴, 허리가 완전히 꺾여 책상만 한 바위 틈서리에 처박힌 남자, 네 활개를 펼치고 물가 자갈밭에 드러누운 신민희로 보이는 여자 모습의 사진들이었다.

"여자 분의 핸드백 속에서 발견된 신분증, 신용카드, 수첩 등으로 보아 신민희 씨가 99.9퍼센트 확실합니다. 남자 한 명이 같이 타고 있었는데 보시다시피 얼굴을 알아보기 못할 정도로 훼손됐습니다. 소지한 신분증은 차량 등록증 소유자와 동일인이었습니다. 두 사람은 거기서 적어도 이틀쯤은 방치돼 있었던 것 같습니다."

거기까지 말하고 경찰이 시체 안치소 접수대를 올라타듯이 넘어다보자 얼굴에 주름살이 많은 남자 직원이 번호표가 달린 열쇠 꾸러미를 들고 느릿느릿 일어났다. 그리고는 경찰을 앞질러 걸어가며 속삭였다.

"어린이가 보기에 적절한 장면이 아니오."

경찰이 우리 세 사람을 돌아보았다. 정체를 알 수 없는 냄새가 코를 찔러 오고 있었으나 경찰은 무심히 말했다.

죽은 신민희의 얼굴을 확인하는 나도 마음이 울적했다. 흉한 몰골을 한두 번 본 것이 아니지만 신민희의 찌그러지고 터진 얼굴을 보자 울컥 토할 것 같았다. 으깨지고 터진 피부 군데군데

거뭇거뭇 피가 맺혀 있었다. 추락하던 순간 두개골 속의 영혼이 얼마나 화들짝 놀랐을까. 부랴부랴 몸을 빠져나갔을 영혼을 위해 나는 명복을 빌었다.

"좀 더 보시겠습니까?"

직원은 미처 대답하기도 전에, 목을 덮고 있던 비닐 시트를 발목까지 끌어내렸다. 그러고는 옷이 벗겨진 아름다운 나신을 한번 구경하라는 듯이 가벼이 목례를 했다. 적당한 볼륨의 가슴과 골반에서 다리로 이어지는 곡선이 죽어서도 눈부시게 아름다웠다. 안영근이 시신의 가슴에 얼굴을 묻으며 울음을 터뜨렸다.

시체 안치소 밖으로 나온 안영근은 주연이를 보자마자 다시 한 번 허물어졌다.

"네 엄마였다."

두 사람이 부둥켜안고 자지러졌다.

나는 뭔가 석연찮았다. 두 부녀가 너무 슬퍼하는 것이 걸렸다. 혹 토끼몰이 하듯이 신민희를 죽음으로 몰아 댄 것은 아닐까. 시간을 거슬러 올라가 보니 사고가 있기 전 적어도 마지막 몇 시간 동안 신민희는 내 아내와 함께 있었다. 그날 신민희는 평소하지 않던 속 깊은 이야기를 했는데, 지나가는 듯한 말투로 상황에 내몰리는 것 같다고 말하더라고 했다.

아내와 신민희는 허물없이 지내는 사이가 아니었다. 몇 차례 부부 동반 여행을 하며 가까워져 겨우 아내가 언니 소리를 들으며 반말을 하는 정도였다. 그런데 무슨 바람이 불었던지 그날은 신민희가 미용실에 있던 아내를 휴대폰에 훅훅, 콧바람 소리를 내며 불러내더라고 했다.

"나한테 좀 와 줘요."

신민희는 이쪽 사정이 어떤지 묻지도 않고, 미안하다는 말은 커녕 부탁한다는 말도 하지 않고 자신이 지금 어디 있는지만 간략히 말하고 전화를 끊어 버렸다.

택시를 타고 전화한 곳으로 가 보니 비상등을 깜박거리며 서 있는 2009년 식 베라크루즈의 운전석 창을 교통경찰이 들여다보고 있었다. 아내는 맥박이 빨라졌다.

"무슨 일이죠, 아저씨?"

경찰이 깜짝 놀라 고개를 돌렸다.

"여기 정차하면 안 된다는 걸 알려 드리려는 참입니다."

다행이라는 생각을 하며 아내도 차 안을 들여다보았다. 차창에 짙게 색칠이 돼 있어 처음에는 안이 잘 보이지 않았으나 잠시 시선을 집중하자 짧은 원피스 테니스복을 입은 신민희가 의자를 뒤로 젖히고 누워 있는 모습이 보였다.

"고마워요, 관심을 가져 줘서요."

아내가 경찰에게 장난스럽게 살짝 윙크를 해 줬다. 몸매를 훔쳐보는 중이었다 하여도 가까이 있는 것은 고마운 일이었다. 차창을 두드리자 깜박 잠이 들었던 듯이 신민희가 일어났다. 밖에 와 있는 사람이 누구인지 확인하고는 맨발로 좌석에 올라서서 조수석으로 옮겨 갔다.

"어디로든 좀 데려가 주면 좋겠는데……. 난 운전을 할 수가 없어요."

아내가 운전석에 오르자 신민희가 말했다.

차 안으로 들어오는 경찰의 시선이 바람처럼 신민희의 몸을 훑고 지나갔다. 티슈로 콧물을 닦던 신민희는 흠칫 놀랐으나 이내 게으르게 자신의 옷매무새를 고쳤다.

“눈은 있어 가지고……! 예쁘게 봐 줘요, 아저씨.”

혼잣소리인지, 신민희가 그렇게 중얼거렸다. 사실 고개를 쭉 빼고 차 안을 들여다 봐 준 것도 고마웠다. 나이가 많든 적든 외로운 사람은 사소한 시선에도 용기를 내는 법이다.

교차로를 건너갈 때마다 신민희는 안절부절못했다.

“이상한 날이에요, 오늘. 신호등도 안 도와주는 거 있죠.”

외곽 순환 고속도로에 진입하기까지 헤아려 보면 교통경찰이 일부러 길을 열어 준 것처럼 교차로에 진입할 때마다 녹색 신호등이 켜진 경우가 세 번이나 있었다. 하지만 신민희는 억세게 일진이 안 좋은 날이려니 생각하고 창밖 풍경을 내다보려고도 하지 않았다. 어서 빨리 속도감을 느낄 수 있는 고속도로에 진입했으면 좋겠다고 혼잣소리로 중얼거리는 것이었다.

“됐어요. 이 정도면 충분히 빨라요. 내가 이러는 것 좀 이상하죠?”

“글쎄. 이해 못 하는 건 아니지만 좀 그렇지.”

“고속도로를 달리면서 묻기 적당한지 모르겠는데 하나 물어볼게요. 혹시 마음을 터놓고 얘기하는 남자 있어요? 공묵 씨 말고…….”

“우리 남편 말고? 글쎄…… 좀 어려운 얘기네.”

“말 안 해도 괜찮아요. 나와 얼마나 친한지 그런 걸 알아보려고 물은 것도 아니고, 게다가 공묵 씨 사회적 위치가 보통 사람과 다르니까. 사실 그런 건 우리 같은 사람들이 함께 나누는 비밀이 아녜요. 우린 각각의 남자들의 아내들일 뿐이죠.”

“이런 얘기는 술을 한잔 하든가, 찜질방에서 땀 뻘뻘 흘리면서 농담하듯이 하는 거 아닌가? 좀 그렇네. 갑자기 너무 진지하게 물으니까."

신민희는 더 묻지 않고 잠자코 자신의 눈앞으로 부딪칠 듯이 다가오는 풍경들을 바라보았다. 차는 시속 120킬로미터를 오르락내리락하고 있었다. 터널 표시가 나오고 분기점을 예고하는 표지판이 나타나자 신민희가 왼손을 쑥 뻗어 핸들을 붙잡았다. 순간 차가 휘청거리며 오른쪽 차선을 넘었다가 제 위치로 돌아왔다.

"왜 이래, 주연이 엄마? 사고 날 뻔한 거 알아?"

아내가 정색을 하고 말했다.

"네. 하지만 덕분에 이제 안정이 됐어요. 사과하는 뜻으로 술 살게요. 우리 동네로 가요."

두 사람이 들른 맥주 전문 바에는 아직 손님이 없었다. 그들이 첫 손님인지 홀의 좌석은 흐트러짐 하나 없이 정돈돼 있었고 장마철에 햇살이 비친 듯이 실내가 환했다. 피크 타임이 되면 철망을 씌운 전등의 조도가 낮아지고 오크 나무에서 묻어나는 암갈색 어둠이 담배 연기와 버무려져 술맛을 자아낼 것이었다. 이 술집으로 온 것은 어쨌든 잘한 일이었다. 자해 소동을 벌이거나 지나치게 큰 소리로 귀신 울음을 울어 대더라도 이런 술집이라면 무난할 터였다.

자리를 잡고 앉자 신민희가 말했다.

"사는 게 무슨 의미가 있는지 모르겠는 거 있죠. 아까 전화를 걸어서 와 달라고 했을 때 말예요. 사실 나 죽을 생각을 했어요. 집을 나왔는데 막상 갈 곳이 마땅치 않았어요."

신민희는 탁자에 턱을 걸치고 축 늘어졌다. 그 순간 탁자 위의 그녀 얼굴이 목이 뎅강 잘린 머리통처럼 섬뜩해 보였다.

"오늘같이 먼 산이 가까워 보이는 날 테니스 코트에 나가면 어떤지 알아요? 입자가 고운 흙가루가 흰 양말을 신은 발목에 고리처럼 감겨요. 바람이 불면 땀 흘린 피부에 섹스를 할 때보다 야릇한 쾌감이 느껴지고요. 오늘 나 환장하는 줄 알았어요. 하늘이 어쩌자고 그렇게 미치고 팔짝 뛰게 파란지. 우리 이 감독을 언니가 봤어야 하는데. 일생에서 저 사람이다 싶은 사람이 지금까지 셋 있었는데, 그 세 번째가 이 감독이에요. 언니한테도 그런 존재가 있죠, 공묵 씨든 누구든."

아내는 긍정도 부정도 하지 않았다. 신민희는 고개를 절레절레 저으며 자지러지게 웃었다. 질문이 이미 장난스러웠거니와 딱히 확답을 듣고 싶어 하는 것 같지도 않았다.

"하지만 지금 난 어째야 할지 모르겠어요. 우리 주연이와 영근 씨한테 미안하지만 난 정말 그를 놓치고 싶지 않거든요. 이 남자다 싶은 사람을 두 번 그냥 보내면서 결심했어요. 다시 기회가 온다면 모든 것을 걸겠다고요. 그런데 상황이 나를 내버려 두지 않네요. 뭔가 나를 뒤쫓는 느낌이 들더니 어느 날 주연이가 나와 이 코치의 관계를 알고 있다지 뭐예요. 어느 기금 모금 행사에서 있었던 파티 트릭을 보았으며, 아파트 단지 입구의 어느 담벼락 밑 거주자 우선 주차 구역에 차를 세우고 대리 운전 기사를 내보내고 잠시 앉아 있을 때도 봤다는 거예요. 어린것이 그러면서 아빠에게는 말하지 않겠다고까지 날 압박하는 거 있죠. 답답하더군요. 저 열두 살짜리 계집애한테 사랑이 불합리한 문명이라는 것을 어떻게 이해시켜요. 욕망과 사랑의 경계선에서 여자가 얼마나 아슬아슬하게 선택을 해 나가야 하는지 어떻게 설명하느냔 말이에요. 사람들은 불합리하게도 지퍼를 내려

보기 전에 정이 들고 사랑이 깊어지고 말지요. 사랑이 일종의 선택이라면 다른 동물 암컷들에 비해 여자가 얼마나 불리하냔 말이에요. 암사자나 암물개처럼 보다 우수한 유전자를 가진 자손을 남기기 위한다면 갈기가 멋지든지 뿔이 크고 화려하든지 한 가지 특출한 면이 있는 놈을 고르면 그만이지만 사랑이란 건 그게 아니잖아요. 여자의 사랑에는 번식을 넘어서는 넓고 깊은 의미가 있다는 것이 문제란 말이에요. 동물적 본능으로 매력적인 남자(우두머리 수컷, 즉 잘생긴 놈, 돈 많은 놈, 권력을 가진 놈 등)를 고르는데, 그 매력이 지퍼 안쪽까지를 반드시 담보하는 것은 아니니까요. 성공한 남성들은 돈과 힘과 행운과 지혜가 성기 끝에서 나온다고 거들먹거리지만 여자들은 솔직히 불만이 많아요. 매력 포인트로서 그렇게 중요한 항목을 빈칸으로 두고 눈에 콩 꺼풀이 씌우는 경우는 또 얼마나 흔한가요. 그 점에서 난 정말 불공정한 게임의 희생자인 셈이지요. 이 모든 이야기를 주연이한테 할 수는 없어요. 남자를 바라보는 시선이 아직은 배꼽 위쪽에 머무는 초경 전의 계집애이니까요."

"하긴, 사람을 사랑하는 일이 어디 자기 뜻대로만 되겠어. 종잡을 수가 없는 게 사랑이라고들 하는데 맞는 얘기인 것 같아. 기다리면 오지 않고, 안 기다리면 좋은 사람이 자꾸 스쳐 지나가지."

"오늘 뭐에 씌웠는가 봐요. 의도하지 않았는데 여기까지 오고 말았어요. 졸졸 따라다니며 미안해하는 주연이한테 화를 낸 것이 시작이었어요. 엄마를 이해할 만큼 컸다고 생각하지 말았어야 했다는 생각이 드네요. 오늘도 학교에서 돌아오자마자 학원 갈 생각도 하지 않고 내게 미안해하는 거예요. 앞질러 걱정하고

과장되게 불안해하며 도대체 용서할 틈을 주지 않는 거예요. 또
모르지요. 내가 상황에 내몰리고 있는지도. 주연이한테 화를 내
다 보니 나도 모르게 고조돼 트렁크를 가져다 옷가지를 챙기고
만 거예요. 그래도 한 가닥 미련이 있었던가 봐요. 어쩌면 내가
그 집에 돌아갈 빌미를 남기고 싶었던 것 같기도 한데, 남편과
딸의 저녁 끼니거리는 준비해 두고 싶어 트렁크를 현관에 세워
두고 부엌으로 갔어요. 인생이란 이런 것이구나 싶었어요. 지난
며칠을 되돌아보니 어이없게도 내가 늪에 자꾸 빠져 드는 기분
이었어요. 꽁꽁 언 간조기와 빵가루 옷을 입힌 돈가스를 해동시
켜 놓고 미역을 물에 담그면서 많은 생각을 했어요. 참으로 어
이없게 시간이 흘러갔더라고요. 따지고 보면 내가 집을 비우는
날에는 으레 남편이 일찍 돌아와 서툰 솜씨나마 앞치마를 두르
고 미리 준비해 둔 재료를 가지고 저녁 밥상을 차렸어요. 주방
이 꽉 찰 것 같은 비대한 몸으로 끓는 찌개의 간을 보며 주연이
를 향해 어깨를 으쓱거리는 모습이 눈에 선하네요. 오늘 그 식
탁에 내가 끼어 앉을 자리는 없어요."

　"왜 없어. 집에 들어가면 있지. 자기는 예쁘니까 살짝 웃으며
뒷걸음질로 들어가면 깔깔거리며 모두 좋아할걸."

　"아니에요. 난 너무 멀리 와 버렸어요. 하지만 내가 없어도
상차림이 초라하지 않았으면 좋겠네요. 양파와 당근을 냉장고
에서 꺼낸 것도 그래서였어요. 집을 나가는 것이 두렵거나 망설
여져서가 아니었어요. 계란말이에 쓸 양파와 당근을 다져 두는
정도의 이별 의식이라도 하고 싶었어요. 영근 씨가 가장 잘하는
음식이 계란말이이고 주연이는 아빠가 해 주는 계란말이를 세
상에서 가장 맛있게 먹거든요. 오늘 난 참 많이 울었어요. 양파

164

를 까서 도마에 올려놓고 반으로 가르자 금세 눈물이 쏟아지더라고요. 썬 양파를 입에 물면 견딜 만하다는 얘기를 들은 적이 있지만 굳이 그럴 필요를 못 느꼈어요. 솔직히 독한 마음으로 이게 뭐야, 신민희! 이렇게 몇 번 소리쳐 보았는데 안 되더라고요. 눈물을 흩뿌리며 난타 배우처럼 온몸을 흔들며 칼질을 했어요. 주연이도 곁에서 펑펑 울고 있더군요. 하지만 난 수건 한 자락, 티슈 한 조각 내주지 않았어요. 예전 같았으면 벌을 주다가도 이렇게 함께 펑펑 울면 용서하고 껴안아 주었는데 오늘은 마음이 내키지 않더군요.”

신민희는 지금 양파를 썰기라도 하는 듯이 눈물이 그렁그렁해졌다.

“놓친 것은 없는지, 더 챙겨 둘 것은 없는지 몇 번이나 점검을 하며 집 안에서 머뭇거렸으나 난 결국 현관문을 열고 나왔어요. 막 엘리베이터에 오르자 주연이가 급히 뒤따라오더군요. 주연이는 닫히기 직전의 엘리베이터에 손을 쑥 집어넣고는 문이 열리자 현관문과 나, 그리고 맨발을 번갈아 바라보며 허둥거렸어요. 이것아! 여느 날 같으면 거기서 한마디 호통을 쳤을 터이지만 난 내버려 뒀어요. 엄마를 따라 엘리베이터를 타자니 맨발이고, 신발을 신자니 엄마가 영영 떠나 버릴 것 같았을 거예요. 불안감 때문인지 결국 주연이는 맨발인 채로 엘리베이터로 들어왔고, 엘리베이터가 1층에 멈추자 난 출입구 가까이 있는 노상 주차장에 세워 둔 차에 올랐어요. 주연이가 차 앞까지 맨발로 징검징검 따라왔는데, 난 거기서도 주연이를 바라보며 내 속뜻과는 다른 행동을 하고 말았어요. 2009년 식 은회색 베라크루즈는 부드럽게 시동이 걸렸고, 딸을 위해 창문을 내리고 살짝 웃어 주었으니까요. 차가 슬슬 움직이자 주연이가 사색이 되었어요. '엄마! 제가 잘못했어요. 다신 안 그럴게요. 가지 마세요.' 검게 색칠된 차창을 주연이가 다급하게 두드렸어요. 가장 안 좋은 일을 머리에 떠올리며 극단적으로 슬퍼하고 있을 터인데 그게 걱정이네요. 그렇게 아파트 단지를 빠져나와 간선도로를 두 블록쯤 달렸을까요. 내게 세 번째로 찾아온 지금의 로맨스가 문득 헛되다는 생각이 드는 거예요. 커피 회사 연구원의 부인이자, 초등학교 5학년 딸을 둔 엄마의 지위를 잃고서 그 절절한 사랑이 나한테 무슨 의미가 있나 싶었어요. 난 할 줄 아는 게 아무것도 없는 가정주부일 뿐이니까요."

"그렇다고 죽을 생각을 할 필요까지는 없지."

"어떻게 생각할지 모르겠는데, 우리 이 감독을 처음 만나 가슴이 뛸 때 맨처음 생각난 사람이 영근 씨였어요. 영근 씨에게 자랑하고 싶고 어떻게 하면 좋을지 의논하고 싶었어요. 남편이 딸이나 여동생을 대하듯이 내 남자 친구 얘기를 들어주고 집에 데려와 차도 마시고 술도 마실 수 있다면, 함께 영화나 뮤지컬을 감상할 수 있다면 얼마나 좋을까요. 그것도 하나의 가족제도가 될 수 있을 텐데요. 복잡하게 살아가는 요즘 여자들을 옛사람들과 같은 존재로 봐서는 안 돼요. 삶의 방식이 완전히 달라졌는데 아직도 모노가미라니요."

"뭐, 뭐뭐?"

아내는 철학이나 삶의 의미에 대한 물음으로 머리가 뜨거워진 적이 없는 여자였다. 그러나 생과 사, 혹은 위험과 안전, 흑과 백 등 양단간의 경계선에 서면 언제나 한쪽으로 내려서서 태도를 분명히 했다. 신민희의 주장에 대해서도 단호했다.

"단단히 미쳤군."

그 한마디였다. 봉지 속의 라면 발처럼 머리가 가지런하여 흰 것이면 흰 것, 검은 것이면 검은 것이라고 단순 명료하게, 그리고 간편하게 선택해 버릇했다. 어쩌면 그래서 그날 사고가 일어났는지도 모른다. 아내는 충격적인 몇 마디 말을 듣고 일찌감치 술에 취해 버려 카운슬러 자격을 상실했다.

아내는 내게 그날 있었던 일을 그렇게 말했다.

살아 있는 사람이든 죽은 자이든 헤어질 때는 좀 과장되고 왁자하게 헤어지는 것이 예의다. 그러니 공항 대합실을 말없이 지루하게 걸으며 헤어지는 일도 있을 수 있는 일이다. 자꾸 엉키는 내 아내와의 감정을 음미하고 있든, 아니면 서울을 떠나는 소회에 젖어 있든 그것도 하나의 이별 방식이다.

어색하거나 혹은 수줍은 침묵이 얼마쯤 계속되자 편하고 가벼워졌다. 사람들 사이를 얼마나 말없이 왔다 갔다 했을까.

"주연이는…… 여기 두고 가."

내가 침묵을 깨는 순간 영근도 입을 열었다.

"있지……!"

그 역시 더는 침묵하고 싶지 않은 모양이었다.

"생각해 봤는데, 혹…… 나한테서 연락이 끊기더라도 내 뜻이 아니라는 걸 알아 둬."

평양으로 가게 되었다고 처음 털어놓던 때와 달리 그의 목소리는 떨렸다.

"그래. 꼭 기억해 둘게."

"내 의지로 소식을 끊지는 않을 거야. 소식이 2년쯤 없으면 수소문을 해 줘."

"그렇게 할게. 하지만 아무래도 주연이는 두고 가는 것이 좋을 것 같아."

영근은 고개를 저었다. 그것은 결심이 확고하다는 뜻이었다. 진한 장미향이 섞인 스킨로션 냄새가 건너왔다. 그가 어쩌다 한 번씩 사내다워질 때 풍기는 냄새였다.

"슬슬 나가야 할걸, 시간이……!"

그러고 보니 탑승 검색대로 가는 통로가 열리고 있었다. 제복 차림의 공항 직원들이 웃음 띤 얼굴로 나타나 입구에 쳐 놓았던 붉은 금줄을 걷어치웠다.

"소식이 끊기면 무슨 수를 써서라도 찾아낼게. 그렇지만 나 수고하지 않게 모든 게 잘됐으면 좋겠어. 나는 말이지…… 이런 약속은 아무리 사소해도 결코 잊어버리는 요원이 아니거든."

떠나는 친구에게 보내는 마지막 우정의 제스처라는 생각을 하며 나는 평양에 대고 분명하고 야무지게 적의를 품었다. 잘못되기만 해 봐. 널 찾아서 꼭 데려올게! 붉은 롯데리아 상징 도안이 그려진 냅킨을 한 줌 쥔 주연이와 아내가 우리 곁으로 다가왔다. 평양행 칼 737기를 탈 승객들에게 출국 검색을 서두르라는 안내 방송이 들려오기 시작했다.

"잘 먹고 잘살아!"

아무리 다급해도 가벼워지는 법이 없는 영근이 낄낄 웃는 듯한 투로 말하며 주연이의 손을 잡고 휙 돌아섰다. 그의 뒷모습에 자꾸 눈이 갔다. 칩거한 지 오래된 예술가라고 할까, 신흥종교의 창시자라고나 할까. 긴 금발과 뿔테 안경이 체격에 어울려 보였다. 누가 저 모습을 보고, 공부만 많이 한 커피 회사 연구개

발 팀의 어리바리한 연구원이라고 하겠는가. 하기야 상황에 따라서는 그에게도 지금처럼 사람을 홀리게 하는 매력이 간혹 나타나기는 했다. 그래서 기적이라고밖에는 설명할 길이 없는 결혼을 했고, 주연이를 낳았는지도 모른다.

"잠깐만요. 안 되겠어요!"

아내가 소리쳤다. 영화에서처럼 퉁겨지듯이 달려 나간 아내가 영근의 목을 끌어안고 매달렸다. 나는 몸을 움직이지 못했다.

"가지 말아요!"

입술을 비비며 아내가 부르짖었다. 영근은 당황했으나 거부하지 않았다. 짧은 원피스 자락이 말려 올라갔다.

"아직 늦지 않았어요. 가지 말아요."

아내의 볼이 환했다. 눈 밑에 박힌 기미가 그 순간 물새알 무늬를 닮아 보였다. 포옹을 풀고 아내가 비척거리며 내 곁으로 돌아왔을 때에야 나는 아내의 거친 숨소리를 들었다. 몇 마디 더 인사말이 오갔지만 내 귀에는 한마디도 정돈돼 들어오지 않았다. 그들 부녀가 탑승 검색대로 들어간 뒤에도 우리는 오래 서 있었다.

서울병원 장례식장에 마련한 빈소에 전화가 개통되면서 장례는 시작되었다. 안영근과 주연이는 망연자실 앉아 있는 중에도 일가붙이와 가까이 지내는 사람들에게 사고 소식을 알리기 위해 주소록을 챙겼다. 오래지 않아 손님들이 엄숙한 표정으로 들이닥쳤고 그때마다 안영근과 주연이는 손을 내맡기고 눈물 바람을 하곤 했다. 흰 국화꽃으로 빈소를 꾸미고 난 뒤 뒤질세라 꽃집에서 와서 검은 리본을 단 커다란 화환들을 빈소 입구에 열 지어 세웠다.

죽은 사람은 말이 없더라.

국화 향이 진동을 하는 빈소로 들어서면서 나는 혼자 중얼거려 보았다. 장례는 순조롭게 깊어 갔고 죽은 신민희는 화사하게 웃고 있었다. 가슴이 저렸다. 어쩌자고 저렇게 웃는가? 보조개가 살짝 파이게 웃고 있는 사진 속의 신민희가 금방 말이라도 건네 올 것 같았다. 그러나 죽은 사람은 말이 없는 법이다. 영혼이 있다 한들 몸뚱이로 소통하는 이생 사람들에게 무슨 메시지를 전해 올 수 있겠는가. 그래서 귀신 속여 먹기가 세상에서 제일 쉽다고 했을 터이다.

생의 마지막 순간에 남긴 죽은 사람의 갖가지 메시지를 현대 법의학이 읽어 내고 있다지만 땅에 묻든 불에 태우든 장사를 지내면 그것으로 끝이었다.

안영근은 국화꽃이 가득 담긴 옹기 항아리 뒤에서 바람 빠진 '빅맨' 풍선처럼 늘어져 눈을 감고 있었다. 피곤할 만도 했다. 멀거니 앉아 뜬눈으로 밤을 지새우고 찾아 준 사람들을 혼자 다 맞았다.

어쩌겠는가. 피곤해도 들을 얘기는 들어야 했다. 매장이든 화장이든 결정을 봐야 할 때였다.

"포천 쪽에 괜찮은 공원묘지를 알아 놨어."

화장(火葬)을 원하는 그에게는 아마도 정신이 번쩍 드는 일격이었을 것이다. 그를 알고 지낸 십몇 년 동안 나는 이렇게 독단적으로 결정하고 영근에게 통보한 적이 없었다. 아무리 경황 중이고, 아무리 긴급해도 의논하듯이 권유했고, 오래 시간을 두고 설득했다.

그가 무겁게 입을 열었다.

"그러고 싶지 않아. 저 친구…… 사고였잖아. 그럴 필요 없어."

"그러지 말고 내 말대로 해. 무덤을 만들고 묘비도 세워 주자고. 나중에 주연이가…….”

나는 말을 멈추고 호흡을 가다듬었다. 아무리 경황 중이라고 해도 이 결정은 돌이킬 수 없는 사실이라는 것을 분명히 전하기 위해서였다. 그제서야 영근이 국화가 담긴 항아리에서 떨어져 앉아 허리를 세웠다.

"주연이만이 아니라 언젠가 자네도 용서하는 마음이 생길 거야. 그러면 어쩌겠어. 그때 한 번쯤 찾아볼 수 있어야지 않겠냐고. 이젠 민희 씨한테 좀 너그러워져. 죽었잖아."

입을 쩍 벌리고 있던 안영근이 미간을 잔뜩 찌그리며 덤벼들 것처럼 영정을 바라보았다. 그의 원한이 크다 한들 지금 더 무엇을 어쩌겠는가. 생명이 있는 것에 대한 가장 큰 괴롭힘은 죽음뿐이다.

"알아. 뭐든 웬만큼 다 알고 있어. 알기 때문에 매장을 하자는 거야."

내가 말하는 동안 그는 구석 자리에서 잠든 주연이를 무연히 바라보았다. 북으로 떠날 결심이 굳어 가던 어느 시기부터였을 것이다. 백화점이나 다운타운 거리의 군중 속에 외톨이로 있을 때 그는 비 맞은 파계승처럼 혼자 중얼거렸다.

저 사악한 여인을 심판해 주소서. 그리하여 내가 이 세상에 살아 있음을 영광스럽게 하시옵소서. 세상에 정의가 있음을 증거하여 주시옵소서.

그는 자신의 주변에 출몰하는 존재감을 향해 그렇게 주문(呪文)처럼 외치는 것 같았다. 그 존재감을 향해 응답을 기다리고 있는 현장에 함께 있었던 적도 있었다. 어느 술자리에서였거나 아니면 함께 힘들게 산을 오를 때였을 것이다. 자신이 바라는 대로 이루어지지 않는다면 평양행이든 다른 사람들을 위한 선행이든 하지 않겠다며 혼자 이를 악물었다.

인지한 것이 사건이든 첩보이든 나는 드러내는 사람이 아니다. 그런 생각을 하고 있을 줄은 몰랐어. 나는 차마 그렇게 입에 올리지 못했다. 그가 믿는 신의 '섭리하심'을 기원했으리라. 그 것이 밤 쥐나 낮 새처럼 그를 물끄러미 지켜보고 있을 누군가에게 보내는 메시지였다고 해석하는 것은 아무래도 무리다. 그러나 장사 지내는 방식에서는 영근이 무슨 생각을 하는지 인식의 일단이 드러났다. 화장을 하게 된다면 타살일 경우 가장 확실한 물증이 사라지는 것을 의미했다. 100가지 고상한 이유로 화장의 장점을 열거한다고 해도 그 만일의 가능성으로부터 그는 자유롭지 못했다. 단지 화장했다는 이유만으로도, '왜 서둘러서 증거를 없애 버리는 거야?' 의심하기 좋아하는 사람들이 그렇게 입을 비쭉거릴 수 있었던 것이다.

"난 말이지. 누가 뭐래도…… 이 정부의 요원이야."

눈을 동그랗게 뜨고 놀라는 그에게 나는 힘주어 말해 주었다.

"주연이한테서 우리 남쪽과 정부에 대한 연고 의식을 빼앗지 마."

그가 빤히 건너다보았다. 30초 정도나 그러고 있었을까. 우리는 길게 느껴지는 눈싸움을 했다. 결국 그가 힘없이 눈을 내리더니 담뱃갑을 집어 한 대 빼물며 말했다.

"그렇다면 할 수 없지. 그렇게 하지. 죽을 결심을 했다가도 난 항상 그랬어. 이 정부의 요원이라는 그 개떡 같은 한마디가 내 결심을 바꿔 놨어."

"나한테든 누구한테든 뭐…… 저 혼령한테라도 받을 빚이 있다고 생각해. 주연이를 봐. 엄마를 빼다 박아 놓은 것 같잖아. 유전자 절반이 아직 살아남아 있어. 5년만 지나 봐. 주연이 엄마가 살아온 것 같을 테니까."

굳이 매장을 하여 무덤을 만들자는 것이 어디 주연이의 연고 의식만을 바란 일이겠는가. 북으로 가는 그의 바짓가랑이에 명주실을 매어 두는 심정을 그가 알 리 없었다. 비록 좋지 않은 감정을 지니고 서울을 떠나게 되더라도 언제든 되돌아오거나 남쪽을 그리워할 빌미를 마련해 주고 싶은 것이었다. 매장을 하게 되었으니 말이지만, 배신한 아내의 무덤도 때로 이렇게 볼모로 잡아 둘 수 있는 일이었다.

사실 나는 이런 결과를 내다보고 여주에서부터 사체의 부검을 요구했다. 안영근과 여주서의 담당 형사는 물론 펄쩍 뛰었다. 담당 형사가 반대하는 것은 당연했다. 의심의 여지가 없는 사고였고 따라서 부검을 한다는 것은 시간 낭비이자 국가 예산 낭비였다. 안영근의 입장은 달랐다. 신민희에 대한 증오가 크다고 해도 인간적으로 아내의 죽음을 의심해 봐야 옳았다. 겉으로야 외간 남자들 앞에서 (바람난) 아내가 발가벗겨져 푸줏간의 고깃덩이처럼 칼질을 당하는 욕을 당해 안됐지만, 자신이 고대하던 대로 아내가 덜컥 죽어 버린 사건 앞에서 의심을 갖는 것이 도리였다. 부검을 정말로 원치 않는다면 그것은 그가 겉으로 드러난 진실이 아닌 또 다른 진실을 감출 의사가 있다는 얘기였다.

장례는 무엇 하나 소홀함이 없었다. 도움 주는 일가붙이가 많지 않았을 뿐 안영근의 회사 사람들과 신민희의 테니스 회원들과 여고 동창 등 각종 모임 사람들로 애도의 인파가 끊이지 않았다. 그럼에도 아쉬운 것은 요절이라서 장례 절차마다 쓸쓸한 것이 흠이었다. 국화꽃을 푸짐하게 준비하여 틈나는 대로 수북이 쌓아 보아도 요절한 죽음의 공허함을 메우지는 못했다.

든 자리는 몰라도 난 자리는 안다고 했던가. 화려하고 거창하며 과장되게 이별을 했으나 남은 사람들의 슬픔이 너무 컸다. 장례가 끝난 뒤에도 얼마 동안 주연이는 엄마를 내쫓았다는 가해 의식과 자책감으로 자학하고 있었고 안영근은 술에 절어 지냈다. 내 아내가 안영근의 집을 들여다봤을 때도 그랬다. 귀신 같은 모습으로 주연이가 문을 열어 주었는데, 장례 때부터 한 번도 집을 치우지 않은 것처럼 집 안이 어지럽혀 있었다. 주방에는 밥을 해 먹은 지 오래인지 뗏국이 말라붙어 있고 빈 컵라면 용기가 수북이 쌓여 있었다.

내 아내가 가 보지 않았더라면 주연이는 며칠 지나지 않아 과로나 영양실조로 쓰러졌을지도 몰랐다. 세상을 떠난 엄마의 영혼을 만나고 싶어서 어린것이 혼절을 할 생각으로 굶고 있더라고 했다. 울다가 지쳐 잠이 들어도 보고, 울음으로 카타르시스를 느껴 보았으나 용서받지도 못하고 죄책감도 떨쳐 버릴 수가 없었다며 펑펑 울기만 하더라는 것이다. 영근도 신민희가 곁에 없다는 사실에 당황하기는 마찬가지였다. 잠자리마다 꿈이 무척 사납고 술을 마시지 않고는 깨어 있지 못할 만큼 현실이 고통스러웠다.

아침부터 유쾌하지 않은 기억이 뇌리에 가득 차 있었다. 아무리 생각해 보아도 요령부득인 아내였다.

"스와핑을 하는 부부들도 있다잖아요."

어제 공항에서 돌아온 뒤 땅콩 한 줌과 위스키 병을 찾아 식탁에 앉는 순간 위로랍시고 아내가 한 말이 그랬다. 샤워를 하기 위해 타월을 터번처럼 머리에 두르며 바라보는 눈길도 그게 무슨 대수냐는 것이었다. 스와핑에 비하면 어제 일 정도는 아무것도 아니지 않느냐는 충격요법인 셈이었다. 하지만 그 한마디로 덮일 일이 아니었다. 나를 돕는 과정에서 생긴 일이었으니 아내를 거기까지 대동한 내 책임도 결코 가볍지 않았다. 그러나 아내는 그 상황을 즐겼다. 겨드랑이에 땀이 배어나 있었고 눈은 지나치다 싶게 촉촉하면서도 그윽했다. 나와 처음 사랑을 나누던 그때처럼 다리도 풀렸다.

술병을 럭비공처럼 팔에 끼고 내 작업실로 기어들던 간밤의 기억이 가물거렸다. 백화점 식품 매장의 시식용 음식을 보고 그냥 지나치지 못하는 아줌마 기질이라기에는 아내의 그 키스가 지나치게 농염했다. 그래서 화를 냈다.

시식용 음식이든 뭐든 공짜로 주는 것은 단지 공짜라는 이유만으로도 뭔가 두렵고 수줍은 것이 인지상정이 아냐? 젊은 여자가, 임무를 주었더니 그걸 즐겨?

혼자서 투덜거렸던 말도 뚜렷하게 기억났다. 그랬다. 아무리 공짜를 좋아한다고 해도 그래서는 안 되는 일이었다. 좋게 보아주려고 해도 그것은 공작이나 상황을 넘어서는 깊은 키스였다. 아내가 들었는지, 듣고 무슨 반응을 보였는지 기억나지 않지만 지금 당장 그렇게 퍼부어도 시원치 않을 것 같았다.

닥따다다. 다다닥따다. 도마질 소리가 들렸다. 아침 도마질 소리는 언제 들어도 울림이 크기 마련인데, 오늘따라 유난히 공명이 크고 리듬이 날아갈 듯했다. 그러고 보니 구수한 된장찌개 냄새가 방 안에 가득 차 있었다. 나는 어쩌면 된장 냄새를 맡고 잠에서 깨어났을 것이다. 아니면 아내가 흥얼거리는 콧노래 소리를 듣고서 눈을 떴는지도 몰랐다.

이게 무슨 뜻인가. 나는 술병을 이불같이 가슴에 얹고 땅콩 껍질과 채 썬 쥐포 위에 누워 있었다. 이런 자세로 간밤에 잠이 들었으리라. 그러니 지금 '지난밤은 훌륭했어요.'라고 말하는 듯한 부엌의 저 도마 소리는 엉터리다. 나 없이 대체 어떻게 지난밤이 아름다울 수 있는가.

머리가 지끈거렸다. 술병을 던져 버리고 일어났다. 의심을 키워 상상의 세계와 꿈자리를 망치는 것보다는 컴퓨터를 켜고 업무를 시작하는 편이 한결 나았다. 메일함을 열어 보니 여러 통의 편지가 쌓여 있었다. 그중에서 나는 가장 먼저 평양에서 보낸 주연이의 편지를 클릭했다. 주연이 이름으로 보낸 안영근의 편지인지, 정말 주연이가 쓴 편지인지는 읽어 보면 알 터였다.

아저씨께

주연이가 뭐라고 해도 어제 일을 생각하면 아저씨 기분이 더러울 거예요. 우리 아빠가 나빴어요. 비행기에 오를 때까지 아빠는 정신이 없는 사람 같았어요. 그게 아줌마와 키스한 충격 때문이라는 건 말 안 해도 알겠죠?

"어떻게 아빠가 그럴 수 있어요, 친구한테 어떻게, 네? 얘기해 보세요, 네?"

아빠한테 내가 따졌어요. 하지만 너무 심하게 하지는 못했어요. 왠지 아시죠? 우리 엄마를 잃은 것처럼 아빨 잃고 싶지 않아서예요.

비행기에서 내리니 커다란 해가 높고 시퍼런 하늘 한가운데에서 불을 뿜고 있었어요. 평양 순안 공항의 하늘을 내가 여기서 굳이 살펴본 이유를 이곳 사람들을 위한 예의라고 생각하지 않았으면 좋겠어요. 어찌나 하늘이 맑고 햇볕이 따가운지……. 여름이니까요. 사람의 손으로 만든 것은 무엇이든 이 햇빛 아래에서 낡고 색깔이 바래 버릴 것 같았어요. 저 남쪽 시골 어디에서나 볼 수 있는 별로 낯설지 않은 풍경이지요. 아마 평양의 첫인상은 오래 기억에 남을 거예요.

입국장에서 우리는 '환 안영근 선생 영'이라고 쓴 스케치북 크기의 흰 종이를 보았어요. 인파 속에서 우쭐거리며 우리를 맞아 주고 있더라니까요. 흰 종이를 들고 우리를 기다려 준 사람은 장대처럼 키가 커서 단연 눈에 띄더군요. 그런데 이 아저씨가 참 재미있게 생겼어요. 가까이 다가갔을 때 하마터면 킥킥 웃을 뻔했다니까요. 강마른 체격에 190센티미터쯤 되는 키다리 아저씨가 튀어나온 입을 닭똥구멍처럼 오므리고 있어서였어요. 그렇게 입술을 다문 채 설치류 이빨같이 기다란 앞니를 감추면서 눈을 끔벅거리는 모습이 개그를 하는 것보다 더 웃기더라니까요.

아빠는 자신만만했어요. 이쪽 사람들한테 길들여지지 않을 거래요. 하지만 주연이는 아빠가 겁먹은 것을 알고 있어요. 이미 돌아가지 못할 다리를 건너와 버렸다고 생각하고 있으니까요.

며칠 묵을 셈으로 옷을 정리하고 나니 할 일이 없어지더군요. 로비로 내려가서 사람들도 구경하고, 시설물도 구경하고 싶은데 아빤 그냥 앉아서 기다리자고 해요. 무작정 시계를 보고 있을 수 없어서 텔레비전을 켰더니 남한의 위성방송이 잡혔어요. 음악 방송 채널에 고정해 놓고 나는 생각했어요, 아줌마 이야기를 물어봐도 괜찮은지 말이에요.

"보아 언니 되게 섹시하죠?"

아빠가 무슨 말이냐고 눈을 동그랗게 떴어요. 주연이는 안 망설였어요.

"김포 공항에서 왜 그랬어요? 공묵 아저씨네 아줌마하고 그러면 안 되잖아요."

아빠가 고개를 끄덕거렸어요.

"그래 맞다. 그 얘길 아직 안 해 줬구나."

이러면서 아빠가 침을 꼴깍 삼키더군요. 다시 생각해도 그 순간 이 로맨틱했던가 봐요.

"주연이가 이해를 할지 모르겠구나. 그런 상황이 다시 돼도 아빤 거절하지 않을 거야. 그건 아줌마가 공묵이 아저씨를 많이 사랑한 다는 뜻의 신호였다."

그렇게 말하고 아빠는 방 안을 한번 둘러보았어요. 어디 도청 장치나 몰래 카메라 같은 게 설치되지나 않았는지 살피는 거였어요. 쉽게 눈에 띌 리 없지요. 아빠가 텔레비전 볼륨을 올리고 말했어요.

"좋아. 변명이라고 해 두자. 아줌마를 확 떠밀어 버리지 못한 이 유를 말해 주지."

아빠가 어렵게 이야기를 했어요. 전 잘 모르겠어요. 대체 왜 그렇게 했는지. 하지만 아저씨는 알죠? 어디까지가 작전이었고, 어디까지가 사랑이었는지 말이에요. 주연이도 어른이 되면 알게 될까요? 훗훗.

여기까지 쓸게요.

같은 꿈

심 상 대

1960년 강원도 강릉에서 태어나 고려대 고고미술사학과를 졸업하고 고려대 대학원 문예창작학과를 수료했다. 1990년 《세계의 문학》에 「묘사총」, 「묵호를 아는가」, 「수채화 감상」을 발표하며 작품 활동을 시작했다. 소설집 『묵호를 아는가』, 『명옥헌』, 『사랑과 인생에 관한 여덟 편의 소설』, 『망월』, 『떨림』, 『심미주의자』, 산문집 『갈등하는 신(神)』, 『탁족도 앞에서』가 있다. 2001년 현대문학상을 수상했다.

제6차 6자 회담은 2007년 3월 19일 시작됐다. 장소는 이전과 같이 베이징 댜오위타이〔釣魚臺〕 17관 팡페이위안〔芳菲苑〕이었다. 한국 수석대표는 박남영 한국 외교통상부 한반도평화교섭본부장, 조선 수석대표는 최호선 조선 외무성 부상, 러시아 수석대표는 알렉산드르 말레비치 러시아 외무부 차관, 미국 수석대표는 브라더 브라운 미국 국무부 동아시아태평양 담당 차관보, 일본 수석대표는 류이치 겐이치로 일본 외무성 아시아대양주 국장, 그리고 의장국인 중국 수석대표는 메이란팡 중국 외교부 부부장으로, 그해 2월 8일부터 13일까지 있었던 제5차 3단계 6자 회담과 같았다.

3월 19일이라는 회담 일자는 이미 한 달 전 확정됐다. 제5차 회담의 결과물인 2·13 합의문 제7조는 '6자는 2007년 3월 19일 6차 6자 회담을 개최해 실무 그룹 보고를 청취하고 다음 단계 조치를 연구하는 것에 동의한다.'라 되어 있었고, 그러므로 그동안 각국 대표단은 베이징에 머물면서, 혹은 뉴욕과 하노이에서 각자의 성과물을 들고 제6차 회담에 참가하기 위해 실무 그룹별 출범식을 치르고 사안에 따른 토의를 거쳤다. 5개 실무 그룹 가운데 가장 중요한 그룹은 한반도 비핵화 실무 그룹으로, 다른 국가 대표단은 회의에 참석했으나 정작 당사국인 조선 대표단이 참석하지 않아 실무 그룹이 마련한 토의 결과는 무용지물이 됐다. 이 그룹의 실질적 협상 상대인 조선과 미국이 선결해야 할 사항은 미국의 금융 제재 조치로 마카오 방코델타아시아 은행에 묶여 있다가 동결 해제된 2500만 달러의 조선 자금을 어떤 방법으로, 얼마만큼 신속하게 조선 측에 전달하는가 하는 것이었다. 이 문제가 해결되지 않는 한 실무 그룹 회의뿐 아니라 제6차 6자 회담의 성공적 진행은 불투명했다.

실무 그룹 가운데 경제와 에너지 협력 실무 그룹 의장인 한국의 박남영 본부장은 3월 10일에서 13일까지 4일간, 베이징 시내 중국대반점 회의실에서 진행된 실무 그룹 회의를 마치고 14일 아침 본국으로 귀환했다. 실무진이 6자 회담 수석대표 회의에 보고할 회의 결과를 다듬는 중에, 그 역시 한국 외교통상부에 실무 그룹에서 논의한 내용에 대해 설명할 필요가 있었다. 그는 인천 공항에 내리자마자 서둘러 외교통상부로 직행했고, 자신의 보고에 따른 로드맵을 전달받은 다음 날 오후 6자 회담 차석 대표인 이연철 외교통상부 차관보와 함께 기자회견장에 나타났다. 조선이 핵시설을 폐기하는 대가로 6자 회담 참가국이 부담하는 경제적 지원과 에너지 지원 중에는 중유 100만 톤이 포함돼 있으며, 그 가운데 조선의 초기 조치 이행을 전제로 우선 지원해야 할 중유 5만 톤을 한국 측이 부담하게 됐다는 것이 발표

내용의 요점이었다.

　그리고 그 며칠의 서울 체류 기간은 그에게 개인적으로 중요한 시간이었다. 3월 16일, 음력 정월 스무이레는 지난 해 사망한 아내의 1주기가 되는 날로, 보스턴과 파리에서 귀국하는 아이들과 함께 아내의 산소에 가기로 약속해 놓았었다. 그리고 아이들이 다시 떠나간 뒤, 그는 잠시나마 휴식을 취하고자 했다. 욕심 같아서는 한 사흘 혼자 있고 싶었지만, 그것이 어렵다면 단 하루라도 아내와 함께 쓰던 침대와 가구가 아직 그대로 놓여 있는 침실에서 조용히 쉬고 싶었다.

　박남영 본부장이 서울에서 아내의 1주기를 치르던 3월 16일 정오 무렵, 6자 회담 조선 수석대표인 최호선 부상은 평양 대동강변에 위치한 자신의 거실에 있었다. 이사한 지 얼마 되지 않은 집 안 여기저기를 둘러보고 난 뒤, 이제 막 바둑판을 사이에 두고 맏사위와 마주 앉은 참이었다. 아내와 딸이 점심 식사를 준비하는 동안 마련한 대국이었다.

　"오랜만입네다, 장인어른." 하고 사위가 말했다. 반백의 머리를 숙여 속살이 훤한 정수리를 내보이며 사위는 그를 대신해 바둑판 네 귀에 넉 점의 흰 돌을 올려놓고서는, 제 몫의 검은 돌을 챙기고 그에게로 흰 돌을 내밀었다. 최 부상도 호락호락한 실력이 아니건만 사위는 공화국에서도 알아주는 국수여서 장인의 체면이 말이 아니었다. 눈 내린 듯 허옇게 변한 바둑판을 보니 씁쓸하기는 했으나, 오래전부터 해 오던 일이라 그는 그냥 그 꼴을 즐겼다.

　정말 오랜만이었다. 보통강 구역에 있던 살림집을 이곳 대동강 구역 의암동에 위치한 은덕촌 빌라로 옮긴 지 네 달이 지났으니, 장인과 사위가 마주한 지도 다섯 달은 족히 됐다. 그동안 최 부상은 베이징과 베를린과 뉴욕을 오가느라 이사는 고사하고 집에 앉아 있을 겨를이 없었다. 사위와 딸은 이사한 뒤 한 번도 뵙지 못한 최 부상을 만나 집 자랑도 듣고, 내일 아침 베이징으로 떠난다니 인사도 드릴 겸 특별히 찾아온 참이었다.

"기래, 둬 보자우."

사위는 길게 손을 뻗어 장인 오른쪽 무르팍 앞에 놓인 흰 돌 곁에 제 돌을 붙여 놓았다. 이러면서 늙은이의 부아를 돋워 초반부터 승기를 잡자는 전술이었으나 오늘은 통하지 않았다. 두 사람의 대국은 이쪽이 이기든 저쪽이 이기든 불계승으로 끝나기 마련이었다. 그러나 장인은 예전과 달리 세심한 포석으로 사위를 놀라게 하면서, 흰 돌을 들고 행마를 살피는 틈틈이 전에 않던 소리를 연이어 중얼거렸다.

"아생연후에 살타라……. 아생연후에 살타라……."

'아생연후살타(我生然後殺他)'는 열흘 전인 3월 6일, 뉴욕 밀레니엄 플라자 호텔 VIP룸에서 한국 6자 회담 수석대표 박 본부장으로부터 들은 말이었다. 최 부상과 박 본부장은 3월 5일과 6일 양일간, 제1차 조·미 관계 정상화 뉴욕 실무 그룹 회의에 참석하고자 맨해튼 유엔본부 인근 밀레니엄 플라자 호텔에 함께 투숙했다. 물론 우연한 일이었다.

3월 5일, 회의가 시작되자 미국 수석대표 브라운 차관보가 최 부상에게 말했다.

"장차 진행될 핵 사찰은 단계별로 추진해야 될 게 아닌가?"

그러자 최 부상은 브라운 차관보뿐만 아니라 참가자 전원이 깜짝 놀랄 충격적 제안을 내놓았다.

"그런 것 다 생략하고 핵 시설물과 핵무기까지 모두 폭파해 없애 버릴 테니까, 그렇게 모든 걸 일시에 정리해 버리면 미국이 공화국에 해 줄 수 있는 게 무엇인가?"

당황한 브라운 차관보가 생각을 다듬고 있는 사이 최 부상이 다시 말했다.

"다음 6자 회담장에 나올 때까지 답을 마련하라. 행동으로 실천할 답을 가지고 나와야 한다. 지난번 베를린 조·미 양자 회담처럼 지키지 못할 약속을 해서는 안 된다."

그 다음 날이었다. 밀레니엄 플라자 호텔 VIP룸에서 가진 두 사람의 비공개 면담이 끝나고 자리에서 일어나던 박 본부장이 최 부상에게 물었다.

"바둑을 좋아하신다죠?"

"아아, 좋아는 합네다."

악수를 청하며 박 본부장이 다시 말했다.

"바둑 두는 사람들은 '아생연후에 살타'라 하지 않습니까."

'아생연후살타'는 분명 바둑에 관한 말이었다. 하지만 최 부상은 순간 그 말을, 뉴욕 실무 회담에서조차 공전에 공전을 거듭하는 방코델타아시아 은행의 예치금 이체 문제에 관한 한국과 조선 양국의 외교 공조를 은유하는 뜻으로 알아들었다. 정확한 이해였는지 아닌지는 지금도 확인할 수 없다. 바둑에 관한 말이었는지 외교적 입장에 관한 은유였는지, '아(我)'가 가리키는 쪽이 한국인지 조선인지, 아니면 한국과 조선 양국인지 정확하지 않지만, 그는 분명 그 말을 들으면서 '아'를 '양국'으로 이해했다. 어쩌면 뉴욕 한가운데서 만난 동포애 때문이었는지도 모른다. 아니면 냉엄한 국제사회의 현실에 지친 탓이었을 것이다. 조선은 동결 해제된 방코델타아시아 은행의 예치금을 베이징의 중국은행에 개설된 조선무역은행 계좌로 이체하기를 원했지만, 철석같이 믿었던 중국은행이 불법 자금은 받을 수 없다는 이유로 이체를 거절했다. 얄밉게도 중국 6자 회담 수석대표인 메이랑팡 부부장은 이 문제를 한국에 떠넘기면서, 조선에 진출한 한국의 외환 취급 은행에 협조를 타진했다고 밝혔다. 돈 문제에 관한 한 아(我)와 타(他)의 분별은 쉽지 않았다.

점심을 먹고 난 뒤에도 계속된 대국에서 최 부상이 세 집을 이겼다. 사위는 고개를 갸우뚱거리며 지나치게 신중해진 장인의 얼굴을 살폈다. 최 부상은 신승에도 불구하고 무덤덤한 표정으로 여전히 저만의 생각에 깊이 잠겨 있었다.

서울에 있는 박 본부장도 마찬가지였다. 그야말로 공사다망한 그의 조용히 쉬고 싶다는 요구에 따라 아들과 며느리와 딸은 기일 전날 도착해 다음 날 공원 묘원에 다녀오는 일정을 치르고 그 이튿날 새벽 서둘러 서울을 떠났다. 뒷날인 3월 17일은 토요일이었다. 그날 하오 내내, 서초동의 텅 빈 아파트에 혼자 남은 그는 예년에 비해 푸르고 높은 봄 하늘이 펼쳐진 우면산 상공을 멍하니 바라보며 거실 한쪽에 우두커니 서 있었다. 보스턴과 파리에서 무사 도착을 알리는 아이들의 전화를 받은 저녁나절이 돼서야 박 본부장은 가정부가 차려 주는 저녁밥을 먹으려 식탁에 앉았으나, 달그락거리는 저만의 수저 소리에 식욕마저 떨어져 일찍 입술을 닦으며 커피를 청했다. 9시 저녁 뉴스를 절반쯤 보던 그는 그 역시 흥이 다해 텔레비전을 끄고 침실로 들어가, 지난 1년 동안 애써 멀리했던 침대에 몸을 눕혔다. 눈을 감고 몸을 뒤채면서 베개를 껴안고 시트에 얼굴을 묻었다.

깊은 잠이었다. 잠에서 깨어난 시각이 새벽 4시 10분 전이었으니까, 거의 일곱 시간을 죽은 듯 곤히 잠들어 있었다. 꿈은 그 긴 잠의 끄트머리를 장식했다. 잠과 꿈에서 동시에 깨어난 박 본부장은 침대에서 일어나 침실 창가에 놓인 작은 소파에 앉아 담배에 불을 붙였다. 탁자에 놓인 디지털시계 불빛으로 방 안의 윤곽이 희미하게 드러나 보일 뿐, 방 안도 창밖도 아직은 캄캄한 한밤중이었다.

또렷하게 떠오르는 꿈의 장면은 굳이 나누자면 세 단락으로 나뉜 연속극 형식을 띠고 있었다. 첫 단락의 배경은 어딘지 알 수 없는 곳의 장방형으로 생긴 장판 방으로, 그는 그곳에서 아내와 함께 파티에 참석 중이었다. 파티라 여겼으나 꿈에서 깨어난 지금 생각해 보면 그곳은 파티를 할 만한 곳이 아니었을 뿐더러, 파티라기엔 너무나 스산한 정황이었다. 철 지난 바닷가 횟집 뒷방같이 노란색 장판이 깔린 썰렁한 방에 여러 명의 남자가 앉아 있었다. 통나무를 잘라 만든 식탁은 비어 있었고, 그 주위에 몇 사람이 있었지만 자신 곁에 있는 아내를 제외하고는 얼굴을 드러내지 않았다. 그러다가 장면은 그 방의 방문 앞으로 이동하더니, 신을 벗고 있는 늙고 건장한 포수(砲手) 한 사람이 나타났고, 좁은 마루로 나선 그가 포수의 방문을 반기고 있었다. 얼굴 가득 환한 웃음을 띤 포수 늙은이는 그의 환대에 반색하면서 구두인지 털 장화인지, 하여튼 신을 벗고 방으로 들어섰다. 장면은 다시 방 안이 되었는데, 순간 아내가 그에게 말했다.

"당신이 그렇게 나서서 시중들 필요 없어요. 남들이 보면 꼭 기죽은 사람 같잖아." 하는 의미의 말을 했다. 아내가 말하기 전부터 그는 자신의 행동이 지나친 친절로 비치지는 않을까 하는 염려로 뒤통수가 근질거리던 참이었다. 그렇지만 사람 좋게 웃는 포수 늙은이 면전에서 딱딱한 표정을 지을 수 없었다. 그 사람을 왜 포수라고 여기게 됐는지는 알 수 없지만, 어쨌든 포수의 소지품에 총기류 따위는 없었다. 포수는 한겨울 눈밭에서 입는 방한용 파카 차림이었는데, 파카에 달린 모자 테두리는 북실북실한 털로 장식돼 있었다. 그 털모자를 벗으며 포수가 그에게 말했다.

"나하고 일하면 딱 맞을 사람입네다. 한번 따로 만납시다."

그가 듣기에도 어색한 평양 사투리로 포수는 그렇게 말하며 허허허, 하고 웃었다. 주변에 앉은 얼굴 없는 사람들도 따라 웃었는데, 그가 생각하기에 그들의 웃음은 두 사람이 썩 잘 어울린다는 포수의 말에 동의한다는 뜻이라 여겼다.

그는 아직 포수를 직접 만난 적이 없다. 그런데도 포수의 모습은 낯설지 않았고 자주 만난 사람처럼 스스럼없었다. 하지만 아내는 곁에 붙어 앉아, 어떡하든 내 남자를 저 사람에게 빼앗겨서는 안 된다는 뜻으로 그의 팔뚝에 두 손으로 매달려서는, 이 남자는 내 남편이라는 눈치를 포수 늙은이와 얼굴이 드러나지 않은 다른 동석자들에게 알리려 투기를 부리고 있었다.

아내가 위에는 어떤 옷을 입고 있었나 기억하지 못하나, 치마는 허리춤과 말기에 정교한 레이스 장식이 풍성하게 덧달린 분홍색 치마였다. 그는 포수와 다른 동석자들이 적어도 이러한 치마를 입은 아내의 맵시에는 호의를 가지고 있으리라 믿었다. 그는 아내의 미모와 옷차림에 자부심을 가지고 있었다. 그래서 아내에 대해 남성으로 가질 만한 관심을 애써 숨기고 있는 다른 남자들에 대한 경계심을 버리지 않았고, 한편으로는 우쭐한 마음으로 살짝 들떠 있었다. 포수는 얼굴이 드러나지 않는 다른 동석자들에게 무언가 재담을 던지며 자리를 즐겁게 하는 수완을 보였다. 그때 다른 이들은 숟가락을 들어 자기 앞에 놓인 식어 빠진 생선매운탕 국물을 떠먹었다. 그러던 꿈이 일순간 생판 다른 장면으로 연결됐다.

"아내가 정지(부엌) 바닥에서 파낸 겁니다." 하고 그는 종이 봉지에서 꺼낸 군밤을 곁에 앉은 두 사람에게 나누어 줬다. 그는 아내가 정지 바닥에 묻어 뒀던 군밤을 자신에게 줬다는 사실을 말하려 했다. 곁에 앉은 두 사람은 브라더 브라운 미국 수석 대표와 김철민 한국 외교통상부 장관이었고, 세 사람이 있는 곳은 6자 회담이 열리는 댜오위타이 호수 한가운데 떠 있는 작은 인공 섬이었다. 실제와 같이 꿈속에서도 섬 가장자리는 잘 다듬어진 풀밭으로, 세 사람은 그 풀밭에 앉아 바지 끝을 걷어 올려 맨발과 장딴지를 다 드러낸 채 발끝으로 물장구를 치면서 군밤을 먹고 있었다. 브라운 차관보가 미국 측 수석대표라는 점은 현실과 일치했으나 김철민 장관이 중국 측 수석대표라는 점은 꿈속에서도 의심스러웠다. 그러나 그는 아아, 중국 측이 발 빠르게 자국 대표를 김 장관으로 교체했구나, 하고 판단하면서 의장국다운 배짱이라 여겨 고개를 주억거렸다.

"마주앙 맛이 그만이군요." 하고 브라운 차관보가 한 손에 든 와인글라스를 쳐들며 중국 수석대표인 김 장관과 그에게 말했다.

"정지 바닥에서 오래 숙성되었기 때문이죠." 하고 그가 대답했다. 그는 군밤이 와인으로 바뀐 점에 한편으로 의아해하면서도 이내 수긍했다.

"한국의 부엌 바닥은 흙으로 돼 있고, 그 속은 사시사철 일정한 온도를 유지합니다."

그가 그렇게 말하자 김 장관이 궁금하다는 표정으로 중얼거렸다.

"이 마주앙은 참 오래된 술인데 어떻게 구했지요?"

"우리 아내가 두 분께 드리려 꼭꼭 숨겨 뒀었다고 합니다." 하고 말하면서도 그는 지나치게 친절한 자신을 불쾌하게 여겼다. 이 술이야말로 아내가 자신을 위해 간직해 둔 것이라는 사실을 그는 알고 있었다. 그래서 그는 어서 이 자리를 벗어나 아내가 기다리고 있는 팡페이위안으로 가 아내에게 이러한 사실을 말해야겠다고 생각했다. 브라운 차관보와 김 장관은 방코델타아시아 은행 계좌에 있는 자금을 가능한 한 빨리, 뒤탈이 없으면서도 조선 측에서 믿을 만한 방법으로, 조선에 전달해야 한다는 이야기를 주고받았다. 그러자면 어떤 국가의 은행을 중계은행으로 하면 좋을지에 대해 갑론을박하고 있었다. 중국 수석 대표가 된 김 장관은 끈질기게 러시아의 협조를 구해야 한다고 주장했다.

"6자 회담에 있어서 이전 스위스 은행이 하던 역할을 이제부터는 러시아가 담당해야 합니다."

그러나 브라운 차관보는 그와 김 장관을 둘러보면서 자신의 의견을 말했다.

"이 문제는 6자 회담에서 한국의 역할이 얼마나 중요한가를 시험하는 중요한 사항입니다. 기어이 한국이 떠맡지 못하겠다면 미국과 러시아 은행의 신세를 질 수밖에 없지 않겠어요?"

"여보, 갑시다!" 하고 어디서 나타났는지 갑자기 등장한 아내

가 머리를 싸안고 회담장 수석대표석에 앉아 있는 그의 팔을 잡
아끌었다. 섬 가장자리 풀밭에 앉아 있던 세 사람은 어느새 아
내와 함께 팡페이위안에서 벌어지고 있는 6자 회담장에 있었다.
브라운 차관보와 김 장관은 아직까지 와인글라스를 든 채, 발과
장딴지를 고스란히 드러낸 모습 그대로 회담석에 자리하고 있었
다. 그는 아내의 손에 이끌려 자리에서 일어나면서도 두 사람이
얼른 양말을 신어야 할 텐데, 하는 걱정을 했다. 그와 동시에 지
긋지긋한 방코델타아시아 은행 문제로부터 자신을 구원하려는
아내의 진심을 사랑으로 받아들였다. 아내는 초록색 투피스 차
림에 머리에는 깃털 장식이 달리고 챙이 짧은 티롤리언 모자를
쓰고 있었다. 그런 아내의 손을 잡고 카펫 위를 걸어가는 그를
회담장에 가득 찬 남자들이 부러운 눈으로 바라보고 있었다.

아내의 요구는 집요했다. 자신이 입고 있는 초록색 투피스에
어울리는 핸드백을 사야 한다고 그를 이끌어 호텔 로비 한쪽에
있는 숍으로 들어섰다.

"이번만큼은 당신이 돈을 내야 해요. 이제까지 늘 내가 돈을
냈잖아요. 그러니까 과부가 따로 없지."

아내의 말은 옳았다. 그는 이제껏 수없이 외국을 나다니면서
도 아내를 위한 선물을 제대로 챙기지 못했다. 매장 진열대로
다가가던 그는 어쩐지 이곳이 호텔에 딸린 숍이 아니라 공항 탑
승 지역 면세점과 같다는 느낌을 받았다. 그래서 진열대 건너편
에 선 점원 아가씨에게 물었다.

"여권을 제시해야 합니까?"

"아뇨. 카드만 있으면 돼요." 하고 점원 아가씨는 생글생글
웃으며 대답했다. 그는 속으로, 현금이 더 좋으련만 이젠 온통

카드 타령이로군, 하고 세태를 비웃었다. 매장을 다 뒤졌으나 아내가 원하는 핸드백은 없었다. 아내는 안타까운 표정으로 여전히 매장 진열장 앞에 허리를 숙이고 있었다.

"2층과 3층에도 있거든요."

진열대 뒤에서 나온 점원 아가씨가 그와 아내를 이끌었다. 꿈속이 아니라면 그런 구조와 규모를 가진 가방 전문 숍이 있을 리 만무하지만, 여하튼 숍은 나선형으로 된 계단을 따라 올라간 2층과 3층으로 이어져 그곳에도 핸드백이 즐비한 유리 진열장이 길게 늘어서 있었다. 이곳저곳 다 뒤졌건만 아내가 바라는 핸드백은 없었다. 그는 손잡이가 가느다란 체인으로 된 흰색 핸드백이 가장 좋아 보였으나 아내는 둥근 외양에다 표면을 인조 보석으로 잔뜩 수놓았기 때문에 촌스럽다고 그 핸드백을 거절했다. 허리를 숙이고 있던 아내가 힐난하는 눈초리로 쳐다보면서 그에게 퉁을 줬다.

"꼭 도금봉이 들고 다니던 것 같구먼. 읍내 다방 마담이 서울 갈 때 들고 가는 거."

그런 내용의 말로 투덜거리더니 한마디 덧붙였다.

"이 초록색 투피스에 어울려야 한다니까요."

그는 하는 수 없이 아내를 따라 이 진열대 저 진열대로 옮겨 다녔다. 그러다가 갑자기 다급한 상황에 봉착했다. 숍이 문 닫을 시간이 됐다면서 점원들이 허둥대기 시작했고, 그와 아내 역시 초조해졌다. 그때까지 기어이 란셀을 주장하던 아내는 풀 죽은 목소리로 샤넬도 괜찮다면서 그에게 말했다.

"당신은 입구로 내려가 셔터를 내리지 못하게 하세요."

아내는 셔터만 내리지 않으면 되는 줄 알고 있었지만, 그는 모든 일에는 시한이 있는 법이라 자신의 힘으로는 영업 마감 시간을 좌우할 수 없다고 판단해 아내의 요구를 묵살했다. 아내는 더욱 허둥댔다. 그 역시 초조함이 지나쳐 이제는 오금이 저리고 발이 떨어지지 않을 지경이었다. 두 사람은 다시 맨 아래층으로 내려와 처음부터 찬찬히 살펴보기 시작했다. 그는 도금봉이 들고 다니던 것과 같다는 핸드백을 또 권했다. 스테인리스 쇠 막대가 횡으로 줄줄이 연결된 셔터는 몸을 굽혀야 겨우 빠져나갈 만한 공간을 남기고 바닥 가까이 내려온 상태였다. 아내는 진열장 뒤쪽으로 가더니 아직 개봉하지 않은 종이 상자 뚜껑을 열어 흰 포장지에 싸인 핸드백을 들춰 보기 시작했다. 그때 점원 아가씨가 다급한 목소리로 말했다.

"사모님, 3층 진열대 뒤편에 개봉하지 않은 상품이 더 있어요."

세 사람은 서둘러 나선형 계단을 달려 올라가 3층 진열대 뒤편 바닥에 쌓여 있는 종이 상자를 열어 흰 포장지에 싸인 핸드백 하나를 들어 올렸다. 황금빛 체인이 초록색 가죽을 비틀며 감싼 손잡이가 달렸고 본체는 넓적한 사다리꼴 모양을 한 초록색 가죽 핸드백으로, 물론 란셀 제품이었다.

박 본부장은 담배꽁초를 눌러 끈 다음 몸을 일으켜 창밖을 내다보았다. 아직은 캄캄한 밤이었다. 꿈속에서 만났던 아내는 작년 봄, 1년 남짓한 투병 기간마저 지친 듯 삶을 포기하고 그의 곁을 떠나 이제 이 세상에 없었다. 그러나 아내의 죽음도 그의 공무를 방해하지 못했다. 가까운 사람 몇몇에게만 알렸을 뿐더러 아내의 합연장서(溘然長逝)에도 넋 놓을 처지가 아니었기에, 그는 장례식을 마치자 곧장 공항으로 내달렸다. 그리고 1년이 지난 지금, 그는 슬픔도 아쉬움도 아닌 무덤덤한 기분으로 어둠 속에 서서 눈앞에 또렷하게 떠오르는 초록색 란셀 핸드백을 바라보고 있었다.

제6차 6자 회담 전날인 3월 18일 일요일 오전, 박 본부장은 차석대표인 이 차관보와 함께 서울에서 베이징으로 이동했다. 숙소인 중국대반점에 상주하고 있는 실무진과 합류한 그는 회담 준비 상황을 보고받고, 개막식 직후 있을 수석대표 기조연설을 다듬는 일로 회담 준비 마무리 작업을 진행했다. 잔뜩 흐린 날씨로 눈발이라도 흩날릴 듯하던 베이징 하늘은 회담 준비를 마치고 잠자리에 들 무렵 자정부터 비를 퍼붓기 시작했다.

날이 밝자 비는 한층 더 기승을 부렸다. 도로를 두드리며 쏟아져 내린 비는 금방 물줄기를 만들어 차도 변으로 도랑물처럼 흘러내렸다. 3월 19일, 폭우 속에서 시작된 제6차 6자 회담은 시작부터 파행이었다. 오전 10시부터 시작한 각국 수석대표 회의는 회담 의제 논의를 마치고 11시 14분 개막식을 가졌으며, 각국 수석대표의 기조연설과 실무 그룹 보고가 이어졌다. 그러나 실무 그룹 보고가 마무리되지 않은 상태에서 최호선 부상을 비롯한 조선 대표단이 이의를 제기하며 더 이상의 회담 진행에 난색을 표했다. 최 부상이 기조연설에서 밝힌 대로 조선 대표단은 말 대 말, 행동 대 행동 원칙에 충실해야 한다는 입장을 견지하면서, 방코델타아시아 은행에 있는 조선 자금의 전달 방안이 아직도 모호하다는 점에 강력한 불만을 나타냈다.

어수선한 가운데 비는 더욱 퍼부었다. 오후 3시가 지나자 조선 대표단은 회담장을 빠져나갔다. 의장국인 중국 대표단은 친조파(親朝派)로 평가되는 차석대표를 베이징 시내 외교 단지에 위치한 조선대사관으로 급파했다. 최 부상을 포함한 조선 대표단이 그곳에 머물고 있었기 때문이다. 그러나 그러한 설득 방법은 소용이 없었다. 조선 대표단으로서는 자신의 외교적 입장이 있었고, 그에 따른 외교적 행동 지침을 철저히 지키고 있었다. 조선 대표단에 대한 설득은 그날 밤까지 이어졌다. 미국 회담 대표단이 숙소로 사용하고 있는 세인트 레지스 호텔 특실에서 마련된 브라더 브라운 미국 수석대표와 최호선 조선 수석대표 간의 비공개 면담은 오후 9시부터 진행됐다. 그러나 이 면담도 별다른 성과 없이 30분 만에 끝났다. 방코델타아시아 은행에 묶여 있는 조선 자금 이체 문제는 해결점을 마련하지 못한 상태로, 조선 대표단은 이러한 상황에서는 회담을 진행할 이유가 없다는 입장을 분명히 했다.

다음 날인 3월 20일 오전 10시, 이틀째 회담이 시작됐으나 조선 대표단은 회담장에 모습을 드러내지 않았다. 그들이 참석하지 않는 6자 회담은 사실상 무의미했으므로 이틀째 회담도 파행으로 마무리하며 만찬 시간 이전에 끝날 판이었다. 비는 여전히 퍼부어 내려 댜오위타이는 반투명한 비의 장막과 거친 빗소리에 뒤덮였다.

조선 대표단이 조선대사관을 출발했다는 소식이 전해진 시각은 오전 10시 50분이었다. 한반도 비핵화 실무 그룹의 보고를 진행해야 할지 말아야 할지에 대해 의장국인 중국 대표단을 중심으로 나머지 4개 대표단이 숙의하던 중이었다. 조선 수석대표인 최 부상이 팡페이위안에 모습을 드러낸 시각은 정오 40분 전으로, 회담석에 자리하기는 했지만 표정은 굳어 있었다. 그가 착석한 뒤 곧 한반도 비핵화 실무 그룹 의장국인 미국 측 실무진의 보고가 있었으나, 보고가 끝나자 최 부상을 위시한 조선 대표단은 한마디 말도 없이 자리에서 일어나 장대비를 뚫고 되돌아갔다. 방코델타아시아 은행의 자금 이체 문제는 조금도 진전이 없었고, 이에 대한 조선 대표단의 완강한 저항으로 누구도 핵 폐기에 대한 조선의 불성실한 태도를 의제로 상정하자고 나서기 어려웠다. 이틀째 회의는 오후 3시에 끝났다.

사흘째부터 조선 대표단은 더 이상 회담장에 나타나지 않았다. 대신 이날 오후 5시부터 1시간가량 브라운 차관보는 메이란 팡 부부장과 함께 세인트 레지스 호텔 귀빈실에서 최 부상을 만났다. 그러나 결과는 뻔했다. 오히려 목요일인 다음 날 오후 고려항공 편으로 귀환하기 위해 조선 대표단이 좌석을 예약해 뒀다는 맥 빠지는 정보를 확인했을 뿐이다. 빗속에서 시작된 제6차 6자 회담은 한 줄기 빛도 만나 보지 못한 채, 그렇게 우중에서 파산하고 말 처지였다. 하지만 어쩔 수 없었다. 사안이 안고 있는 복잡한 사정과 각국 행정부의 입장이 엇물린 상태에서, 방코델타아시아 은행의 자금 이체 문제는 핵 폐기 문제와 함께 회담장 안에서 해결할 수 있는 사안이 아니었다.

조선 수석대표인 최 부상에 이어 한국 수석대표인 박 본부장이 브라운 차관보와 면담하기로 한 시각은 오후 6시 30분으로, 만찬과 함께하는 자리였다. 한국 대표단 숙소인 중국대반점과 근접한 거리에 이웃해 있기는 하지만, 억수같이 쏟아지는 비와 이 시간이 되면 교통 체증으로 몸살을 앓는 베이징의 교통 상황을 고려해 박 본부장 일행은 일찍 세인트 레지스 호텔로 들어섰다. 오후 6시가 조금 못 된 시간이었다. 로비 커피숍에 들른 박 본부장은 자신의 수행진이 베이징 주재 한국 대사관 외교관들과 담소하는 사이 화장실을 다녀오던 길에, 로비 한쪽에서 발걸음을 멈췄다.

대낮인데도 환하게 불을 밝힌 유명 브랜드숍은 꿈속의 숍과는 달리 여권을 제시해야 결제가 가능한 면세점이었다. 아내와 함께 허둥지둥 뛰어다니던 꿈을 생각하며 그는 촘촘하게 늘어선 세계 유명 브랜드 매장을 따라 천천히 걸었다. 핸드백을 비롯해 가죽 제품을 취급하는 매장으로 들어서서 살바도르 페라가모와 니나리찌를 지나고, 샤넬을 지나 모서리를 돌자 안나힌드마치와 나란히 붙은 란셀 매장이 있었다. 박 본부장은 진열대 안쪽에 선 아가씨한테 꿈속에서 본 초록색 가죽 핸드백의 생김새를 설명했다. 중국인 점원 아가씨는 유창한 영어 실력과는 달리 행동이 굼떴다. 진열대 끄트머리로 옮겨 서서는 진열장 안을 기웃거리며 그의 눈치를 살폈다. 그런 아가씨에게 그는, 뭔가 비밀을 알려준다는 듯 머리를 기울이고서 또록또록하게 말했다.

"어쩌면……."이라고 한 다음, 들이마셨던 숨을 내쉬며 말을 이었다.

"여기엔 없지만 아직 개봉하지 않은 상품 가운데 있을지도 몰라요."

그러고는 웃어 보였다.

"죄송합니다."

아가씨는 잠깐만 기다리라는 눈짓을 하면서 진열장 뒤편으로 돌아가 몸을 낮추고서, 그가 꿈속에서 본 대로 아직 개봉하지 않은 종이 상자 뚜껑을 열어 흰 포장지에 싸인 핸드백을 들어냈다. 하지만 현실은 꿈과 같지 않았다. 두 번 세 번 열어 봤으나 그가 찾는 핸드백은 없었다. 점원 아가씨는 눈웃음치며 그를 바라보더니 전화로 누군가를 불렀고, 아가씨의 상사인 또 다른 아가씨가 나타났다. 새로 나타난 아가씨에게 그가 찾는 초록색 가죽 핸드백의 생김새를 설명한 사람은 그가 아니라 먼젓번 아가씨였다. 설명을 다 듣고 난 상사 아가씨는 주저 없이 상자 더미를 이리저리 헤집어 뒤지더니, 종이 상자 하나를 들어 진열대에 올려놓았다. 그가 꿈에서 본 초록색 핸드백은 그 안에 들어 있었다. 당연히 란셀 제품이었으며 가격은 2800달러였다.

같은 시각 최호선 조선 외무성 부상도 그 면세점에 있었다. 브라운 차관보와 메이란팡 부부상이 함께한 우울한 면담을 마치고 엘리베이터로 내려오던 최 부상은 대동한 수행원을 로비에 세워 둔 채, 모레가 생일인 아내의 생일 선물을 고르려 면세점에 들렀다. 내일 오후 평양으로 돌아갈 그로서는 공사 간에 마지막 귀국 준비였다. 이전부터 그는 아내에게 줄 선물을 마련한다면 진주 목걸이뿐이라 생각했고, 그중에서도 티파니 제품으로 펄 펜던트를 점찍어 뒀다. 양식 진주를 줄줄이 꿴 비즈보다는 굵은 천연 진주 한 알을 화이트골드 체인에 매단 펜던트가 좋다고 생각한 이유는, 늙은 여자일수록 단순하고 세련된 장신구로 멋을 내야 한다는 안목 때문이었다. 구매품과 브랜드를 정해 두고 있었기에 티파니 제품 펄 펜던트를 구입하는데 든 시간은 짧았다. 펄은 11밀리미터였으며 가격은 2800달러였다.

포장한 생일 선물을 들고 숍을 나서던 최 부상이 쇼핑백을 들고 선 박 본부장과 마주친 곳은 면세점 입구였다.

"어허, 박 본부장님!" 하고 먼저 상대방을 발견한 최 부상이 손을 내밀었다.

“반갑습네다.” 하고 그는 모처럼 얼굴을 펴며 다시 두어 번 상대방을 불렀다. 반갑기로 따지면 박 본부장 역시 최 부상 못지않았다.

“반갑습니다. 어쩐 일이신지요?”

박 본부장은 최 부상보다 10년 정도 연하였다. 그래서 악수를 하면서도 공손하게 몸을 숙여 공대를 다하는 자신의 심중을 알렸다. 상식적으로 보자면 이 정도의 인사가 이러한 곳에서 우연히 만난 외교관이 나눌 수 있는 예의의 전부였지만, 그러나 박 본부장은 이렇게 헤어지기는 아쉽다고 생각했다. 그는 들고 있던 쇼핑백을 최 부상에게 내밀며 간곡히 말했다.

“어려운 부탁입니다만 이걸 꼭 좀 받아 주십시오. 부탁드립니다, 최 부상님. 제가 드리는 별 거 아닌 선물이니까 거절하면 무안해집니다.” 하고서 한마디 덧붙였다.

“제가 사모님께 드리는 마음의 선물입니다.”

순간 두 사람은 저마다 상대의 눈동자 속에 서 있는 자신의 모습을 통해 자신과 상대의 마음을 읽었다. 그러나 그러한 심정을 다 표현하지는 못했다.

“호상 간에 마음이 통하니 좋습네다.”

최 부상의 판단과 수용은 빠르고 너그러웠다. 그는 상대가 건네는 쇼핑백을 받아들면서 자신이 들고 있던 작은 종이 뭉치를 내밀었다.

“이거야말로 작은 선물입네다. 사모님한테 드리는 선물이니까…….” 하고 말하다가 침묵하더니, 곧 말을 마무리했다.

“기쁜 마음으로 받으시라요, 박 본부장님.”

두 사람은 다시 손을 맞잡아 흔들었다.

"감사합네다. 박 본부장님."

"감사합니다. 최 부상님."

3월 19일, 파행 속에서 시작된 제6차 6자 회담은 나흘째 되던 3월 22일 그날의 일정도 마무리하지 못한 채 끝났다. 오후 3시 25분쯤 최 부상을 비롯한 조선 대표단이 탑승한 고려항공 여객기가 서우두〔首都〕 공항에서 이륙했다는 사실이 확인되자 회의는 중단됐고, 각국 대표단은 천천히 자리에서 일어났다. 전날 밤부터 아침나절까지 그쳤던 비가 다시 내리기 시작해 베이징 시내는 푹 젖어 있었다. 회담장 밖은 여전히 비의 천지였고, 한가운데 대형 육각 테이블이 놓인 회담장 바닥까지 비의 냄새가 스며들었다. 흑색과 갈색이 뒤섞인 거대한 물결무늬 장식 카펫이 깔린 회담장 바닥 네 귀퉁이에 놓인 고풍스러운 청대의 화분 또한, 팡페이위안〔芳菲苑〕이라는 말과 어울리지 않게 난향마저 뿜어내지 못하고 있었다. 어수선한 정회는 30분간 지속됐다. 댜오위타이 뜰에 선 소나무와 대나무 그리고 연못가 수양버드나무는 축축하게 비를 맞으며 속수무책으로 서 있었다.

오후 4시쯤 속개된 수석대표 회의 역시 물에 잔뜩 불어 터진 분위기에서 꾸물꾸물 이어졌다. 조선 핵 문제와 방코델타아시아 은행의 조선 자금 이체 문제, 핵 포기에 따른 경제적 지원이나 에너지 지원 같은 시급한 문제만이 아니라, 한반도 정전 협정의 휴전협정 전환과 같이 동북아 평화에 필요한 협의의 실마리가 마련되지 않을까 기대하던 회담 참가자들과 각국 보도진의 달콤한 예상은 봄날을 두들기는 빗속에 버려졌고, 오후 6시가 되자 의장인 메이란팡 부부장이 자리에서 일어나 휴회를 선언했다. 박 본부장을 비롯한 한국 대표단은 다음 날 오전 베이징 서우두 국제공항을 통해 서울로 철수했다.

　3월 23일 저녁, 최 부상은 평양 대동강 구역에 위치한 은덕촌 빌라에서 아내와 나란히 앉아 잔칫상을 받았다. 이날은 1967년 혼인한 이래 40년간 함께한 아내가 예순네 번째 맞는 생일이었다. 아들 셋과 딸 하나, 며느리 셋과 사위, 친손 외손을 더해 여덟 명의 장성한 손자 손녀가 생일 잔칫상을 둘러싸니 거실이 좁을 정도였다. 그리고 그들이 다 떠나가고 어둠이 내린 뒤, 최 부상은 서재로 들어가 여행 가방 안에 넣어 두고 이제껏 열어 보지 않은 선물 상자를 들고 침실로 갔다. 이 선물만큼은 아이들로 왁자지껄한 자리에서 벗어나 둘만이 주고받고 싶었을 뿐더러, 그 역시 무엇인지 모르기는 하지만 선물을 받고 감격하는 아내의 얼굴을 혼자 즐기려는 욕심이 있었다.
　"끌러 보시기요."
　잠옷으로 갈아입고 침대 곁 소파에 앉은 아내에게 최 부상은 그렇게 한마디했다. 자주색 포장지에 금색 리본으로 띠를 둘러 나비 모양 매듭을 지은 꾸러미가, 자신의 생일 선물이라는 사실을 알아채고도 늙은 아내는 표정을 바꾸지 않았다. 퉁명스러운 남편과 같이 아내도 자신의 감정을 숨기고서는 무덤덤하게 손을 놀려 금색 리본을 끄르고, 포장지가 찢어질세라 이음매에 붙은 테이프 조각을 하나하나 떼어 낸 다음, 종이 상자 안에 든 흰 포장지를 헤집어 초록색 가죽 핸드백을 들어냈다. 최 부상으로서도 처음 보는 물건이었으나 시치미를 뗐다. 요모조모 핸드백을 살펴보던 아내는 한 손을 들어 자신의 목을 지그시 누르며 남편에게 말했다.

"어케 이런 물건 살 생각을 다 했습네까?"

"내레 깊이 생각했지." 하면서 남편은 침대에 올라 누웠고, 아내는 자신의 목을 누르던 손으로 핸드백을 쓰다듬었다.

"정말 놀랐습네다. 님자가 이런 멋이 있는 줄은 정말 몰랐습네다."

"기러니 님자 사나이 아니네." 하고 최 부상은 기껏 호기를 부렸다. 아내는 잠자리에 들면서 핸드백을 침대 곁의 탁자 위에 세워 놓았는데, 남편은 이러한 것이야말로 아내가 자신의 기쁨을 최고로 표현하는 행동이라는 사실을 알고 있었다. 하지만 아내는 잠들기 전, 그로서는 생각지도 못한 말로 늙은 남편을 다시 한 번 감격에 빠뜨렸다. 곁에 누워 남편의 허리를 안으며 아내가 말했다.

"고저 당신하고 살 게 된 걸 늘 감사히 여기고 있습네다."

최 부상은 배 위에 놓인 아내의 손바닥에서 전해지는 온기가 좋아 꼼짝 않고 그대로 잠들었다. 그러다가 깊은 잠 한 모퉁이에서 꿈을 꿨다.

그는 꿈속에서 자전거를 타고 있었다. 자전거 페달을 밟고 나는 듯이 달리면서도, 자신이 여태껏 자전거 타기를 배우지 못했다는 사실을 문득문득 떠올리곤 했다. 그래서 이처럼 자전거를 타고 있는 자신이 믿어지지 않았지만, 그는 곧 자신이 이제는 자전거를 타게 되었다는 사실만 기쁘게 인정했다. 놀라운 점은 또 있었다. 지금 자신이 자전거를 타고 있는 곳이 대동강변이라는 사실을 눈으로 확인하면서도, 웬일인지 이곳이 서울의 한강변이라는 생각이 드는 것이다. 자전거 안장에 엉덩이를 올려 놓고, 조향 핸들 잡은 손을 이쪽저쪽으로 비틀어 방향을 잡으면서, 그는 한강변이면서 대동강변인 꿈속의 강변을 흥분에 젖어 달렸다.

그러다가 장면은 급변해 그는 어린 시절 살던 함경도 청진의 고향집 마당에 서 있었다. 여전히 자전거를 탄 채였다. 자전거 안장에 앉아 바라보니 자신이 생일 선물로 산 진주 목걸이를 목에 건 처녀 시절의 아내가 구식 혼례를 치르는 중이었다. 곁에 선 신랑 차림의 인물은 아내에게 전해 달라며 자신에게 초록색 가죽 핸드백을 건네준 박 본부장이었다. 어이가 없었다. 그러나 목구멍이 얼어붙어 어떠한 항변도 할 수 없었다. 어어, 하는 사이에 혼례식은 착착 진행됐다. 주위에 몰려선 일가친척과 이웃 사람들, 어린 시절의 동무들은 예전 자신의 혼례식에서 했던 그대로, 박 본부장과 아내의 혼사를 거들며 즐거운 표정으로 마당을 뛰어다니고 있었다. 간신히 정신을 수습해 초례청으로 다가간 그가 구식 신랑 차림을 한 박 본부장에게 말했다.

"다른 놈이라면 한 주먹에 꺼꾸러뜨렸겠지만 박 본부장님이니까 내가 물러서는 겁네다."

말은 그렇게 했지만 그는 자신의 소심함과 겁에 질려 얼결에 내린 잘못된 판단에 억울한 심정이었다. 어떡하든 돌아서서 신부가 자신의 아내라는 사실을 발명하고 싶었으나, 한편으로는 다른 사람이라면 몰라도 박 본부장이라면 양보할 수 있지 않은가, 아내도 저렇게 행복한 얼굴을 하고 있는데, 그리고 나는 자전거를 타게 되었으니 대신 아내를 포기해도 되지 않을까, 하는 갈등으로 주저했다. 그런 자신의 마음을 아는지 모르는지 박 본부장은 마당가에 자전거를 타고 선 자신을 건너다보며 씩 웃더니, 아직 혼례도 끝나지 않은 상황이건만 신부 차림의 아내를 안아 들고 신방이라 짐작되는 건넌방으로 들어갔다. 그로서도 양단간에 결정을 지어야 할 때가 되었다고 생각했다.

"기래, 박 본부장이니까 내레 양보하갔다, 잉. 부디 행복하라 잉."

하지만 속은 편치 않았다. 그는 치밀어 오르는 질투와 분노로 미친 듯 머리를 뒤흔들었다. 그러다가 잠에서 깨어났다. 꿈의 장면을 생각하던 그는 슬며시 눈을 떠 가슴팍을 내려다봤다. 아내는 어린아이처럼 그의 가슴 곁에 머리를 누이고, 여전히 그의 배 위에 한 손을 얹은 채 잠들어 있었다.

잠깐 깨어났던 최 부상이 다시 잠에 빠져든 시각, 박 본부장은 커다란 침대에서 혼자 잠자고 있었다. 월요일 아침이면 그는 행정부와 언론, 그리고 정치권에 제6차 6자 회담이 휴회하게 된 경위를 설명해야 할 필요가 있었다. 그들은 모두 핵 폐기와 그에 따른 경제적 지원과 에너지 지원 문제에 관심을 집중하고 있었다. 특히 정부 당국은 연말로 다가온 대선에 미칠 영향 때문에 외교부가 다른 국가 눈치나 보고 있다는 평가나, 자국이 관련된 외교 사안에 정부가 능동적으로 대처하지 못했다는 말을 듣고 싶지 않았다. 하지만 이번 회담의 파행은 어쩔 수 없는 노릇이었다. 방코델타아시아 은행의 예치금 문제가 해결되지 않는 한 다른 나라의 사정도 대동소이했다. 박 본부장이 고심하는 부분은 중유 제공 문제였다. 무엇 하나 해결되지 않은 상황에서 떡 하니 중유 제공 당사자로 자국을 결정했으니만치, 박 본부장의 꿈자리가 뒤숭숭하지 않을 리 없었다.

3월 24일 토요일 새벽녘, 박 본부장은 모닝콜이 울리기도 전에 잠에서 깨어났다. 밤새 이곳저곳 중구난방 헤집고 다닌 꿈으로 머릿속은 잔뜩 어질러진 상태였다. 꿈의 잔영은 서너 가지가 뒤죽박죽이었으나 잠에서 깨어나면서 같이 벗어난 꿈 하나는 짧고 또렷했다. 꿈의 장면은 팡페이위안 회담장을 배경으로 하면서 다른 사람의 아내가 된 아내가 자신을 남 보듯 하는 내용이었다. 꿈속에서 진행된 회의에서 의장인 메이란팡 부부장은 터무니없는 인사말을 했다.

"보다 화목한 회의 진행을 위해 이번에는 수석대표 여러분 부부를 함께 모셨습니다. 아주 보기 좋습니다. 베이징의 봄 날씨가 참으로 화창합니다."

베이징의 날씨가 화창하다는 투의 모두 인사는 메이란팡 부부상의 상투어였지만, 기막힌 내용은 그 앞에 언급된 말이었다. 그 말처럼 회담장의 육각 메인테이블에 둘러앉은 각국 수석대표는 박 본부장 자신을 제외한 전원이 부부 동반이었을 뿐더러, 그와 마주보는 자리의 위치한 조선 수석대표 최 부상 곁에 다소곳이 앉아 있는 여자는 자신의 아내였다. 그는 이게 어떻게 된 일인지 놀라 몸을 돌려 배석한 차석대표 이 차관보를 바라보았다. 실제라면 자신 곁에 앉아 있어야 할 이 차관보는 아무 일도 없다는 듯 사무적인 얼굴로 뒷자리에 가만히 앉아 있었다.

"저 봐, 우리 집사람이 왜 저쪽에 앉아 있는 거야?" 하고 그가 물었으나 이 차관보의 표정은 변함없었다.

"저기 최 부상 곁에 앉은 여자가 우리 집사람이란 말이야, 이 사람아!"

순간 그는, 자신이 상처했다는 사실을 이 차관보가 알고 있다는 점을 깨달았고, 그런 사람에게 내 집사람이니 뭐니, 아내를 내놓으라고 명령한다는 건 앞뒤가 맞지 않는 일이라 생각했다.

그러나 최 부상 부인 노릇을 하고 있는 여자는 분명 자신의 아내였다.

"이보게. 저 봐! 저 여자가 품에 안고 있는 초록색 핸드백은 내가 사 준 거란 말이야. 저 핸드백은 란셀 거라고 란셀! 응? 어떻게 좀 해 봐."

최 부상과 부부 행세를 하고 있는 아내를 되찾기 위해 그는 자리를 박차고 일어났다. 저 사람은 내 아내요, 내 집사람이오, 우린 아들도 있고 딸도 있는 부부지간이란 말이오, 라고 소리 지르려 했지만 입술이 달라붙어 떨어지지 않았다. 모두 벙어리 시늉을 하고 선 그를 바라보았다. 그의 아내도 그를 바라보았으나 생판 낯선 사람을 대하는 눈빛이었다. 그는 브라운 차관보 쪽으로 시선을 돌려 그에게 이 억울하고 기막힌 상황을 설명하려 했으나, 브라운 차관보 곁에 앉은 그의 흑인 아내를 보자 말문이 막혔다. 이름은 잊었으나 그녀가 유명한 오페라 가수라는 사실이 떠올랐다. 그는 아아, 저 여자가 브라운 차관보의 아내였구나, 그렇다면 저 부부는 내가 상처했다는 내막을 알고 있겠구나, 하고 생각했다. 그는 제자리에 주저앉으며 중얼거렸다.

"다행이다, 다행이야. 브라운 차관보가 아니라 그래도 최 부상과 결혼한 당신은 현명해. 최 부상은 좋은 분이거든. 난 괜찮아. 딸도 있는데, 뭐. 이럴 줄 알았으면 하명이를 데려올 걸 그랬지?"

하명은 파리에서 공부하고 있는 딸의 이름이었다. 그는 다시 생각했다. 왜 자신에게는 부부 동반 회의라는 사실을 사전에 통보하지 않았을까, 발언 기회를 얻어 의장단에 따져야 하나, 그래 따질 건 따지고 양보할 건 양보하자, 하고 결론지으면서도, 어쩔 수 없지만 아내를 최 부상에게 양보하자고 마음먹었다. 그러나 숨길 수 없는 슬픔과 고통으로 잠꼬대를 하다가 천천히 잠에서 깨어났다. 참으로 씁쓸하고 웃기는 꿈이었다.

배 위에 놓인 아내의 손을 들어내고 침대에서 일어난 최 부상은 창가로 다가갔다. 잠에서 깨어나자 한밤 자신을 깨워 일으킨 꿈의 장면이 떠올랐고, 자신의 아내를 안고 신방으로 사라지던 박 본부장의 모습도 떠올랐다. 그는 들이마셨던 숨을 천천히 내쉬며 박명 아래서 서서히 형태를 드러내는 평양의 하늘 저편을 바라보았다. 그러면서 잠든 아내 머리맡에 놓인 초록색 핸드백을 건네주던 박 본부장의 간절한 눈빛을 생각했다. 그 눈을 바라보던 그때, 그가 무언가 더 하고픈 말이 있다는 걸 짐작했고, 무언지 알지 못하지만 자신도 역시 그에게 하고 싶은 많은 말이 덩이져 흉중에서 들끓고 있었다는 걸 숨기기 힘들었다. 그런 당황스러운 순간 반사적으로 취한 행동이기는 했으나, 아내에게 주려고 산 진주 펜던트를 그에게 건네준 자신의 행동을 썩 잘한 일이라 생각했다. 자신이 고른 그 펜던트를 목에 걸고 서울의 거리를 걸어 다닐 박 본부장의 아내를 생각하면 머릿속까지 환히 맑아졌다.

담배 한 개비를 다 피운 박 본부장은 어둠이 다 가시지 않은 거실을 지나 서재로 들어섰다. 창가께 자리한 책상 위에는 최 부상으로부터 받은 선물이 그대로 놓여 있었다. 종이 포장지를 벗기자 부드러운 천에 싸인 케이스가 드러났고, 여닫이로 된 케이스 뚜껑을 들어 올리자 진주 펜던트가 어둠 속에서나마 자신의 형태를 드러내 보였다. 책상 곁 어둠 속에 선 그대로 그는, 영롱하다더니 정말 그렇구나, 하고 중얼거렸다. 그리고 그 선물을 건네주며 자신의 눈을 바라보던 최 부상의 눈빛을 생각했다.

뭔가 할 말은 태산 같아도 차마 다하지 못해 안타깝다는, 그 눈빛이 떠올라 가슴이 아렸다.

그는 천천히 밝아 오는 창밖으로 눈길을 돌려 새벽을 맞는 서울의 하늘을 바라보았다. 그리고 손을 들어 오래도록 아린 가슴을 주무르는 사이, 여명 속에서 놓인 진주는 저만의 빛으로 은은히 빛나고 있었다.

육체의 기원

엄 창 석

1961년 경북 영덕에서 태어나 1990년 《동아일보》 신춘문예에 「화살과 구도」가 당선되어 작품 활동을 시작했다. 소설집 『슬픈 열대』, 『황금색 발톱』, 『비늘 천장』, 장편소설 『태를 기른 형제들』, 『어린 연금술사』, 『유혹의 형식』이 있다.

1

인체는 하나의 우주다, 라는 말을 김승빈에게 들었을 때 우선 떠오르는 것은 그가 자신의 몸에 무척 예민해졌다는 사실이었다.

그가 동양의학의 음양오행설에 경도되어서 그런 말을 한 것은 아닌 듯했다. 우주의 어떤 미묘한 흐름 같은 것이 자신의 인체에 뚜렷이 삼투되고 있다는 느낌을 전달해 왔던 것이다. 육체의 보이지 않는 기관에 민감한 사람들이 많으나 오랜 친구인 나에게는 김승빈이 유별하게 자신의 육체에 골몰했다는 기억은 어디에도 없었다. 그런 그가 돌연 자신의 몸에 집착하고 있다는 사실이 놀랍기도 하거니와 그 변화의 연유가 무엇인지 궁금하기도 했다.

　2000년 9월 30일 새벽 4시, 김승빈은 자신의 아파트 욕실에서 샤워를 하고 있었다. 세차게 뿜어 대는 물줄기가 가슴팍에서 잘게 부서졌다. 김승빈은 가슴팍에 묻은 지난밤의 흔적을 말끔히 씻어 내는 것이 아내에 대한 최소한의 예의라고 여겼다. 샤워기를 머리 위로 갖다 대자 머리숱 사이로 물거품이 일었다. 머리카락에는 아직도 자정 넘어 마신 알코올의 기운이 남아 있었다. 그는 손가락을 벌려 관자놀이를 쓸어 올리며 거울을 들여다보았다. 김이 서리는 거울 속으로 들어 올린 팔꿈치와 조금 야윈 상체가 비쳤다. 복부 아래에는 물에 젖은 거웃이 성기의 뿌리를 감싸고 있고 바로 위로 배꼽이 보였다. 배꼽은 손가락 두 마디 정도의 길이로 쑥 빠져나와 있었다. 그의 야릇하게 생긴 배꼽을 본 사람은 자신과 낯선 여자 다섯 명뿐이었다. 지난밤 곁에 누운 여자는 이상한 웃음을 터뜨렸다. 푸라라. 오빠, 저는 그게 오빠 물건인 줄 알았어요. 김승빈은 뿌연 김 속으로 사라지는 튀어나온 배꼽을 보며 그녀의 웃음소리를 흉내 내 보았다. 푸라라. 참던 웃음이 입술을 젖히고 나오다가 혀끝을 굴리는 소리였다.

　그는 여자의 경박한 웃음이 싫지 않았다. 경박함은 그의 무거운 머리를 가볍게 해 주었다. 배꼽을 본 다섯 번째 그 여자에게 불쑥 이렇게 대꾸했다. 새벽마다 우주가 내 육체에 깃들이기 때문이야.

　물론 그것은 아무런 관련도 없는 말이었다. 일주일 전 네 번째 여자에게 했던 동일한 말을 반복했을 뿐이다. 일주일 전 그때 네 번째 여자가 튀어나온 배꼽이 기이한 듯 손가락으로 만지작거리고 있는데, 호텔 객실의 열린 커튼 사이로 푸르스름한 새벽빛이 터 오는 게 보여 대뜸 그렇게 둘러댄 적이 있었다. 무의식적인 반복의 원인을 더 이상 설명할 필요는 없을 것이다. 다만 새벽마다 이상하리만큼 배꼽이 예민해지는 느낌이 들고는 했다.

아내는 몇 달 전에 구입한 프랑스제 침대에서 잠이 들어 있었다. 루이 13세의 침상을 본뜬 그 침대는 배꼽이 튀어나온 것을 발견하고 난 뒤에 들여놓았다. 왠지 꺼려지는 잠자리를 대신해서 아내에게 줄 것은 호사스러운 침대밖에 없었다. 침대에 등을 돌리고 서서 김승빈은 긴 타월로 몸을 닦았다. 잠옷을 걸치고 소파에 앉아 담배를 꺼내 물던 그는 깜짝 놀랐다. 낯선 두 여자에게 동일하게 내뱉은 '새벽'이란 말 때문이었다.

오래전 김승빈은 한 인체가 자신에게 가해지는 학대를 견뎌낼 수 있는 까닭은 '새벽'이란 존재 때문이라고 생각한 적이 있었다. 누적된 피로가 풀릴 겨를이 없었던 그 무렵, 교통 혼잡을 피하려고 새벽 일찍 출근길에 나섰을 때 이마에 철썩 달라붙는 맑고 찬 공기가 있었다. 흡사 계곡의 물처럼 서늘하게 끼얹어지던 그 새벽 공기는 누적된 피로감을 일시에 정지시켰다. 그것은 아주 놀라운 경험이었다. 그는 그때, 새벽이 뿜어내는 몽환적인 생기가 인체의 피로감을 마비시켜 하루를 지탱할 수 있게 하는구나, 하고 생각했다.

김승빈은 당시 사용하던 수첩을 찾아내 귀퉁이에 깨알같이 적어 놓은 문구를 읽어 보았다. 이렇게 쓰여 있었다.

―마리화나와 새벽은 인체에 반복되는 생기를 불어넣기 때문에 간교한 것이다.

아마 1년은 되었을 글이었다. 마리화나와 새벽. 가장 멀리 떨어진 두 개의 단어가 가장 친숙한 관계로 변하는 것은 순식간에 발생할 수 있는 일이다. 김승빈은 그 뒤로, 인체는 날마다 피로와 생기의 끝없는 반복 속에 처해 있다는 점을 느끼게 되었다. 마리화나와 새벽은 그러한 무서운 반복을 못 느끼게 하는 마법과 같다고 생각했던 것이다.

하지만 언젠가는 육체가 그 혹독한 반복의 고통을 버텨 내지 못할 날이 오리라고 여겼다. 김승빈은 바로 요즘이 그러한 때가 아닌가 싶었다. 새벽마다 되풀이되던 몽환적인 생기를 대신하여 이상스럽게 예민한 느낌이 전율처럼 몸 한구석에서 감지되고는 하였다. 반복의 고통을 더 이상 못 견딘 인체가 스스로 어떤 변이(變異)를 시도하려는 게 아닌가. 그런 생각이 드는 것이다. 느닷없이 튀어나온 배꼽이 한 예라고 단정하기에는 지나친 감이 있지만 하나의 실마리가 그런 다급한 결론을 유도하였다. 반복된 억압 속에 놓인 정신(精神)에는 두 가지 출구가 있다. 자살을 하든가, 신경에 과부하가 걸려 정신이상이 되든가, 하는. 그럼 반복된 억압 아래 놓인 육체는 어떤 출구를 마련할까?

김승빈은 담배를 비벼 끄며 중얼거리다 언뜻 고개를 들었다. 어느덧 동쪽으로 난 거실 창으로 희붐한 새벽빛이 나타나고 있었다.

2

아침에 회사로 출근하자 부하 직원인 박 계장의 보고가 있었다. 3주 후에 있을 서울 컬렉션에 초청된 인사들에 대한 보고였다. 김승빈은 이번 컬렉션이 동아시아 패션계의 지도를 단번에 바꿀 호기라고 믿고 있었다.

무대에 오를 모델들의 섭외는 이미 마친 상태였다. 과시용이라 할 만한 몇몇 톱모델들을 제외하고 상당수는 무명들로 채웠다. 톱모델들의 개런티가 지나치게 치솟은 때문이기도 했지만 새로운 시대에 맞추어 과감히 선택한 것이다. 여성미가 두드러지는 가냘픈 몸매의 신인 모델들이 거만한 톱모델들의 위치를 대신할 것이다. 페미니즘 운운하는 여성주의 바람이 강하게 부는 때일수록 깃털처럼 가볍고 앳된, 혹은 백치미의 이미지를 은근히 환호하는 감정적 이중성을 이용하려는 전략을 세워 두었다.

"밀라노에서도 회신이 왔습니다. 로셀리니 일행이 컬렉션 하루 전날 서울에 도착하겠답니다."

"오, 그래?"

"실장님과 다시 만날 기회를 갖게 되어 무척 기쁘다고 추신이 되어 있는데요."

"하하핫."

김승빈은 호탕하게 웃으며 박 계장이 내민 팩스를 받아 들었다. 로셀리니가 서울에 온다는 사실은 동아시아 패션계에 적잖은 충격을 줄 것이다. 뿐만 아니라 한동안 자신의 위치를 넘보려는 국내 경쟁자들의 오금을 꺾어 놓을 게 분명했다. 김승빈은 그와 구면이었다. 7년 전 밀라노에 갔을 때 그의 저택을 방문한 일까지 있었다. 올해 일흔세 살인 로셀리니는 저 유명한 베니치 브랜드를 탄생시킨 장본인이었다.

'앉아 있는 개'의 심벌이 박힌 베니치 브랜드는 귀족주의의 달콤한 맛을 전 세계에 퍼뜨렸다. 빅토리아풍의 화려함에다 레게풍의 원시성을 주입한 디자인으로 혼란한 1960년대 말 위기감에 사로잡힌 유럽 부유층들에게 은밀한 자신감을 유통시켰다. 원시성은 고답적인 귀족들이 허영에 찬 탄력성을 지니게 해 주었다. 똑같은 피부라 해도 무엇을 걸치고 있느냐에 따라 부유함만 아니라 의식의 수준도 가늠된다고 그들은 믿었다. 재미있게도 한때 브랜드의 심벌은 개가 아니라 로마 건국 신화의 주인공인 로물루스를 젖 먹여 키운 늑대가 아니냐는 논쟁이 벌어지기도 했다.

김승빈은 패션 프로듀서인 J. 트웨인이 보내 온 디지털 조감도(鳥瞰圖)를 검토한 뒤 곧바로 병원으로 향했다. 전에 친구의 권유로 마지못해 한 건강검진의 결과를 알아보기 위해서였다. 검사한 지 벌써 몇 주가 지났지만 따로 병원을 찾을 겨를이 없었다.

스물세 개의 내과 항목을 정밀 검사한 기록지가 고교 동창인 민오식 박사의 손에 들려 있었다. 민오식은 순환기 계통에 조금 불안한 낌새가 있지만 현대인의 정상치에서 크게 벗어난 것이 아니라고 김승빈을 안심시켰다.

"자네 체력은 정말 놀라우이. 그토록 몸을 혹사해도 말짱하니. 아마 우리 같으면 심장 펌프질에 이상이 생겼거나 십이지장이라도 터져 복수가 차올랐을 거야……. 난 솔직히 자네만 생각하면 늘 과로사 걱정이 됐다고."

김승빈은 안도하면서도 이해할 수가 없었다. 요즘 들어 급격히 이상 징후를 보이는 자신의 몸에 별다른 혐의가 없다니. 서울에 살면서 건강검진을 받는다는 것은 죽음의 확률을 떨어뜨리기보다 살아 있는 동안의 심리적 안정을 도울 뿐이라는 자괴감이 들었다. 가장 정직한 진단은, 당장 서울을 떠나야 한다는 것일 텐데 어느 의사도 입 밖으로 그런 말을 내놓지 않았다.

"거참, 놀란 건 나야. 난 요즘 아침에 일어날 때마다 몸 어딘가 일그러지는 느낌을 받는다고."

"하하, 염려 마. 누구나 다 그래. 다들 몸보다 앞서 정신이 지치기 때문이야."

그 순간 김승빈은 와이셔츠 단추를 풀고 튀어나온 배꼽을 보여 줄까 싶었다. 하지만 주저되는 게 있어 둘러서 물어보았다.

"혹시 말인데…… 음, 이를테면 정신적으로 격심한 스트레스를 받으면 몸에 어떤 변화가 생길 수도 있을 테지?"

"아 물론. 현대인들의 질환 중 70~80프로는 모두 정신적인 데서 출발하지. 현대인들만 아니야. 임신을 강요받는 불임 주부가 상상임신을 하는 경우가 있다는 애길 들었지? 실제로 배가 불러 오고 심지어 입덧까지도 한다고. 2차 대전 때 부모의 손길을 못 느낀 유아들은 마라스무스라는 이상한 병을 앓았네. 극도의 영양 불균형으로 죽게 되는 병이야. 그게 애정을 못 받았기 때문에 발생한 병이라네. 애정의 결핍이 영양의 결핍으로 이동한 거지. 그렇게 보면 정신과 육체는 동일선상에 놓여 있는 셈이네."

"정신과 육체가 동일선상에?"

김승빈은 그 말에 조금 놀라워했다. 합리적인 양의(洋醫)의 입에서 나온 말로는 특이하기도 했지만 이날 새벽에 자신이 했던 생각과 어딘지 닮았다는 느낌 때문이었다.

"원리상 그렇게 볼 수 있다는 거지. 스트레스가 몸에 이상을 가져온다는 것을 굳이 나쁘게만 볼 건 아니네. 뒤집으면 욕망이 기관을 만들어 낸다는 말과도 통하거든. 둘은 동전의 양면과 같은 거야. 인간의 몸만 아니라 모든 생물이 다 그렇잖아? 필요가 발명을 부르듯이 욕망에 따라 기관이 생겨나고 없어지고……. 뭐 진화론이라는 게 통시적으로 그런 것을 정리해 놓은 거지.”

“욕망이 기관을 만들어 낸다…….”

김승빈은 민오식의 말을 따라 중얼거렸다. 뭍에 살던 하마가 육식동물들을 피해 물속으로 도망다니다 보니 개구리처럼 눈이 이마 위로 돌출하게 되고, 나중엔 되레 수중 생활을 즐기자 그 큰 몸집에 부레까지 생기게 되었다는 것을 들은 적이 있었다. 그렇다면 배꼽이 튀어나온 것은 욕망의 어떤 부분과 선이 닿을까. 섹스에 대한 육체의 반응인가. 민오식에게 자신의 배꼽을 보여 주면 정말 그런 해괴한 진단을 내릴지 모른다는 생각이 들었다. ‘히야, 이거 정말 놀라워. 필요에 따라 변이가 일어난다더니, 자네 모델들과 놀다 보니 아랫도리가 하나로는 부족했던 모양이네. 낄낄.’

김승빈은 검진 기록지를 내려다보는 척하며 손등으로 튀어나온 배꼽을 꾸욱 눌렀다.

“하핫, 자네 요즘 새벽에 서긴 잘 서나?”

“훗. 자식, 실없긴.”

“오오, 절대 실없는 소리가 아냐. 우리 나이엔 그게 건강의 바로미터일세. 새벽에 발기가 안 되는 놈한텐 돈도 꿔 주지 마라는 명언이 있지. 언제 저승 갈지 모른다고. 하핫, 하긴 자넨 늘 예쁜 모델들 틈에 파묻혀 지내니 아예 그놈이 수그러들 줄 모르겠군.”

민오식은 부럽다는 듯 그의 어깨를 툭 쳤다. 김승빈은 하마터면 난 요즘 아래 물건보다 배꼽이 발기를 한다네, 하고 실토할 뻔하였다.

김승빈은 자리에서 일어났다. 진료실을 나오는 그의 등 뒤로 민오식의 목소리가 들렸다.

"안심하시게. 자넨 아주 건강해. 난 성공한 친구를 두어서 자랑스럽다네."

'자네 모델들과 놀다 보니 아랫도리가 하나로 부족했던 모양이네.'

민오식을 만난 뒤로 김승빈의 머릿속에는 그가 하지 않은 말들이 넘실넘실 차오르곤 했다. 그의 짐작처럼 여자 모델들은 아니었지만 지난 몇 달 동안 낯선 여자들과의 잠자리가 많긴 했다.

낯선 여자들과의 잠자리는 불면증의 좋은 치료제였다. 처음 어렴풋한 불면이 시작된 것은 디자인실 팀장이 된 4년 전부터였으나 서울 컬렉션을 준비하는 지난 3개월 동안 그는 지독한 불면에 사로잡혀 있었다. 세계 곳곳에서 적어도 열흘에 한 번꼴로 주목할 만한 패션쇼가 열렸다. 곳곳의 패션쇼장과 연결된 모니터가 흡사 그의 뇌리 속에 장치되어 있는 듯했다. 세계적 흐름을 추적하고 혹은 거슬러서 새로운 형태의 옷을 창출해야 한다는 강박관념이 그를 집요하게 쫓아다녔다.

신호등 아래 서 있거나 커피를 마실 때, 그의 아파트 엘리베이터 안에서조차 머릿속에는 패션쇼장의 모델들이 어깨를 휘청거리며 걸어다녔다. 눈동자가 마치 거꾸로 박힌 듯 앞에 있는 사물이 아니라 머릿속의 맑은 거울을 들여다보고 있는 동안 그는 잠을 이룰 수 없었다. 여자와의 잠자리는 머릿속의 거울을 혼탁하게 해 주었다. 낯설고 경박한 여자일수록 거울의 표면을 흐리게 하는 재능을 가지고 있었다.

3

서울 컬렉션이 열흘 앞으로 성큼 다가왔다. 신문과 방송에서는 다투어 컬렉션의 준비 상황을 확인하려 들었다. 그동안 두 차례나 현장 공개를 허락했지만 처음 시도되는 몇 가지 무대장치는 깊은 베일에 감춰 두었다. 궁금증이란 가장 세련된 포장지다. 미국인 프로듀서인 트웨인은 돌풍을 일으키기에 충분한 기발한 쇼가 준비돼 있다고 기자들에게 떠벌렸다. 김승빈은 모델들의 피부를 감싸고 있는 의상만이 주목의 대상이라고 냉정하게 말했다.

기자들과 서둘러 인터뷰를 끝내고 김승빈은 바로 자신의 집무실로 들어갔다. 아무래도 배꼽이 자꾸만 자라나는 것 같았다. 물론 자라고 있는 게 뚜렷이 감지되는 건 아니지만, 이를테면 탁자 밑에 떨어진 물건 따위를 집어 올릴 때 복부를 압박하는 배꼽의 느낌이 전과 달랐다. 그즈음 들어 배꼽 때문에 일어나는 자질구레한 사건도 여럿 있었다. 언제부턴지 화장실에 갈 때마다 와이셔츠 맨 아래 단추를 끌러 배꼽의 길이를 재어 보는 버릇이 생겼다. 조금 전에도 어이없는 일이 벌어졌다. 소변을 본 뒤 바지 지퍼는 두고 와이셔츠 단추만 딸깍 채운 채 밖으로 나왔다. 더 기가 막힌 것은, 기자들과 인터뷰하는 중에 정 디자이너가 "실장님, 지퍼가 열렸어요." 하고 귀띔을 주었는데, 깜

짝 놀란 눈이 와이셔츠 단추만 살피고 있는 것이었다. 무엇보다
도 가장 곤란해진 것은 여자와의 잠자리가 꺼려진다는 점이었
다. 내과 의사인 민오식은 과도한 섹스 욕망으로 또 하나의 성
기가 돌출된 거라고 농담조의 진단을 내릴 게 뻔하지만, 도리어
그 때문에 여자들 배 위에 엎드리기가 곤란해졌다면 뭐라고 답
변할까……. 그거 참. 아이러니군. 하지만 자네, 아이러니하다
고 해서 이놈을 제2의 성기라고 보는 내 견해가 틀렸다는 건 아
니네. 오히려 가장 오묘한 진리일수록 모순의 틈바구니 속에 존
재한다는 걸 모르는가.

김승빈은 상황판을 체크한 뒤 혼자서 사무실을 빠져나왔다.
오전의 인터뷰는 밤잠을 설친 그를 아주 진력나게 만들었다. 지
하 주차장에서 차를 몰고 나오다가 그의 사무실 건물을 돌아보
았다. 유리벽으로 둘러싸인 25층 건물이 구름 한 점 없는 가을
하늘로 치솟아 있는 게 현기증을 일으켰다. 김승빈은 천호동으
로 차를 몰았다. 컬렉션 날짜가 가까이 다가올수록 머릿속의 거
울은 티 없이 맑아지는 것 같았다. 그는 불면이 다스려진다면
어떤 악마와도 결탁할 용의가 있었지만 요즘 들어 어떤 것도 여
의치 않았다. 불면은 집착할수록 더 커지는 종기와 같은 것임을
누구보다도 잘 알고 있었다. 그는 불면에 저항하기보다 불면으
로 얻어지는 자학적이고 고통스러운 피로를 선택했다. 밤은 디
자이너들과의 가벼운 술자리나 어지럽게 널브러져 있는 자신의
집무실 책상이었다. 김승빈은 오히려 낮에 눈을 붙이는 경우가
더 많았다.

천호동으로 들어서는 길은 다소 한산했다. 지하철 입구 옆 대
형 사우나가 있는 빌딩 주차장에 차를 세웠다. 빌딩의 7층은 전

체가 캡슐텔이라고 불리는 작은 객실로 꽉 차 있었다. 수년 전 일본에서 유입된 캡슐텔은 밤잠이 모자란 회사원들에게 상당히 환영을 받았다. 김승빈에게도 그랬다. 한 평도 안 되는 좁은 공간이 넓은 침대에서 자는 것보다 훨씬 편안한 잠의 세계로 인도하곤 했다.

김승빈은 개켜 놓은 깨끗한 담요를 덮고 누웠다. 새로 온 듯한 종업원 하나가 자명종 시계는 스탠드에 부착되어 있다고 일러 주고 갔다. 김승빈은 자명종은커녕 휴대전화도 껐다. 스탠드 스위치를 내리고 눈을 감았다.

김승빈은 잠시 동안 패션쇼에 대한 생각을 지우려고 노력했다. 하지만 머릿속에 패션쇼 무대가 그려지지 않는 게 언제부턴가 그를 편안하게 하기보다 불안하게 만들었다. 그것은 마치 성화가 꺼진 경기장처럼 퇴장을 알리는 신호가 아닌가 싶었다. 이 계통에서 쉰다는 것은, 흐르는 강물 위에 서 있는 것처럼 명백한 퇴보를 의미했다. 김승빈은 로셀리니를 생각했다. 치열한 경쟁의 시간을 건너서 이제 기념탑 같은 존재가 된, 그의 늙음이 부러웠다.

7년 전 단기 연수차 이탈리아에 갔다가 밀라노 근교에 있는 그의 집을 찾았다. 그때는 늙음이란 평화로운 기념탑과 같다는 사실을 알지 못했다. 저명한 디자이너의 저택이라 으레 호화스러우리라 짐작하며 방문했던 그의 집이, 왜 쓸쓸한 느낌을 줄 만큼 소박하고 아담한지 그때는 의아하기만 했다. 낮은 삼각형 지붕과 작은 연못, 거실 서쪽으로 나 있는 조금 넓은 창문. 로셀리니는 거실 흔들의자에 앉아 지평선이 보일 만큼 아득한 포도원에 눈을 주고 있다가 김승빈을 맞았다. 인생의 어떤 기미가 서쪽에 있다고 여긴 건가. 가장 앞선 디자인을 창조해 왔던 늙은 디자이너와의 만남은 그런 알 수 없는 인상을 김승빈에게 안겨 주었다.

"이 집은 내 조부에게서 물려받은 것이오."

거실 벽에는 조부의 사진인 듯한 액자 하나만 걸려 있을 뿐 아무런 장식이 없어서 도리어 그를 엄숙하게 만들었다.

"오래된 역사를 지녔다는 느낌이 듭니다."

김승빈은 영어를 쓰면서 어떤 표현이 겸양에 더 가까울까 저울질했다.

"하하, 이탈리아 사람들은 역사를 늘이는 교묘한 기술을 가지고 있지요……. 나는 정직한 동양인이 좋소. 한잔하시겠소? 내 집까지 온 동양인은 처음이오."

늙은 디자이너는 동양에서 온 젊은 남자에게 다소 소란스럽다 싶을 만큼 성의를 보였다. 양고기 몇 점과 스카치위스키를 마시며 그는 이 집을 지었다는 조부 이야기를 꺼냈다. 조부는 대학에서 의상학을 공부했다고 말했다. 무솔리니의 파시즘 시절이 그의 중년이었다. 그 무렵부터 조부는 고대인의 복장에 관심을 가졌다고 한다.

과묵한 걸로 알려진 로셀리니는 웬일인지 조부가 연구했다는 의상 자료들을 한 뭉치 꺼내 왔다. 검은 실로 꿴 8절 모조지에 작은 글씨들이 빼곡히 적혀 있었다. 낡은 종이에는 마치 이탈리아의 건축물처럼 시간의 두께를 쉬이 가늠하지 못하게 하는 위엄이 어려 있었다.

낡은 종이를 뒤적이며 늙은 디자이너는 뭔가를 장황하게 설명했다. 이탈리아어가 뒤섞인 그의 말을 김승빈은 잘 알아들을

수 없었다. 소형 녹음기를 숙소에 두고 온 것이 참으로 안타까
웠다. 얼마 후 로셀리니가 손수 동이 난 양고기를 가지러 맞은
편에 있는 건물로 갔을 때 그는 소형 디지털 카메라로 낡은 모
조지를 렌즈에 담았다. 그날 밤이 이슥해서야 그 집을 나서는
김승빈에게 로셀리니가 말했다. 내일이 조부의 기일이외다.

　귀국하자마자 김승빈은 집으로 돌아와 사진을 컴퓨터로 출력
했다. 프린트에서 오래된 자료들이 빠져나오는 것을 보면서, 로
셀리니의 기발한 디자인에 영향을 끼쳤을 부분을 염탐하려는
의도 때문에 한없이 가슴이 떨려 왔다. 당시에도 분명 귀족들
사이에 유행하는 의상이라는 게 있을 터였다. 거대한 정원과 수
세식 화장실을 사용했다는 로마인이 아닌가. 부가 축적되면서
우선 그들은 알몸을 숨기는 기법에 집착했을 것이다. 알몸은 모
두가 원숭이의 후예일 뿐이라는, 저 동등한 동물적 잣대로부터
벗어나려는 인간의 욕망은 예나 지금이나 변함없을 터이다. 이
탈리아어로 쓰인 10쪽 분량의 글을 번역하는 데 10여 일이 걸렸
다. 전문 번역자에게 의뢰하지 않은 것은 막 디자인 세계에 입
문한 자신의 경건심 때문이었다.

　그런데 실망스럽게도 거기에는 로마인의 의상에 관한 대목이
거의 보이지 않았다. 이탈리아 남부 시칠리아 섬을 중심으로 한
노예들의 생활상이 자질구레하게 묘사되어 있을 뿐이었다.

　대충 이런 내용이었다. 수만 명을 헤아리는 노예들이 있었다.
그들은 주로 델로스 섬의 노예시장에서 팔려 왔지만 해적들에
게 납치되어 왔거나 전쟁 포로들도 끼어 있었다.

　그들은 하루 종일 광활한 포도원과 새로 짓는 신전에서 일을
하고 해가 지면 움막으로 돌아왔다. 창검에 찔린 자리에 괸 고

름을 입으로 빨아 뱉어 내거나 불필요한 몸싸움에 지치면 잠이 들었다. 움막엔 말이 통하지 않는 여러 지방의 노예들이 섞여 있었다. 그들은 간략한 그리스어로 소통이 가능했지만 출신 지역에 따라 나뉘어 기거했다.

이른 새벽 움막 밖으로 희붐한 여명이 터 오면 널빤지 침상을 박차고 농원으로 나갔다. 늦게 일어난 사내들의 어깨 위로 가죽 채찍이 떨어지고 아침 음식이 그들 앞에 놓이지 않는다……. 그런, 흔히 상상할 수 있는 노예 생활상이었다.

한 가지 특이한 점은, 노예시장에서 온 자들은 움막 가운데서 발을 뻗고 요란하게 코를 골며 잤는데 일군의 전쟁 포로들인 옛 자유 시민들은 귀퉁이에서 몸을 웅크리고 잠을 잤다고 기술되어 있었다. 그들은 종종 밤 이슥하도록 귓속말로 고향과 신들에 대한 얘기를 나누었고 함께 있는 자식들에게 선조와 영웅들에 관한 전설을 잊지 않도록 가르치는 경우도 있었다고 적어 놓았다.

김승빈은 인내심을 가지고 행간에 묻어 있을 의상 부분을 눈여겨 살폈으나 헛일이었다. 단지 화려한 귀족들의 의상 대신에 노예들이 걸치고 있는 옷에 대한 묘사가 보였다.

가을이 되고 날씨가 추워지면서 병에 걸리는 노예들이 많았다. 그들은 대개 병약한 전쟁 포로들이었다. 시리아에서 온 감독관은 그들에게 부끄러운 알몸을 가려 주기보다, 노동력이 떨어지지 않도록 체온을 유지해 줄 의복이 필요하다는 것을 알았다. 감독관은 작업복과 잠옷을 겸할 수 있는 기발한 옷을 고안했다.

갈리비아처럼 몸통을 헐렁하게 감싸는 원통형이지만 팔소매와

목둘레가 다소 넓은 형태였다. 헐렁한 몸통 부분은 일할 때 끈으로 죄었고, 잠을 자거나 쉴 때는 팔과 머리를 몸통 안으로 넣어 체온을 보존할 수 있게 하였다. 전쟁 포로 노예들이 잠을 자는 모습을 보고 착상했다는데, 그것을 '거북이 옷'이라고 불렀다. 처음에는 전쟁 포로들에게만 지급되었으나 나중엔 대부분의 노예들이 '거북이 옷'을 입었다.

김승빈은 담요를 이마까지 덮어쓰고 눈을 감았다. 여전히 머릿속은 유리처럼 맑았다. 그래도 한두 시간 가만히 눈을 감고 몸을 뉘고 있으면 잠을 잔 듯 훨씬 몸이 가벼워졌다. 그런데 이 날따라 옛 노예들이 입었다는 그 괴상한 옷이 자꾸 뇌리에 떠올랐다. 활동할 때는 머리와 팔다리를 옷 밖으로 내놓고 어디서든 잠을 자거나 쉴 때는 옷 속으로 되집어넣도록 고안되었다는 거북이 옷이. 거대한 신전 앞에서 돌을 나르던 수백 명의 노예들이 감독관이 깃발을 치켜들자 곳곳으로 흩어져 거북이처럼, 혹은 알처럼 바위틈에 몸을 옹크리는 광경이 뇌리에 정치하게 그려졌다. 그러다가 얼마 후 감독관이 채찍을 휘두르면 팔과 머리를 옷 밖으로 내밀며 부스스 몸을 일으키는 검붉은 노예들. 간혹 팔과 다리를 밖으로 내밀지 못하는 거북이들도 있을 것이다. 그러면 채찍을 후려치던 감독관은 손으로 무명옷을 찢을 것이다. 옷 속에 옹크린 채 죽은 자들……. 담요를 뒤집어쓰고 있던 김승빈은 눈을 번쩍 떴다. 한 손으로 담요를 휙 걷어 냈다. 모은 두 무릎이 바로 눈앞에 보였다. 가슴이 철렁거렸다. 언제부터 이런 자세로 잤을까. 기억을 더듬어 보았으나 두 다리를 뻗고 잠을 잔 기억이 전혀 없었다.

그날 저녁 일찍 집으로 돌아온 김승빈은 7년 전에 번역해 놓은 파일을 찾았다. 모처럼 일찍 귀가한 그를 보고 아내가 반색을 했지만, 그는 서재에 들어간 뒤 나오지 않았다. 자신이 잠을 자는 자세가 노예들과 닮았다는 놀라움 때문만이 아니었다. 그 글 속에 나오는 세 사람의 대화가 예사롭지 않았다는 게 떠올랐기 때문이었다.

세 사람의 노예는 글의 가운데쯤에서 찾을 수 있었다. 카르타고 출신 부자와 코린트에서 끌려온 노예들이었다.

"견뎌라. 인간이 견디지 못할 일은 세상에 없느니라."

아버지는 젊은 아들의 등에 뼛가루 약을 발라 주고 있었다. 찢어진 천막 한 귀퉁이로 달빛이 흘러들었다.

"아버지. 늘 아버지의 손은 성스러운 손이라고 말해 왔지요. 타니트 신의 입술을 조각했다는 아버지가 그 손으로 오늘도 천부장의 침실 벽을 조각하고 왔으면서도 어찌 그런 말씀을 하십니까?"

스무 살쯤 된 아들은 상처가 쓰린 듯 몸을 비틀었다.

"나는 견디고 있는 것이다. 천부장이 아니라 창기의 침대를 조각하란들 못 하겠느냐. 늑대의 자손이 우리 도시를 에워쌌을 때 우리는 물도 없이 1000일을 하루같이 버텼느니라."

"도시가 파괴됐을 때는 여자들이 아기를 안고 불 속에 뛰어들어 자진했다고도 그러셨지요."

아버지는 약을 바르던 손을 멈췄다.

"자진한 것은 희망을 멸시해서가 아니다. 늑대의 자손 앞에 무릎을 꿇은 남편들을 꾸짖기 위함이었다. 지진이 나면 갈라진 땅속으로 다투듯 뛰어들어 신들을 달랬던 게 우리의 선조들이었느니라."

"그래서 위대한 시민들에게 남은 것은 무엇인가요. 도시의 웅덩이는 모두 피로 채워졌고 미처 자진을 못한 이들은 바다 건너까지 끌려와 노예가 되었습니까?"

"닥쳐라 이놈."

그때 옆에서 거북이 옷 속에 몸을 웅크리고 있던 코린트 출신 남자가 옷 밖으로 얼굴을 내밀었다. 그는 그리스의 마지막 도시국가인 코린트에서 출판업을 하던 자였다. 현자들의 책을 출간하던 그는 코린트가 멸망하면서 잡혀 와 노예 명부를 제작하는 일을 맡고 있었다. 한때 그의 출판사에는 하루 1000부씩 양피지에 글을 베껴 적는 일꾼들을 두었다고 한다.

"교훈이란 하등 부질없는 짓이오. 소크라테스도 돼지가 될지언정 노예는 택하지 않았을 거요. 우리가 쌓아 온 지혜는 창기들 앞에서 저들의 무지를 감추는 데 쓰이고 반란자의 죄목을 화려하게 꾸미는 데 도움을 줄 뿐이오."

아버지는 코린트 출신을 외면하고 준엄한 목소리로 아들에게 말했다.

"아니다. 옛날 타니트 신전 앞에서 조국을 구하리라 맹세하며 떠난 이들이 있었다. 용감한 코끼리를 몰고 알프스를 넘어 로마로 진군했던 것을 너는 듣지 못했느냐?"

"알아요 아버지. 하지만 죽은 한니발이 되살아날 리 없고 그가 맹세한 신전도 이제 불타 버렸어요. 아무도 칼케톤(카르타고)을 구하지 않아요."

"신전이 불탔다고 신이 죽은 것은 아니다. 이시스는 아홉 군데로 흩어진 오시리스의 몸을 한데 붙여 소생시켰느니라."

젊은 아들은 팔을 꺾어 속으로 넣으며 웅얼거렸다.

"아폴론의 태양 마차가 신들의 계곡을 누비고 있는 한 기다림은
절망의 자식일 뿐이에요, 아버지."

　코린트 출신 남자도 거북이 옷 속으로 목을 옹크려 머리를 집어
넣었다.

　거기에서 몇 줄이 지나 중도에 번역이 끝나 있었다. 의상에
대한 탐구욕 때문에 하릴없는 노력을 그만두었던 것이다. 김승
빈은 남은 두 장의 내용이 궁금했다. 하지만 7년이 지난 일이
라 이탈리아어의 구문 체제조차 기억나지 않았다. 손을 뻗어 이
마 앞에 있는 스탠드 조명을 껐다. 거북이 옷 속에 옹크린 채 중
얼거리는 아들의 말이 귓속을 쿵쿵 울렸다. 아버지, 저의 살 껍
질은 이미 채찍에 지쳐 있고 어깨뼈는 육중한 돌을 떠받칠 힘을
잃었어요. 곤고한 육신은 차라리 발목에 흑철(黑鐵) 족쇄를 차고
지하 감옥에서 쉬길 원합니다.

　　4

　이튿날 김승빈은 회사 집무실에서 로셀리니 조부의 글을 꺼
내 놓고 번역이 안 된 뒷부분을 살펴보았다. 띄엄띄엄 기억나는
단어가 보이긴 해도 전체적인 내용을 파악할 수 없었다. 직원들
중에 이탈리아어를 전공한 이가 있었지만 왠지 그들의 힘을 빌
리고 싶지는 않았다. 어렵사리 단어를 맞추어 가던 중에 김승빈
은 뜻밖의 전화 한 통을 받았다. 파리에서 활동하는 알제리 태
생의 혼혈 모델인 사라얀이었다. 그녀의 개런티 수준이 녹록지

않아 이번 무대에는 세우지 못했다.

"며칠 한국에 머물까 해요. 컬렉션도 보고 제주도에도 가 보고 싶은데, 시간 있으면 안내를 부탁해요. 루아르와인 한 병을 가져갈게요."

그녀의 말끝에 야릇한 뉘앙스가 묻어 있었다. 지난 5월 리스본 패션쇼에서 늦도록 술자리를 함께한 그녀였다. 풍만한 가슴도 눈을 유혹했지만 허벅지에서 종아리로 이어지는 각선미의 매혹은 정말 못 견딜 정도였다. 그녀와 춤을 추다가 김승빈은 슬쩍 무르팍으로 그녀의 다리 사이를 건드리며 귀엣말로, 루아르와인처럼 혀끝을 녹이는지 궁금하군요, 하고 은근히 떠본 적이 있었다. 그때 사라얀이 동양인은 다리로 와인 맛을 보나요, 하고 내쏘았던가.

통화가 끝나자마자 김승빈은 바로 민오식에게 전화를 넣었다.

"오, 웬일이야? 바쁠 텐데 전화할 시간이 다 있고?"

"태풍 전야 아닌가. 지금은 오히려 한가하지. 행사장 준비도 마무리에 들어갔고……. 참, 민 박사. 젊고 실력 있는 성형외과 전문의 한 명 소개해 주겠나?"

"훗, 그걸 나한테 부탁해? 자네 회사쯤 되면 전속 성형의가 한 트럭은 될 텐데?"

민오식은 모델의 얼굴을 뜯어고치려는 줄 알고 농담부터 시작할 기세였다. 김승빈은 명동과 강남 쪽의 성형의들을 대충 알고 있었다. 그는 수원쯤 떨어진 곳의 전문의를 원했다.

"오오라, 누가 이쁜이 수술을 하려나 봐? 부천은 어떠냐? 하마만 한 입도 단춧구멍처럼 만들 수 있는 후배가 거기서 개업하고 있지."

김승빈은 부천으로 전화를 걸어 저녁때쯤 상담 시간을 잡았다.
김승빈이 나에게 팩스를 넣은 것은 바로 이 시각이었다. 로셀리니 조부의 글을 복사한 뒤 여백에 이렇게 적었다.

　ー어렵더라도 내가 직접 번역하려고 했는데, 도저히 시간이 나지 않네. 자네 학교 교수한테 번역을 좀 의뢰해 주게. 바쁠 테지만 가능하면 수요일 오전까지 부탁하네.

수요일 저녁에 컬렉션 축하 만찬이 예정돼 있었다.
김승빈은 오후에 부천으로 갔다.
닥터 정이라고 자신을 소개한 그 의사는 30대 후반쯤 돼 보였다. 특이하게 목 아래부터 상체만 살이 찐 체형이었다. 다소 굼뜨게 느껴지긴 했으나 예민함에 질려 있는 이 분야에서는 오히려 자신만만한 인상으로 비치기도 했다. 목 아래가 뚱뚱한 의사 앞에서 김승빈은 와이셔츠 단추를 끌렀다. 남자에게 배꼽을 보이기는 처음이었다. 닥터 정은 집게손가락으로 쑥 빠져나와 있는 배꼽을 툭툭 튕기며 고개를 갸우뚱거렸다.
"이것 참 희한한 경우인데요."
"배꼽은 하등 필요 없는 부위잖습니까? 며칠 전 민 박사 병원에서 종합검진을 받았는데 제 몸은 아주 건강하답니다."
김승빈은 배꼽에 칼을 대는 데 주저하지 말라는 뜻으로 웃으며 말했다.
"배꼽이 튀어나오는 증상을 배꼽 헤르니아라고 그러지요. 물론 특이한 증상이긴 하지만 병은 아닙니다. 제가 희한하다고 한 건 보통 배꼽 헤르니아는 소아에게 가끔 생기는 거거든요. 그냥 뒤도 자라면서 들어가고요. 헌데 마흔이 되신 분이, 헛 참."

김승빈은 의사와 긴 말을 나눌 심정이 아니었다. 절제 수술을 해 줄 수 있느냐고 물었다. 닥터 정은 손가락으로 튀어나온 부위를 주물럭거리더니, "성분 분석을 해 보고 지방뿐이라면, 뭐 어렵지 않습니다만⋯⋯." 하며 전문의다운 조심성을 드러냈다. "튀어나온 만큼 잘라 내고 그 자리에 (배꼽을) 다시 앉혀야지요. 다음 날 출근하는 데도 별 무리가 없습니다. 힘든 일만 하지 않는다면요."

김승빈은 당장 수술대 위에 오르겠다고 말했다. 의사는 다음 날 수술했으면 좋겠다고 했으나 김승빈의 간곡한 요청에 수락하고 말았다.

내가 김승빈에게서 온 팩스를 본 것은 ㄱ 출판사에 다녀온 날 저녁이었다. A4 용지로 두 장밖에 안 되는 양이라 바로 그것을 이탈리아어를 하는 박 교수에게 가져갔다. 박 교수는 중간고사를 채점하느라 연구실에 있었다.

"문장은 아주 훌륭하던데⋯⋯. 잘린 한쪽에 불과해서 잘 알 수 없지만 이상한 내용이 실려 있더라고요. 글쎄 뭐라고 해야 하나?"

두어 시간 뒤에 박 교수의 방으로 가자 그가 번역한 A4지를 건네주며 고개를 갸웃거렸다. 왜 그런가 싶어 나도 들여다보았다.

놀던 아이들이 집으로 돌아가듯 별들이 하나씩 흩어지는 새벽, 유르테르 신전 계곡 아래서 거북이 옷들이 꿈틀거린다. 옷에서 얼굴을 꺼낸 검붉은 노예들은 각자 소속된 깃발 아래로 모인다. 호민

관은 전승을 기념하여 올리브나무 언덕에 신전의 개수를 늘리고, 군대 식량을 위해 일구는 밀밭과 포도밭에는 굶주림이 쌓인다. 노예를 얻으려고 노예들이 전장에 나서고, 기억을 지우기 위해 눈썹을 깎는다.

특이한 표현을 제외하면 내용은 별다른 게 없어 보였다. 전쟁 포로 노예들이 또 다른 노예 생산을 위해 징집되는 일은 고대사회에서 흔한 일이다. 근대까지도 피정복민을 징발하여 다른 국가를 정벌하는 제국주의적인 방식이 통용되지 않았던가. 그런데, 번역한 박 교수가 시인이어선지 뭔가 비현실적이고 몽롱한 표현들이 자주 눈에 띄었다. 시무룩이 문장을 따라가던 나는 글 후미에서 이상한 내용을 읽었다.

포로 1세들이 거반 늙거나 병사하고 이 땅에서 태어난 포로들이 다시 아이를 가질 즈음, 노예들의 복부에서 배꼽이 자라기 시작했다. 그해에는 갑자기 숨을 거두는 노예들이 많았다. 한 눈 밝은 십기대장(十騎隊將)이 채찍을 휘두르다가 기이한 사실을 발견했다. 갑자기 숨을 거둔 자들은 죄다 튀어나온 배꼽이 훼손돼 있었다는 사실을. 예전에 한 감독관이 거북이 옷을 만들어 목숨을 늘렸던 것처럼 이 눈 밝은 십기대장은 배꼽을 보호할 궁리를 하였다. 그는 며칠 뒤 제복(製服) 노예들에게 거북이 옷 속에 배꼽 주머니를 만들도록 지시했다.

나는 배꼽이 자라난다는 문장을 보며 무슨 착오가 있으리라 생각했다. 박 교수에게 가서 물었다.

"저도 그 단어에 다른 뜻이 있는가 싶어서 사전을 뒤져 보았습니다만 문맥상 배꼽이 맞는 것 같습니다. 오히려 배꼽이라고 해야 의미가 살아나더라고요."

"그래요? 잘 납득이 안 되는데……."

"하하, 제가 보기에 이 글은 전체적으로 일종의 은유인 듯합니다. 격심한 노동에 시달리는 노예들의 배에서 배꼽이 자란다. 그들은 수십 년간 몸을 웅크리고 거북이 옷 안에서 잠을 잤고, 줄곧 태아처럼 웅크리고 있다 보니 정말 태아가 된 듯 배꼽이 자라기 시작했다, 그런 얘기지요. 음, 육체가 심한 고통을 받은 끝에 (태아로) 급격한 퇴행이 이뤄졌다는 뜻인지, 일종의 자기 생존 방식을 의미하는지는 확실치 않군요."

박 교수는 자리에서 일어나며 조금 들뜬 목소리로 덧붙였다.

"하지만 배꼽을 통해 살려 달라고 손을 내미는 장면은 눈에 선한데요. 견딜 수 없는 육체의 고통이 확연히 전달되잖아요. 좋은 은유란 그 글을 스치기만 해도 은유 자체가 더 활동을 하지요."

"아, 그럴 수도 있군요."

박 교수는 스스로 흥겨웠는지 이미 알아들은 나에게 계속 설명을 했다.

"근데, 살려 달라고 내미는 그 손을 잘라 버렸으니, 죽을 수밖에요. 다들 영문을 몰랐지만 눈 밝은 십기대장은 노예들에게 배꼽이란 생명줄과 같다는 사실을 알았던 거지요. 그래서 배꼽을 보호하려고 한 게 아니겠어요?"

나는 이 야릇한 글을 손에 들고 김승빈에게 전화를 걸었다. 그는 아직 귀가하지 않았다. 회사에도 없었고 핸드폰도 꺼져 있었다. 나중에 알았지만 그 시간 김승빈은 부천의 한 성형외과 수술대 위에 누워 있었다.

5

2000년 10월 24일 프린스호텔 별관에서 서울 컬렉션이 열렸다. 정관계, 패션계, 연예계의 주요 초대 인사들이 입장하기 전인데도 별관 입구는 내외신 기자들로 북새통을 이루었다.

"이번에 발표되는 디자인에서 가장 특징적인 점으로 뭘 꼽겠습니까?"

김승빈이 행사장으로 들어서자 방송기자들이 카메라를 들이대고 질문을 퍼부었다. 김승빈의 등에서 식은땀이 흘렀다. 검은 동공 같은 렌즈를 손으로 막으며, 가까스로 말문을 열었다.

"조금만 기다리시면 모든 것을 알게 될 겁니다."

"안색이 창백하신데 무척 피곤해 뵙니다만 한 가지만 더 여쭙겠습니다."

"조금만 더 있으면 모든 걸……."

기자들이 길을 막으며 자꾸 뭔가를 물었고 김승빈은 그 말을 잘 알아들을 수 없었다. 그들의 입에서 나온 말들이 개미처럼 귓바퀴 주위로 바글바글 기어 다니는 것 같았다. 등 뒤에서 누군가 큰 소리로 로셀리니가 도착했다고 전갈을 보냈다. 디카프리오와 데미 무어란 이름도 소란 중에 들려왔다. 그를 둘러싸고 있던 한쪽이 터지며 기자들이 우르르 현관으로 몰려갔다. 김승빈은 VIP룸으로 가려다가 행사장으로 무거운 걸음을 옮겼다.

　행사 시작이 한 시간 이상 남았는데도 이미 상당수의 관객들이 자리를 채우고 있었다. 아마 개별 통보로 초대된 우수 고객들과 일부 패션계 인사들일 것이다. 김승빈이 미간을 좁히며 관객들을 살펴보고 있는데 한 금발 여자가 반갑게 손을 흔들며 다가왔다. 얼굴이 흐릿하게 보여 자칫 몰라볼 뻔했다. 사라얀이었다. 잔잔한 러플 장식이 된 미색 7부 코트를 입고 있었다. 김승빈은 습관적으로 팔을 들어 가볍게 포옹 인사를 나누려다가 하마터면 그녀의 발밑에 쓰러질 뻔했다. 눈앞이 흐릿하고 몸의 모든 관절에서 물기가 빠져나가는 것 같았다. 이날 아침 그의 창백한 안색을 보고 부하 직원 하나가 급히 짬을 내 영양제 주사라도 맞을 것을 권했다. 괜찮다고 하자 그는 강장제 음료와 청심환을 사 주었다. 김승빈은 그것을 차에 둔 채 입에도 대지 않았다.

　잠을 못 자서 몸이 무거운 것은 아니었다. 지난 며칠 동안은 정말 믿을 수 없을 만큼 깊은 잠을 잤다. 불면 치료용이니 어쩌니 했던 낯선 여자도 곁에 없었다. 아침 8시마다 아내가 그를 흔들어 간신히 깨어났다.

　사라얀은 메모 쪽지를 그의 주머니에 넣고는 귀엣말로 속삭였다.

　"와인을 준비해 왔어요. 내일 밤 11시를 기다리겠어요."

　홀의 한가운데에는 팽팽하게 당겨진 검은 천이 놓여 있었다. 그 아래에는 귀여운 별 모형이 어둠 속에서 쇼의 시작을 기다리고 있을 것이다. 솟아오른 별이 공중으로 띄워지면 거기에서 모델들이 한 명씩 등장하도록 설계되어 있었다. 물론 별만이 아니었다. 디자인의 이미지에 따라 말, 공작, 타조, 소라, 악어 등이 나타난다.

　모니터 앞에 서 있는 김승빈에게 프로듀서인 트웨인이 다가왔다. 그는 목걸이처럼 목에 걸린 소형 무전기로 조명 감독에게 지시를 하며 김승빈에게 무어라 마지막 보고를 하였다. 김승빈은 손을 내밀었다. 트웨인이 동양인처럼 허리를 숙이며 손을 맞잡아 왔다. 김승빈은 손가락 관절이 와싹 바스러지는 것 같았다.

　어느새 입장이 완료된 듯 장내가 조용해졌다. 사장의 인사말과 서울시장의 개회 선언이 있었다. 간간히 터지는 박수 소리가 점점 희미하게 들렸다. 이제 홀 가운데 놓여 있는 검은 천이 미리 설계한 대로 회사 로고만 남기고 갈가리 찢어질 것이다. 사과 모양의 회사 로고는 사실 아주 정교하게 디자인된 옷이었다. 그때 한 모델이 스테이지 밑에서 곧장 알몸으로 솟아올라 그 옷을 걸치고는 첫 번째 워킹을 시작한다. 지금껏 비밀로 붙여 둔, 이 기발한 쇼의 시작은 김승빈의 아이디어로 기획되었지만 그의 눈엔 모든 것이 뿌연 안개처럼 보일 뿐이었다. 김승빈은 의자에서 부스스 몸을 일으켰다. 좌우 방향을 보아 출구를 찾았다. 로비로 나오는 그에게 누군가 말을 걸었다. 팔을 잡는 이도 있었다. 김승빈은 회전문을 나와 막 승객이 내린 택시에 몸을 실었다.

　컬렉션이 폐막된 그 다음 날 한 일간지는 김승빈에 대한 짤막한 기사를 실었다. 패션쇼 말미에 디자이너들의 지휘자인 그가 무대 인사를 빠뜨리는 해프닝이 있었다고 보도했다. 나는 그날 수업을 마치고 가느라 조금 늦게 행사장에 들어갔다. 어두운 실내라 잘 알아볼 수 없었지만 나는 옆문으로 나가는 김승빈을 얼핏 보았다. 하지만 보랏빛 조명을 받으며 가슴을 드러낸 모델들

이 무대 위로 솟아오르는 신비스러운 광경에 정신이 팔려 그의
행동이 이상하다는 것을 알아채지 못했다. 설령 그게 아니더라
도 그가 진행 관계로 나가는가 싶었을 것이다. 김승빈은 그 길
로 아주 사라져 버렸다. 그때 내 가방에는 그에게 건네줄 '배꼽
이 자라는 노예들'을 번역한 글이 들어 있었다.

그가 돌아오지 않은 날들이 한 달쯤 흘렀을 때 나는 비로소 김
승빈에게 있었음 직한 사건들을 추리해 보았다. 추리를 정리하
는 동안 '배꼽이 자라는 노예들'을 같은 친구인 민오식에게 보였
다. 민오식은 심각한 얼굴로 내가 준 글을 되풀이해서 읽었다. 민
오식은 나를 성형외과의인 닥터 정에게 데려갔다. 거기서 나는
흥미로운 은유로 생각했던 '자라나는 배꼽'이 실제로 일어났다는
사실에 경악을 금치 못했다. 살려 달라고 뻗는 손을 모르고 잘라
버렸다는 것은, 은유이든 실제이든 끔찍하기 이를 데 없었다.

그에 관해 정리를 해 나가던 마지막 날 나는 우리 학교 박 교
수와 함께 다시 한 번 부천의 성형외과를 찾았다. 배꼽을 끊어
낼 때의 고통스러움을 좀 더 자세히 느끼고 싶어서였다. 박 교
수에게 동행하자고 권한 것은, 그가 나에게 은유로 설명했던 그
글이 실제 상황으로 나타났다는 사실을 증거해 보이고 싶었기
때문이었다. 소설가인 내 입장에서 시인의 반응도 자못 궁금했
다. 닥터 정에게는 아무런 잘못이 없었다.

내가 다시 병원을 방문하자 닥터 정은 무척 놀라는 기색이었
다. 그의 살찐 배가 드러나게 뒤룩거렸다. 우리는 차를 마시는
동안 별말을 하지 않았는데 닥터 정은 아주 곤혹스러운 표정을
지었다.

"사실, 비디오테이프가 있습니다. 저번엔 동업자와 함께 오셔

서 찍었다는 말씀을 차마 못 드렸는데…… 환자 본인의 동의를 못 얻은 건지라…… 죄송합니다."

닥터 정은 내가 비디오를 찍은 걸 어떻게 알고 다시 온 줄 생각한 모양이었다. 나는 목소리를 낮추어 테이프를 빨리 보여 달라고 재촉했다.

화면에 김승빈이 배꼽 수술을 받고 있는 장면이 떠올랐다. 화질은 상당히 깨끗한 편이었다. 김승빈의 복부 위에 닥터 정은 손만 보였고 간호원의 얼굴이 이따금 나타났다. 둘은 농담을 섞어 가며 간략하게 줄인 시술 용어들을 주고받고 있었다. 화면을 주시하던 나는 어느 순간, 이상한 것을 보았다. 절제 수술을 받는 김승빈의 표정이 밝아 보였다. 살려 달라는 육체의 손을 잘랐으니 당연히 고통스러웠겠다는 내 짐작을 완전히 뒤엎는 것이었다.

"아프지 않은가……."

내가 의아해서 중얼거리자 닥터 정이 빠르게 대꾸했다.

"물론이죠. 완벽하게 부분 마취를 했거든요."

"……."

나는 이해할 수 없었다. 배꼽을 완전히 도려내고 난 뒤에는 더욱 그랬다. 화면 오른쪽 모서리에 있는 김승빈의 안면은 밝다 못해 마치 아이처럼 환한 표정을 짓고 있었다. 어찌된 영문인가 싶었다. 나는 그제야 그 글 속에 있는 한 구절을 기억해 냈다.

배꼽 주머니가 마련된 뒤에도, 노예들 가운데는 스스로 배꼽을 잘라 낸 자들이 있었다. 그들은 더 노동을 할 수 없었다. 발목의 쇠사슬을 끌고 갈 근력마저 약해져 지하 감옥으로 가던 도중에 채찍에 맞아 죽었다.

글의 앞부분을 번역한 지 이미 7년이 지났다고 하나 김승빈은 내게 넘긴 글의 내용을 다소 파악했을 것이다. 그렇다면 그도 알고 스스로 선택한 것인가.

박 교수는 내 예상대로 비디오를 보는 동안 돌처럼 딱딱하게 굳어 있었다. '튀어나온 배꼽'을 하나의 은유로 설명한 그인지라 나보다 더 충격을 받는 표정이었다.

돌아보는 길에 나는 박 교수에게, 김승빈의 얼굴에 웃음이 가득한 이유가 무엇이겠느냐고 물었다. 박 교수는 아무런 대답이 없었다. 나는 가능성 있는 몇 가지 추리를 꺼내 보였다. 미모의 여자 모델과 잠자리를 하는 데 방해물이 제거되어서 즐거워하는 게 아닐까, 아니면 스스로 극소수의 노예들처럼 끊임없이 희생의 길을 찾으려는 자기 육체를 더 이상 용납하지 않겠다는 의지 때문인가. 하지만 그런 것도 웃음을 띨 만한 이유는 못 될 성싶었다. 내 견해를 듣던 박 교수는 전혀 다른 방향으로 추리를 했다.

"혹시, 그분 자신이 은유 속으로 걸어 들어가고 있다고 여긴 것은 아닐까요? 은유처럼 보였던 옛글 속에 자신을 밀어 넣는 쪽이, 그러니까 차라리 자신을 은유화해 버리는 쪽이, 현실을 피하는 하나의 방식이라고 여긴 것은 아닐는지요."

저녁 늦게 집에 돌아온 나는 김승빈에 대한 마지막 정리에 골몰하였다. 박 교수의 말이 가장 가깝게 와 닿았지만 그 어느 것도 자신할 수 없었다. 분명한 것은 추리의 불명확한 영역처럼 그가 사라진 공간 또한 깊고 아득하다는 점이었다.

잉어론

강홍구

1964년 경북 상주에서 태어나 1993년 《현대문학》에 「바다는 비에 젖지 않는다」가 추천되어 작품 활동을 시작했다. 주요 작품으로는 「청산행」, 「영원과 하루」, 「우주 정거장」 등이 있다.

내 유년의 기억은 하나의 마술이다.

하얀 메밀꽃 — 유미 — 붉은 알약 — 검푸른 잉어. 이런 말들은 유년 세계로 들어가는 바람개비의 네 날개와도 같다. 유년 시절, 유미가 만들어 준 바람개비를 들고 동구 밖을 내달리다 보면 각각의 날개는 어느새 하나의 비행접시로 변하고는 했다. 나는 고샅길을 달리고 마을 앞 넓은 신작로를 달리고 시원하게 뚫린 아스팔트 길을 휙휙 달려서 22층 건물의 회전의자에 앉아 있다. 그렇다고 내가 뒤도 돌아보지 않고 빠르게만 달려온 조급증 환자는 아니다. 다만 지나온 세월이 그렇게 내 곁을 지나쳐 갔다는 것을 실감나게 들려주고 싶을 뿐이다.

기억이란 황금빛 잉어의 은밀한 유영 같은 것이어서 제 흥에 겨워 철썩 뛰어오르거나 오랫동안 호숫가에서 기다렸다 낚아채지 않으면 쉽게 모습을 드러내지 않는다. 그러고 보면 상담실에서 다른 사람의 기억을 망각 속에서 끌어올리는 직업을 가진 나는 무의식의 강바닥에서 살아 움직이는 물고기를 낚아 올리는 시간의 낚시꾼인 셈이다. 무의식의 강에서 고기를 낚아 올리기 위해서는 우선 호수 같은 편안한 공간이 필요하고, 다음에는 낚싯대를 드리우고 느긋하게 기다릴 수 있는 시간의 여유가 있어야 한다. 하지만 결정적으로 입질을 하는 순간에 너무 성급하게 낚싯대를 채 올려 기억이란 놈이 망각의 늪 속으로 더 깊이 잠수해 버리거나, 낚싯줄이 팽팽히 당겨진 순간에 잡아 올릴 기회를 놓쳐 버려 처음부터 다시 낚싯대를 드리워야 하는 경우도 없지 않다.

지난 금요일의 일이다.

예약된 손님도 없었고, 전화를 걸어 오거나 '당신의 잃어버린 기억을 복원해 드립니다.'라는 컴퓨터 홈페이지에 접속해 보고 향수에 젖어 상담소를 찾는 방문객도 하나 없는 한가한 오후였다. 22층 회전의자에 기대 앉아 고단한 살이(生)의 청량제와도 같은 잉어 낚시에 대한 기대감으로 마음이 부풀어 있었다. 물의 흐름과 수초의 생태를 파악하여 목 좋은 곳에 자리를 잡고 포인트를 정해 고기를 끌어들일 밑밥을 뿌려 놓는다. 그동안에 떡밥―깻묵―콩 찌끼에 들기름과 물을 섞어 반죽을 버무린다. 반죽이 다 되면 밤톨만 한 크기로 뭉쳐 대여섯 개의 바늘을 꽂아 놓는다. 그런 다음 릴을 풀면서 포인트에 던져 넣고 느긋이 기다린다. 마술사의 손에서 무언가가 나타나기를 기다리는 것만큼이나 가슴 두근거리는 순간이다. 언제부터인가 시간의 흐름이 의식 속에서 사라지고 오로지 호수에서 노는 잉어를 은밀히 기다리고 있는 것은 아닐까 하는 생각이 들 때도 있다. 기다림은 사람을 지치게도 하지만, 기다림 속에는 특별한 즐거움이 예비되어 있기 마련이다. 고요한 호수가 일렁이며 낚싯대가 휠 만큼의 월척을 끌어올리는 잉어 낚시의 손맛은 세상 그 어떤 즐거움과도 비교할 수 없다. 모든 것을 훌훌 떨쳐 버리고 적요함이 깃든 호반(湖畔)에서 잉어 낚시나 하면서 쉬고 싶었다. 그럴 때에 기억에 남는 낚시터 몇몇 곳이 어릴 적 유난히 좋아했던 만화경 속의 풍경처럼 떠올랐다. 소양호—파로호—양수리—산정호수…….

그때, 불쑥 예고도 없이 낚시터 풍경 속으로 들어온 것이 그 여자였다.

낚시터와 함께한 내 생의 기억 속에 홀연히 나타난 올리브 빛 마스크에 가냘픈 몸매의 소녀 같은 여자. 하지만 그녀는 나이가 스물한 살이라고 당당히 밝혔다. 상담 카드를 작성하고 나서 불안한 눈빛으로 한동안 망설이던 여자는 지난밤 꿈에 대한 이야기로 말문을 열었다.

"굽이굽이 흐르는 강줄기를 따라 가면 수초가 무성한 큰 못이 나타나요. 검푸른 물고기들이 헤엄을 치고 있어요. 수초 사이에 은빛 낚싯바늘이 드리워 있고요. 황금빛 물고기 한 마리가 유유히 다가와요. 온몸에 알 수 없는 기쁨이 번져 가요. 하지만 그 느낌이 너무 낯설어서 싫어요……. 계속 낚싯줄을 따라가면 하얀 메밀꽃이 활짝……."

꿈이란 것은 무의식의 호수 한가운데에 떠 있는 수초 같은 것이어서 낚시꾼의 접근이 용이하지 않다. 단지 강물—검푸른 물고기—수초—낚싯바늘—하얀 메밀꽃 같은 말에 대한 느낌과 반응을 통해 의식을 거슬러 오를 뿐이다. 꿈만큼 모호하고 이중적인 것이 세상 어디에 또 있을까. 나는 그녀의 얘기를 들으며 매끈하고 작은 그녀의 손에 주의를 기울였다. 여자는 손에 단행본 책 한 권을 꼭 쥐고 있었다. 우선 '민물낚시……'라는 글자가 눈에 들어왔다. 상담은 사소하지만 확실한 단서에서부터 시작할 필요가 있다.

"책 읽는 것을 좋아하나요?"

"아, 이 책요. 그냥 시간을 죽이려고 읽는 거예요."

"낚시에 관한 거예요?"

"LA에서 서울로 오는 비행기 안에서 보기 시작한 거예요. 아직 반밖에 보지 못했지만……. 낚시에 대해 알고 싶어요."

"특별한 이유라도 있나요?"

"특별한…… 이유…… 없어요……."

여자는 스무고개를 하듯 묻는 내게서 눈길을 돌려 버렸다. 좀 까다로운 상대임에 틀림없었다.

"혹시…… 가 본 낚시터가 있나요?"

"예, 몇 군데……. 소양호, 동강, 서강……. 그런 밤이면 검푸른 물고기 ― 낚싯바늘 ― 하얀 메밀꽃 등이 꿈에 나타나고는 했어요."

여자가 찾고자 하는 것이 과거에 잊은 어떤 기억은 아닌 것 같았다. 단지 그녀 자신이 마음의 문을 열고 있지 않았다.

"지금 이 순간에 가장 하고 싶은 것이 뭐예요?"

지금 이 순간에 대해 물었을 때, 여자의 눈빛이 어두워졌다. 그리고 전신에서 느껴지는 싸늘한 한기에 나는 당혹감을 느꼈다. 그 당혹과 혼란의 공간 속으로 하얀 새 한 마리가 날아갔다고 나는 생각했다. 그만큼 그녀의 움직임은 날렵했다. 그녀의 신상명세를 적은 상담 카드는 그녀의 손을 떠나 창밖의 푸른 공간으로 날아가고 있었다.

나는 회전의자에서 일어나 주춤주춤 몇 걸음 물러섰다. 허공
을 가르던 여자의 날렵한 손은 일순간에 회수되었다. 눈에서는
파란 불꽃이 일렁거렸다. 그것은 원인을 알 수 없는 어떤 적의
(敵意)였다. 자신도 모르게 내 몸이 움츠러들었다. 그때 동료인
닥터 한이 나타나지 않았다면 어떤 봉변을 당했을지 모른다. 그
제서야 나는 간신히 전문 심리 상담가로서의 위엄을 되찾았고,
여자는 자리에서 벌떡 일어나 층계를 달려 내려갔다. 또각또각,
층계를 타고 들려오는 단화 소리에 정신을 차려 보니, 그 여자
가 앉아 있던 소파 위에 한 권의 책이 놓여 있었다. 『민물낚시에
대한 보고서』라는 책이었다. 나는 식은땀을 닦으며 무심히 책장
을 열었다.

잉어(鯉漁) — 잉엇과에 속하는 민물고기. 몸빛은 대개 주홍빛
이 섞인 갈색이고 배 쪽은 좀 엷은 색이다. 입가에 두 쌍의 수염이
있으며, 황금색 것이 맛이 좋고, 큰 것은 1미터 이상인 것도 있다.
세계적으로 널리 분포하고 특히 극동 아시아 지방에 많이 서식한
다……

'울고 싶은 강가', 낚시점 간판으로는 그럴 듯했다.

나는 코발트 빛 벽면에 수면 위로 튀어 오르는 잉어 한 마리
를 그려 놓은 낚시점 안으로 들어섰다. 주말이어서 낚시 여행을
준비하는 사람들로 상점 안은 조금 부산했다. 잉어 낚시에 필요
한 깻묵 — 떡밥 — 콩 찌기 — 낚싯바늘 — 랜턴 등을 사서 낚시
가방에 챙겨 넣었다. '울고 싶은 강가'를 나서다가 젊은 주인 남

자와 승강이를 벌이고 있는 올리브 빛 마스크―날씬한 몸매―
짧은 머리칼이 산산이 부서지는 그 여자를 일주일 만에 다시 보
게 되었다.

"카드로는 안 돼요!"

젊은 주인 남자의 애기는 단호했다.

"그럼 할 수 없죠."

여자는 낚시용품을 구입하려던 것을 선선히 포기했다. 그 태
도가 조금은 신선하게 느껴졌다. 여자는 미련 없이 '울고 싶은
강가'를 나섰다. 그리고 얼마쯤 거리를 걷다가 한적한 찻집으로
들어섰다. 잠시 후, 나는 찻집으로 들어가 자연스럽게 그녀가
앉은 다탁으로 다가갔다.

"다시 만나서 반갑군요."

"악연(惡緣)인지도 모르죠."

"악연이라고요?"

"그냥 엄마가 잘 쓰는 말이에요."

나는 여자에게 어머니에 대해서 묻지는 않았지만, 먼 이국
땅, 캘리포니아에 이주해 살면서 한국에 대한 향수병을 앓는 여
인이 아닐까 짐작을 했다.

"이름이 뭐죠?"

"한나."

"잉어 낚시를 좋아하나요?"

"아니……. 전혀 해 본 적이 없어요. 그저 무엇인가를 팽팽히
당겨 보았으면 하는 충동이었어요. 뭐라고 해야 할까. 타는 듯
한 가뭄이 계속되다가 갑작스럽게 퍼붓는 빗줄기 속으로 뛰어
들어 온몸으로 비를 맞고 싶은 욕망 같은 것인지도 모르죠."

그 순간에 나는 전혀 엉뚱하게도 유년 시절의 유미를 떠올렸다. 유미의 생각들은 얼마나 어른스러웠던가. 한나의 얘기를 듣다가 돌연히 유미를 떠올리게 된 까닭은 어디에 있을까. 아마도 한나의 말 속에 감추어진 불 같은 열정을 본 때문이었을 것이다. 그런 열정에서는 비장한 아름다움 같은 것이 느껴진다. 그것을 세상 사람들은 열정이라고도 하고, 살(煞)이 끼었다고도 한다. 불타는 듯한 열정은 사람의 마음을 단숨에 흔들어 놓기도 한다. 나는 피할 수 없는 운명처럼 한나에게 손을 내밀었다.

"낚시 여행에 나와 동행하면 어떨까?"

한나는 눈을 꼭 감았다 스르르 떴다. 올리브 빛이 감도는 까만 눈으로 가만히 나를 바라보더니 작은 손을 내밀어 내 손에 살짝 올려놓았다.

"좋아요."

나는 한나와 국화차 한 잔을 비우고 찻집을 나와 내 산타페에 함께 올랐다. 지도첩을 펴 놓고 어디로 갈 것인가를 궁리하다가 두 사람의 입에서 거의 동시에 나온 말이 평창(平昌)이었다. 나는 그녀의 얼굴을 천천히 바라보았다. 올리브 빛 마스크—날씬한 몸매—찰랑거리는 짧은 머리칼……. 어떤 인연으로든지 내 삶의 언저리를 스쳐 간 적이 있지 않을까……. 한나의 스물한 해의 살이와 내 마흔 셋의 궤적이 어떤 식으로든 맺어져 있을 것만 같은 느낌이 들었다.

기억이란 일체의 현상이 두 번째 일어나는 공간이다. 그러나 일체의 현상이 처음과 똑같이 재현될 수는 없는 것이다. 시간의 흐름에 따라 변색되고 지워지고 흔적도 없이 사라지기도 한다. 기억이 완전히 사라지는 것을 사람들은 필름이 끊겼다고 한다.

그러나 대부분의 경우 기억은 가위로 필름을 잘라 내듯이 끊어지
는 것이 아니라, 시간의 흐름과 함께 조금씩 풍화되어 사라진다.
기억을 재생해 내기 위해서는 필름을 다시 감듯 시간을 거꾸로
돌려서 지워진 장면―사건이 일어났던 시간과 공간―을 원형
대로 복원하는 수밖에 없다. 그러나 아무리 뛰어난 심리 상담가
도 시간의 한계를 넘어설 수는 없다. 단지 '스무고개 놀이'를 하
듯이 무의식의 층계를 한 층 한 층 올라갈 수밖에 없다.
　"왜 하필 평창이지?"
　"메밀꽃 때문이에요."
　"메밀꽃?"
　"캘리포니아의 언덕에는 메밀밭이 있어요. 그곳은 엄마만이
들어갈 수 있는 마술적인 공간이에요."
　마술이라는 말은 내 유년을 사로잡은 깊푸른 용소(龍沼)였다.
여름이면 초록빛 용소에 대나무 낚싯대를 드리우고는 했다. 시
간이 지나면서 수면 위로 납자루, 모래무지, 잉어, 붕어, 누치,
버들치, 피라미…… 등 잉엇과 어종들이 하얀 비늘을 반짝이며
튀어 올라왔다. 그것은 유년의 세계에 던져진 하나의 빛이었다.
그것을 보며 내 어린 친구인 유미는, 이것은 마술이야 마술, 하
며 공중으로 폴짝폴짝 뛰어오르고는 했다.
　풍화되어 버린 시간을 다시 되돌아보면, 내게는 두 개의 마술
적인 공간이 있다. 하나는 하얀 메밀꽃으로 가득한 유년 시절이
고, 다른 하나는 정신적 고뇌와 방황으로 가득한 청년 시절이다.
그 두 개의 공간은 내 삶에 있어 모천(母川)과도 같다. 그 아름다
운 공간으로 유미와 함께 돌아가는 것을 오랫동안 꿈꾸어 왔다.
시간의 흐름 속에서 유미의 얼굴은 시시각각으로 변화를 거듭하

여 단발머리 소녀의 얼굴에서 붉은 불빛 속에 환한 웃음을 머금은 호스티스의 모습으로, 다시 먼 이국의 하얀 메밀밭에 서 있는 중년 여인의 모습으로 변모하기도 했다. 내 기억 속에서 유미의 모습은 시간과 함께 변모를 거듭해 왔지만, 그녀의 얼굴에 드리운 마술과도 같은 호기심만큼은 조금도 변하지 않았다.

한나의 입에서 흘러나온 마술이란 말은 단지 '매직(magic)'이라는 단어의 번역 투 말에 불과한 것인지도 모른다. 먼 이역에서 온 스물한 살의 처녀가 내 유년의 마술적인 공간을 어떻게 공유할 수 있을까. 그때 한나가 핸드백 속에서 테이프 한 개를 꺼내 카스테레오 속으로 밀어 넣고 살짝 볼륨을 높였다.

······당신은 내 생의 크나큰 원동력, 왜 그런가 궁금해하면 안 되나요. 알게 해 줘요. 당신 마음 알게 해 줘요······.

앳 유어 베스트 유 아 러브(At Your Best You Are Love) ─십대 소녀의 서툰 사랑 이야기였다. 팝 가수의 열정적인 목소리는 사랑의 느낌을 전해 달라고 당당하게 호소하고 있었다.

······사랑이 뭔지 말해 줘요. 사랑하는 체할 필요 없어요. 그럴 필요는 없어요. 당신 마음을 살펴봐요. 내가 머무를 자리가 있나 찾아봐요. 당신은 내 사랑의 정점이니까. 정말 전해 줘요. 봐요. 언제나 최고로 사랑해 줘요······.

마술을 처음 본 것은 열두 살 때였다. 양복을 말쑥하게 차려입은 약장수가 우물 앞 나무 그늘 아래서 마을 사람들을 모아

놓고 갖가지 마술을 보여 주고는 했다. 검은 보자기 속에서 날
아오르는 흰 비둘기 — 혓바닥을 꿰뚫는 뾰족한 바늘 — 약장수의
말을 따라 하는 앵무새……. 마술에 취한 사람들에게 약장수는
빨간 딱지가 붙은 약병을 들고 마술과도 같은 약효에 대해 사설
을 늘어놓았다. ……이질 — 배앓이 — 머리 아픈 데 — 고뿔 — 무
좀…… 그리고 잠자리에서 오줌을 싸는 아이들이 한 알을 먹으
면 단번에 효과를 보고, 아이 못 낳는 부인네가 세 알을 먹으면
아이를 가질 수 있다는 말도 했다. 혓바닥을 바늘로 뚫어도 피
한 방울 나지 않는 마술사의 말은 할머니가 들려주던 은혜 갚은
호랑이 이야기보다 훨씬 솔깃한 데가 있었다. 열두 살 아이들이
그랬듯이 나는 약장수의 마술에 깊이 빠져 들었다.

그러나 뒷집에 새로 이사 온 동갑내기 계집애인 유미는 약장
수의 말을 전혀 믿으려고 하지 않았다. 그녀는 읍에서 상업고등
학교를 나와 양계장을 하는 막내 삼촌의 말투처럼, 만병통치약
은 모두 가짜래, 라고 입바른 소리를 거침없이 해 댔다. 눈이 왕
방울만 한 조그만 계집애가 하는 말이 너무도 어기찼다. 유미는
조 생원 댁에 첩으로 들어온 여자가 데리고 온 계집아이였다.
하지만 그 아이에게서는 어두운 그늘 같은 것을 찾아볼 수 없었
다. 우리는 마을 뒤편에 있는 동산에서 약장수 흉내를 내며 놀
았다. 내가 진흙으로 알약을 빚어 놓으면 그녀는 붉은 물감을
칠해 담뱃갑 은박지 위에 올려놓았다. 우리는 곧 빨간 약을 만
드는 단순한 작업에 싫증이 났다. 그때 유미가 뾰족한 뜨개바늘
을 꺼내 들며 빨간 혀를 말아 입술을 핥았다. 그녀가 자신만만
하게 말했다. 나도 약장수처럼 할 수 있어. 그러나 그것은 아무
나 할 수 있는 일이 아니었다. 뾰족한 바늘이 그녀의 혀끝에서

불안스레 흔들리기 시작했다. 나는 그녀의 위험한 장난을 당장 그만두게 해야 했다. 그런데도 나는 빨간 알약을 손에 쥔 채 그녀가 하는 약장수 흉내를 그저 바라보고만 있었다. 춤추듯 움직이던 바늘이 유미의 빨간 혓바닥 위에 잠시 멈춰 섰다. 그녀는 바늘 끝에 침을 묻혀 빨간 혓바닥에 —푹— 찔러 넣었다. 으악, 나는 비명을 지르며 눈을 감아 버렸다.

　잠시 후, 주위가 너무 조용하여 나는 가만히 눈을 떴다. 기적과도 같이 그녀의 빨간 혓바닥 가장자리에는 날카로운 뜨개바늘이 수직으로 꿰어져 있었다. 믿을 수 없었다. 그러나 그것은 엄연한 사실이었다. 아프지? 유미는 고개를 살래살래 내저으며 깔깔깔 웃었다. 한참 후에야 나도 그녀를 따라 웃을 수 있었다. 한동안 우리는 눈물이 나도록 웃었다. 나는 흥분을 감추지 못한 채 말했다. 유미야, 넌 약장수야. 이제 만병통치약이 가짜가 아니라는 것도 보여 줄 수 있을 거야. 유미는 잠시 당황하는 빛을 감추지 못했다. 그러나 그것은 잠시 스쳐 가는 빛이었을 뿐이다. 그녀는 자신 있게 말했다. 아니. 나는 약장수가 아니라 마술사야. 마술사는 무엇이든 할 수 있어. 나는 땀방울이 맺힌 손바닥 안의 알약을 만지작거리며 물었다. 어디 아픈 데 없니? 없어? 고뿔 같은 거라도. 전혀 없어? 그럼…… 그럼…… 이것 세 알만 먹으면 아기가 생길지도 몰라. 유미는 선선히 빨간 알약을 받아 들었다. 물이 없어도 먹을 수 있겠니? 응. 유미는 두 눈을 꼭 감고 손바닥에 놓인 알약을 입 안 깊숙이 털어 넣었다. 순식간에 그녀의 눈동자가 스르르 풀리며 땅바닥에 축 늘어졌다. 그녀의 분홍 스웨터 사이로 보송보송 솜털이 난 배꼽이 살짝 드러나 보였다. 그 순간 검은 보자기 속에서 비둘기가 날아오르듯이

잠시 후 그녀의 배꼽을 열고 아기가 나올지도 모른다는 생각을
했다. 나는 아기가 움직이는 소리를 듣기 위해 그녀의 배꼽에
가만히 귀를 대 보았다. 그 순간, 나는 그녀의 앙증맞은 손에 꼭
쥐어 있는 빨간 알약을 보았다. 유미야, 너 알약을 삼키지 않았
구나! 그녀가 당황하여 눈을 번쩍 떴다. 한동안 어쩔 줄 모르고
누워 있던 유미는 돌연히 발딱 일어나며 쏘아붙였다. 이 바보
멍청아, 내가 알약을 왜 삼켜야 하니. 나는 멀뚱히 그녀를 바라
보았다. 유미는 빨간 알약을 풀숲으로 휙 던져 버리고 내 손목
을 잡아끌었다. 내 곁에 누워. 나는 힘없이 유미의 곁에 누워 눈
을 감아 버렸다. 그녀의 가쁜 숨결이 목덜미에 느껴졌다. ·······.
더 가까이 와. 지난봄에 우리 엄마와 조 생원이 메밀밭에 이렇
게 누워 있는 것을 보았어. 이러고 있으면 곧 우리의 아기가 태
어날 거야······. 나는 그녀의 말을 믿을 수가 없었다. 그럴 리가
없어. 절대 그럴 리가 없다고. 내 눈에는 어느덧 눈물방울이 그
렁그렁하게 맺혔다. 당황한 유미는 몽당치마 속주머니에 손을
넣어 한동안 부스럭거리더니 메밀꽃 물이 퍼렇게 든 흰 옷고름
을 내 눈앞에 들어 보였다. 이걸 봐. 그것은 바로 유미 엄마의
속옷 고름이었다.

　메밀밭에서 엄마와 누워 있는 조 생원을 보았다고 유미가 말했
다. 유미의 곁에 누워 있으면 마술처럼 우리의 아기가 태어날까?

　내 유년의 빛바랜 일기장에 있는 몇 번을 고쳐서 쓴 두 개의
문장이다. 그때의 일기장을 들춰 보면 가장 빈번히 나오는 말이
마술 — 유미 — 메밀밭이라는 말이다. 하지만 일기장을 계속 넘

기면 마술이라는 말과 유미라는 단어가 차츰 사라져 갔다.

처음으로 마술이 간단한 눈속임이라는 것을 보여 준 것은 유미였다. 그녀는 이 세상에서 모르는 게 하나도 없었다. 아이가 생겨나는 것에서부터 벙어리가 힘이 센 이유와 약장수처럼 혓바닥에 바늘을 꿰는 것까지……. 하지만 계절이 수십 번 바뀌고 키가 한 뼘쯤 자라고 나자 그 어떤 마술도 더 이상 내 마음을 끌지 못하게 되었다. 그런 어느 여름날, 유미는 조 생원의 첩살이를 하던 제 엄마의 손을 잡고 메밀꽃이 흐드러지게 핀 늘티재를 넘어갔다. 나는 메밀꽃이 핀 밭둑에 앉아 짧은 머리칼―작은 손―솜털이 보송보송한 배꼽을 떠올리며 유미의 이름을 불러 보았다. 나쁜 계집애. 나는 하얗게 부서지는 메밀꽃 무더기 속으로 돌멩이를 휙 집어던졌다. 하얀 메밀밭에서 푸드득 날아오른 까투리 한 마리가 잿마루 너머로 사라졌다. 나는 유미가 떠나기 며칠 전부터 메밀밭을 뒤져 꿩 알 몇 개를 찾아냈다. 간밤에 주근깨 같은 반점이 있는 알에 마술이 통할 수 있게 빨간 물감을 칠했다. 그것을 옷장 속에 있는 엄마의 우단 손수건에 싸서 유미와 헤어지기 전에 건네주었다. 삼칠일 동안 따뜻한 아랫목에 이불을 덮어 놓아야 한대이. 그동안에 아무도 열어 보면 안 돼. 꼭 기억하거래이. 유미는 우단 손수건으로 싼 꿩 알을 책가방에 잘 챙겨 넣었다. 그리고 은박지로 만든 쌈지 하나를 내 바지 주머니에 찔러 넣어 주고는 저만큼 앞서 가는 제 엄마를 따라잡기 위해 달려갔다. 나는 메밀밭둑에 앉아 유미가 호주머니에 넣어 준 은박지 쌈지를 풀어 보았다. 뜻밖에도 낚싯바늘 한 쌍이 들어 있었다. 그러나 낚싯바늘의 은빛 광채마저 내게는 더욱 슬픔을 자아낼 뿐이었다.

하얀 메밀밭에 앉아

유미가 준 은빛의 낚싯바늘을 보았다.

메밀꽃 물이 든 푸른 옷고름보다도 더한

슬픔이 밀려와 꺼억꺼억 울다가 잠이 들었다.

빛바랜 내 유년의 일기장에는 슬픔이 깃들어 있다.

기억은 시간의 흐름에 따라 지워지기도 하지만, 유년의 슬픔은 내 가슴 깊은 곳에 그 뿌리를 내리고 있다. 그동안에 수많은 낚시터를 찾아다니며 월척이 넘는 잉어를 세 차례나 낚았고, 십여 명의 여자를 만나 세 명의 여자와 사랑을 나누었다. 그러나 그것은 환상 때문이 아니었다. 그것은 단지 가슴속에 배어 있는 슬픔을 잊기 위한 몸부림이었다.

"맹꽁이가 어떻게 우는 줄 아세요?"

문막을 지날 때, 한나가 흐트러진 머리를 한쪽으로 틀어 올리며 던진 물음이다.

"글쎄……."

창밖으로 눈송이 같은 아카시아 꽃잎이 흩날리고 있었다.

"맹—꽁 맹—꽁."

한나가 코맹맹이 소리로 실감나게 울었다. 나는 그만 쿨쿨 웃음을 터뜨리고 말았다. 담배에 불을 붙여 물기 위해 차의 속도를 늦추었다. 너무 당연하잖아. 개구리는 개굴개굴— 매미는 맴맴— 뜸부기는 뜸북뜸북……. 그녀는 화가 난 듯 열어 놓은 차창을 소리 나게 닫았다. 맹꽁맹꽁, 하고 우는 게 아니라 맹—꽁, 이란 말예요. 암놈이 맹— 하면 다른 수놈이 꽁—하고 운단 말예요. 나는 맹꽁이 같은 그녀의 말에 흥미를 느끼기 시작했다.

그래서 왜지? 하고 묻지 않을 수 없었다. ……. 그건…… 마술 같은 거예요……. 그녀의 빨간 입술에서 흘러나온 마술이란 말이 유년의 기억처럼 내 마음을 흔들어 놓았다. 그녀는 시를 끼적거린다고 했다. 실제로 그녀의 표현이 그랬다. 그러나 어떤 시를 쓰느냐고는 물어보지 않았다. 어쩌면 맹―꽁― 하고 울듯이 시를 끼적거릴지도 모른다. 나는 카스테레오에서 흘러나오는 퓨전 재즈 음악과도 같은 그녀의 세계를 쉽게 이해할 수 없었다. 그러나 한편으로 나는 한나가 속한 불연속성의 세계를 이해하고 싶기도 했다. 고속도로를 달리는 동안에 나는 그녀와 많은 이야기를 나누었다. 전혀 다른 환경에서 살던 두 마리의 맹꽁이가 우연히 만나서 맹―꽁― 맹―꽁― 울어 대듯 서로 다른 세계에 대해 시간 가는 줄 모르고 얘기했다. 그녀는 주로 밝고 가벼운 세계에 관심을 가지고 있었다. 음악과 시와 사랑과 아름다움에 관해 이야기했다. 하지만 우리의 대화에서 나는 주로 그녀의 얘기를 듣는 편이었다.

……누군가가 사랑한다고 말할 때, 우리는 자라처럼 목을 감추어야 해요. 사랑한다고 입버릇처럼 말하며 자식을 매질하는 아버지, 죽도록 사랑한다고 하면서 돌아서서는 깊은 상처를 주는 연인, 사랑을 강변하며 다른 교파의 신도에게 칼을 겨누는 광신도들의 폭력, 그러한 맹목적인 사랑으로부터 세상은 구원되어야 해요. 사랑은 신(神)이라는 이름 다음으로 사람들에 의해 더럽혀진 말이 아닐까요. 그래서 난 아직 사랑한다는 말 자체를 믿지 않아요…….

어느덧 한나는 깊은 잠 속으로 빠져 들었다.

나는 그녀의 잠든 얼굴을 한동안 바라보았다. 날카로운 얼굴에 드리운 심상하지 않은 푸른 그늘이 내 마음을 어둡게 했다. 스물한 살의 나이에 이미 세상을 다 알아 버린 듯한 조숙함, 사고와 감정의 부조화, 그리고 불연속성의 세계……. 도무지 이해할 수 없는 부분이 너무 많았다. 나는 필터까지 다 태운 담배 한 개비를 눌러서 끄고 서서히 차의 속도를 높였다. 하얀 아카시아 꽃이 차창 밖으로 휙휙 스쳐 지나갔다.

유미를 다시 만난 것은 내 나이 스물셋의 겨울이었다.

전국에서 여름은 가장 무덥고 겨울은 무시무시하게 추운 대구에서 한철을 났는데, 그 겨울이 그렇게도 춥게 느껴진 것은 대구의 매서운 날씨 탓이기도 했지만, 꽁꽁 얼어붙은 마음속의 한기 때문이었다. 많은 동지들이 감옥살이를 하고 있을 때에 홀로 창살 밖에 남겨져 있는 슬픔. 그땐 정말 그랬다. 평안한 육신에 대한 부끄러움 때문에 공사장을 떠돌며 방황하던 시절이었다. 월급을 받는 날이면 감방에 갇혀 있는 두 친구에게 『쿠오레』, 『어린왕자』, 『독일인의 사랑』 같은 책을 사서 우편으로 부치고는 했다. 그들은 집시법 위반, 민청련 사건 등으로 제적과 더불어 옥살이를 하고 있었다. 나는 그들과 함께 감방에 있지 못한 것이 못내 미안하고 부끄러웠다. 나는 그 겨울이 가기 전에 학교를 떠나 남행길에 올랐다. 그동안에 군산─목포─여수 등의 공사판을 떠돌아다녔다. 그때 만난 사람이 배관공인 김 중사였다. 그는 월남전 참전 용사였고, 함바의 숨은 실력자였다.

눈이 소리 없이 쌓이는 밤에 김 중사를 따라 25밀리미터 동선

다발을 어깨에 메고 함바를 나섰다. 동선 다발은 김 중사가 미리 감춰 놓은 것이었다. 김 중사는 동선을 고물상에 넘기고 나서 인근의 맥줏집을 찾아 성큼성큼 걸어 들어갔다. 그때만 해도 맥줏집이란 공사판 인부들이 쉽게 드나들 수 있는 곳이 아니었다. 기껏해야 작부의 가슴께나 더듬으며 대폿잔을 기울이는 것이 고작인 시절이었다.

유미의 모습을 본 것은 맥줏집에서였다. 몇십 년 만에 본 유미에게서는 이미 성숙한 여인의 냄새가 물씬 풍겼다. 술집 여자라는 사실이 그녀 본래의 당당한 모습을 조금도 바꾸어 놓지 못했다. 그러나 유미와의 유년의 기억을 떠올리니 마음이 울적했다. 그날만큼은 술에 취하고 싶었다. 나는 말없이 잔을 비웠고, 그녀는 물끄러미 바라보다가 빈 잔을 채워 놓고는 했다. 오뚝한 콧날에 세상을 다 알고 있는 듯한 큰 눈, 불그레한 볼……. 그런 그녀의 얼굴을 바라보며 말없이 잔을 비웠다. 차츰 취기가 돌기 시작했다.

나는 계속해서 술잔을 비웠고, 유미는 빈 잔을 가득 채워 주었다. 김 중사가 ……단풍잎만 차곡차곡 떨어져 쌓여 있네……. 어쩌고 하는 그의 십팔번을 불렀고, ……그윽이 풍겨 주는 포도 향기 달콤한 첫사랑의 향기…… 하는 「청포도 사랑」을 부른 것이 유미였는지 김 중사의 여자였는지 확실히 기억나지 않는다. 그만큼 많이 취했다.

놓쳐 버린 의식이 돌아왔을 때, 나는 비틀거리며 하얀 눈 길을 걷고 있었다. 거리는 하얗게 변해 있었다. 나는 유미의 손을 잡고 눈이 펑펑 쏟아지는 거리를 걸었다. 발목이 눈에 푹푹 파묻혔고, 함바 앞 공터에 이르렀을 때에는 서로의 모습을 알아볼 수 없을 만큼 우리의 몸은 눈으로 덮여 있었다.

눈 길을 걸으며, 유미가 물었다.

"너 아직도 마술을 믿니?"

나는 대답 대신 그녀의 손에 가볍게 입을 맞추었다. 그녀의 손은 얼음처럼 차가웠다. 그녀는 돌아서서 우리가 걸어온 눈 길을 따라 사라져 갔고, 황량한 도시의 어디에서도 그녀의 모습을 다시 보지 못했다.

바람이 늘티재를 넘어 불어오자 하얀 메밀꽃이 파도처럼 일렁거렸다. 유미가 제 엄마의 손을 잡고 넘어가던 고갯길은 흔적도 없이 사라지고 잿마루를 깎아 내 황량하게 아스팔트 포장이 되어 있었다. 어린 시절에는 한나절을 걸어야 했던 늘티재를 자동차로 단 몇 분 만에 훌쩍 넘었다. 한때는 쉰 가구를 넘어서던 용소골도 이제는 반 이상 도시로 떠나갔고, 남은 사람들은 낚시점을 내거나 등산객을 상대로 민박을 하고 등산용품을 팔아서 살아가고 있었다. 마을을 한번 둘러보았으나 대부분 객지에서 들어온 사람들이어서 얼굴을 기억할 수 있는 사람이 거의 없었다. 그런데 전혀 뜻밖에도 그대로 남아 있는 것이 있었다. 그것은 바로 약장수들이 마술을 벌이던 마을 앞의 오래된 우물이었다. 우물 옆에는 여전히 예전에 쓰던 두레박이 나무 그늘 아래 그대로 놓여 있었다.

"아주 오래된 우물이야."

우물 속에 두레박을 내려서 물을 길어 올렸다. 먼저 한나가 한 모금을 마시더니 목구멍이 얼어붙겠다며 고개를 살래살래 흔들었다. 나도 한 모금을 마셨다. 여전히 물맛은 맑고 깊었다. 마을 동구 밖에 차를 세워 놓고 낚시 가방과 텐트 배낭을 메고 메밀꽃이 활짝 핀 밭둑을 걸어 올라갔다. 하얀 메밀밭 너머로 지는 석양이 슬프도록 아름다웠다.

"캘리포니아에 살던 시절이 생각나요."

한나는 활짝 웃으며 이렇게 말문을 열었다.

"메밀꽃이 필 무렵 엄마는 언덕에 올라 붉게 노을이 진 수평선을 바라보며 한숨짓고는 했어요."

메밀꽃 향기가 가득했다. 꽃향기 때문이었을까. 한나는 내 손 위에 그녀의 손을 올려놓았다. 그녀의 작고 하얀 손은 얼음처럼 차가웠다. 나는 한나의 손을 꼭 잡고 메밀밭 길을 걸어 올라갔다. 멀리 석양을 받아 붉게 물든 용소(龍沼)가 보였다.

몇 해 전, LA에서 걸려 온 국제전화 한 통을 받은 적이 있다. 오십대 남자는 유미 프리드리히 부인의 주치의인 정신과 의사 한센 박사라고 자신을 소개했다. 나는 유미의 소식이 궁금했지만 가만히 한센 박사의 이야기에 귀를 기울였다.

"유미 프리드리히 부인을 기억하고 있겠지요?"

"예."

"물론 당신이 결혼도 하고 슬하에 두 남매를 두고 있다는 사실을 알고 있습니다. 하지만 유미 프리드리히 부인의 상태가 워낙 안 좋아서……."

"유미의 병세에 대해 있는 그대로 말해 주세요."

전화선 속으로 파도 소리가 밀려오는 듯했다. 한동안 말이 없던 한센 박사가 무겁게 입을 열었다.

"부인은 남편을 잃고 어린 딸과 함께 뉴욕에 살다가 우울증이

점점 심해져 캘리포니아의 농장으로 돌아와 5년째 요양을 하고
있습니다. 이를테면 향수병 같은 거라고 할 수 있지요. 이런 병
은 증세가 외부로 뚜렷하게 나타나지 않는 심리 증상이어서 마
음을 치유해 줄 수 있는 사람의 도움이 필요합니다. 부인의 병
을 치유하는데 도움이 될 만한 사람은 당신밖에 없습니다. 꼭
좀…… 도와주세요.”

　나는 한센 박사의 전화를 받고 오랫동안 고심을 했다. 전화를
하거나 위로의 편지를 쓸 수 없는 상황이었다. 그렇다고 아내와
자식들을 남겨 두고 캘리포니아로 달려간다는 것은 상상도 할
수 없는 일이었다. 오랫동안 생각한 끝에 고향 용소골에서 메밀
씨앗을 한 상자 구해서 캘리포니아로 보내주었다. 그러고 나서
한동안 나는 잠이 들기만 하면 하얀 메밀꽃이 캘리포니아 언덕
에 흐드러지게 피어 있는 꿈을 꾸고는 했다.

　용소는 깊이 잠들어 있었다.
　어두운 수면을 응시하며 말없이 술잔을 비웠다. 밤이 이슥하
도록 낚시에 작은 각시붕어 한 마리도 낚여 올라오지 않았다.
물고기들끼리 작당을 하여 오늘은 입질을 하지 않기로 한 것 같
았다. 20여 년의 낚시 경력을 지닌 낚시터의 베테랑이라도 물고
기가 입질을 하지 않는 데야 어떻게 고기를 낚을 수 있겠는가.
나는 자정이 지나면서부터 소주잔을 홀짝거리기 시작했다. 빈
속에 소주 몇 잔을 마시니 술기운이 금방 올랐다. 몇 순배 거듭
될수록 의식은 진창에 빠진 은화처럼 더욱 반짝였다. 술에 취해
서가 아니라, 마술처럼 술잔 속을 유영하는 황금빛 물고기 한
마리를 보았다. 놀란 나머지 나는 술잔을 떨어뜨리고 말았다.

물고기는 술잔이 엎질러진 돗자리 위에서 풀쩍풀쩍 뛰어올랐다. 나는 물고기를 잡으려고 벌떡 일어났다. 물고기가 지느러미를 털고 솟구치는 순간에 두 손으로 꽉 움켜쥐었다. 황금빛 물고기는 손바닥 안에서 파들파들 떨었다. 움켜쥔 손이 너무나 싸늘하여 가만히 살펴보니 작은 한나의 손이었다. 나는 이것이 바로 마술일 거라고 생각했다. 마술사의 보자기에서 비둘기가 나타나듯이 오랜 세월 무의식 속에 잠들어 있던 유미의 모습이 홀연히 나타났다. 그녀는 나를 보고 싱긋 웃었다. 나는 말없이 그녀에게 술잔을 건넸다. 그녀는 술잔을 단숨에 비우고 나서 가득 채워 내게 돌려주었다. 술잔이 몇 순배 돌았고, 나는 술에 취하여 혼곤한 잠 속으로 빠져 들었다.

시간이 얼마나 흘렀는지 알 수 없었다. 어디선가 여자의 내음이 물씬 풍겨 왔다. 눈을 떠 보니 여명 속에 여자의 팔이 내 어깨를 감싸고 있었다. 여자는 깊은 잠에 떨어져 있었다. 편안했다. 어둠이 여자의 부푼 가슴에서 허리께로 미끄러져 갈 즈음에 어떤 느낌이 왔다. 바람처럼 스쳐 가는 눈웃음. 그 풋풋한 미소 속에 십여 년 세월을 가로질러 청순한 유미의 얼굴이 되살아났다. 그녀의 몸에서는 향긋한 수초 내음이 났다.

유미는 깊고도 맑은 연못이었고, 나는 새벽잠을 깬 한 마리 물고기였다. 몸을 뒤채고 비늘을 털며 일어나자 수면에 피어오른 수련이 가볍게 꽃잎을 흔들었다. 나는 수면 아래로 유유히 헤엄쳐 갔다. 장구벌레가 뛰어노는 연못가에서부터 청태가 긴 수심 깊은 곳까지 하나하나 탐색을 하며 나아갔다. 민물새우 한 마리가 멀리뛰기를 하듯이 뛰어올랐다. 어디선가 바람이 일었다. 수초들이 부르르 몸을 떨었다. 나는 푸른 수면을 향해 훌쩍 몸을 솟구쳤다. 햇살은 눈부셨고 공기는 신선하기 이를 데 없었다.

철썩…… 철썩…….

다급하게 노를 젓는 듯한 물소리였다. 철썩 철썩, 물살을 가르는 소리가 멀지 않은 곳에서 들려왔다. 분명 용소 깊은 곳에서 들려오는 소리였다. 나는 자리를 떨치고 일어나 텐트 밖으로 뛰쳐나갔다. 아침 햇살에 수면이 거칠게 일렁거렸고, 바위 난간에 세워 놓은 낚싯대가 부러질 듯이 휘청거렸다. 낚싯대를 뽑아 서서히 끌어당겼다. 상대는 얼마쯤 딸려 오더니 낚싯줄이 끊어질 만큼 완강하게 버텼다. 조금만 더 풀려 나가면 수초 사이에 줄이 얽혀 고기를 놓쳐 버릴 것 같았다. 우선 고기를 수면 위로 떠오르게 해야 했다. 나는 고기가 놀라지 않게 하기 위해 낚싯대의 릴을 조심스럽게 감았다. 고기가 죽을힘을 다해 줄을 끌어갈 때에는 얼마쯤 늦춰 주기도 하면서 서서히 끌어올렸다. 한동안 버티던 고기가 어느 순간엔가 수면을 가르며 훌쩍 뛰어올랐다. 월척이 훨씬 넘는 놈이었다.

"한나! 한나!"

한나가 영문도 모른 채 인어 같은 몸으로 텐트 밖으로 뛰쳐나왔다. 그녀의 하얀 가슴이 햇빛을 따라 출렁거렸다.

"물고기가 어마어마해요."

"잉어야."

용소가 넘칠 듯 출렁거렸다. 다시 잠수하지 못하도록 낚싯대를 좌우로 흔들며 릴을 감아올렸다. 잉어는 퍼득퍼득 몸을 솟구치며 호숫가로 끌려왔다.

"뜰채를 가져와, 한나!"

한나가 텐트 주위를 샅샅이 둘러보았다. 갑자기 뜰채가 눈에 들어오지 않았다. 어쩔 수 없는 일이었다. 그래서 가능한 한 잉어를 호수 가장자리까지 끌어낸 뒤, 한나가 조심스럽게 다가갔다. 그녀의 몸이 허리께까지 수면에 잠겨 들었다. 한나가 손을 뻗쳐 잡으려 하자 잉어는 그녀의 몸과 수초 사이를 교묘하게 빠져나갔다. 한동안 숨바꼭질을 계속하다 수초가 무성한 가장자리에서 한나와 잉어는 서로를 가만히 바라보았다. 숨을 몰아쉬는 한나의 올리브 빛 가슴은 아침 햇살에 선홍색으로 물들었고, 수초 사이에 숨어 있는 잉어는 지쳐 잠시 쉬고 있는 듯했다.

용소는 고요했다. 어느덧 한나의 얼굴에 긴장감이 흐르며 선홍빛 나신이 수면 속으로 잠겨 들었다. 그 순간 잉어가 남은 힘을 다해 요동을 쳤고, 낚싯대가 부러질 듯 휘며 팽팽히 당겨진 낚싯줄이 툭 끊겨 버렸다. 한나는 온몸으로 커다란 잉어를 껴안았다. 잠시 후, 그녀는 선홍빛 물방울이 뚝뚝 떨어지는 가슴에 힘차게 약동하는 황금빛 잉어를 안고 일어섰다.

"믿을 수 없어요."

한나의 몸 전체가 황금빛으로 물들었다.

그녀의 품속에서 잉어는 부르르 몸을 떨었다. 그것은 사랑하는 여인의 가슴을 파고드는 연인의 몸짓처럼 보이기도 했다. 한나는 황금빛 잉어를 더 높이 머리 위로 들어 올렸고, 한순간 두 팔을 하늘을 향해 활짝 펼쳐 들자 잉어는 더 높이 높이 솟아올랐다. 그 모습이 꼭 한 마리 새 같았다. 잠시 후, 잉어는 수면을 가르며 용소에 내려앉았다. 잉어는 다시 힘을 얻어 수면 위로 몸을 몇 번 뒤채고는 용소 깊은 곳으로 유유히 헤엄쳐 갔다. 어느덧 용소는 황금빛으로 물들었고, 한나는 부르르 몸을 떨며 카스테레오에서 들은 퓨전 재즈 곡조를 흥얼거리고 있었다.

……당신은 내 생의 크나큰 원동력, 왜 그런가 궁금해하면 안 되
나요. 알게 해 줘요. 당신 마음 알게 해 줘요…….

한나와 함께 부르는 우리의 노랫소리가 용소 가득 넘실거렸다.

……사랑이 뭔지 말해 줘요. 사랑하는 체할 필요 없어요. 그럴
필요는 없어요. 당신 마음을 살펴봐요. 내가 머무를 자리가 있나 찾
아봐요. 당신은 내 사랑의 정점이니까. 정말 전해 줘요. 봐요. 언제
나 최고로 사랑해 줘요…….

아바타를 사랑한 남자

박 석 근

1962년 경남 마산에서 태어나 중앙대 예술대학원을 졸업했
다. 1995년 《문학사상》 신인상에 「전망 좋은 집」이 당선되어
작품 활동을 시작했다. 장편소설 『외로운 사람들은 바다로 간
다』, 『숨비소리』 등이 있다.

하늘이 무겁게 내려앉은 어느 날, K 합동 법률 사무실 안으로 손님이 들어갔다. 변호사 비서 겸 잡무를 보는 최 양이 먼저 그 손님을 맞이했다. 손님은 변호사와 면담을 요청했다. 옷차림새로 미루어 보아 뜨내기손님 같지는 않았지만, 예약이 되어 있지 않은 탓에 그녀는 잠시 망설였다. 소송 의뢰인은 대개 누군가의 소개를 받거나 사전에 예약을 하고 찾아오기 때문이었다.

"아가씨, 변호사 없어요?"

손님은 기분이 별로 좋지 않아 보였다.

"저곳에 앉아 잠깐만 기다려 주시겠어요?"

아가씨는 사무장에게 다가가 손님의 뜻을 전했다. 응접 원탁에 앉은 손님은 신문은 거들떠보지 않고 몸을 꼿꼿이 세워 앉았고, 사무장은 손님을 일별했다. 불경기가 오기 전만 하더라도 손님은 사무장을 거치지 않고 변호사를 만날 수 없었다.

"말씀드려 봐."

사무장이 심드렁히 말했다. 아가씨는 변호사실 앞에서 노크를 하고 안으로 들어갔다가 잠시 후 다시 나왔다.

"들어오시래요."

아가씨가 응접 테이블에 앉은 손님 곁으로 다가가 말하자 손님은 재빨리 변호사실 안으로 들어갔다.

머리가 희끗 센 변호사는 실력과 인품을 두루 갖춘 듯이 보였다.

"무슨 일로 오셨습니까?"

"제 막내 동생이 얼마 전에 교통사고로 죽었는데, 아 글쎄 느닷없이 남편이라는 작자가 나타나 생명보험금이 자기 거라고 주장하지 뭡니까."

손님은 다소 흥분했다.

"죽은 여동생의 남편은 자식과 함께 당연히 재산 상속권이 있습니다."

"변호사님, 그게 아니라 죽은 동생의 남편이라고 자처하는 작자는 내가 한 번도 본 적이 없는 놈이란 말입니다."

말귀를 알아듣지 못하는 변호사가 답답한지 신사는 약간 언성을 높였다.

"차근차근 자세히 말씀해 보세요."

"순전히 재산을 갈취할 목적으로 나타난 놈이란 말입니다."

"남편이라고 자처하는 사람 말고 다른 가족은 있습니까?"

"결혼도 하지 않은 애가 가족은 무슨 가족입니까."

"그러니까 선생님 말씀은, 살아생전의 동생은 결혼하지 않은 처녀였는데, 죽고 나자 남편이라는 자가 느닷없이 나타나 유산 상속을 요구하고 있다, 그 말이죠?"

"그렇습니다, 변호사님."

"우리나라 민법은 법률혼뿐만 아니라 사실혼도 인정하고 있습니다. 혹시 남편이라고 주장하는 그 남자와 동거 생활을 한 게 아닐까요?"

"그럴 리 없습니다. 자상한 오라비는 아니어도 동생이 어떻게 사나 궁금해서 보름에 한 번 정도 동생의 오피스텔로 가 보곤 했습니다. 만약 동생이 그 작자와 동거 생활을 했다면 흔적이 있어야 하지 않습니까? 그런 흔적은 어디에도 없었습니다. 흔적은커녕 냄새나 기미 같은 것도 없었습니다. 나도 명색이 남잔데 그런 것 하나 모르겠습니까. 죽은 동생은 학교 다닐 때 공부밖에 모르는 모범생이었고, 대학을 졸업하고 사회생활을 할 때도 연애하고는 담쌓은, 일밖에 모르는 아이였습니다."

변호사는 책상에 팔꿈치를 괴고 곤혹스런 표정을 지었고, 손님은 그런 변호사를 의심하는 눈빛으로 쳐다보았다. 이윽고 변호사가 말했다.

"혹시 그 남자 집에서 동거한 게 아닐까요? 요즘 젊은이들은 각자 주거지를 가지고 왔다 갔다 하면서 동거하기도 하니까요."

"그럴 리 없습니다. 아까도 말했다시피 내 동생은 그런 아이가 아닙니다."

"만약 선생님의 말이 모두 사실이라면 걱정할 것 없습니다. 남편이라고 주장하는 그 남자가 고인과의 사실혼 관계를 입증하지 못하는 한 유산 상속은 절대 일어나지 않습니다."

"무슨 말씀이신지?"

"소송에 들어가면 입증책임이란 게 있어요. 이 사안의 경우, 혼인의 효력을 주장하는 자, 그러니까 고인의 남편이라고 주장하는 자가 혼인의 성립을 증명하지 못하는 한 유산 상속 같은 건 절대로 안 일어납니다.”

어찐 된 일인지 변호사의 그 말에 손님의 표정은 더욱 어두워졌다.

“그런데 말이죠, 변호사님. 그 작자가 결혼사진을 갖고 있지 뭡니까.”

“에이, 그럼 결혼한 거네요.”

“그게 아닙니다. 사진 안에 동생 얼굴은 없고 뭔가, 만화 같은 그림 쪼가리가 찍혀 있었습니다.”

＊

남자의 아내가 실종되었다.

사람의 실종에는 이유가 있기 마련이다. 그러나 그 여자의 실종은 그 어떤 단서도 보이지 않았다. 그러니까 아무런 예고도 징후도 없이 어느 날 홀연히 사라진 거였다. 처음에 그는, 아내에게 자신이 인식하지 못한 어떤 잘못을 저질렀거나 서운하게 대한 점이 있는지를 살폈다. 아무리 돌이켜 보아도 그런 게 없었다. 집을 나간다는 것은 결혼을 파기하는 행위나 마찬가지다. 하지만 그의 아내는 남편 알기를 씹던 껌같이 여기는 그렇고 그런 부류의 여자가 아니었다. 그는 아내의 신상에 무슨 중대한 변화가 일어난 게 틀림없다고 생각했다.

그는 여기저기에 아내의 행방을 수소문했다. 아내와 친구이거나 친분이 있는 사람들에게 이메일을 전송했다. 그런데 돌아온 답장은 한결같았다. 요컨대 그들은 최근 며칠 동안 그녀와 메일을 주고받거나 접속하지 못했다고 했다. 그는 그 사람들을 만난 적이 없지만 그들의 성격과 생김새를 훤히 알고 있었다. 모든 게 상상의 산물이었다. 한 인물에 대해 상상을 계속하다 보면 그 인물이 실제처럼 뇌리에 각인되었다. 아바타는 그들의 캐릭터와 똑같았고, 그는 아바타를 통하여 그들을 기억했다. 3차원 그래픽 아바타는 입체감과 현실감을 함께 지녔다.

그는 하는 수 없이 아내를 처음 만난 조이시티닷컴에 접속했다. 그곳이 아니었다면 그들은 서로 만나지 못했을 것이다. 거기서 만나 결혼에 골인한 커플이 그들 말고 스무 쌍이나 더 있었다. 공식적으로 집계된 결혼 커플이 그런 만큼 동거 커플까지 합치면 그보다 몇 배 더 많은 남녀가 그곳에서 인연을 맺었다.

그는 아내와 신혼살림을 차린 후에는 그곳에 한 번도 들르지 않았다. 깨가 쏟아지는 신혼 재미도 재미지만, 다른 네티즌들의 원색적 질문 공세가 좀 귀찮았다. 이를테면, 섹스는 어떻게 하세요? 일주일에 몇 번 하나요? 어떻게 놀아요? 그런 종류의 질문에 대꾸한다는 건 귀찮고 불편하기에 앞서 프라이버시를 침해당하는 일이었다. 그렇긴 하지만 아내가 실종된 마당에 그곳에 접속하지 않을 도리가 없었다. 그는 게시판과 공지 사항란에 아내의 실종을 알리는 한편 아내의 소식을 아는 사람은 한시바삐 자신에게 연락을 달라는 취지의 글을 올렸다. 글을 게시한 후 그는 실시간 메일 알림 서비스를 클릭해 놓고 컴퓨터 앞에서 기다렸다.

글을 올린 지 서너 시간쯤 지났을 때 메일 한 통이 날아왔다. 꿈꾸는 백조님이었다. 꿈꾸는 백조님은 아내의 사이버 친구인 동시에 현실 세계 친구였다. 그녀는 무엇을 어떻게 말해야 좋을지 모르겠지만 이 소식을 전하지 않으면 안 될 것 같다며, 왜 하필 자신이 이런 궂은 소식을 전해야 하는지 모르겠다고 했다. 꿈꾸는 백조님은 어제 아내가 죽었다고 했다. 퇴근길 횡단보도에서 음주운전 차량에 받혀 그 자리에서 절명했다는 것이다. 그는 메일을 받은 그날이 만우절인 줄 알았다. 하지만 만우절은 꽃피는 4월이고 지금은 낙엽 지는 10월이었다. 그는 즉시 아내의 주검이 있는 곳이 어디냐고 메일을 보냈고 얼마 후 답장을 받았다. 아내의 주검이 안치된 곳은 G 병원 영안실이었다. 그는 컴퓨터 모니터에 이마를 맞댄 채 두 손을 깍지 끼었다. 그는 G 병원 영안실로 가야 한다고 생각했다. 주검을 확인하지 않고서는 아내의 죽음을 믿을 수 없었다. 그러나 그는 망설였다. G 병원 영안실로 간다는 것은 사이버 세계에서의 이탈을 의미했기 때문이다. 그는 오피스텔 안을 왔다 갔다 하며 안절부절못했다. 그 모습은 흡사 철창 속에 갇힌 정신병자 같았다.

그는 유명 대학에서 경제학을 전공하고 동 대학원에서 박사 학위를 받은 학자였다. 첫 직장은 S 경제 연구소였다. 그곳에서 소비자 동향을 파악하고 경기를 예측한 뒤 보고서를 작성하는 일을 했다. 그의 보고서는 신뢰할 만했다. 신뢰할 만하다는 것은 그의 예측이 빗나갈 때도 있지만 맞히는 경우가 더 많다는 뜻이다. S 경제 연구소와 연계된 증권사 애널리스트와 펀드매니저들은 그의 보고서를 토대로 기업 분석을 내놓았고 투자 방향을 결정했다. 그런 그가 최근에 직장을 그만두고 독립했다. 오피스텔을 얻어 그곳에서 먹고 자며 저술에 몰입한 것이다. 그는 미래 사회에 관한 책을 쓰고 싶었다. 박사 인플레이션 시대에 실력만이 자신을 담보하고, 실력이 공인되면 대학의 문은 저절로 열린다고 믿었다. 그는 대학교수로 늙는 것도 그다지 나쁘지 않다고 생각했다.

어쨌든 그는 그녀의 죽음을 인정할 수 없었다. 그녀의 죽음은 가상공간에서 일어난 일이 아니라 현실 세계에서 일어난 일이었기에 더더욱 믿을 수 없었다. 그는 여태까지 가상공간에서 아내와 관계를 맺고 살았으므로 그 공간을 떠나면 자신의 삶이 어떻게 되는지 예측할 수 없었다.

그는 컴퓨터에 저장된 아내의 아바타를 불러와 하염없이 바라보았다. 그는 아내를 사랑했고, 아내 없인 하루도 살 수 없었다.

*

조이시티에서 그는 3차원 그래픽 아바타를 보고 한눈에 반했다. 다른 아바타는 대부분 2차원 그림이거나 이미 만들어 놓은 기성품인 데 반해 그녀의 아바타는 문자 ID처럼 개성이 넘쳐 났다. 그는 그 아바타에게 프러포즈했다. 그녀 또한 그의 3D 아바타가 마음에 쏙 든다고 했다. 그들은 다른 커플처럼 곧바로 동거에 들어가지 않았다.

만난 지 100일째 되던 날, 그들은 크루즈 여행을 떠나기로 합의했다. 초대형 유람선 승선 티켓을 팔기 시작한 지 얼마 되지도 않았는데 벌써 정원 초과라는 배너 광고가 떴다. 더 이상의 인원이 승선하면 배의 안전을 보장할 수 없으므로 다음 기회를 이용하라는 내용이었다. 그들은 유람선이 떠나는 날을 손꼽아 기다렸다. 마침내 10월 둘째 주 일요일, 초호화 여객선 '화이트 벌드 호'는 인천항을 출발했다.

‘화이트벌드 호’는 부산항을 출발하여 홍콩항, 필리핀 마닐라
항, 인도네시아 자카르타항, 호주 시드니항, 뉴질랜드 오클랜드
항을 거쳐 피지 수바항, 하와이 호놀룰루항을 거쳐 일본 요코하
마항을 경유하여 출발항인 인천항으로 돌아올 예정이었다. 그
와 그녀의 3D 아바타는 다른 아바타들 가운데 단연 돋보였다.
그들은 스카이라운지에서 망망대해를 바라보며 카푸치노를 마
셨다.

나이트클럽에서 흥겨운 리듬에 몸을 맡겼을 때였다. 그녀 곁
에 낯선 아바타가 얼씬거렸다. 머드 게임이나 온라인 채팅에 등
장하는 못생긴 2차원 아바타였다. 그런데 그녀는 그 아바타를
물리치지 않았다. 물리치지 않았을 뿐만 아니라 춤까지 같이 추
었다. 그는 기분이 몹시 상했을 뿐만 아니라 질투심이 불타올랐
다. 그는 낯선 아바타를 가로막으며 헤라는 내 여자 친구라고 말
했다. 헤라는 그녀의 아이디였다. 낯선 아바타는 그 자리에 잠시
멈춰 머뭇거리더니 결혼이라도 한 사이냐고 반문한 뒤 계속해서
그녀 곁을 맴돌며 깐죽거렸다. 격분한 그는 그 못생긴 아바타를
향해 주먹을 날렸고 두 아바타는 서로 엉겨 붙었다. 싸움을 구
경하던 한 아바타의 신고로 흰 제복과 제모를 쓴 아바타들이 출
동했다. 그 아바타들은 화이트벌드 호 치안 대원들로, 그는 치
안대 사무실로 끌려갔다. 결국 그는 거액의 벌금을 물었다. 먼
저 상대방에게 폭력을 행사한 잘못이 컸기 때문이다. 벌금은 적
립된 마일리지로 해결했다.

마일리지를 거의 다 써 버린 그는 화가 치밀었다. 그놈하고
춤춘 이유가 대체 뭐야? 재미있잖아. 그녀가 대답했다. 너는 장
차 내 아내가 될 여자라고. 조신하게 굴어야지. 그는 시기와 질

투의 감정을 억누를 수 없었다. 타이탄, 대체 왜 그래? 겨우 이 정도밖에 안 되는 사람이었어? 질투할 걸 질투해야지. 내가 제일 싫어하는 게 간섭이라는 거 벌써 잊었어? 순간 그는 뜨끔했다. 사실 그녀는 좀 지나치다 싶을 정도로 간섭받는 걸 싫어했다. 사생활을 간섭하면 떠나 버리고 말 여자라는 걸 그는 진작 파악하고 있었다. 그렇긴 하지만 오늘 밤 같은 경우에 그는 자신의 감정을 마음대로 제어할 수가 없었다. 미안해, 헤라.

그들은 나이트클럽에서 나와 레스토랑에 갔다. 나이트클럽에서와 달리 레스토랑에서는 바다가 보였다. 멀쑥해진 그들은 한동안 말없이 바다만 바라보았다. 보름달 빛이 검은 밤바다를 환하게 비췄다. 바다는 호수처럼 잔잔했고, 이따금씩 수면을 박차며 유영하는 돌고래 떼가 달빛에 드러났다. 달빛에 비친 돌고래 떼를 보아서 그런지 무거운 기분이 좀 가벼워졌다. 돌이켜 보니 다투기는 이번이 처음이었다. 맥주 한잔할래? 그가 말했다. 그래, 카프리로 시켜. 그는 웨이터를 불러 카프리 두 병을 주문했다. 맥주 값은 보너스 포인트로 그 자리에서 결제했다. 다음부터는 그러지 마. 카프리를 병째 마시며 그녀가 말했다. 입장 바꿔 생각해 봐. 어떤 여자가 나를 유혹하고 내가 그 여자하고 같이 춤을 춰도 헤라는 가만있을 거야? 그러자 그녀가 단호하게 말했다. 우린 서로의 삶을 간섭할 권리가 없어. 그는 간섭을 싫어하는 그녀의 성격이 싫지 않았다. 레스토랑 입구에 그녀 주위를 얼씬거리던 2차원 아바타가 서 있는 게 보였다. 그는 그 아바타와 마주치고 싶지 않았다.

레스토랑을 나온 그들은 객실로 내려왔다. 객실은 1등부터 3등까지 있었는데, 그들은 3등 객실 티켓을 가지고 있었다. 3등 객실은 혼잡했다. 좌석 수에 비해 아바타가 더 많아 보였다. 장삿속으로 좌석 수보다 더 많은 아바타를 승선시켰을 가능성이 컸다. 그는 후회했다. 이럴 줄 알았다면 돈을 좀 더 주고 1등 객실 티켓을 끊었을 것이다. 미안해, 해라. 티켓을 산 그가 말했다. 괜찮아. 누가 이럴 줄 알았나 뭐. 그때 낯선 아바타가 그녀의 몸을 툭 치고 지나갔다. 그럼에도 불구하고 그 아바타는 사과 한 마디 없었다. 아무래도 안 되겠어. 선실을 알아봐야겠어. 괜찮지? 그가 물었다. 그러나 그녀는 아무런 대답도 하지 않았다. 선실에 들면 좋겠지만, 문제는 선실은 주로 신혼부부들이 이용한다는 점이었다. 그들은 아직 결혼하지 않았고, 여태까지 한 번도 같은 방에서 잠을 잔 적이 없었다. 여긴 너무 복잡하고 시끄러워. 우린 지금 조용한 휴식이 필요해. 그가 선실에 들기를 종용했다. 그래 좋아. 맘대로 해. 그녀는 마침내 마음을 정했다.

다행히 선실은 다 팔리지 않았다. 어찌 생각해 보면 선실을 팔기 위해 일부러 객실을 번잡하게 만들어 놓았는지 모를 일이었다. 그들은 비싼 요금을 지불하고 선실에 들었다. 선실은 두 아바타만의 아늑한 공간이었다. 선실로 들어가는 복도 초입에 각종 물건을 파는 가게가 있었다. 목욕 용품과 취미 용품을 비롯해서 술과 음료, 심지어 방을 꾸미는 벽지와 바닥재 등 인테리어 제품과 가전제품을 합해 총 450개의 물건을 팔고 있었다.

알고 보니 선실에는 신혼부부보다 연인들이 더 많이 들어 있었다. 거기다 나홀로족들은 선실 문에 '남자 구함' '화끈한 동거녀 구함' '방 같이 쓰실 남자 구함' '아름다운 이 밤을 함께 지새울 여성 분 구함' 등의 문구를 붙여 놓고 이성이 들어오기를 기다렸다. 선실에 든 승객들은 제각기 방 이름을 지었는데 '신혼

방’ ‘나하고 자기야 방’ ‘닭살 커플 방’ 등 다소 유치한 이름이 눈에 띄었다. 그들은 좀 색다르고 고상한 방 이름을 짓기 위해 잠시 고심했다. 하늘방 어때? 그녀가 제안했고 그는 흔쾌히 동의했다.

하늘방으로 들어간 그들의 아바타는 한동안 그 자리에 서 있었다. 폐쇄된 공간에 단 둘이 있기는 처음이기 때문이었다. 마실 것 좀 사올까? 머쓱해진 그가 말했다. 아니, 괜찮아. 그녀는 신발을 벗고 침대에 누웠다. 침대는 한 개였고 더블 사이즈였다. 이리 와서 누워. 편해. 그녀가 말했다. 그는 얼른 그녀 곁에 누웠다. 여기서 자는 건 좋은데 명심해 둘 게 있어. 결혼하기 전까지는 절대 날 건드려선 안 돼. 농담 아냐. 그녀가 단호하게 말했다. 좀 고리타분한데. 그가 말했다. 하룻밤 풋사랑에 인생이 망가진 친구가 있어. 결국 손해 보는 건 여자라고. 그녀는 자조적으로 말했다.

침대에 누운 그녀의 아바타는 잠든 듯 미동도 하지 않았다. 어쩌면 그녀는 컴퓨터를 켜 놓은 채 잠든 것인지도 몰랐다. 그는 시계를 보았다. 벌써 새벽 1시가 넘었다. 잠자? 그녀는 반응이 없었다. 그의 아바타는 그녀를 덮쳤다. 컴퓨터 자판에서 떨어진 그의 손이 바지춤 안으로 들어갔다. 그는 자위를 하기 시작했다. 지금 뭐하는 거야, 뭐하는 거냐고? 그녀의 아바타가 벌떡 일어났다. 그러나 달아오른 그의 몸은 금세 식지 않았다. 바지춤에서 손을 뺀 그는 자판을 빠르게 두드렸다. 널 가지고 싶어. 내가 이러지 말랬잖아. 결혼하기 전까진 안 된다고 분명히 말했잖아. 결혼이 뭐가 그리 중요해? 다른 사람은 몰라도 난 중요해. 우리 엄마처럼 나도 그걸 지키고 싶단 말이야.

*

크루즈 여행에서 돌아온 그들은 결혼 준비를 서둘렀다. 결혼식에 초청할 하객 명단을 만들고, 신혼살림 집을 마련하기 위해 동분서주했다. 하객은 각자 스무 명씩 초대하기로 했는데, 그는 초대할 사람이 열 명도 채 안 되었다. 반면에 그녀는 초대할 손님이 너무 많아 추리느라 애를 먹었다.

신혼집은 메가포털 피플닷컴에서 해결했다. 피플닷컴은 친절하게 평수에 따른 아파트 단면도를 보여 주면서 다른 사람들이 사생활을 침해하는 것을 철저히 차단할 수 있다고 광고했다. 집을 비운 동안 타인의 방문이 싫다면 '외출 중'으로 바꿔 놓으면 아무도 들어올 수 없고, 대문에 부착된 잠금장치에 패스워드를 입력해야 집 안으로 들어갈 수 있다고 했다. 또 방 꾸미기 아이템으로 가구 44개, 창문 33개, 인테리어 소품 46개 등을 광고했다. 그는 미분양 28평 아파트를, 그녀는 방 꾸미기 아이템을 구매하기로 합의했다. 베란다가 남향으로 난 집이어야 해. 계약하기 전날 그녀는 당부하듯 말했다.

피플닷컴에서 주례도 알선하긴 하지만, 그들은 뮤직카페 방장에게 특별히 주례를 부탁하기로 했다. 뮤직카페는 그들이 애용하는 카페였고, 방장은 주례 경험이 풍부했다. 방장의 주례로 부부의 연을 맺은 사람들이 행간에 행복이 흠씬 묻어나는 글을 가끔 카페에 올렸다. 그들이 결혼을 결심한 데는 그 사람들의 영향이 컸다. 그들은 정중하게 주례를 부탁하는 이메일을 공동 명의로 작성해 뮤직카페 방장에게 보냈다. 메일을 보낸 지 하루 만에 그들 각자의 컴퓨터로 답장이 배달되었다. 결혼식 날짜와

시간, 그리고 장소를 정확히 알려 주면 만사를 제쳐 놓고 주례
를 서겠으며, 이런 영광을 주어서 고맙다는 내용이었다.

드디어 결혼식 날이 다가왔다. 예식장은 피플닷컴 안에 있는
스위트룸이었다. 식장에 가장 먼저 들어온 사람은 난장이님과
백설공주님이었다. 그들은 연인 관계로 그 결혼에 큰 관심을 보
이긴 했지만, 이렇게 가장 먼저 예식장에 나타날 줄은 예상 밖
이었다. 신랑과 신부는 이미 예식 시작 두 시간 전부터 스위트
룸을 예의 주시하고 있었다.

예식 시작 시간이 가까워 오자 아바타들이 하나 둘씩 스위트
룸 안으로 들어오기 시작했다. 대부분 청첩장을 받은 아바타들
이었으나 개중에는 초대하지 않은 아바타들도 보였다. 그들은
초대하지 않은 아바타들을 어떻게 해야 좋을지 몰랐다. 드문 일
이긴 하지만 결혼식을 난장판으로 만드는 아바타가 있다는 소
문을 들었다. 좋은 날인데 들여보내지 뭐. 신부가 신랑의 동의
를 구했다. 그리하여 낯선 아바타들도 예식장으로 들어갈 수 있
게 되었다. 예식 시작 10분 전에 스위트룸은 더 이상 앉을 자리
가 없을 만큼 하객들로 꽉 찼다. 자리를 잡은 아바타들은 제각
기 축하의 메시지를 보냈다. 결혼을 진심으로 축하합니다, 잘
사십시오, 정말 부러워요, 나도 결혼할까 보다, 나에게도 신랑
이 필요해 등 덕담도 각양각색이었다. 신랑과 신부는 그들의 덕
담에 일일이 답했다. 차미숙, 너 이래도 되는 거니? 좀 특별한
말을 하는 아바타 눈에 띄었다. 덕담이 아니라 결혼을 반대하
는 듯한 뉘앙스를 풍기는 말이었다. 꿈꾸는 백조라는 이름을 달
고 식장으로 들어온 그 아바타는 신부의 친구였고, 차미숙은 그
녀의 현실 공간 이름이었다. 그러니까 꿈꾸는 백조는 하객들 중

유일하게 현실 세계에서 들어온 인물이었다. 걱정하지 마. 신부
의 대답은 간명했다.

이윽고 예식이 시작되었다. 내빈들께서는 문자 잡담을 삼가
주시기 바랍니다. 사회를 보는 아바타가 말했다. 뒤이어 주례
가 신랑 입장을 선포했다. 나비넥타이를 맨 신랑 아바타가 천천
히 단상 앞으로 걸어 나갔다. 뒤이어 드레스에 면사포를 쓴 신
부 아바타가 입장했다. 이윽고 주례사가 시작되었다. 결혼을 한
다는 의미는 두 사람 간에 계약을 맺는 행위며, 만약 쌍방 중 하
나가 바람을 피거나 기타 혼인을 지속할 수 없는 행위를 할 시
에는 계약 위반의 책임이 뒤따릅니다. 사이버 질서란 네티즌들
의 도덕만을 의미하는 게 아니라 바로 오늘 이와 같은 서약에
따른 책임을 지는 것을 의미합니다. 여기 모인 하객들은 단순한
구경꾼이 아니라 두 사람 간에 맺어진 계약의 증인이 되어야 합
니다. 주례의 말에 하객들은 주목했다. 신랑은 신부를 맞이하여
슬플 때나 기쁠 때나 검은 머리가 파뿌리처럼 될 때까지 신부를
사랑하겠습니까? 네. 신부는 신랑을 맞이하여 슬플 때나 기쁠
때나 검은 머리가 파뿌리처럼 될 때까지 신랑을 사랑하겠습니
까? 네. 뒤이어 예물이 교환되었다. 신랑은 다이아몬드 반지를,
신부는 사파이어가 박힌 금반지를 선물했다. 그것들은 피플닷
컴의 티파니에서 사이버머니를 주고 구입한 것이었다. 이로서
두 사람의 혼인이 성립되었습니다. 두 사람은 뒤돌아서 내빈 여
러분께 인사하십시오. 여기저기서 아바타들이 박수 소리를 띄
웠다.

예식이 끝나자마자 주례는 신랑과 신부에게 각각 이메일을
보냈다. 자필 서명을 스캔으로 떠서 보내라는 내용이었다. 그들

282

은 그 또한 결혼식의 한 절차거니 여기고 자필 서명을 스캔으로
떠서 주례에게 보냈다. 한 시간도 채 지나지 않아 파일이 첨부
된 답장이 날아왔다. 신랑과 신부는 거의 동시에 그 파일을 열
어 보았다. 파일은 혼인 서약서였고, 그들의 자필 서명이 서약
서 말미에 선명하게 붙어 있었다. 신부는 그 파일을 '내 문서'에
저장했고, 신랑은 저장에 이어 인쇄까지 했다.

그들은 남태평양 타이티 섬에서의 일주일간 예약된 신혼여
행을 다음 기회로 미루었다. 미래 사회를 연구하는 신랑은 필요
할 때 시간을 낼 수 있지만 신부는 그렇지 않았다. 대기업 홍보
실에 근무하는 그녀는 그즈음 야근하는 날이 잦았다. 곧 출시될
신제품에 맞춰 카탈로그와 브로셔를 준비하고 발송하는 등 처
리해야 할 일이 한두 가지가 아니었다.

신혼 첫날밤, 그는 여느 때와 달리 떨리는 마음으로 신혼집으
로 향했다. 그는 패스워드를 입력한 뒤 집 안으로 들어갔다. 집
안은 텅 비어 있었다. 그녀의 아바타는 회사에서 아직 돌아오지
않았다. 그는 실내 인테리어가 마음에 쏙 들었다. 신부가 유료
아이템을 구입하여 꾸민 작품이었다. 그는 초조하게 그녀의 아
바타가 나타나기를 기다리며, 작은 이벤트를 준비했다. 그것은
수백 개의 촛불로 집 안을 장식하는 것이었다. 그는 당장 이벤
트용품점으로 가서 유료 아이템을 구매했다. 그리고 촛불로 하
트 모양을 만들고, '사랑해.'라는 글자도 만들었다.

밤 11시경, 마침내 그녀의 아바타가 나타났다. 일에 지친 그녀
는 매우 피곤했다. 수백 개의 촛불이 그녀를 먼저 맞이했다. 그
녀는 그동안 쌓인 피로와 스트레스가 싹 가시면서 하마터면 눈
물을 흘릴 뻔했다. 고마워. 신부가 말했다. 뭘 이런 걸 가지고.

신랑은 어깨를 으쓱댔다. 저녁밥은? 여자가 물었다. 지금이 몇 시인데, 당연히 먹었지. 당신은? 그는 '당신'이라는 호칭을 쓰고 나서 좀 머쓱해했다. 반면에 그녀는 그런 호칭이 하나도 이상하지 않은지, 회사 근처 식당에서 먹고 왔어, 회식이 있었거든, 하고 말했다. 오늘 결혼식 어땠어? 그는 자꾸 오타를 연발했다. 마음이 떨리고 있었다. 마음이 설레기는 그녀도 마찬가지였다. 하지만 그녀는 오타를 내지 않았다. 샤워해야지? 그가 말했다. 그녀는 그 말을 섹스하자는 뜻으로 받아들였다. 먼저 해. 그녀가 말했다. 같이하자. 음, 생각 좀 해 보고. 그녀는 헤프지 않아야 된다고 생각했다. 뭐 어때. 우린 결혼한 사인데. 그래 좋아. 그들의 아바타는 천천히 욕실로 향했다. 잠깐만 기다려 봐. 움직이는 아바타를 멈춘 그녀는 뮤직카페에서 내려 받은 파일을 남편의 이메일 주소로 보냈다. 지금 이메일 열어 봐. 방금 음악 파일 하나 보냈어. 12시 정각에 클릭해. 음악을 들으며 샤워하는 거야. 12시가 되려면 5분 남짓 남았다. 그는, 눈부신 기술 발전 속도로 미루어 멀지 않은 장래에 음악도 동시에 들을 수 있으리라 여겼다. 그는 아내의 말대로 12시 정각에 그 파일을 클릭했다. 두 사람은 거의 동시에 재즈 선율을 듣기 시작했다. 그들의 아바타는 어느새 알몸이 되었고, '샤워'를 클릭하자 샤워기에서 물줄기가 뿜어 나왔다. 그는 끓어오르는 정욕을 더 이상 억누를 수 없었다. 그는 아내의 아바타를 데리고 안방으로 갔다. 두 사람의 아바타는 여전히 실오라기 하나 걸치지 않은 알몸이었다. 그는 아내를 침대에 눕혔다. 잠시 후 그의 정액 몇 방울이 침대 맡에 놓아 둔 노트북 모니터에 튀었다.

*

　시간의 흐르는 것과 비례해서 그들은 결혼 생활에 익숙해졌다. 그새 신혼집에는 살림살이도 많이 늘었다. 그녀는 유료 아이템을 구매하여 LCD TV와 냉장고를 비롯해서 서라운드 오디오 시스템을 들여놓았다. 또 그녀는 예쁜 그릇으로 진열장을 장식하고 핑크빛 벽지로 벽을 다시 발랐다. 아바타끼리 마주보며 사랑을 속삭이기 위해 2인용 앤티크 탁자도 구입했다.

　그들은 아침에 눈을 뜨자마자 컴퓨터를 부팅시켜 채팅을 했다. 아예 컴퓨터를 끄지 않는 날이 잦아졌다. 그녀는 출근하기 직전까지 남편과 채팅했고, 퇴근 후 다시 남편을 만났다. 외롭거나 우울하거나 슬플 때 그녀는 근무 중임에도 불구하고 남편과의 접속을 시도했다. 그는 하루 중 거의 대부분을 오피스텔에서 미래 사회에 관한 연구에 골몰하고 있으므로 접속은 용이했다. 그녀는 업무든 사생활이든 중요한 결정을 내려야 할 일이 있으면 남편의 조언을 구했다. 아내보다 다섯 살이 많은 남편은 훌륭한 인생의 선배였다. 또 그녀는 일상의 시시콜콜한 얘기, 이를테면 직장 상사를 흉본다든가 얌체 같은 동료 직원의 이중 연애를 비난한다든가, 심지어 자신의 생리가 언제 시작되고 언제 끝나는지, 하는 이야기까지 서슴없이 했다. 뿐만 아니라 그들은 조상의 제사와 가족 생일 등 기념일도 서로 챙겼다. 가족 계획도 세웠는데, 예쁜 딸 하나만 낳기로 했다. 아름이 어때? 그는 장차 생길 딸의 이름을 미리 지었다. 당신 성이 한 씨니까 한아름이 되겠네.

　결혼한 지 한 달하고 달포가 더 지났을 때 그들은 디지털 카메라로 찍은 실제 모습이 담긴 사진 파일을 교환했다. 그것을 먼저 제안한 사람은 그녀였다. 그는 그런 말을 하고 싶어도 묵계(默契)에 어긋나는 것 같아 차마 입 밖으로 꺼내지 못하고 있던 참이었다.

사진을 교환한 그들은 염려와 달리 서로의 외모에 실망하지 않았다. 그는 아내의 입가에 잡히는 보조개에 마음을 뺏겼고, 그녀는 남편의 큰 코와 짙은 눈썹이 좋았다. 이후부터 그들은 거의 매일 자신의 모습을 디지털 카메라에 담아 상대방에게 전송했다. 누구야? 그녀의 사진에 남자가 끼면 그는 어김없이 물었다. 남자 친구. 그녀는 남편을 골리려 일부러 그렇게 말했다. 정말이야? 유치하긴. 같은 사무실에서 일하는 동료야.

그는 아내가 정해진 시간에 귀가하지 않으면 불안했다. 무슨 사고를 당했거나 바람을 피울 수도 있기 때문이었다. 신혼집 밖의 세계는 하이에나가 들끓는 정글과 진배없었다. 그래서 아내의 귀가가 늦을라치면 그는 아내가 놀러 가곤 하던 사이트나 카페를 찾아 헤맸고, 아내를 만나지 못하면 그곳 사람들에게 자신과 헤라가 부부라는 사실을 널리 알렸다. 그것은 이를테면 선화 공주와 서동이 남몰래 정을 통했다는 소문을 온 나라에 퍼뜨려 선화 공주를 아내로 맞이한 서동의 계략 같은 거였다. 이 까마득한 옛날이야기와 그의 사례가 다른 게 있다면 헤라는 이미 자신의 아내라는 기정사실이었다. 그만큼 그는 헤라를 사랑했고, 그 사랑의 깊이만큼 마음을 졸이며 살았다. 결혼하면 서로 자유로울 것이라 예상했던 삶이 정반대로 흘러간 것은, 연구에 몰두하는 그의 편집증적인 성격 탓이라기보다 자유분방하고 시쳇말로 '쿨'한 그녀의 성격이 더 크게 작용했다.

한편 그녀로서는 자신을 기혼녀라 소문내고 다니는 남편이 마뜩잖았다. 그러지 말라고 몇 번씩이나 주의를 주었고, 그때마다 그러지 않겠다는 다짐을 받았지만 그는 번번이 약속을 어겼다. 그녀는 약속을 헌신짝처럼 여기는 남편의 태도가 이상한 소문을 퍼뜨리고 다니는 행위보다 더 속상했다. 냉정히 생각해 보면 자신은 기혼녀가 아닌가. 하지만 그녀는 그를 용서할 수 없었다. 그런 어느 날 밤, 그들의 아바타는 경직된 채 앤티크 테이블에 마주보고 앉았다.

우리 이혼해.

그녀의 말에 찬바람이 불었다.

뭐 이혼? 누구 맘대로. 이혼이 애들 장난이야?

그는 그때까지만 하더라도 이 모든 불화의 원인이 그녀로부터 비롯되었으니 사과를 받아야 할 사람은 자신이라고 생각했다.

약속을 헌신짝처럼 버리는 당신 같은 사람하고 더 이상 살기 싫어.

순간 그는, 이 상황이 자칫 잘못하다가는 실제 이혼으로 이어질 수 있다는 위기감에 휩싸이면서 가슴이 철렁 내려앉았다.

헤라, 내가 잘못했어. 다신 안 그럴게.

…….

헤라, 당신 없인 안 돼. 아무것도 할 수 없어. 당신이 빠진 내 삶은 죽음이야. 제발 헤라, 이혼이란 말만은 하지 마.

그녀는 마음이 약해졌다.

앞으로 말 잘 들을 거지?

싸운 뒤에 더 친해진다는 말이 있듯이 그 일은 서로에게 각자의 존재를 각인하는 계기를 마련해 준 셈이었다. 미상불 비온 뒤에 땅은 굳어지는가 보다. 그들이 보험금의 법정 상속자를 서로 상대방으로 지정한 것을 보면.

무슨 말이냐 하면, 그날 늦은 밤 채팅을 본격적으로 시작할 때 그는 보험 이야기를 꺼냈다.

여보, 나 오늘 보험 들었다.

무슨 보험?

생명보험.

웬일로?

고등학교 동창이 오피스텔까지 찾아와 사정해서 하나 들어 줬지.

자기 여태까지 생명보험 없었어?

자동차 보험 말고는 처음이야.

결혼했다고 했어?

무슨 말이야?

보험 가입자 인적 사항에 기혼 미혼 체크하는 난 있잖아.

…….

미혼이라고 했군. 그럴 줄 알았어. 실망이야 정말.

그녀의 아바타는 자리에서 일어나 거실로 나갔다. 그녀의 아바타가 거실로 가면 그의 아바타도 거실로 갔고, 그녀의 아바타가 주방으로 가면 그의 아바타도 주방으로 갔다. 그러나 그녀의 아바타는 그의 아바타를 본 척 만 척했다.

헤라, 헤라, 여보…….

그러나 채팅창에는 아무런 대꾸도 없었다. 그녀의 아바타는 꼼짝하지 않았다. 시스템이 다운된 게 아니라 그녀의 컴퓨터가 꺼진 게 분명했다. 그는 토라진 그녀가 컴퓨터를 켜고 다시 접속해 오기를 기다리며 컴퓨터 모니터를 응시했다. 이윽고 피곤해진 그는 컴퓨터를 켜 놓은 채 잠들었다.

이튿날 그는 보험 판매원을 자신의 오피스텔로 불러 보험 가입자 인적 사항 기록을 다시 했다. 미혼 대신 기혼에 체크하고 내친김에 보험금 법정 상속인으로 지정된 부모를 '배우자(헤라)'로 바꾸었다. 고교 동창인 보험 판매원은 헤라는 또 뭐냐고 물었다. 그는 아내의 아이디라고 대답했다.

"아이디? 컴퓨터 통신할 때 쓰는 그 아이디?"

"그래."

"너 결혼했냐?"

그와 동창생인 보험 판매원은 눈을 동그랗게 뜨며 물었다.

"우린 사이버 커플이야."

"사이버 커플? 그런 것도 있냐?"

"아무튼 헤라하고 난 부부 관계야."

"근데 네 마누란 어디 있냐?"

"컴퓨터에 있지. 보여 줄까."

보험 판매원은 그가 농담하고 있다고 생각했다. 농담이 아니면 밤낮 없이 미래 사회를 연구하다 보니 머리가 좀 이상해진 거라고 여겼다. 아무튼 생명보험에 있어 상속인 지정은 매우 중요한 사항이지만, 보험자의 뜻이 그러하고 또 자신은 보험을 판매하는 게 목적이므로 상속인 자격을 따지지 않기로 했다.

보험 판매원이 돌아간 뒤 그는 그 계약서를 스캔으로 떠서 컴퓨터에 저장했다. 그리고 즉시 그 파일을 아내에게 보냈다.

그날 밤 그는 외출에서 돌아오자마자 컴퓨터를 부팅하고 피플닷컴에서 분양받은 아파트의 패스워드를 입력하고 집 안으로 들어갔다.

어서 와, 자기.

먼저 집에 들어온 그녀가 남편을 기다리고 있었다. 뜻밖이었다.

어쩐 일이야. 나보다 먼저 집에 다 들어오고.

메일 받고 감동 먹었어.

정말이야?

그럼. 그래서 말인데 나도 당신하고 똑같이 하기로 했어.

무슨 말이야?

내가 가입한 생명보험 말이야. 물어보니까 계약서 기재 사항은 언제든지 바꿀 수 있대.

아닌 게 아니라 이튿날 점심 무렵에 그는 아내로부터 파일이 첨부된 이메일을 받았다. 스캔으로 뜬 보험 계약서였다. 매월 보험금 납입 금액은 그녀가 그보다 두 배 이상 많았다.

그날 자정 무렵의 잠자리는 다른 날보다 더 생생하고 실감났다. 아마도 서로 간에 생긴 일체감이 그들을 그렇게 만든 듯했다.

그녀가 교통사고로 사망한 것은 그로부터 보름쯤 뒤, 그러니까 혼인을 한 지 1년이 다 되어 갈 무렵이었다. 꿈꾸는 백조님으로부터 그 소식을 들은 그는 컴퓨터에 저장된 아내의 사진을 불러와 하염없이 바라보았다. 그는 아내를 사랑했고, 아내 없이 하루하루 견디는 게 너무 힘겨웠다. 다른 아바타를 만나 새 삶을 꾸리는 것도 생각해 보았지만, 그러나 다른 아바타는 그의 삶에 전혀 위안이 되지 못했다.

급기야 그는 자신의 아바타와 함께 모니터 밖으로 걸어 나와 아내의 주검이 누워 있는 G 병원 장례식장을 찾아갔다. 그는 아내의 영정 사진 앞에 절한 뒤 무릎을 꿇은 채 어깨를 들썩이며 한동안 흐느꼈다. 그녀의 유족들은 그에게 고인과 어떻게 되는 사이냐고 물었고, 그는 당당하게 고인의 남편이라고 말했다. 고인의 유족들은 난데없이 나타난 그를 받아들일 수 없었다. 그는 품 안에서 아바타 결혼식 사진을 꺼내 유족들에게 보여 주었다.

"이거 순 미친놈 아냐!"

누군가의 입에서 그런 험한 말이 튀어나왔다.

*

"혼인의 효력은 의사 표시의 합치로 발생하고, 민법은 법률혼뿐만 아니라 사실혼도 인정하고 있습니다. 이들은 행정관청에 혼인신고를 하지 않았을 뿐 부부와 다름없는 생활을 했습니다."

피고 측 변호사가 말했다.

"피고의 주장은 법리에 맞지 않는 요령부득입니다. 피고는 당사자들 간에 혼인의 의사 표시가 있었다고 하는데, 어떻게 사이버상의 의사 표시에 법률적 효력을 부여할 수 있단 말입니까. 피고의 주장대로라면 현재 사이버 부부 관계를 맺고 있는 수많은 사람들에게 사실혼에 따른 법적 효력을 부여해야 된다는 얘긴데, 이게 말이나 되는 소립니까?"

원고 측 변호사가 말했다. 법정은 방청객들로 꽉 찼다. 방청객 중에는 보험 회사 관계인들을 비롯해서 이 사건에 관심 있는 법조인들, 변호사에게 소송을 의뢰한 고인의 오빠, 그리고 고인의 친구 꿈꾸는 백조님도 보였다. 꿈꾸는 백조님은 그녀의 사이버 공간과 현실 공간을 넘나든 유일한 친구였다.

"원고는 작금의 시대를 망각하고 있습니다. 고도 정보화 사회에서는 가상의 삶이 실제의 삶을 대체합니다. 컴퓨터 네트워크로 구성된 가상 공동체는 사회 제 조직의 중심 역할을 하고 있습니다. 원고의 사고는 구시대적 유물로 마땅히 개조되어야 할 것입니다."

"판사님, 가상공간은 전형적인 정신병적 공간입니다. 다시 말해 현실 공간과 가상공간을 분간하지 못한다는 것은, 피고의 의식에 상상과 현실의 경계가 모호하다는 뜻이며, 이는 정신병의 중요한 특징입니다. 가상공간에 사는 사람들은 일종의 자폐증 환자입니다. 법은 행위 무능력자의 법률 행위를 무효로 규정하고 있습니다. 마찬가지로 그들의 의사 표시는 무효로, 아무런 법적 구속력을 갖지 못하고, 따라서 그들의 혼인은 처음부터 없었던 것입니다."

"그럼 여태까지 두 사람이 한 행위는 뭐란 말입니까?"

"어린애들 장난 같은 거라고 보시면 됩니다."

그때 방청석 앞자리에 앉아 있던 그가 벌떡 일어나, 그러면 내가 어린애란 말입니까, 하고 소리 질렀다. 그러자 공판정 정리가 그에게 다가와 한 번만 더 그러면 퇴정시키겠다고 주의를 주었다. 재판은 속개되었다.

"판사님, 여기 당사자들의 자필 서명 날인이 있는 혼인 서약서와 보험 계약서가 있습니다."

피고 측 변호사는 문서 사본을 서기에게 건넸고, 서기는 자리에서 일어나 그것을 재판장과 원고 측 변호사에게 각각 넘겨주었다. 뒤이어 변호사는 증인 심문 신청을 했다.

"증인 나오세요."

재판장이 말했다. 방청석 오른쪽 앞자리에 앉아 있던 증인이 증인 심문석으로 올라갔다. 증인은 보험 판매원이었다. 서기는 증인에게 다가가 증인의 인적 사항이 표기된 서류에 지문 날인을 받았다. 뒤이어 증인은 비치된 증인 선서문을 읽었다.

"증인 최동호는 양심에 따라 숨김과 보탬이 없이 사실 그대로 말하고 만일 거짓이 있으면 위증의 벌을 받기로 서약하고 이에 선서합니다."

"증인의 직업은 뭔가요?"

변호사가 심문을 시작했다.

"예, 보험 판매원입니다."

"피고와 어떤 관계인가요?"

"고등학교 동창생입니다."

"피고는 증인에게 생명보험 상품을 판 적 있죠?"

"네."

"보험자는 사망 시 상속인으로 누구를 지목했나요?"

"헤라였습니다."

"헤라는 보험인의 아내였죠?"

"사이버 아내라고 들었습니다."

"어쨌든 보험인으로부터 아내라는 말을 들었지요?"

"네."

"재판장님, 을 제1호증 문서의 상속인란에 표기된 이름을 확인해 주시기 바랍니다."

변호사가 재판장을 바라보며 말했다. 좌배석 판사와 우배석

판사도 몸을 기울여 그 문서를 보았다.

"반대 심문하세요."

이윽고 재판장이 말했다. 피고 측 변호사가 물러나고 그 자리에 원고 측 변호사가 섰다.

"증인은 피보험자와 계약할 당시 그의 아내가 사이버 아내라는 사실을 알았습니까?"

"네."

"그 사실을 알면서 그냥 내버려 뒀단 말입니까?"

"처음엔 말렸지만, 일이 이렇게 될 줄 몰랐습니다."

"일이 이렇게 될 줄 몰랐다고 했는데, 그렇다면 증인은 사이버 아내를 인정하지 않는다는 말이군요?"

"……네."

원고 변호사의 반대 심문이 끝났다. 피고 변호사는 보험 판매인을 증인석에서 내려오게 하고 두 번째 증인을 그 자리에 세웠다. 턱수염을 기른 삼십대 중반의 사내였다. 그는 전 증인과 똑같은 절차를 밟았다.

"증인은 원고와 피고의 결혼식에 주례를 섰죠?"

"네, 그렇습니다."

"증인은 신랑과 신부의 자필 서명 날인을 받아 혼인 서약서를 만든 뒤 신랑과 신부에게 각각 나눠 줬죠?"

"네, 그렇습니다."

"증인은 사이버 결혼을 어떻게 생각합니까?"

"현실하고 똑같은 결혼식이라고 생각합니다."

피고 변호사는 증인석 앞에서 물러나 판사석 앞으로 다가섰다.

"재판장님, 을 제2호증 결혼 서약서 말미를 봐 주시기 바랍니다. 원고와 피고의 자필 서명입니다. 증거로 제출한 을 제1호증과 을 제2호증에 당사자의 적극적 의사 표시가 반영돼 있습니다. 비록 사이버 공간에서 이루어진 일이라 할지라도 당사자의 의사는 존중되어야 합니다. 따라서 이들의 혼인은 사실혼으로 봐야 하며, 따라서 사망한 원고의 생명보험금은 남편인 피고에게 상속되어야 마땅할 것입니다."

"이 자리에 원고가 가입한 생명보험 회사 관계자가 혹시 있나요?"

재판장이 방청석을 둘러보며 말했다. 누군가 손을 들었다.

"앞으로 좀 나오세요."

넥타이를 맨 중년 신사가 앞으로 나갔다.

"소속과 지위와 성명을 말하세요."

"S 생명보험 법무팀장 강동석입니다."

긴장한 기색이 역력한 음성이었다. 서기가 그를 증인석으로 안내하고 증인 심문 절차를 밟으려 하자 재판장이 참고인 진술이므로 그럴 것 없다고 했다. 서기는 즉시 제자리로 돌아갔다.

"원고의 보험 계약은 정상적이었나요?"

판사가 참고인에게 물었다.

"네, 하지만 계약 내용이 한 차례 갱신된 걸로 알고 있습니다."

"자세히 말해 보세요."

"미혼자에서 기혼자로, 보험금의 법정 상속인이 망자의 부모에서 타이탄으로 바뀌었습니다."

"보험 가입자가 원하면 언제든지 계약 내용을 바꿀 수 있나요?"

"그렇습니다."

"타이탄은 피고의 아이딥니까? 예명입니까?"

"둘 다입니다."

"타이탄은 무슨 뜻이죠?"

"……글쎄요, 거기까진 잘 모르겠습니다."

그러자 재판장이 방청석을 향해 말했다.

"혹시 여기에 피고인 있나요?"

맨 앞자리에 앉아 있던 그가 손을 들었다.

"피고인, 타이탄이 무슨 뜻입니까?"

"토성의 위성인데요."

길게 이어질 것 같았던 그의 대답은 의외로 간략했다.

"재판장님, 피고를 참고인으로 신청하겠습니다."

피고 측 변호사가 말했다. 재판장은 그것을 허락했다. S 생명 보험 법무팀장은 제자리로 돌아가고 증인 겸 참고인석에 그가 앉았다.

"피고인은 사이버 아내를 진정한 아내로 생각했습니까?"

"물론입니다."

"진심으로 사랑했습니까?"

"네, 정말 사랑했습니다."

그때 원고 측 변호사가 일어나 판사석 앞으로 나갔다.

"재판장님, 피고는 사이버 아내를 단 한 번도 만난 적이 없습니다. 피고는 상식에 어긋나는 말을 하고 있습니다. 통상 부부란 함께 밥을 먹고 잠자리를 하고 자녀를 낳습니다. 피고와 원고의 관계는 이러한 요소를 단 하나도 구비하지 못한 불완전한 관계로, 여기에 법률적 효과를 부여하면 사회는 일대 혼란에 빠지게 될 겁니다."

"저는 아내와 함께 잤고, 사고만 당하지 않았다면 자식도 낳았을 겁니다."

그러자 법정이 술렁거렸다.

"만난 적도 없고 잠자리를 가진 적도 없는데 어떻게 자식을 낳는단 말입니까? 성서에 나오는 동정녀 마리아처럼 아기를 잉태하기라도 한다는 거요?"

원고 변호사가 참고인석에 앉은 그를 노려보며 화난 어조로 말했다.

"헤라가 하늘나라로 가지 않았다면 지금쯤 우리는 예쁜 아바타 딸을 낳아 기르고 있을 겁니다."

법정이 다시 소란스러워졌고, 정리가 방청객에게 조용히 할 것을 명령했다. 곧이어 피고 측 변호사가 변론에 나섰다.

"잠자리를 하지 않는 부부는 얼마든지 있습니다. 부부 관계의 성립 요건으로 잠자리를 든다는 건 법리에 맞지 않습니다. 요컨대 이 사건의 본질은 원고와 피고 사이에 사실혼 관계가 있었느냐 없었느냐 하는 것입니다. 만약 이들의 사실혼 관계를 인정하지 않는다면, 지금까지 두 사람 사이에 오고 간 사랑의 대화는 대체 무엇이란 말입니까. 유령끼리 주고받은 사랑의 대화였습니까?"

"원고 측 변호인 최종 변론 하세요."

"존경하는 재판장님, 바야흐로 작금의 시대에는 실제의 삶과 가상현실 간의 전쟁이 벌어지고 있습니다. 가상공간은 전형적인 정신병적 공간입니다. 상상과 현실의 경계가 불분명해지는 상태를 의사들은 정신병의 중요한 특징으로 보고 있습니다. 만약 사이버 세계에 법적 효력을 부여하면 실제적 삶의 관계는 일대 혼란에 빠지고 이 사회는 아수라장으로 변하고 말 것입니다. 부디 신중한 판결을 내려 주시기 바랍니다.”

“피고 측 변호인 최종 변론 하세요.”

“우리는 정보가 광속으로 유통되는 네트워크 사회에 살고 있고, 실시간 쌍방향 상호 작용을 하며 살아갑니다. 컴퓨터 네트워크로 구성되는 가상 공동체는 앞으로 더욱 확대되어 새로운 공동체와 사회를 구성하게 될 것입니다. 지금 우리는 과거와 전혀 다른 환경에 살고 있습니다. 이미 많은 사람들이 네트워크로 이루어진 가상 세계에서 법적 관계를 맺으며 생활하고 있습니다. 실생활에 적용되지 못하는 법률은 사문화(死文化)된 법률로 존재 가치가 없습니다. 재판부의 현명한 판단을 기대합니다.”

잠시 후 모니터에 자막이 떴다.

사이버 모의 법정 전략 시뮬레이션에 참가한 연수생들은 다음 주 수요일까지 판결문을 제출하시기 바랍니다.

고산병 입문

해 이 수

1973년 경기도 수원에서 태어나 단국대 국문과와 시드니대 대학원 언어학과를 졸업했다. 2000년 《현대문학》에 「캥거루가 있는 사막」이 추천되어 작품 활동을 시작했다. 작품집 『캥거루가 있는 사막』이 있다. 2004년 심훈문학상을 수상했다.

쿰부 히말라야의 희박한 산소 속에서 숨을 쉬는 느낌이 어떤지 아내는 궁금해한 적이 있었다. 고쿄 피크(Gokyo Peak, 5357미터)를 등정한 다음 날, 나는 산장에서 아내에게 편지를 썼다. 창밖에는 폭풍설이 몰아치고 야크 똥을 태운 무쇠 난로 위에서는 주전자의 물이 끓어올랐다.

딱 이런 느낌이지. 상상해 봐. 지금 네 머리에 비닐 봉투를 써. 그리고 공기가 들어가지 않도록 목 부분을 끈으로 꽉 조여. 그다음 호흡을 한다고 가정하면, 3000미터 지점은 비닐 봉투에 바늘구멍을 열 개 정도 냈을 때의 기분이고, 4000미터 지점은 바늘구멍이 일곱 개, 5000미터 지점은 구멍이 다섯 개로 줄어든다고 생각하면 돼. 자, 숨을 들이쉬어. 그리고 무거운 배낭을 메고 계단을 서너 시간 정도 오르면 충분히 비슷한 체험을 할 수 있을 거야.

갑갑한 듯 눈살을 찡그리며 심호흡을 하는 아내의 얼굴이 머
릿속에 그려졌다.

1 고산병 징후

"어디로 여행 가고 싶니?"

아내가 물었을 때, 나는 깜짝 놀랄 수밖에 없었다. 연초였고
설날이 보름 정도 남은 주말 저녁이었다. 분명히 그 말은 "어디
로 취직하고 싶니?"도 아니었고, "어디로 쫓겨나고 싶니?"도
아니었다. 아내는 부드러운 눈빛과 음성으로 내게 어디로 여행
을 가고 싶은지 물은 것이다.

"그, 그러니까, 지, 지금 그 말은 내가 가고 싶은 곳에 보내
줄 수 있다는 뜻이야?"

도저히 믿기지 않는 얼굴로 나는 아내의 표정을 살폈다. 아
내는 차분하게 고개를 끄덕이며 말을 이었다. 외국계 회사의
유능한 과장일 뿐만 아니라 심성까지 고운 아내의 설명은 이러
했다.

결혼 이후 4년 가까이 직장도 없이 오로지 가사만을 담당하
던 내가, 지난해에는 '곰 인형 발바닥 붙이기 부업'으로 한 달에
30만 원씩 9개월 동안 무려 270만 원을 벌어들였다는 거였다. 그
런 내 행동이 갸륵하고 기특한 나머지 포상을 내리겠다는 뜻이
었다. 대내적으론 '등처가'이지만 대외적으론 '애처가'임을 자부
하는 나는 하해와 같은 아내의 사랑에 감격하여 순간 이렇게 소
리쳤다.

“에베레스트!”

아내는 서른세 살이나 먹은 나를 마치 철없는 유치원생처럼 바라보며 흥미로운 듯 물었다.

“에베레스트? 거긴 왜 갑자기?”

갑자기는 아니었다. 오래전부터 나는 그 산에 가고 싶었다. 왜냐고 묻는다면 달리 할 말은 없다. 목숨을 담보하고 등정하는 프로 알피니스트조차 이유를 대라면 선문답을 하는 마당에 뒷산으로 설렁설렁 약수나 뜨러 다니는 내가 거창한 까닭이 있을 리 만무했다. 이런 생각은 오직 수년간 아내를 등쳐 먹으며 백수로 지내다가 자격지심에 겨워 부업을 찾아 나서는 놈만이 해낼 수 있는 뚱딴지 같은 발상인지도 몰랐다. 그래도 모처럼 얻은 기회이니만큼 무슨 대답이라도 해야 했다.

“사실 나 오래전부터 아팠거든. 거길 가야지 이 병이 나을 것 같아.”

“무슨 병에 걸렸는데?”

“고산병.”

“그건 고도가 높은 산에서나 걸리는 병 아니니?”

“높은 산에서도 걸리지만, 높은 산에 가고 싶어서 걸리는 병이기도 한 거야. ‘지구의 등뼈’라 불리는 쿰부 히말라야 최고봉을 보고 싶어!”

나는 혼자 흥분해서 지껄이며 유치원생처럼 고개를 마구 끄덕였다. 아내의 얼굴이 위아래로 마구 흔들렸다. 그녀도 알고 있을 것이다. 내가 광적으로 산에 관한 다큐멘터리를 시청한다는 사실을, 백화점에서 쇼핑을 할 때마다 등산 용품점 앞에서 오랫동안 서성거렸던 일을.

“좋아. 알았어. 이거 받아. 필요한 준비물 있으면 이걸로 사.”

더는 묻지 않고 아내는 명쾌하게 대답하며 지갑에서 자신의 크레디트 카드를 꺼내 주었다. 난생처음 만져 보는 신용 카드였다. 나는 카드를 손에 쥐고 자리에서 벌떡 일어나 두 팔을 번쩍 치켜들며 외쳤다.

“만세! 사랑하는 아내, 만세이!”

*

다음 날, 아침상을 치우고 집 안을 대충 정리한 뒤 나는 등산 용품점으로 달려갔다. 상점 안에 발을 딛자마자 온몸에 피가 빠르게 돌면서 심장이 마구 뛰어 댔다. 크고 작은 배낭, 형형색색으로 말린 로프, 각종 기능성 재킷, 맵시 있게 디자인된 고글 등속을 보는 순간 뜨거운 아드레날린이 분비되면서 정신이 혼미해질 지경이었다. 괜찮은 등산화 한 켤레를 덥석 집어 들었을 때, 옆에서 감탄하는 목소리가 들려왔다.

“역시 탁월한 선택입니다! 그 제품이 그야말로 요즘 대세죠.”

금테 안경을 쓴 매우 학구적인 인상의 대머리 주인아저씨였다.

“손님, 눈썰미가 보통이 아니시네요. 뉴 블랙 블리자드 스톰 XG 5350시리즈 중에 이만한 게 없죠. 현재 시판되는 중등산화 종류 중 가격 대비 최강입니다.”

아저씨는 신발 한 짝을 집어 들더니 검지로 이곳저곳을 가리키며 박식한 말투로 빠르게 설명했다.

“외피는 방수 누박에 투톤 코두라가 콤바인돼 있고, 내피는 무려 포레이어 고어텍스로 되어 있죠. 여기 안을 보세요. 오소 라이트로 만든 깔창이 펀칭 구조로 되어 있어 장기간 보행에도 편안합니다. 무엇보다 바닥이 리지에지로 되어 있어 접지력, 마찰력이 탁월하죠."

들는 동안 고개를 끄덕였지만 사실 무슨 말인지 잘 이해할 수 없었다. 나는 마지막에 겨우 알아들은 단어 하나를 기어 들어가는 목소리로 물었다.

"리지……에지요? 그게 뭐예요?"

"리지에지는 V-7이라는 고기능 미끄럼 방지창이죠. 한국 신발 피혁 연구소의 실험 결과에 의하면 인장 강도가 무려 116이나 됩니다. 미끄러짐 강도를 67도까지 끌어올림과 동시에 내마모율 강도를 114까지 향상시켰죠. 엄청난 제품이지 않습니까?"

인장 강도 116이 뭔지, 미끄러짐 강도 67도가 뭔지, 내마모율 114가 어느 정도인지 알 턱이 없지만, 무작정 수긍을 하던 나는 가격표를 보자 숨이 콱 막혔다. 25만 원이 넘었다. 한 달 동안 곰 인형 발바닥에 본드 칠을 해야만 벌 수 있는 금액이었다. 내가 망설이자 아저씨는 옆에서 보기 답답하다는 듯 추가 설명을 시작했다.

"여기, 이 베라 좀 보세요. 페딩 레더에 홀딩을 줘서 벤틸레이팅 이펙트를 극대화했잖습니까? 발의 외전을 보완하기 위해 실리콘 몰딩을 했고 볼륨이 커진 라스트로 아치와 풋 토의 착화감을 향상시켰어요. 이 가격에 이런 제품 보신 적 있어요? 없죠? 그렇죠?"

대머리 아저씨가 등산화를 내 코앞에 바싹 들이대며 추궁하는 바람에 나는 그렇다는 뜻으로 네, 네, 하고 대답했다.

“그런데 손님은 어디를 가시는지?”

“에, 에베레스트에 가려고요.”

“에베레스트, 좋지요! 그러면 당연히 이 정도의 등산화 구입은 필수죠.”

“그럴까요?”

“그럼요! 세계 최고봉인데 당연하죠. 일단 신어 보세요. 그리고 양말도 구입하셔야죠?”

등산화를 신으며 고개를 끄덕이자 아저씨는 기다렸다는 듯 양말을 한 뭉텅이 들고 왔다.

“자, 손님, 여기 고기능성 쿨 맥스 소재로 다섯 켤레를 갖고 왔어요.”

“다섯 켤레나요?”

“며칠 계획하시는데요?”

“한 20일 정도.”

“그럼 다섯 켤레는 기본이죠. 등산화도 구입하셨으니 제가 한 켤레는 서비스로 해서 여섯 켤레를 다섯 켤레 값으로 드릴게요. 10만 원이에요. 아, 스패츠도 필요하시죠?”

“스패츠도요?”

“스패츠 없이 어떻게 히말라야 설산을 운행하겠습니까? 그야말로 필수품이죠!”

순식간에 발에만 40만 원이 넘게 들어갔다. 무언가에 홀린 기분이었다.

더욱이 재킷을 구입할 때는 그야말로 혼이 쏙 빠질 지경이었다. 박학다식하고 청산유수와 같은 아저씨의 제품 안내는 거의 정점을 향해 치달았다. 일일이 그 뜻을 물어볼 수 없을 정도였다.

"잘 보세요. 이게 말이죠, 베스트 피크 클라이머 0XP 2035 맨 파워풀 인퓨전 재킷이에요. 저희 회사만의 혁신적인 인퓨전 시스템을 도입한 고기능성 고어텍스 XCR 재킷이죠. DWR 지퍼, 코어 벤트 포켓, 포터블 후드 등의 구조를 채택한 최상의 제품이죠. 특수 폴리머를 생지의 심층까지 침투시켜 평면 코팅을 했죠."

나는 고매한 교수님의 수준 높은 가르침을 도저히 알아들을 수 없는 열등아처럼 머리를 두 손으로 감싸 쥐었다.

"손님, 그러지 말고 일단 한번 입어 보세요."

내가 입자마자 아저씨의 입에서는 감탄사가 터져 나왔다.

"이거, 이거, 이거, 아주 딱 맞네요! 전문 산악인의 폼이 그냥 바로 나오네! 자, 여길 보세요. 암피트에 벤틸레이션 지퍼가 있죠? 이게 바로 피지컬 액티브 컨스트럭션 테크놀로지의 운동 역학을 적용한 고기능 제품이거든요."

거울을 보니 정말 몸에 딱 들어맞았다. 나는 팔을 한번 가볍게 움직여 보았다. 무게도 가볍고 활동성도 편하고 디자인도 좋았다. 거울 속의 내 얼굴은 근사한 재킷을 걸치고 어느새 활짝 웃고 있었다. 그러나 이어서 가격표를 본 순간, 나는 화들짝 놀라 거칠게 지퍼를 내리고 말았다. 무려 70만 원에 육박했다.

"다른 제품도 좀 봤으면 좋겠어요."

"그러세요. 이건 어떻습니까? 네오 맨스 파운틴 페이스 서미트 ZCRQ 7856 재킷!"

그 긴 명칭만 들어도 금방 숨이 차오르고 오금이 저렸다. 아저씨는 특유의 손동작으로 의류의 이곳저곳을 가리키며 침을 튀기기 시작했다.

"하드 셸과 소프트 셸을 믹스 매치하여 웰딩 작업한 아웃심실링 재킷이죠. 이전의 하드셸 종류보다 훨씬 소프트한 느낌으로 도트 웰딩 테이프 작업이 패셔너블합니다. 내수압이 높은 데다가 초경량 스트레치 원단으로 입체 설계되었고 내추럴 리스토어레이션 구조를 채택하여 극한 상황에도 적합한 최상의 제품이죠."

이번엔 입어 보지 않고 가격표를 먼저 보았다. 다행스럽게도 '네오 맨스 파운틴 페이스 서미트 ZCRQ 7856시리즈 재킷'은 조금 전에 입었던 '베스트 피크 클라이머 OXP 2035 맨 파워풀 인퓨전 시리즈 재킷'보다 40만 원이나 저렴한 30만 원대였다.

"그런데 정말 제가 이렇게 비싼 재킷을 구입해야 하나요?"

"손님, 에베레스트가 어디 동네 뒷동산입니까? 필수품이라 할 수 있죠."

"아무래도 그렇겠죠? 뒷동산도 아닌데……."

재킷을 입고 거울 앞에서 이리저리 살펴보는 동안 아저씨는 어느 틈엔가 고소 내복을 들고 왔다. 내복의 가격은 무려 15만 원이었다.

"자, 만져 보세요. 흡습 속건성이 뛰어나 상쾌한 기분을 유지해 주죠. 겨울 산행에서 내복만큼 중요한 건 없습니다. 그리고 트래킹은 걷는 운동이기 때문에 땀 흡수 및 배출이 가장 중요하잖아요. 잘 아시죠?"

"알긴 알지만……. 정말 이 정도의 내복까지 사야 하나요?"

대머리 아저씨는 금테 안경을 추켜올리며 아직도 못 알아들었냐는 듯 되물었다.

"어디를 가신다고요?"

나는 거의 울먹이듯 대답했다.

"에베레스트요."

"그렇죠! 뒷동산이 아닌 거죠."

이런 식으로 나는 트래킹 바지를 비롯해서 워킹 스틱, 방한모, 장갑, 헤드 랜턴, 날진 물통, 고글 등의 장비를 골랐다. 무려 다섯 시간에 걸친 주인아저씨의 열정적인 강의는 마라톤 세미나를 방불케 했다. 우리는 질의문답에 지쳐서 점심으로 함께 순두부 백반을 시켜 먹기까지 했다. 종일 손님은 나 하나뿐이었다.

마지막에 계산을 하려고 테이블 위에 선택한 물건을 쭉 늘어놓았을 땐 더럭 겁이 났다.

"그런데 정말 이 모든 걸 전부 다 구입해야 될까요?"

"그렇죠. 하나라도 빠지면 안 되는 필수품입니다. 히말라야 설산에서는 후회하는 순간 이미 늦은 거죠. 저를 믿으세요."

결정을 내려야 했다. 지금 여기서 물건을 구입하지 않으면 다음 장비점에서 선택 과정을 반복해야 한다는 게 벌써부터 끔찍했다. 플리스 본딩 원단이니, 초극세사 미터2, 윈드 스토퍼, 탁텔 원사, 서모라이트, 쿨 맥스, 고어텍스 XCR 따위의 초기능성 소재에 관해 더 이상 듣고 싶지도 않았다. 입기만 하면 마치 슈퍼맨이나 배트맨이 되어 에베레스트 정상까지 단번에 날아갈 것 같은 그런 의류의 섬유 혼용률을 보면 단지 폴리에스테르, 폴리우레탄, 나일론이 몇 퍼센트로 섞였는가에 불과했다.

어쨌든 나는 이 고단한 망설임을 끝내기 위해 아내의 크레디트 카드를 긁고 말았다. 자그마치 100만 원이 훌쩍 넘는 금액이었다. 무슨 배짱으로 이런 짓을 겁도 없이 저질렀느냐고 묻는다면 다만 병에 걸렸다고 변명할 수밖에. 이름하여 고, 산, 병.

*

　그로부터 사흘이 지난 날, 나는 아내의 기색을 살피며 입을 열었다. 장비 구입을 위해 카드로 거액을 지출했다는 사실을 보고해야만 했다. 아내가 기분이 좋을 때 말하려고 며칠 동안 눈치를 보았던 셈이다.

　"음…… 사실은 할 말이 있는데……."

　아내는 고개를 돌려 조용한 눈으로 나를 바라봤다. 떨리는 마음을 진정시킨 뒤, 나는 에베레스트에 가는 사나이답게 당당해지려고 애썼다.

　"사실은 말이야, 나 장비 사는데 의외로 돈을 많이 썼어."

　아내는 눈 하나 깜빡이지 않고 침착하게 대답했다.

　"알고 있어."

　나는 화들짝 놀라며 물었다.

　"아니, 어, 어떻게 알았어?"

　"네가 카드를 긁자마자 내 휴대전화로 문자 메시지가 바로 왔거든."

　아, 그렇구나. 나는 손바닥으로 무릎을 내리쳤다. 서른셋이 되는 동안 살림이나 하며 곰 인형 발바닥이나 붙이는 놈이 그런 첨단 자동화 금융 시스템을 알 턱이 없었다. 결국 아내는 카드 지출 금액을 알면서도 내가 말할 때까지 기다렸던 셈이다. 나는 어느새 변명을 하기 시작했다.

　"에베레스트 가는데 반드시 필요한 것들로만 구입했어."

　"필요한 게 꽤 많았나 보구나?"

　"응, 에베레스트는 동네 뒷동산이 아니거든. 전부 없어서는 안 되는 필수품이야."

아내는 내가 사용한 단어가 신기하다는 듯 한 번 더 물었다.

"필수품?"

"그렇다니까. 하나라도 빠지면 갈 수 없는 필수품이야. 히말라야 설산에서는 장비가 없어서 후회하는 순간 이미 늦은 거야. 나를 믿어!"

이게 바로 지난 사흘 동안 전전긍긍하고 심사숙고한 끝에 내가 준비한 멘트였다.

*

"잘 갔다 와!"

아파트 엘리베이터 앞에서 아내가 손을 흔들었다. 2월의 새벽이어서 몹시 추웠다. 나는 등에 70리터짜리 커다란 배낭을 메고 가슴에는 작은 배낭을 멘 채 휘청거리지 않으려고 안간힘을 쓰며 서 있었다.

"그리고 이거 가져가."

아내는 만약의 경우 사용하라며 세계 어디서나 통용된다는 크레디트 카드를 내밀었다. 이미 충분한 여행 경비를 현찰로 받은 상태지만, 나는 일단 받아서 바지 주머니에 넣었다.

"고마워. 그런데 이 카드는 웬만해서는 절대 쓰지 않을게."

과도한 지출에 심적 위축감을 느낀 나는 아내가 당부하지도 않은 말을 먼저 꺼냈다. 그리고 휘청거리며 다가가 아내를 안아 주었다. 뭔가 멋있는 말을 해 주고 싶었지만 특별한 말이 떠오르지 않았다.

2 고산병 초기

　네팔의 수도 카트만두의 타멜 거리에서 한국 호텔 및 레스토랑을 찾기는 어렵지 않았다. 그곳에서 여행객들은 자연스레 말문을 트고 정보를 교환하며 목적지가 같을 경우 동행이 되기도 한다. 도착 이틀째, 나는 저녁으로 김치찌개 백반을 먹다가 사십대 초반의 남자와 이야기를 하게 되었다. 척 보기에도 그는 경험이 많고 노련한 산악인 같았다. 떡 벌어진 어깨, 검게 그을린 얼굴, 덥수룩한 수염이 인상적이었다. 무엇보다 등산을 막 끝낸 산 사나이에게서만 풍기는 당당함과 고단함이 느껴졌다.
　"자네, 여기가 처음인가?"
　"네."
　"목적지가 어디라고?"
　"고쿄 피크에 가려고요."
　나는 그의 술잔에 '에베레스트 등정 50주년 기념' 맥주를 따랐다. 병의 라벨에는 최초 등정자인 에드먼드 힐러리 경과 셰르파 텐징 노르게이의 사진이 인쇄되어 있었다. 그에게 트래킹 도중 유의할 점을 알려 달라는 부탁을 하던 참이었다. 산 사나이는 술잔을 바라보며 혼잣말을 했다.
　"경험도 없는 사람이 이 겨울에 혼자서 거길 가겠다니 겁도 없군."
　그의 굵고 거친 목소리에 벌써부터 주눅이 들었다. 나는 조용히 맥주잔을 잡고 홀짝거리며 다음 말을 기다렸다.

"이곳은 운이 많이 작용하는 곳이네. 우선 비행기 추락 사고를 조심하게."

"비행기가 떨어지나요?"

"항공사고는 매년 일어나지. 에베레스트 초등자인 힐러리 경의 아내와 딸도 여기서 비행기 추락 사고로 사망했지."

놀란 나머지 나는 마시던 맥주를 조금 흘리고 말았다. 겁이 났지만 생각해 보니 그건 내가 아무리 조심해도 극복할 수 없는 문제였다. 너무 싼값의 비행기는 되도록 피하는 게 최선의 예방책으로 보였다.

"그리고 산적을 조심하게."

그 말을 듣자마자 나는 웃음이 터져 나왔다. 너무 겁을 주는 것 같았다.

"웃기나?"

산 사나이의 굵은 눈썹이 꿈틀거렸다. 나는 미안한 표정으로 얼른 손을 들어 입을 막았다.

"보기보다 꽤나 순진하군. 쿰부 히말라야는 세계의 수많은 관광객과 트래커가 모여드는 곳이야. 그들이 지닌 카메라 한 대만 뺏어도 현지인에겐 몇 년 수입이 넘지. 작은 교실이나 좁은 골목에서도 삥을 뜯기는 게 현실이네. 이 엄청난 산악 지대에 강도가 없을 것 같나? 해마다 실종 신고가 들어오고 작년만 해도 두 명의 영국 젊은이가 시체로 발견됐네."

"아, 정말 무섭군요!"

"자네, 현금 많지?"

"네, 그럼 어쩌죠?"

나는 달러를 환전하여 많은 금액의 네팔 루피를 현금으로 갖고 있었다. 트래커라면 누구나 마찬가지고 달리 방법이 없었다. 일단 산에 오르면 산장에서 소용될 스무 날가량의 경비가 현금으로 필요했다.

"일단 믿을 만한 셰르파를 구하게. 지금은 비수기이니 현지인과 동행하면 큰 문제는 없을 걸세. 그리고 귀중품에 각별히 신경을 쓰고."

슬슬 걱정이 되기 시작했다. 산 사나이가 비운 글라스에 술을 따르며 나는 심각하게 물었다.

"그다음 주의할 게 뭔가요?"

"물론 고산병이지."

"그건 책에서 읽었어요. 천천히 걷고 하루 300미터 이상 고도를 높이지 말고 물을 많이 마시면 된다고. 잊지 않으려고 노트에 정리까지 했어요."

"그렇지. 알고 있는 것을 반드시 지키게. 고산병이 오면 무조건 내려와야 해. 폐인이 되거나 죽는 경우도 심심찮게 있지."

산 사나이는 잔을 들어 굵은 목울대를 출렁거리며 술을 비우더니 아무런 예고도 없이 자리에서 벌떡 일어났다. 나도 덩달아 일어났다.

"벌써 가시게요?"

"더 이상 할 말이 없네. 피곤하기도 하고."

그와 반대로 나는 점점 더 묻고 싶은 것이 많아졌다. 내 얼굴에서 두려움의 빛을 읽었는지 산 사나이는 마지막으로 물었다.

"참, 자네, 크레디트 카드 있나?"

"네, 그런데 그건 왜……?"

"항상 뒷주머니에 넣고 다니게. 되도록 쓰지 말고. 행운을 비
네."

그리고 큰 손을 내밀어 악수를 하고는 성큼성큼 음식점을 빠
져나갔다. 산 사나이가 사라지고 나서야 나는 왜 그가 히말라야
의 설산에서 크레디트 카드를 늘 주머니에 소지하라고 말한 것
인지 불현듯 궁금해졌다.

*

에베레스트 트래킹을 하려면 대개 쿰부 히말라야의 관문인
루클라(Lukla)까지 비행기를 타고 가야 했다. 힐러리 경의 아내
와 딸이 추락사했다는 바로 그 노선이었다. 처음 비행기에 올라
탔을 때 나는 어이없는 웃음이 픽 터져 나왔다. 마치 20여 년 전
사용되던 열두 명 정도가 앉는 봉고차에 탑승한 기분이었다. 내
부 마감재 일부는 목재로 덧대어 있었고 좌석은 간이 낚시 의자
처럼 등받이가 아무렇게나 접혔다. 몇 발자국 앞에서 운전을 하
는 기장과 부기장의 모습이 눈에 고스란히 들어왔다. 골동품처
럼 보이는 작동 장치들은 마치 장난감 같았다.

이륙 시동이 걸리자 턱이 덜덜덜 떨릴 정도로 기체가 흔들렸
다. 옆 자리의 네팔 할머니가 염주를 굴리며 주문을 외우기 시
작했다. 중얼거림이 빨라지면서 정점에 이르자 할머니는 쌀을
공중에 뿌려 댔다. 그 주문과 의식이 몹시 신경에 거슬렸다. 쌀
알은 내 머리와 재킷에 후드득 떨어졌다. 이륙한 뒤에도 강한
기류 탓에 기체의 떨림 현상은 더욱 심해졌는데 추락은 둘째치

고 이대로 비행기가 공중분해되지 않을까 불안할 지경이었다. 할머니 역시 겁이 나는지 그때마다 내 팔을 꼭 끌어안고 얼굴을 내 어깨에 파묻었다. 40분 정도에 불과한 시간이었지만 온갖 걱정이 다 들끓었다.

루클라 공항에 비행기가 착륙해서 짐을 찾을 무렵, 셰르파 한 명이 내게로 걸어왔다. 동양인 트래커는 나 혼자뿐이어서 식별이 그리 어렵지 않았을 것이다. 셰르파는 "코리안?" 하고 물었고 내가 고개를 끄덕이자 두 손을 모으고 인사를 했다.

"나마스테!"

"나마스테!"

나 역시 그를 향해 두 손을 모으고 고개를 숙였다. 셰르파는 곱슬곱슬한 머리칼에 얼굴이 검고 순박한 인상이 영락없는 산골 사람이었다. 2초만 쳐다보면 무슨 생각을 하는지 훤히 알 수 있을 만큼 눈빛이 순진했다. 우리는 서로 악수를 하고는 통성명을 했다. 그의 이름은 '푸르바'였고 나보다 두 살이 많았다.

루클라로 향하기 전날, 산 사나이의 충고대로 나는 여행사에서 셰르파 한 명을 고용했다. 믿을 만하고 특히 영어를 잘하는 현지인으로 부탁했다. 무거운 배낭의 짐을 덜고 낯선 환경에서의 대처법을 익히기 위해서는 셰르파의 도움이 절실했다. 무엇보다 눈이 내리면 삽시간에 길이 지워진다는 에베레스트에서 마지막까지 여정을 안내해 줄 가이드가 필요했던 것이다.

영어를 잘하는 현지인을 요구한 이유는 한국어에 능통한 소수의 셰르파들이 이미 예약된 상태였고 비용이 비쌌기 때문이다. 나는 결혼을 하자마자 아내가 뉴욕의 회사에서 3년간 일하는 동안 영어를 배울 기회가 많아서 어지간한 의사소통에는 큰 문제가 없었다. 여행사에서는 걱정하지 말라며 가장 영어가 유창하고 믿음직스러운 셰르파를 소개해 주겠다고 약속했다.

그러나 막상 트래킹을 시작하자 푸르바는 설명을 해 주는 경우가 거의 없었다. 내가 뭔가를 물어도 돌아오는 대답은 지극히 단순했는데, "노 프라블럼." 아니면 "베리 베리 프라블럼." 이 거의 전부였다. 때로 내가 지명의 뜻이나 풍습에 관한 질문을 하면 헛소리를 하는 경우도 많았다. 내 질문과 아무런 관련이 없고 문맥에 닿지도 않는 엉뚱한 말, 그러니까 그냥 자신이 알고 있는 모든 영어를 아무렇게나 지껄였다.

"푸르바, 이 지도상에 고쿄 피크는 어느 지점이죠?" 하고 물으면, 손가락으로 가리키면 쉬울 것을 그는 꼭 어디 위, 어디 아래, 어디 오른쪽 하는 식으로 대답했다. 그럼 "그 어디는 어디 있죠?" 하고 재차 물으면 다시 어디 아래, 어디 위, 어디 왼쪽 하는 식의 대답이 계속됐다. 그래서 목적지의 위치를 알려면 지도를 동서남북으로 두리번거리느라 정신이 없었다.

며칠이 지나서야 푸르바가 숫자만 간신히 읽을 뿐 알파벳을 몰라서 지도를 볼 수 없다는 사실을 눈치 챌 수 있었다. 그의 지도는 오직 그의 머릿속에 있었다. 나중에 전해 들은 바에 의하면, 쿰부 히말라야의 셰르파들은 대부분 열 살 때부터 포터(짐꾼)로 고용돼서 거의 학교를 다니지 않는다고 했다.

3 고산병 중기

루클라에서 시작된 산행은 사흘쯤 지나 남체(Namche, 3440미터)를 벗어났다. 그러자 설산의 봉우리들이 눈앞에 펼쳐지기 시작했다. 문득 트래킹 준비를 하며 읽은 서적 중에 강찬모 화백의 일화가 떠올랐다. 눈을 하얗게 뒤집어 쓴 준봉의 장엄함에 감탄한 나머지 강 화백은 그대로 엎드리며 삼보일배를 했다는 내용이었다.

걷기도 쉽지 않은 고도에서 게다가 노화백이 엄청난 체력과 산소량이 요구되는 삼보일배를 했다는 것은 납득하기 힘든 행동임에 분명했다. 흥미로운 점은 네팔에서 10여 년간 체류한 책의 저자가 강 화백의 행동을 고산병 증세로 해석한 대목이었다. 트래커의 상당수가 높은 산에 오르면 육체의 극심한 피로 외에도 가벼운 정신이상을 수반한 비이성적인 행동 양상을 보인다는 설명이었다.

식당에서 만난 산 사나이도 지적했지만, 사실 8000미터 고산 준봉이 버티고 선 쿰부 지역의 트래커에게 가장 두려운 적은 고산병(Mountain Sickness)이었다. 내가 정신을 잃는다면 입에 거품을 물고 푸르바의 발바닥에 본드 칠을 하는 해괴한 짓거리를 할지도 몰랐다. 무엇보다 이 병에 심하게 걸리면 트래킹을 즉시 접어야 하므로 나는 시간이 날 때마다 여행 노트에 정리한 고산병 유의 사항을 읽고 또 읽었다.

첫째, 2500미터를 넘으면 어떤 고도에서도 고산병에 걸릴 수 있다. 이 병은 줄어든 산소량이 몸에 익숙해지지 않아 신체에 오는 이상 현상으로, 경우에 따라서는 죽음에 이르기도 한다. 이 병을 피해 갈 수 있는 특수 체질은 없다. 따라서 히말라야에서는 그 누구도 평등하다.

둘째, 남한의 가장 높은 산인 한라산의 고도가 1950미터인 것을 상기하면, 3000미터가 넘는 환경은 대부분 처음 접하는 것이므로 스스로의 체력과 체질에 과신하는 것은 만용이다. 3000미터 지점에만 올라서도 공기 중 산소량은 68퍼센트로 떨어진다. 고도가 높아질수록 기온, 기압, 산소량은 반비례하여 급감한다.

셋째, 고산병의 증상은 심장의 두근거림에서 시작하여 두통과 식욕부진, 불면으로 이어지고 결국 구토와 호흡곤란에까지 이르러 급속도로 폐를 상하게 한다. 폐수종(Hape)이 오면 뇌에 손상을 주고 결국 뇌부종(Hace)을 일으켜 의식불명 상태에 이르게 된다. 실제로 쿰부 히말라야 지역에서는 해마다 적지 않은 사망자가 속출하고 있다.

넷째, 고산병을 치료하는 약은 아직까지 개발되지 않았다. '다이나막스'라는 이뇨제와 '비아그라'를 복용하기도 하지만 실제 약리 효과보다는 '플라시보(심리적 위안)' 현상으로 봐야 한다는 의견이 중론이다. 따라서 몸에 이상이 오면 여유를 갖고 휴식을 취하든가 무조건 낮은 고도로 하산해야 한다.

마지막으로 무엇보다 예방이 중요한데, 가급적 하루에 고도차를 300미터 이상 올리지 말아야 하고 천천히 걸어야 한다. 결과적으로 이 두 가지 조항, '300미터 이상 금지와 완보'는 에베레스트 트래커의 강령인 셈이다.

*

내가 처음 고산병의 위협을 느낀 것은 3973미터 지점인 몽라(Mong La)에서였다. 3440미터에 위치한 남체를 떠난 후 얼마 안

되어 쏟아진 폭설 속에서 네 시간가량의 힘겨운 보행 끝에 겨우 산장에 도착했다. 고도를 무려 500미터 이상 올린 셈이어서 여장을 풀고 나자 심한 어지럼증이 몰려들었다. 눈에 젖은 등산화와 양말을 벗는 동안에도 손가락이 뜻대로 움직여지지 않았다.

나는 몸을 부들부들 떨며 입을 벌려 숨을 헉헉 몰아쉬었다. 아무리 휴지로 닦아 내도 코에서는 콧물이 줄줄 흘러나왔다. 무거운 배낭을 메고 느린 걸음으로 눈보라 속에서 오르막길을 올랐기 때문에 컨디션이 극도로 좋지 않았다. 내가 오늘은 그만 여기서 쉬자고 부탁하자 푸르바는 침을 튀기며 말렸다.

"마운틴 식니스 이즈 어 베리 베리 프라블럼!(고산병이 걸리면 큰 문제야.)"

보통은 조금이라도 고도가 낮은 곳에서 숙박하기 위해 다음 행선지인 포르체 텡가(Phortse Drengka, 3680미터)까지 가는 게 일반적인 코스였다. 하지만 폭풍설이 더욱 거세지고 있어서 현재 상태로는 트래킹이 무리해 보였다. 무엇보다 나는 소주를 두세 병 마신 듯 몸을 가누지 못하고 무기력증에 빠져 들었다. 체력이 바닥났다고 하자 푸르바는 고개를 끄덕이며 금방 또 이렇게 대답했다.

"오케이, 노 프라블럼!"

저녁으로 네팔 식 백반인 '달바트'를 먹을 땐 밥이 입으로 들어가는지 코로 들어가는지조차 알 수 없을 만큼 몽롱했다. 음식을 씹는 동안 아무런 맛도 느낄 수 없었다. 씹는 일마저 버거워 밥을 반도 못 먹고 숟가락을 놓고 말았다. 그전까지 별다른 고소 증세가 없었으므로 나는 지나친 자신감에 젖어 있었던 것이다.

식사를 마친 뒤, 기분 전환을 겸해 후식을 먹으려고 준비해 온 초코파이를 배낭에서 찾았다. 술에 완전히 취한 것처럼 시야가 흐리고 정신이 깜빡깜빡 나갔다. 게다가 손의 움직임이 급격히 둔해져서 어디 있는지 뻔히 알면서도 좁은 배낭 안을 30분도 넘게 뒤져야 했다. 그런데 막상 꺼내 보니 납작한 초코파이 봉지가 터질 듯 공처럼 동그랗게 부풀어 있었다. 나는 깜짝 놀라 소리쳤다. 그 제품이 부패한 줄로만 알았다.

"어, 이게 뭐야!"

푸르바가 껄껄대며 소리 내어 웃기 시작했다. 그는 전에 한국 팀을 안내한 경험이 있어서 초코파이를 알고 있었다. 푸르바는 "노 프라블럼, 노 프라블럼."이라고 말하며 여러 단어를 동원해 내게 손짓 발짓으로 설명했다. 부패한 게 아니라 기압이 낮아져서 그렇다는 것이다. 그러면서 혹시 여분이 있으면 하나만 달라고 부탁했다. 나는 테이블 위에 초코파이 한 봉지를 굴렸다. 그것은 공처럼 데굴데굴 테이블을 가로질러 그의 자리로 굴러 갔다.

그 순간부터 두려움이 엄습했다. 사실 우리의 폐가 두 개의 공기주머니에 불과하다는 것을 나는 알고 있었다. 기압과 기온, 산소량이 떨어진 가운데 내 폐가 현재 어떤 상황일지 짐작이 되자 점점 트래킹이 무서워지기 시작했다.

그날 밤은 날이 새도록 기침 때문에 잠을 이루지 못했다. 영하 30도로 떨어지는 차가운 공기 속에서 부족한 산소를 보충하기 위해 쉼 없이 심호흡을 하느라 코가 얼어붙기까지 했다. 다음 날 아침에 일어났을 때, 푸르바는 내 얼굴을 손가락으로 가리키며 키득거렸다.

"유 아 프라블럼, 프라블럼!"

거울을 보니 얼굴 전체가 빵처럼 부풀어 있었다.

트래킹 12일째, 마체르모(Machhermo, 4450미터) 산장에서 1박을 하고 점심을 먹은 뒤 햇볕을 쬐러 밖으로 나왔을 때였다. 셰르파 노인이 간이 의자에 앉아 저 멀리 설릉(雪陵)을 지그시 바라보며 담배를 태우고 있었다. 오랜만에 날씨가 청명했다. 사방에 두껍게 쌓인 눈이 햇빛을 반사해서 눈을 제대로 뜰 수 없을 정도였다. 운동회 날의 만국기처럼 산장 앞뜰에 기둥을 높이 세워 줄로 연결한 색색의 룽다가 바람에 날려 일제히 펄럭거렸다.

"오늘은 날씨가 꽤 좋죠?"

내가 묻자 노인은 눈을 지그시 감은 채 고개를 내 쪽으로 돌렸다. 지난밤 산장 주인에게 들은 바에 의하면 노인은 젊은 시절 각국 원정대에 속해 에베레스트 등정에 여러 번 참가했고 왕궁에 초대되어 훈장을 받았다고도 했다.

"지금은 괜찮지만 눈이 엄청 올 거야."

노인의 목소리에는 가래가 들끓었지만 영어는 유창했다. 나는 옆에 서서 그와 이런저런 이야기를 한동안 주고받았다. 그때 어디선가 요란한 기계음 소리가 한동안 골짜기에 진동했다.

"아니, 이게 무슨 소리죠?"

"헬리콥터가 뜬 게로군. 트래킹은 과정에 의미를 둬야지. 자꾸 목적에만 집착하면 저렇게 된다네."

"무슨 일이 났나요? 여기까지 헬리콥터가 다 날아오고?"

"간혹 저렇게 날아오지. 나도 저놈을 한 번 타 본 적이 있네. 크레바스에 빠졌을 때 오른쪽 무릎이 얼음 덩어리에 부딪쳐 쪼개졌지. 자일 덕분에 목숨은 구했지만 그 뒤로 산을 오르는 일을 그만뒀어. 여기서 헬리콥터는 탈 만한 게 못 되지."

노인이 내뿜는 담배 연기를 맡으며 나는 고개를 끄덕였다. 그러고 보니 옆에 지팡이가 세워져 있었다.

"자네는 이곳이 처음이라 했는데 좀 괜찮은가?"

"얼마 전에 고산병에 걸려서 약간 고생을 했어요. 고도를 500미터씩이나 올린 날이었거든요. 제정신이 아니었죠. 저녁을 먹는데 꼭 꿈속에서 밥을 코로 먹는 기분이었어요."

노인은 가래를 끓어 올려 눈 위에 뱉고는 빠진 이를 드러내 보이며 클, 클, 클 웃었다.

"하긴 제정신으로 어떻게 여기까지 왔겠나. 제정신이면 도리어 못 할 짓이지."

나도 따라서 낄낄거리며 웃었다. 어쩌면 지금도 순간순간 반응할 뿐이지 제정신이 아닌지도 몰랐다.

"하긴 말이야, 가장 빨리 높은 곳에 올랐을 때를 돌이켜보면 제정신이 아닐 때가 많았네. 그렇긴 해도 야금야금 오르게. 내 꼴처럼 되지 말고."

"그래도 솔직히 걱정이 되네요. 목적지까지 무사히 갈 수 있을지 모르겠어요."

나는 앞에 펼쳐진 설원을 바라보았다. 바람이 불 때마다 밀가루 같은 눈 먼지가 뽀얗게 회오리를 만들며 몰려다녔다. 그 속에서 어슬렁거리며 먹이를 찾는 야크 떼와 그 너머로 눈부시게 솟아오른 설릉과 그 위의 파란 하늘을 선회하는 검은 독수리가 새삼 적막하게 보였다. 해발 4500미터의 풍경이었다.

"여기서 잠깐만 기다리게."

노인은 갑자기 지팡이를 짚고 일어나더니 산장에 들어가서 뭔가를 들고 나왔다.

"자, 받게나. 생명에 위협을 느낄 때 이걸 열어서 히말라야의 신께 기도를 하게. 도움을 받을 수 있을 게야."

노인이 건넨 것은 편지 봉투 절반만 한 크기의 때 묻은 종이 봉투였다. 입구가 봉해 있어서 내용물은 짐작할 수 없었다. 뜻밖의 선물에 나는 두 손을 모아 고맙다는 인사를 했다.

"그럼 잘 가게. 나는 이만 들어가서 쉬어야겠네."

지팡이를 짚고 절룩거리며 노인은 다시 산장 안으로 들어갔다. 나 역시 얼른 짐을 챙겨 떠나야 할 시간이었다. 하지만 이것만은 묻고 싶어서 문을 열고 들어가는 노인을 향해 소리쳤다.

"그런데 정말 기도를 하면 들어줄까요?"

그러자 노인은 빠진 이를 내보이며 클, 클, 클 웃더니 유쾌하게 대답했다.

"자네, 크레디트 카드 있나?"

산장 안으로 사라지는 노인을 향해 나는 손가락을 구부려 오케이 사인을 보내고는 낄낄낄 따라 웃었다. 루클라 행 비행기를 타던 날부터 지금까지 열이틀 동안 내 바지 뒷주머니에는 항상 플라스틱의 딱딱한 카드가 들어 있었다. 그것은 산행 중 자리에 앉을 때마다 불편하게 엉덩이에 배겼다.

4 고산병 말기

4750미터 지점에 위치한 고쿄의 나마스테 산장에 도착하자 손님은 나 외에 단 한 명밖에 없었다. 아일랜드에서 온 스코트(Scott)라는 27세의 백인 청년이었다. 내가 산장의 선룸(Sun room)에서 그를 처음 보았을 때, 스코트는 오리털 파카를 입고 난로를 거의 끌어안다시피 한 채 앉아 있었다.

저녁 식사를 하며 얘기를 나눠 보니 스코트는 그 악명 높은 촐라패스(Cho La Pass)를 단시간에 건너온 불굴의 트래커였다. 촐라패스는 동부의 EBC(Everest Base Camp)와 서부의 고쿄 피크(Gokyo Peak)를 연결하는 최단 거리 지름길로 '졸라 패스하기 어려운 코스'로 명성이 자자했다. 특히 겨울철에 크레바스가 덫처럼 깔려 있는 그 루트를 건너는 일은 히말라야에서 낳고 자란 셰르파들조차도 쉽게 시도할 수 없을 만큼 험했다.

그러나 안타깝게도 스코트는 자신의 최종 목적지인 고쿄 피크를 목전에 두고 고산병에 시달리고 있었다. 이미 이틀이나 몸이 회복되기를 기다리는 중이었는데, 여전히 창백한 얼굴로 난롯가에서 끊임없이 쇳소리가 섞인 기침을 터뜨렸다. 산장 주인을 포함해서 스코트의 셰르파가 하산을 권유했지만 그는 막무가내로 더 기다려 보자고 우기는 상황이었다. 이곳에 도착하기 위해 들인 시간과 비용을 감안하면 누구라도 쉽게 포기할 수는 없을 것이다.

다음 날, 나는 푸르바와 가벼운 행장으로 고쿄 피크(5357미터)를 등정했다. 에베레스트 서부에서 일반인이 오를 수 있는 최고봉이었다. 구름은 발아래에서도 흐르고 머리 위로도 흘렀다. 저 멀리 푸모리(Pumori), 창체(Changtse), 초모랑마(Chomolungma), 눕체(Nuptse), 로체(Lhotse), 로체 샤르(Lhotse Shar), 마칼루(Makalu) 등 눈 덮인 8000미터 봉의 정수리들이 한눈에 들어왔다. 말로만 듣던 '새하얀 지구의 등뼈'였다. 그런데 이상하게도 내겐 그 풍경이 거짓말 같았다. 그래서 나는 푸르바가 알아듣지 못할 줄 뻔히 알면서도 조용히 말했다.

"푸르바, 이상하지? 고생 끝에 마침내 이곳까지 왔는데 저 모습은 마치 사진 속 풍경처럼 정지된 느낌이야. 전혀 실재감이 없어."

무슨 뜻인지 모르는 푸르바는 난처한 표정을 잠깐 짓다가는, 내가 말한 영어의 몇 단어만으로 대충 뜻을 짐작했는지 갑자기 환하게 웃으며, "오, 포토? 포토? 오케이, 노 프라블럼!"하고 는 가방에서 사진기를 꺼내어 나를 여러 컷 찍어 줬다.

*

고쿄 피크를 내려오는 도중에 폭설이 쏟아지기 시작했다. 엄청난 양의 눈은 올라왔던 길을 순식간에 지워 버렸다. 푸르바가 앞장서서 길을 열고 내가 뒤에서 그 길을 밟자마자 길은 다시 눈 속에 파묻혔다. 고글의 시야를 뿌옇게 막고 강풍과 함께 뺨을 후려치는 분설이었다. 급경사의 설면에 미끄러져 넘어지거나 발목이라도 삐끗하면 큰일이어서 한 걸음 한 걸음마다 신경이 곤두섰다. 간신히 산장에 되돌아왔을 때, 나는 쓰러질 듯 방으로 들어가 옷도 갈아입지 않은 채 침낭 속에 몸을 구겨 넣었다.

그날 밤, 나는 밤새 신음하며 잠을 이루지 못했다. 두통과 함께 몸 전체가 아프고 호흡곤란과 메스꺼움이 올라왔다. 이전에 몽라에서 앓았을 때보다 그 고통이 더욱 심했다. 간혹 눈을 뜨면 엄청난 바람 소리와 함께 들뜬 나무 창틀 사이로 백설탕 같은 눈가루가 하얗게 밀려 들어오는 게 보였다. 방 안과 밖의 경계는 오로지 나무판자 한 장에 불과했다. 먼 곳에서 눈사태가 일어나는 소리가 아련하게 들려왔다.

눈은 이틀 동안이나 계속 퍼부었다. 7000~8000미터급 산군의 골짜기에서 불어오는 광풍에 실려 무자비하게 휘몰아치거나 포악하게 휩쓸고 지나가는 폭풍설이었다. 할 수 있는 일이란 오직 산장 안에서 눈이 그치기를 기다리는 것뿐이었다. 다행스럽게도 따뜻한 곳에서 좋은 음식을 먹으며 편히 쉬자 컨디션이 점차 회복됐다.

산장 주인과 푸르바, 스코트의 셰르파는 대부분 부엌에서 나오지 않았고, 나와 스코트는 선룸에서 낮 시간을 함께 보냈다. 나는 주로 야크 똥을 태우는 무쇠 난로 앞에 앉아 아내에게 긴 편지를 썼다. 희박한 산소 속에서 숨을 쉬는 느낌이 어떤지, 이곳의 눈은 서울의 눈과 어떻게 다른지, 밤이면 영하 30도로 떨어지는 추위를 견디며 침낭 안에서 자는 법에 대해 재미있게 풀어 썼다. 물론 서울에 편지가 도착하려면 한 달이 넘게 걸리기 때문에 편지보다 내가 먼저 한국에 도착할 게 분명했다.

한편 스코트는 내가 고쿄 피크를 다녀오자 더욱 집착을 버리지 못했다. 그러나 그의 증세는 회복되기는커녕 갈수록 악화되는 중이었다. 호흡과 기침이 더욱 거칠어지고 입술과 손톱이 점점 검게 변해 가고 있었다. 이젠 폭설 때문에 길이 막혀 하산을 하려 해도 방법이 없었다. 내가 편지를 쓰는 동안 스코트는 난로 옆 긴 의자에 누워서 밭은기침을 하며 움푹 들어간 눈을 껌뻑거리며 말했다.

"솔직히 무서워."

“뭐가?”

“이러다가 죽을지도 모르잖아.”

“이봐, 스코트, 죽긴 왜 죽어?”

나는 녀석을 위로하고 싶었지만 특별한 말이 생각나지 않았다. 그러다 문득 전에 만났던 셰르파 노인에게서 받은 선물이 떠올랐다. 나는 곧장 방으로 뛰어가 배낭에서 때 묻은 봉투를 꺼내 왔다. 노인은 생명에 위협을 받을 때 이걸 뿌리면서 히말라야의 신께 기도를 하면 도움을 받을 수 있다고 했다. 봉투를 열자 기도문처럼 보이는 얇은 종이 한 장과 쌀이 들어 있었다. 나는 루클라행 비행기 옆 좌석에 앉았던 네팔 할머니의 의식을 흉내 냈다.

“스코트, 내가 주문을 외워 줄게. 분명 효과가 있을 거야.”

기도문은 알아볼 수 없는 문자로 쓰여 있었기 때문에 나는 어쩔 수 없이 내가 그동안 익힌 모든 네팔 단어를 총동원했다.

“아조르(저기요), 나마스테(안녕하세요), 옴마니 반메홈(기도합니다), 버티(빛), 우트느(일어나다), 구하르(도와주세요), 단니바드(고맙습니다) 베리베둥라(또 뵐게요)!”

그리고 그 말도 안 되는 기도문을 빠르게 반복하여 중얼거리며 쌀알을 공중에 흩뿌렸다. 스코트의 털모자 위에, 창백한 얼굴 위에, 그리고 덥수룩한 수염 위에 쌀알이 떨어졌다. 나의 엉터리 의식에 녀석은 희미하게 키득거리다가 조용히 물었다. 그 물음은 내가 셰르파 노인에게 한 것과 똑같았다.

“그런데 정말 그 기도를 들어줄까?”

나는 이를 내보이며 클, 클, 클 웃고는 노인이 그랬듯 유쾌하게 대답했다.

"스코트, 크레디트 카드 있지?"

녀석은 고개를 끄덕이며 힘없이 손가락을 들어 자신의 바지 뒷주머니를 가리켰다.

"그럼 됐잖아. 죽지 않는다고."

내가 부엌으로 타토파니(뜨거운 물)를 부탁하러 갔을 때 푸르바는 스코트를 턱짓으로 가리키며 힘주어 말했다.

"히 이즈 어 베리 베리 빅 프라블럼!"

*

눈이 그친 다음 날, 스코트는 드디어 헛소리를 하기 시작했다. 그를 빨리 카트만두의 병원으로 후송해야만 했다. 그렇게 천천히 죽어 가면서도 녀석은 뒷주머니에서 크레디트 카드를 꺼내 들지 않았다. 환자가 정상적인 판단력이 없으므로 강제로 산을 내려가게 할 수밖에 없었다.

끝내 나는 녀석의 몸을 뒤집어 바지 뒷주머니에서 카드를 꺼냈다. 신분 질서가 여전히 남아 있는 네팔에서 셰르파는 함부로 여행객의 몸에 손을 댈 수 없기 때문에 그의 주머니를 뒤질 수 있는 사람은 나밖에 없었다. 내가 카드를 건네주자 스코트의 셰르파는 기다렸다는 듯 결제를 하기 위해 산장 밖으로 뛰어나갔다. 산장 주인과 푸르바는 헬기장까지의 이송을 위해 당나귀를 불러왔다.

이곳에서는 사람이 곧 죽어 가는 응급 상황일지라도 구조용 헬기가 날아오지 않는다는 것을 나는 트래킹을 하며 알게 되었다.

혹여 헬기가 날아오더라도 도저히 손을 쓸 수 없는 상황에 도착하기가 다반사였다. 오직 크레디트 카드에서 3000달러가 결제되는 순간에만 카트만두에서 곧바로 헬리콥터가 이륙하는 셈이었다. 300만 원 정도와 자신의 목숨을 바꿀 사람은 그 누구도 없는 것이다.

결론적으로 트래커의 바지 뒷주머니에서 앉을 때마다 엉덩이에 배기는 크레디트 카드는, 에베레스트에서 고산병에 대비해 스스로를 경계하는 일종의 부적임과 동시에 불문율에 부쳐진 채 생사의 갈림길을 결정하는 필수품이었다.

5 고산병 후기

"와우, 산 사나이가 다 됐네!"

아내는 아파트 현관문을 열며 나를 반갑게 맞아 주었다. 나는 얼음이 박여 빨갛게 언 코와 뺨, 까맣게 탄 입술, 수염이 덥수룩하게 자란 얼굴로 아내를 꼭 끌어안았다.

"잘 들어 봐. 정말 흥미로운 일이 있거든!"

여장을 풀자마자 나는 아내에게 제일 먼저 스코트의 이야기를 들려주었다. 녀석이 헬리콥터에 실려 내려가는 대목에서 예상대로 아내는 매우 놀라워했다. 그리고 나는 지난 20일간 엉덩이 아래에서 수난을 당해 금이 가고 도색이 벗겨진 크레디트 카드를 꺼내 보이며 득의만면한 표정으로 자랑스럽게 말했다.

"봐라. 나 이거 한 번도 안 썼다! 그러니까 300만 원 번 셈이지! 잘했지?"

내 말에 아내는 손으로 입을 가린 채 한참 동안이나 크게 소리 내어 웃었다. 처음에 나는 아내가 카드의 돈을 낭비하지 않고 무사히 돌아온 남편이 기특해서 웃는 줄로만 알았다. 그런데 아내의 다음 말을 듣고는 엄청난 눈사태에 휩쓸려 몇천 미터 아래로 까마득히 내던져지는 듯한 현기증이 일었다.

"어머, 어떡하니? 그 카드는 한도액이 200만 원밖에 안 돼!"

재상 이윤(伊尹)전

도 태 우

1969년 서울에서 태어나 서울대 대학원 정치학과를 중퇴했다. 1999년 《문학동네》에 「발루아의 환영」이 당선되어 작품 활동을 시작했다. 소설집 『디오니소스의 죽음』이 있다.

4000년 전 황하의 물결을 다스리며 건립된 하(夏) 왕조가 폭
군 걸(桀) 왕을 만나 그 명운을 다해 갈 때였다. 걸은 자신을 하
늘의 태양과 마찬가지로 여겨, 굶어 죽은 백성들의 시체가 길
에 즐비한데도, 술로 연못을 채우고 배를 띄우며, 청동 무기고
만 넓혀 지을 뿐이었다. 이렇게 부패한 왕실에 맞서 제후들이
각기 반란을 일으키니, 주(州)와 방(方), 부족과 부족 사이의 전
쟁이 마른 섶에 불 뭉치를 던진 것처럼 번져 나갔다. 마침내 동
쪽 변방에서 독실히 상제(上帝)를 신앙하던 상(商) 족의 탕(湯)
임금이 걸 왕을 내쫓고 새롭게 천자의 자리에 오르니, 그를 도
와 상 왕조를 개창하는 데 가장 큰 공을 세운 이가 바로 재상
이윤이다.

이윤은 거북 등과 짐승 뼈(甲骨)에 물음을 새기고 불에 구워
나타나는 형상을 읽어 국사를 결정하는 상족의 전통을 유지하
면서도, 여러 부족들의 대표가 참여하는 회의에서만 그 점괘의

최종적인 해설을 내리게 해, 많은 부족들이 상족의 지도 아래 하나의 정체(政體)를 이루도록 했다. 그는 천하 백성들이 탕 임금을 믿고 따르도록 했지만, 언제나 자신이 드러나지 않도록 일해 세상엔 재상 이윤의 이름을 아는 이가 드물었다. 불타 버린 땅에 가녀린 새싹이 움트는 것처럼, 버려진 마을로 아이를 업고 등짐을 멘 남녀가 하나 둘씩 돌아오는 것을 둘러보는 일이 이윤에게는 무엇보다 큰 기쁨이었다.

그러나, 태자가 요절하고 탕이 붕어한 뒤로, 대를 이은 아들 대의 임금들마저 3년, 4년 만에 나란히 세상을 떠나니, 상 왕조의 통치는 불안정하게 흔들리기 시작했다. 점괘를 해석하는 회의에서 후계자로 결정되어, 젊은 나이로 왕위에 오른 탕의 맏손자 태갑(太甲)이 사당에 나아가 처음으로 제사를 드리던 날이었다. 이윤은 모든 관리들의 우두머리로서, 크고 작은 나라의 제후들을 대신하여 왕의 자세에 대해 말씀드렸다.

"큰 나라를 다스리는 것은 작은 생선을 삶는 일과 마찬가지입니다. 왕의 잘못된 말 한마디에 수백만 인민의 목숨은 옅은 살결처럼 뜯겨 나가니, 어찌 지극히 조심스러운 마음으로 자리에 임하지 않을 수 있겠습니까? 오직 삼가고 두려워하는 마음으로 일관해야만 닥쳐올 공동의 두려움을 물리친다는 정치의 본래 뜻을 펼 수 있을 것입니다."

하지만 이윤의 간언에도 불구하고, 태갑 왕은 즉위 후 3년 동안 개인적인 감정에 치우친 행동으로 국정의 기틀을 허물어뜨렸다. 그는 태자였던 부친이 일찍 세상을 뜬 뒤, 아버지의 형제들에게로 먼저 왕위가 계승되어 지위가 불안정한 어린 시절을 보내며, 형제 상속제를 비롯한 상나라의 관례에 강한 반감을 키워 온 터였다. 왕위에 오르자 가장 먼저 손을 댄 일이, 숙부 가(家)의 재산을 몰수하고 딸린 식구들을 나라 밖으로 추방하는 것이었다. 그는 자신을 열성적으로 따르는 젊은 무리에게 은급을 나누어 주고, 나이 많고 덕 있는 이의 충고를 배격했다. 또한 하나라의 사당을 훼손하고, 직계 조상신께 1년 내내 큰 제사를 올린다며 조세를 늘려 백성들의 원망을 샀다. 가장 심각한 것으로는 점괘를 해석하는 모임을 축소하고 해석 권한을 왕 쪽으로 옮겨 간 것이다. 이에 상족의 지도를 받아들이던 많은 부족들이 이탈하거나 적극적인 독립을 시도했다. 여러 제후들은 상나라의 천명(天命)을 의심하게 되고, 천하에는 다시 부족국가들 사이의 전쟁 상태로 되돌아가려는 조짐이 고개를 들었다.

이윤이 조정에서 왕에게 변화를 촉구했다.

"왕께서는 정치를 지극히 어렵게 대하시어, 모든 이의 지혜를 모아 그 어려움을 감당하소서. 만일 자신에게 쉽고 편한 길을 따라 정치를 행하신다면 수많은 백성들이 진흙 수렁에 빠뜨려진 듯 비참한 죽음을 면하기 어렵게 됩니다."

왕은 이윤의 말을 무시했다. 나아가 왕의 비호를 받는 세력은 이윤을 재상 직에서 몰아내려 힘을 모았다. 그들은 이윤이 왕위를 노린다는 소문을 퍼뜨렸다. 이윤은 다시 궁에 나아가 간곡하게 왕의 변화를 촉구했다.

"정치를 일으켜 세우기는 지극히 어려우나, 그것을 무너뜨리기는 극히 간단합니다. 천하의 물길을 뚫어 대홍수를 물리친 우임금의 덕에서 비롯되어 200성상 선정을 베풀어 온 하 왕실을 일거에 허물어 버리는 데엔 걸 한 사람의 악행으로 충분했던 것입니다."

　그러나 왕은 행실을 바꾸지 못하였다. 백성들은 앞날에 대한 믿음을 잃고 뿔뿔이 흩어져 살 길을 꾀했다. 어떤 이는 깊은 산속이나 낯선 부족의 땅으로 피해 가기도 했고, 어떤 이는 비적 떼에 몸을 던져 절망적인 반란을 시도했다. 오랜 전란으로 치수 사업이 내버려진 탓에 홍수와 가뭄마저 연이었다. 길에는 묻어 줄 이 없는 시체가 넘쳐 나고, 아녀자와 아이들은 먹 글자가 새겨져 노예로 팔려 갔다.

　이윤은 국모로 받들어지는 대왕대비를 찾아 죽음으로 간하려는 뜻을 밝혔다.

　"천하 질서의 붕괴가 눈앞에 있습니다. 국로(國老)인 제가 거듭 아뢰어도 왕은 마음을 바꾸지 않으십니다. 더구나 왕을 미혹하게 하는 무리들은 저를 제거하고 더 큰 혼란을 자초하려 합니다. 스스로 목숨을 끊으며 마지막으로 왕께 당부를 드리는 것이 제게 남은 최선의 길인 듯합니다."

　대왕대비는 답했다.

　"어른은 잠시만 도읍을 떠나 조용한 곳에 몸을 피해 계십시오. 제가 기필코 왕을 설득해 보겠습니다. 어른께선 반드시 살아남아 이 나라를 지탱해 주셔야 합니다. 아직도 기억나시죠? 옛날 유신국(有莘國)에서 제가 어른께 글을 배우며, 산으로 약초를 구하러 다니던 시절 말입니다. 그 평화는 얼마 가지 못하고 무자비한 약탈과 대전란에 휩싸여 부서져 버렸죠. 불가마처럼 이글거리던 세상에 평화를 세우기 위해 평생을 함께 걸어 왔는데, 이렇게 다시 그 노력이 물거품처럼 흩어지려 하다니요."

　이윤의 감은 눈 속으로 대왕대비와 함께했던 먼 길의 여정이 빛의 다발처럼 한순간에 몰려 들어왔다.

이윤은 원래 상 족의 경계 밖에서 상고(上古) 시대의 학문과 덕을 닦던 처사였다. 그가 현명하다는 소문을 듣고, 탕이 책사로 쓰기 위해 사람을 보내 불렀으나, 이윤은 다섯 번이나 거절하고 가지 않았다. 그는 닥쳐오는 전쟁의 소용돌이를 피해, 중원에서 멀리 떨어진 산골로 옮겨 갔다.

그곳은 험한 봉우리에 둘러싸인 작은 농토와 단출한 인구를 지닌 유신씨의 땅이었다. 이윤은 객사에 머물며 식약(食藥)과 양생(養生)의 도를 닦았다. 가끔은 손수 음식을 장만하여 마을 노인들에게 대접하기도 했다. 잉어찜과 다슬기 탕이 그의 장기였다. 이윤은 유신씨의 따님에게 지나간 사적들을 들려주기도 했다. 여와가 흙으로 인간을 빚은 일부터 복희씨와 신농 황제를 거쳐 이야기가 요순에 다다랐을 무렵, 그곳에도 군사들이 출몰하기 시작했다. 더 이상 중립을 지킬 여지가 없어져 버렸을 때, 유신씨는 이윤과 마주앉아 의논을 나누었다. 두 사람은 상나라의 탕을 도와 천하의 혼란을 수습하는 것이 가능한 최선의 길이라고 보았다. 유신씨의 따님이 탕의 부인이 되어 시집갈 때, 이윤도 딸린 신하가 되어 세발솥과 도마를 메고 상의 도읍으로 들어갔다. 탕은 젊은 나이로 탁월한 무용을 떨치고 있던, 장수의 기풍을 지닌 왕이었다.

이윤은 왕실의 주방에서 일하는 신하로 배치되었는데, 어느 날 승전을 기념하는 잔칫상에 두 종류의 곰 발바닥 요리를 내놓았다. 하나는 황토 진흙을 발라 불 속에서 구운 다음 흙덩어리를 부수어 가죽과 털을 떼 낸 속성 요리였고, 다른 접시는 석회와 볶은 기장이 든 항아리에서 해를 묵혀 고슬고슬하게 말린 것을 가져다 데쳐서 일단 털을 뽑고 꿀을 발라 약한 불에 삶다가 꿀은 씻어 내고 닭고기 국물에 뭉근하게 졸인 뒤 깔끔하게 뼈를 발라내고 흰참나무버섯에 말아 쪄 낸 정식 요리였다. 왕의 상에는 늘 정식 요리만이 올라왔기에 탕은 책임자를 불러오라며 호통을 쳤다. 이윤은 때를 기다렸다는 듯 요리에 빗대어 정치의 도에 대해 말문을 열었다.

"무력을 앞세워 굴복시키는 것은 마치 망치로 흙덩어리를 부수어 요리하는 것과 같고, 덕치와 무력을 함께 사용하는 것은 불과 물을 섞어 쓰되 그 대상의 본성을 온전히 살려 내며 복속시키는 것과 같습니다."

탕 왕은 어느덧 잔칫상을 물리고 밤새 그의 이야기에 귀를 기울였다. 이윤은, 자신이 전면에 나서지 않으면서도 모든 맛을 살려 주는 소금에 정치를 비유하기도 했고, 해물과 육류, 야채와 향신료 등 갖가지 재료를 두루 연결하여 훌륭한 조화를 이루어 내는 요리 술에 그것을 견주기도 했다. 탕은 이윤을 가까이 머물게 하고 매사 그의 의견을 구하며 좋은 말은 반드시 실행으로 옮기도록 했다.

이윤은, 무력과 용맹에 치우치기 쉬운 탕 왕 속에 잠들어 있던 덕치와 감화의 능력을 일깨워 내고 성장시켜 갔다. 제사를 올리지 않으며 무도한 행실을 일삼는 갈(葛)의 수령을 징벌하고자 할 때였다. 이윤은 먼저, 그들이 제사를 못 지내는 이유로 내세운 부족한 음식을 대 주게 했다. 보내 준 음식을 먹어 치운 뒤, 일손이 부족해서 제사를 못 올린다며 그들이 다른 핑계를 대자, 이번에 탕은 농사를 도울 사람까지 보내 주었다. 갈의 수령이 그 사람들마저 해친 뒤에야 이윤은 탕과 더불어 단호하게 정벌을 감행했다.

탕은 이윤을 통해 전해지는 오래된 예법을 존숭하며, 그 지혜의 핵심을 빠르게 흡수했다. 하루는 탕이 백성들의 삶을 살펴보다 낙수와 황하가 합류하는 지점에 닿았을 때였다. 동서남북 네 방향 모두에 그물을 펼친 뒤 한가운데 제상을 두고 풍어를 기원하는 무리를 만났다. 그들은 "천하의 물고기가 모두 저희 그물로 걸려들게 하소서."라며 빌고 있었다. 탕은 그들의 욕심이 지나치다며 서쪽과 남쪽, 북쪽의 그물을 거두게 하고 대신 이렇게 빌게 했다. "오른쪽으로 갈 것은 오른쪽으로 가게 하고, 왼쪽으로 갈 것은 왼쪽으로 가게 하소서. 다만 저희에게 오려던 것은 모두 저희 쪽으로 오게 하소서." 이윤은 마음속으로 탄성을 올렸다. '아, 탕은 참으로 다스려짐의 요체를 아는 사람이로구나. 움켜쥔 손을 낮추어 펴야만 천하의 물줄기가 스스로 길을 터서 흘러들어 오는 것임을…….' 이 소문을 전해 들은 뭇 백성들은 서로 이야기했다. "한낱 물짐승까지 그 은택을 입으니, 우리 불쌍한 민초들이야 어련히 돌보아 주시지 않으랴?" 아직 복속되지 않은 변방에선 "우리 임금님을 기다리노니, 우리 임금님이 오시면 이 고생이 그치려는가?" 노래가 울려 나왔다.

도읍을 떠난 이윤이 다시 그 강둑을 지나다 멈추어 서서 지나간 일을 되새겨 보던 때였다. 갑자기 국상(國喪)의 소식이 전해졌다. 대왕대비가 흰 비단 위에 피로 쓴 유서를 남기고 자결했다는 것이다. 친손자인 왕에게 남긴 혈서에 그녀는 '강물처럼 피를 흘려 세운 평화, 방심하면 다시 피의 범람을 부르게 되리,' 라고 썼다. 이윤은 자신에게 전해진 세발솥과 도마 앞에서 목울음을 삼켰다.

왕은 국상을 치르기 위해 동(桐)궁으로 갔다. 탕왕과 대왕대
비를 함께 모신 능묘가 눈앞에 보이는 곳이었다. 이윤은 섭정을
맡게 되었다. 일부 신하들의 반대가 있었지만, 나라 사람들(國
人)의 압도적인 추대를 꺾을 수 없었다. 동궁에 갇히다시피 된
왕은 이윤이 자기를 내쫓았다고 분을 터뜨리는가 하면, 노인이
왕위를 탐내고 있다며 대놓고 의심을 드러내기도 했다. 왕은 점
차 동궁 주변에 옛 무리를 불러 모았고, 군사를 움직여 일을 벌
이기로 눈빛을 맞추었다.

때가 무르익자, 동궁을 빠져나온 왕은 정병을 앞세우고 대궐
을 포위했다. 왕이 군사를 일으켜 궐문 앞에 이르렀다는 말을
듣고도, 이윤은 정사를 보던 자리를 떠나지 않았다. 어떠한 호
위병의 저지도 없는 문들을 차례로 열고, 왕은 이윤이 꿇어앉은
탁자 맞은편에 칼을 차고 섰다. 왠지 그 순간만큼은 왕도 호통
을 칠 수 없었다. 이윤이 가만히 일어나 구리줄로 묶인 상자를
공손히 왕께 바쳤다.

그것은 태갑이 즉위하기 전, 왕위 계승자를 두고 점을 친 기
록이었다. 왕이라 하더라도 함부로 열어 볼 수 없는 그 상자 속
에는, 점괘의 해석에 참여한 사람들의 말이 적혀 있었다. 그들
중 다수가 '현인에게 왕위를 선양(禪讓)하라.'고 점괘를 해석했
지만, 이윤이 중심이 된 소수는 '예법에 따라 장자(長子)를 세우
라.'고 다른 의견을 주장했다. 이윤은 '요순 한 사람이 왕위에
있어 태평세월을 이루었다기보다 요순 대의 백성이 서로 이끌
어 주어 요순과 같은 성군이 나게 된 것'이라며, 자신을 왕으로
옹립하려던 선양론을 거부했다. 왕의 묵은 의심은 이 기록 앞에
스러져 내렸다. 그는 다시 동궁으로 돌아갔다.

상을 맞은 지 2년째 되던 해부터 이윤은 왕의 처소 앞에 밭을 일구기 시작했다. 처음엔 혼자 소매를 걷어붙이고 농사를 짓더니, 어느 땐가부터 슬그머니 왕 또한 밭일로 끌어들였다. 돌 쟁기를 같이 끌며 단단한 흙덩이를 부서뜨렸고, 뙤약볕 아래 허리를 구부려 함께 잡초를 뽑았으며, 갈라 터지는 땅을 메우기 위해 쉼 없이 물을 져 나르다, 마침내 도리깨로 이삭을 털고 난 뒤엔 서로 이마에 맺힌 땀을 닦아 주었다. 왕은, 백성들의 노고를 몸소 겪어 보고 그 땀방울의 값을 잊지 말라는 이윤의 속뜻을 헤아리게 되었다. 나아가 그는 이제야 왕 또한 예법의 아래자리에서 그 예법을 인도하듯 정치를 행할 뿐이라는 탕 왕의 도와, 낮은 자리로 자처하여 높은 존재를 이끌듯이 정치를 편다는 이윤의 도가 한 가지임을 깨달았다. 3년의 상기가 지난 뒤 이윤은 왕을 받들어 다시 궁궐로 오게 했다.

이윤이 치하의 말씀을 올렸다.

"정치의 세계에는 언제나 현명한 말만 하는 사람도, 언제나 어리석은 말만 하는 사람도 없습니다. 높은 자리에 계시면서 마치 어린아이처럼 여러 사람들에게 즐겨 묻고 지혜를 구하신다면 오래도록 길(吉)함이 나라에 머무를 것입니다."

백성들의 얼굴에 생기가 돌기 시작했다. 장터와 강을 따라 교역이 활발해지고, 음악과 채색 문양이 집마다 넘쳐났다. 이윤은 비로소 민간에서 아형(阿衡)이라 불리며 기림을 받았다. 아형은 '아첨과 모함에 휘지 않으시고 공평으로 우리를 감싸 주신 분'이란 뜻이다.

이윤은 태갑 왕의 아들 옥정이 왕위를 계승하고 난 뒤 숨을 거두었다. 그는 나무 관에 시신을 넣고 옷 세 벌만을 함께 묻으

라는 유언을 남겼다. 이윤의 말과 행적은 죽간에 기록되어 후대
에 전해졌다.

장항선

황 광 수

1969년 전남 구례에서 태어나 서울대 인류학과를 졸업했다.
2000년 《세계일보》 신춘문예에 「폭염」이 당선되어 작품 활동
을 시작했다.

홍성에서 미자를 만났다. 여자. 미자는 여자다. 미자는 언젠가 아이보리 색 긴 치마를 입은 적이 있다. 얇고 부드러운 긴 치마가 바닥에 끌릴까 봐 접어 올려 허벅지께를 누르고 걷던 미자의 모습은 일품이었다. 얼굴. 미자의 얼굴에는 언젠가 꿈에서 본 웃음이 있었다. 식당에 앉아 점심을 먹는 꿈. 음식은 달고 직원들은 상냥했다. 목이 말라 빈 컵을 들고 다녀오면 어느새 깨끗한 물방울이 송골송골 맺힌 유리잔이 탁자에 놓여 있던 식당. 그때 탁자 하나를 사이에 두고 마주 앉아 식사를 하던 여자. 꿈이 깨고 여자의 얼굴은 생각나지 않았지만 선명하게 떠오르던 웃음. 그렇게 행복해 보이고 사랑스러워 보이는 웃음을 짓는 여자를 본 적이 있을까. 특별한 행운을 안고 태어난 남자만이 그런 웃음과 여자를 만나볼 수 있을 것 같았다. 그 훌륭한 웃음이 엷게 번지던 얼굴. 나른한 오후에 밀려드는 오수처럼 몽롱한 꿈 속에서 온몸으로 달콤함을 느끼게 하는 그런 얼굴. 그런 꿈을 꾸어 본 적이 있는 사람이라면 미자를 이해할 수 있을지도 모른다. 미자는 웃음이 좋았다. 홍성에 도착해 그 웃음을 발견했을 때 오랫동안 홍성에 머물고 싶다는 생각이 들었다.

역전. 처음 홍성에 도착해 기차역을 나왔을 때 하늘에는 장마 구름이 가득했다. 역 앞에 걸린 커다란 현수막. 공설 운동장에서 축구 대회가 열린다는 내용이었다. 공설 운동장에 도착하자 장마 비가 퍼붓기 시작했다. 빗속에서 진행되는 축구 경기. 비를 피할 수 있는 중앙 관람석 쪽에 드문드문 사람들이 앉아 있었다. 나는 그 사이에 서서 경기를 구경했다. 빗줄기가 굵어 호루라기 소리가 제대로 나지 않았고 선수들은 자주 미끄러졌다. 흰 축구공만 이리저리 빠르게 튀어 다녔다. 나는 운동장 밖으로 나왔다. 경기를 마친 선수들이 운동장 밖으로 나와 각자의 버스에 하나 둘 오르기 시작했다. 경기에 뛰었던 선수들이 옷도 갈아입지 않은 채 양손에 옷가지들과 운동 가방을 든 채 버스에 올랐다. 경기가 끝나기 직전에 교체되었던 선수 하나도 버스에 올라 맨 뒷좌석에 자리를 잡는 모습이 보였다. 나는 경기에 진 팀 선수들을 태운 버스가 한적한 도로의 사거리를 돌아 사라질 때까지 한참을 서 있었다. 곧 비가 그치고 구름 사이로 잠깐 해가 났다. 그리고 공기는 금방 후텁지근해졌다. 나는 더운 거리를 느릿느릿 걸으며 도시 구경을 시작했다. 그날 밤 나는 바닷바람이 불어오는 작은 식당 방에서 밤을 보내며 식당에 쌓인 광고 전단지를 뒤적였다.

다음 날 나는 찾아간 곳에서 바로 일을 시작했다. 특별한 조건이 없는 단순한 일이었다. 내가 하게 된 일은 긴 물 호스를 가지고 다니며 하루 종일 가로수에 높이를 표시하는 일이었다. 긴 호스에는 물이 차 있었다. 이쪽 나무에 호스를 고정하고 저만치 떨어진 가로수에 같은 높이로 호스를 고정했다. 호스 안에 있던 물이 수평을 이루면 양쪽 나무 모두에 정확히 같은 높이를 표시하면 됐다. 위 아래로 출렁이던 물이 잔잔해지면 나는 양쪽 나무 모두에다 작은 핀을 꽂았다. 일정한 거리에 나무가 없어 가로등이나 전신주에 표시를 할 때면 유성 매직을 사용했다. 그 일을 하는 직원은 나 하나뿐이라고 했다. 처음에 소장이 몇 가지를 물었을 때 나는 식당 건물 우편함에서 본 주소를 둘러대고, 이런저런 경력을 이야기해 주었다. 사장은 내 말을 흘려들었다. 믿지 않는 눈치였고 그래서 오히려 흡족하다는 표정으로 바로 일을 시작하라고 했다. 나는 사무실 한편의 간이침대에서 잠을 잤다.

　며칠 후 나는 미자를 만났다. 미자를 소개해 준 것은 소장이었고 추억을 만나듯 미자의 웃음을 기억해 낸 이는 바로 나였다. 그녀와 결혼을 하는 게 어떻겠느냐고 농을 건넨 사람은 다시 소장이었고, 그때 예의 그 웃음으로 나를 황홀하게 만든 사람은 미자였다. 첫날 저녁 미자는 처음 만났으니 저녁을 사라고 했고, 나는 내가 가진 전 재산을 털어 미자에게 저녁을 사 주었다. 다음 날부터 소장이 월급을 주기 전까지 나는 미자의 돈으로 살았다. 미자는 모르는 게 없었다. 내가 무언가를 물어 대답하지 못한 적이 없었다. 나를 한 번도 때리거나 구박하지 않았으며 늘 잘해 주었다. 소장이 왜 내게 이런 일을 시키는지를 물었을 때도 미자는 소장의 건축 사무소 간판을 가리키며, 소장은 곧 일정한 높이에서 시작되는 새로운 빌딩들을 짓기 시작하는데 하중을 떠받칠 필요가 없는 새로운 건물이 등장하게 될 것이며, 소장은 그 설계를 벌써 오래전에 시작했고, 홍성이 그 시험 무대가 될 거라는 농담 반 진담 반의 자상한 설명을 해 주기까지 했다. 홍성이라는 도시는 생각보다 넓었다. 일을 시작한 지 일주일이 지났을 때, 살림을 차리는 게 낫지 않겠어? 소장이 진지하게 충고했고, 우리가 한 방으로 합쳤을 때 소장은 너무 좋아했다. 사무실에서 몇 건물 떨어진 건축 부지 공터는 울타리가 처져 있고, 그 안에 컨테이너 박스가 있었다. 소장은 그곳을 사용해도 좋다고 했다. 미자는 선생님이라고 했지만, 나는 미자가 무슨 학교에서 무엇을 가르치는지 물어보지 않았다. 컨테이너 박스로 오기 전 미자가 어디에 살고 있었는지도 모른다. 미자가 끌고 다니는 하얀색 프라이드 차 번호로 보아 이 지역 사람일 거라는 생각만 했다. 미자는 홍성을 잘 알았다. 미자의 무릎에 누워 가끔 어린아이가 땅바닥에 엎어져 얼굴에 상처가 나는 꿈을 꾸며 잠이 깨곤 한다는 말을 하면 미자는 내 귓불과 머리를 보드랍게 쓸어안으며, 괜찮아질 거라고 상냥하게 나를 위로해 주었다. 웃어 봐. 미자는 웃었고 나는 금방 잠들 수 있었다.

우리의 아침이 오면 제일 먼저 새들이 일어났다. 다음으로 미자가 눈뜨고 내가 일어나 차를 끓였고, 마지막으로 미자가 여왕처럼 일어나 나의 노고를 치하하듯 정성스럽게 아침 찻잔을 두 손에 쥐었다. 미자가 하얀색 프라이드를 타고 컨테이너 박스를 떠나면, 나는 사무실에 들러 어깨에 물 호스를 둘러메고 자전거에 올라 하루 업무를 시작했다.

무더운 여름이 아직 남아 있었다. 나는 하루 종일 거리의 가로수를 따라 움직였다. 오랫동안 햇빛을 받으며 움직이면 머리가 띵해졌다. 그렇게 멍한 상태로 일에 몰두하고 있다 보면 아

무 생각도 들지 않았다. 미자도 잊었고 여기가 어디며 내가 무
얼 하고 있는지조차 깡그리 잊은 채 그저 물 호스의 수평 보기
에만 열중했다. 나는 땀에 젖은 채 쉼 없이 움직였다. 가끔 시원
한 바람 한 줄기가 내 얼굴에 정면으로 불어올 때면 일손을 멈
추고 거리에 한동안 서 있곤 했다. 그럴 때면 손에 쥔 한쪽 물
호스 끝으로 물이 쪼르르 새어 나왔다. 나는 호스의 물이 다 빠
져나오도록 오래 서 있곤 했다. 가로수들은 어디로 향하고 있는
지 끝이 보이지 않았다. 한참을 그렇게 서 있다가 근처 가게에
들러 물 호스에 다시 물을 채우거나, 때론 물 호스를 걷어 대충
감아 어깨에 메고 그냥 자전거에 올라 마냥 달렸다. 달리다 지
쳐 자전거를 멈추면 어김없이 그 자리에는 미자의 환한 웃음이
날 기다리고 있었다.

　등대 교회에 가요. 미자는 일요일이면 방을 비워 주었다. 미
자는 교회에 간다고 하지 않고, 늘 등대 교회에 간다고 했다. 그
녀는 다른 날에는 교회에 가지 않았다. 일요일이면 늘 등대 교
회에 갔다. 처음에는 목사님이 교회 옥상에서 매일 자전거를 타
는 줄 알았어요, 얼마전까지도요. 근데 오늘 보니까, 그게 자전
거가 아니라 어린아이들이 타는 조그만 킥보드인 거 알아요? 옥
상 난간 때문에 난 목사님이 운동 삼아 자전거를 타는 줄 알았
지 뭐예요. 그녀가 가끔 목사님 이야기를 하긴 했지만, 등대 교
회가 어디쯤 있는지 정말 근처에 있기는 한 건지 나는 상관하지
않았다. 일요일이면 미자가 그곳에 가기 위해 정성스럽게 나의
하루를 준비해 두는 아침 행사가 거룩했고 경건했으며, 그녀의
빈자리에서 고해성사라도 하듯 홀로 자리를 지키며 그녀가 준
비해 둔 음식을 먹고 끓여 놓은 물을 마시며 라디오를 듣고 노

래를 따라 부르고 중얼거리는 내 모습은 등대 교회에 간 미자가 남기고 간 한 편의 그림이 되었다. 미자는 내가 고해성사를 마치고 평온하게 낮잠이 들면 돌아와 창문을 열고 환기를 시키며 청소와 설거지를 조용히 했다. 그리고 마지막으로 오수에 빠진 내 이마에 손을 얹어 보고 입을 맞추었다. 그때쯤 나는 천천히 일어나 크게 기지개를 켜며 그림 밖으로 빠져나왔다.

우리가 살던 한적한 도시의 좁은 거리와 골목에서도 폐휴지를 모으러 다니는 절름발이와 미친 여자가 둥근 모자를 눌러쓴 채 하루 종일 길모퉁이를 차지한 모습을 볼 수 있었다. 그들이 다니는 골목 끝에는 도로가를 향해 '하얀 새'가 있었다. 커피와 식사와 술을 파는 시골 레스토랑이었다. 2층에 있는 하얀 새의 벽면 유리창에는 하얀 새 모양의 스티커가 가득 붙어 있었다. 작은 날개들을 좌우로 펼친 채. 나 여기 있어. 흔들리는 커튼 보이지? 나는 미자의 방을 빠져나와서는 반드시 전화를 해 내 소재지를 알려 주었다. 여기야, 여기. 내가 하얀 새의 2층 유리창가에서 커튼을 흔들어 보이면 컨테이너 박스에 난 창문으로 전화기를 귀에 댄 미자가 나타나곤 했다. 미자는 입가에 손을 갖다 대며 웃는 모양을 해 보였다. 알았으니까 5분마다 커튼 흔들어. 미자는 호호거렸다.

나는 미자에게 장항선 이야기를 들려주었다. 내 허벅지를 베개 삼아 누워 있던 미자는 이야기를 다 들은 다음 입술을 모은 채 미소 짓더니 말했다. 난 당신 이야기를 듣는 게 좋아요. 새는 꼭대기에 앉으려고 해. 전신주 끝에 한 마리 작은 새가 점처럼 앉아 있어. 금방 날아가는 법 없이 오랫동안 앉아 있어. 먹이를 위해서거나 살아남아 주려고 할 때 작은 새는 날아가. 먹이를 찾아서 한동안 더 살아갈 작은 새는 늘 꼭대기에 앉으려고 해. 나는 새가 싫어. 아주 옛날 하늘을 덮던 무시무시한 익룡의 본능이 저 작은 새에게까지 전염되었을 거야. 작은 새는 익룡처럼, 익룡의 큰 눈빛처럼 사방을 주시하기를 게을리 하지 않아. 꼭대기에 앉으려고 하는 새가 싫어. 하지만 아름다운 새도 있어요. 아버지가 보고 싶어. 어떤 분이셨는데요? 잘 기억이 나지 않아. 그런데 왜 보고 싶은지 모르겠어. 다시 만나면 친구처럼 따뜻하고 즐겁게 지낼 수 있을 것 같은, 왠지 그 남자를 만나면 마음이 편안해질지도 모른다는 생각이 들어. 만약 그가 세상에 대한 어떤 슬픔을 가져 본 적이 있는 사람이라면 나를 보면서 더 많은 것들을 내게 보여 줄지도 몰라. 당신이 언젠가 아버지를 만나기를 바랄게요. 아니, 꼭 만나고 싶지는 않아. 그냥 보고 싶은 것뿐이야. 그분은 어떤 분이셨어요? 과묵했어. 가끔 그가 왜 나의 아버지일까, 그런 생각 같은 걸 할 기회가 별로 없었어. 거의 없는 것 같았으니까. 늘 무슨 일인가를 하느라 바쁜 것 같았는데, 누가 시키지도 않는 일인데 왜 그렇게 밤낮으로 열심히 일을 했는지 아직도 모르겠어. 왜 갑자기 아버지가 보고 싶어요? 물어보고 싶은 게 있어. 사랑했느냐고요? 아니, 나를 어떻게 생각하느냐, 뭐 그런 것 말고 도대체 당신은 누구냐, 같은 뭐 그런 게 궁금해. 아버지를 좋아해요? 그런 생각해 본 적 없어. 꼭 만나야 해요? 실은 어머니는 술만 먹고 들어오면 행패를 부렸어. 그를 참 못살게 굴었지. 어쩌면 지금쯤 그는 혼자 외롭게 지내고 있는지도 모르잖아. 당신이 가면 그가 무슨 말을 할까요? 아무 말도 하지 않을 거야. 그만 주무세요.

여름이 가고 나는 홍성읍을 지나 광천읍으로 작업 지역을 넓히기 시작했다. 미자에게는 작은 변화가 일어났는데, 시간이 갈수록 미자의 눈가가 조금씩 검게 물들어 갔다. 조금씩 더 아름다워지나 봐. 내 말에 미자는 눈웃음을 지었다. 옅은 화장을 한 것 같기도 했다. 검은색 꽃가루가 얕게 쌓여 가는 것도 같았다. 언젠가는 그녀의 몸 전체가 저 검고 부드럽고 옅은 빛에 싸여 녹아내릴 수도 있겠다는 생각이 들었다. 더 깊어 보이고 만지면 녹을 것처럼 부드러워진 눈을 곁눈질하다 말을 걸면 비둘기처럼 그녀의 눈에 다시 붉은 생기가 돌았다. 그러면 나도 다시 정신을 차리고 오늘 있었던 일과 내일 계획을 술술 털어놓았다.

광천읍에 대한 작업이 한창 진행되고 있을 때 소장은 나를 불러 바닷가로 데려갔다. 우리는 대하를 실컷 먹었다. 가을이었다. 서늘했다. 지난여름 이곳에 도착해 축구 경기를 보았다고 했을 때 소장은 이곳은 지방이라 그런 경기가 좀처럼 열리지 않는다고 했다. 그날 장마 비가 내렸고 수중전이었다고 하자, 누구한테 그런 이야기를 다 듣고 다니냐고 했다. 내가 소장에게 미자가 당신 딸이냐고 물었을 때 소장은 그럼 그날 미친놈들처럼 빗속에서 공을 차던 녀석들이 네 자식새끼들이냐고 언성을 높였다. 식당을 나와 우리는 바닷가에 있는 작은 마을에 들렀다. 마을 회관 준공식이 열리고 있었다. 마을 이장이 앞에 서서 정부 지원금과 찬조금 이야기를 하면서 술을 돌리고 있었다. 마을 이장은 소장을 보자 마을 사람들에게 이번 마을 회관 공사를 해 주신 분이라고 소장을 소개했다. 소장은 깍듯하게 인사를 한 다음 이장에게 흰 봉투를 하나 건네주고 돌아섰다. 이런 공사는 레미콘 몇 대면 떡을 쳐. 그래서 큰돈이 안 돼. 다리 한두 개가 홍수에 떠내려가야 좀 돈이 되지.

우리는 사무실로 돌아왔다. 아무도 오산을 깎을 수는 없어요. 높이를 맞추려면 어쩔 수 없어. 미자는 사과를 깎으며 소장과 이야기를 시작했다. 미자의 손과 칼 사이로 사과 껍질이 길게 벗겨져 떨어졌다. 오산은 하얀 새에서도 보이는 흰 바위산이다. 미자는 오산이 사라지는 일은 없을 거라며 소장도 그것만은 어찌할 수 없는 일이라고 했다. 오산이 없으면 홍성은 균형을 잃을지도 몰라요. 나는 미자를 거들고 싶었다. 오산은 아름다웠다. 바위산 위에 그림 같은 작은 성당이 있고, 성당 앞 벤치에 앉으면 먼 바다가 보였다. 참 좋은 산이란 건 나도 인정해. 소장은 미자가 잘라 놓은 사과 조각을 입으로 가져가며 일어났다. 우리는 소장의 멋진 차를 타고 다시 바닷가에 나갔다가 해질녘 돌아왔다. 컨테이너 박스 앞에 도착해 미자와 나를 내려 준 소장의 차는 골목 가득 부연 먼지를 날리며 석양빛 속으로 사라졌다.

저번에 말했던 목사님 기억나요? 옥상에서 킥보드 타던 목사님? 오늘 죽었대요, 교회 옆 개천에서 발견됐다는데 피투성이였대요. 나이가 그리 많아 보이지 않았는데. 죽기 전날 한 설교 때문에 누군가 죽였을 거래요. 어떤 설교? 이렇게 말했대요. 남자와 여자는 평등합니다. 그러나 결혼하면 그때 여자는 아내가 됩니다. 아내는 남편에게 복종해야 합니다. 아내와 남편은 여자와 남자가 아니기 때문입니다. 교회에 들어서는 순간 예수님께 복종하고 순종합니다. 결코 하느님께 반항하는 법이 없습니다. 남편을 때리는 아내가 있다고 칩시다. 그건 교회에 들어와 하느님의 얼굴에 침을 뱉고 발길질을 하는 것과 같습니다. 그 말 했다고 설마. 맞아요. 어쩌면 그 말 한 걸 후회해서 스스로 자살했는지도 모르죠. 교회가 그리 높지도 않은데 피를 너무 많이 흘렸나 봐요. 개천에서 발견된 게 아니고? 사람마다 말이 달라요. 교회 옆 길가에 떨어져 있었다는 사람도 있고, 개천가에서 칼에 찔린 채 발견됐다는 사람도 있고, 개천에서 죽인 다음 교회 옆으로 옮겨 놓았다는 사람도 있고. 죽은 건 확실해? 네. 그럼 됐지 뭐. 당분간 부인이 교회를 운영한대요. 눈가가 검은 여자 말이지? 맞아요. 그 여자가 목사 부인이에요. 신도들이 그리 많지 않으니까 큰 상관없을 거예요. 지난여름에 그 교회 옥상에 가 본 적이 있어요. 열기가 가득한 옥상의 콘크리트 바닥 위로 빗방울이 떨어졌어요. 바닥을 가만히 내려다보는데 잠깐 흔적을 남기고 금방 사라졌어요. 열기 때문이었나 봐요. 그렇게 세상에 제대로 닿지 못하고 날아가 버릴지도 모른다는 생각을 한 적이 있었어요. 당신이 이곳에 도착했을 때 빗방울 같다는 생각을 했어요. 미자답지 않아. 그냥 당신이 준 인상이 그랬어요. 이유는 모르지만 다들 나를 보면 기뻐할 줄 알았어. 저도 기뻤어요, 추억을 만난 것처럼. 옥상에는 올라가지 마. 나는 방을 나와 하얀 새로 갔다. 전화를 걸고 커튼을 흔들고 미자의 손짓을 확인한 다음 맥주를 마시고 옥상으로 올라가 바닥에 앉았다. 빗방울이 떨어지기 시작했다. 옥상에서 내려와 건물 입구로 나갔을 때 미자가 우산을 받쳐 든 채 빗속에 서 있었다. 나는 미자의 품속으로 머리 숙이며 들어갔다. 거기에도 온기가 있었다.

　사랑. 내가 느끼는 건 그녀의 사랑이었다. 미자의 사랑은 낭만적이지도 격정적이지도 않았다. 미자는 내게 가볍게 안기는 법이 없었다. 한 번이라도 내 무릎 위로 그녀가 가볍게 안겨 왔다면 나는 미자가 조금은 무서워졌을지도 모른다. 그녀는 늘 적당한 무게로 날 보호할 수 있는 거리를 유지했다. 낭만적이지

않아서 네가 좋아. 그 말을 해 주었더니 그날 저녁 미자는 꽃다
발을 들고 어두컴컴해진 텃밭 사이로 들어섰다. 미자는 웃었을
것이다. 그것도 아주 행복해 보이는 멋진 웃음으로 손짓하며 나
를 꿈속같이 몽롱하게, 부드러운 옷깃에 남은 건조하고도 따뜻
한 온기처럼 떼놓기 싫은 한순간으로 인도해 가고도 남을 만큼.
어느 한순간이 아무리 불편해도 그 자리를 떠나지 않으리라는
각오를 하게 할 만큼 가까운 곳에 든든히 서 있는 미자에게 나
는 사랑보다 고마움을 먼저 느끼며 하루하루를 마쳤는데, 아무
리 생각해 봐도 그건 누구에게나 한 번쯤 찾아오는 흔한 축복이
결코 아닌 것 같았다. 그건 행복이라 하기에는 너무 아까웠다.
  왜 아무 말 하지 못했어요? 미자는 어린아이처럼 얼굴을 모
로 기울이며 내 얼굴 가까이에 붙였다. 가슴에 단 명찰이 어느
날엔 나지현이었다가 어느 날에는 박유진으로 바뀌곤 했어. 왜
아무 말 하지 못했냐니까요. 미자가 다시 장난스럽게 묻는다.
화초의 눈을 보았어. 화초는 눈이 없어 다행이라는 생각을 했
었거든. 어두운 향나무 그늘 아래에서 오랫동안 그곳을 바라보
고 있으면 위로하고 싶다는 생각이 자꾸 들었어. 어느 날 아침
에는 이름을 바꾸는 그녀의 아침이 떠오르기도 해. 지금 어디선
가 눈 뜨고 있을 그를 상상하는 일. 반복되는 하루 일과처럼 남
자는 이른 아침 일어나 산등성이에 남은 부연 아침 안개를 바라
보며 상상한다. 숲으로 가까이 다가가 코를 훔훔거리며 축축한
입김으로 잠을 깨우는 물 묻은 나뭇잎이나 벗어 둔 겉옷 하나로
몸을 감싸며 베란다 창가로 걸어가는 맨 다리의 움직임이나. 그
러다가 남자는 다시 이부자리 속으로 들어간다. 반복되는 일상
처럼 태연히 남자는 다시 잠이 든다. 그러다가 문득 남자는 혁

명을 꿈꾸고 지루한 시간을 꿈꾸고 느닷없는 이들의 방문을 받고, 소음들에 둘러싸였다가 일어나 집을 나선다. 아침에 남자는 그렇게 해서 집을 나서게 될 것이며 낮 동안 어떤 공간과 시간을 교차시켜 보다가 잘 안 되거나 지루해지거나 무언가에 떠밀려 제자리로 돌아가야 할 시간이 오면 그곳에 나타나 담배를 찾을 것이라고, 아침에 눈을 떠 여자는 맨 처음 이런 상상을 해, 천천히 맨몸을 겉옷 하나로 감싸고 베란다 창가로 천천히 걸어가며. 그곳과 이곳 그의 방과 편의점을 잇는 길고 긴 골목 사이에는 영역이 있어 세 명의 불편한 몸이 매일 손수레를 끌고 다니며 폐휴지를 모은다는 사실을 그는 알고 있을 것이다. 그들의 아침이 늘 우리 곁에서 시작된다는 사실에 그가 불편해할지도 모른다고 여자는 생각해. 그녀의 베란다에서 가까이 내려다보이는 골목의 세 번째 영역을 차지한 이가 절뚝거리며 비스듬한 걸음걸이로 손수레를 앞세우고 젖은 폐휴지를 집어 올리고 있는 아침, 그녀는 학교에 가. 점심때쯤 시작되는 늦은 강의를 들으러 게으르게 일어나 준비하고 나서는 학생처럼 그녀는 가벼운 옷차림과 가벼운 책 꾸러미를 옆에 낀 다음 문을 나설 것처럼 현관 앞에 서. 그때부터 우리의 하루는 시작되었을 거야. 그녀가 썼거나 부쳤거나 내가 받았거나 읽어 보았을, 누군가에게 읽혔을지도 모를 익명의 편지가 쓰인 적이 있다면 이런 거였을 거야. 그대를 처음 본 날이 생각납니다. 분명 당신이었지요. 금방 지나쳐 가는 행인 중 하나였습니다. 만약 그때 우리가 어떤 과거를 공유하고 있었다면 만남을 좀 더 앞당겼을 수도 있었겠지요. 그럴 순 없었습니다. 전 아직 당신의 과거에 이르지 못했으니까요. 언젠가 제가 그곳에 이르러 당신의 과거임을 반가

위하고 막 그 길로 들어선다면 그때부터 어딘가에서 당신은 저
와 과거를 공유하기 시작하겠지요. 우리 사이엔 그런 차이가 있
군요. 단지 세월의 차이인 건지. 이미 오래전에 당신을 발견한
나를 보고 설레던 당신의 첫 모습이 기억납니다. 신발과 바지
끝 사이로 얼핏 맨살이 보였지요. 당신은 맨발이었습니다. 당신
은 늘 개천가에서 홀로 노래 부른다 생각했겠지만 그렇진 않습
니다. 저는 늘 당신의 노래를 따라 부르곤 했습니다. 동정심이
나 사랑 따위는 아니었습니다. 거기 있는 당신의 존재가 제게
와 닿을 수 있었다는 행운이었죠. 접촉, 그게 좋은 표현일 것 같
습니다. 저는 당신과 접촉하고 있었습니다. 당신은 하루하루 변
덕스럽게, 때론 느리고 때론 빨리 저를 일별하고 나섰지만 저는
그 순간마다 당신과의 완전한 밀착을 경험하곤 했습니다. 당신
이 한 번도 내게 손짓하지 않았다는 사실을 당신이 거기 있음으
로 인해 생긴 일이라고 생각했습니다. 지금도 당신을 원망하지
않습니다. 그곳을 떠난 건 당신 탓이 아니라는 이야기를 해 주
고 싶었습니다. 마지막 날 밤바람에 실려 온 짙은 밤안개에, 물
론 그때 당신도 그 안에 갇혀 있었지만, 저는 그 안개에 실리고
말았습니다. 부연 밤안개 속에 당신도 있었지만 손을 쓸 수는
없었습니다. 안개 탓이었습니다. 변명 같지만 저는 안개를 사랑
하기로 했습니다, 이 안개와 함께 당신의 과거 속으로 들어가기
로 했습니다. 누군가가 당신의 기억 속에서 우리를 불러내 주기
를 희망하는 안개 속에서 하얀 나비들이 불빛처럼 날아오르는
그런 낮과 밤들을 보내다 보면 생각나는 건 첫사랑밖에 없습니
다. 미자는 잠이 들어 있었다.

사랑이 필요한 사람한테는 듬뿍 사랑을 주고, 돈이 필요한 사

람한테는 얼마든지 돈을 주고, 손이 필요한 사람한테는 건강한
손을 주고, 절실히 필요한 게 있는 사람에게 뭐든 소중한 것을
줄 수 있었으면 좋겠어요. 미자가 되고 싶은 사람이다. 나도 그
런 사람이 돼 보고 싶었다. 오래전 어느 날 문득 미자는 밤하늘
을 바라보다 그런 생각을 한 적이 있다고 했다. 그럴 수만 있다
면 눈물 나게 고마워했을 거라고. 당신도 뭐 하나 말해 봐요. 나
는 그녀의 가슴께로 손을 들어올렸다. 이만한 아이랑 잔디가 깔
린 숲에서 앞서거니 뒤서거니 하며 뛰어놀고 싶어. 그러다가 아
이의 얼굴에 내 얼굴을 부비며 풀밭 위를 데굴데굴 구르고 싶
어. 미자는 내 손을 잡아 자신의 가슴 위를 꾹 누르고 기도하는
사람처럼 눈을 감았다. 미자는 과연 절실한 필요를 느끼는 이들
에게 뭐든 선사하는 천사가 될 수 있을까. 나는 미자의 두근거
리는 가슴에 손을 얹은 채 미자의 꿈이 이루어지기를 소망했다.
　잠자리들이 하나 둘 하늘을 날기 시작했다. 저 녀석들의 역사
가 우리의 역사보다 더 길다는 게 참 대단해. 내가 해 놓은 작업
현장을 순회하며 소장은 만족해했다. 다음 날부터 읍내 길가에
는 같은 높이로 보기 좋게 색깔이 통일된 새집이 매달리기 시작
했다. 마침내 그곳의 새들은 모두 각자의 집을 정해 찾아들었고
자리를 찾지 못한 새들은 하수구 밑이나 야산 수풀 속이나 지금
은 버려진 골목가의 담장에 붙은 쓰레기 투입구로 들어갔다. 새
들은 자신의 집보다 높이 날아오르지 않았다. 새들은 낮게 낮게
나는 법을 배우기 시작했다. 소장이 읍장과 함께 새집을 가로수
에 매달며 사진사를 향해 웃음 지었고 다음 날 지방신문의 구석
진 곳에 그들의 얼굴이 인쇄되었다. 하늘 위로는 잠자리들이 날
아다니기 시작했다. 비둘기 위로 겁도 없이 날아다니던 잠자리

들은 금방 하늘 위로 떠올랐고, 비둘기들은 낮게 날며 사람들 발치를 배회할 뿐 더 이상 위로 날아오르지 않았다. 그리고 소장은 나를 해고했다.

기억하는가. 미자는 멋진 웃음을 가진 꿈속 같은 여자였다는 말. 그녀가 슬픈 표정을 지을 수 있을까. 걱정이 돼요. 미자는 나를 걱정했다. 아이를 떼어 보내는 사람처럼 굴었다. 그러나 어쩔 수 없었다. 미자도 내가 어떤 이유나 설명을 해 주기를 바라는 눈치는 아니었다. 앞으로 나와 미자에게 닥칠 어떤 일이나 아니면 지금까지 함께했던 시간들을 대상으로 하는 건지 아니면 그저 모든 것들을 향해 하는 말인지 분명치 않았지만 그 순간 내가 느꼈고 그래서 내뱉은 말을 미자는 이해했을 것이다.

선물이에요. 나는 마지막으로 텃밭 끝에서 돌아섰다. 비가 그치고 사방에는 맑은 기운과 촉촉한 물방울들이 맺혀 있는 이른 아침이었다. 미자는 맑고 투명한 테로 만든 안경을 쓰고 있었다. 얼굴에 너무 잘 어울리는 안경을 쓴 미자의 얼굴이 그녀가 내게 준 마지막 선물이었다. 그 맑은 아침의 그 맑은 얼굴과 함께 서 있던 맑은 테의 그 안경을 나는 영원히 잊지 못할 것이다. 언젠가 미자가 물었다. 무엇으로 다시 태어나고 싶냐고. 나는 기타리스트나 화가 혹은 여자로 태어나고 싶다고 말했다. 그녀는 농담으로 받아들였고, 그건 정말 농담이었다. 나는 그녀가 준 아침의 선물을 받은 보답으로 그 질문에 솔직히 대답해 주었다. 다시는 태어나지 못할 거라고. 그녀는 손을 들어 하얀 손가락을 흔들며 웃었다. 희부연 안개가 주위를 맴돌다 그녀의 귓가에 투명한 방울로 맺히기 시작했다. 나는 돌아서서 텃밭을 빠져나왔다. 골목으로 나선 나는 발걸음을 멈추었다. 얼마나 서 있었을까. 낮게 퍼지는 아침 새소리가 들려올 때쯤 뒤편에서 누군가가 작게 속삭였다. 괜찮아요. 용기를 가지세요.

　나는 기차역으로 가 표를 끊었다. 곧 기차가 도착하니 승강장 안으로 입장하라는 안내 방송이 나왔다. 개찰구 앞에 서자 다리가 후들거렸다. 나는 솔직히 자신이 없었다. 다짐. 뭐라도 다짐이 필요했다. 다시는 첫사랑을 기다리지 말자. 더 이상 첫사랑을 떠올리지도 말자. 나는 다짐을 하며 승강장 안으로 들어섰다. 멀리서 방향을 알 수 없는 기차 소리가 뿌우—거리며 점점 가까워지고 있었다.

안개 속을 걷다

권 성 기

1970년 서울에서 태어나 연세대 법학과를 졸업했다. 2003년 《세계의 문학》에 「그림자 밟기」를 발표하며 등단했다.

혹시, 이런 말 들어봤니? 많고 적고 길고 짧고는 절대적이 아닌 상대적 개념이란 말, 말이야. 뭐보다 많다 뭐보다 적다, 뭐보다 길다 뭐보다 짧다고 할 순 있어도, 덮어놓고 이건 많고 저건 적고, 이건 길고 저건 짧다고 할 순 없다는 거지. 옳고 그름도 마찬가지인 것 같아. 어떤 건 옳고 다른 모든 건 틀리다고 할 절대적 기준 역시, 언제나 지금과 똑같을 순 없지 않을까?

푸흣, 나 좀 봐. 괜히 무게 잡고 있네. 미안. 잘 알잖아, 나 말 잘 못 하는 거. 게다가 저 엉뚱한 지원이만 아니었다면, 신나게 놀자고 우리끼리 여행 와서, 이런 얘길 하게 될 줄 또 누가 상상이나 했겠니? 뭐, 할 수 없지, 최대한 솔직해지는 수밖에. 그러다 보면, 어쩌면 나를 돌아보는 계기도 될 수 있을 것 같네.

에구, 무슨 대단한 얘길 하려고 이러나 싶겠다. 이젠 정말 시작할게.

오빠의 첫인상은, 으음, 아마 너희들이 봤으면 놀랠 '놀' 자였을 거다. 예전부터 내가 말했던, 어딘가 듬직하고 어딘가 의젓한, 좀 뻣뻣한 데가 있긴 해도 보통 남자답다고 하는 그런 사람하곤 달라도 너무 달랐으니까.

목뒤까지 내려온 머리는 앞에서부터 짧게 층을 쳐 잘랐고, 언뜻 보면 동그랗지만 실은 가로로 약간 긴 육각형 안경에는, 이어폰 줄로도 종종 오인받는 얇은 금줄이 매달려 있었지. 오빠 말론, 오빠가 재수할 때, 아버지 반지를 몰래 녹여 그 금줄 만들었다가 대학은 고사하고 인생 종 칠 뻔했대, 후후.

위에 입은 하얀 반소매 티셔츠의 소매를 팔꿈치 위까지 걸어 올리고 그보다 더 하얀 '마이'를 받쳐 입고, 바지는 앞주머니 말고도 허벅지께 또 주머니가 달린, 소위 건빵 바지라고들 하는, 그런 옅은 베이지 색 반바지를 입고 있었어. 왼손엔 짙은 녹색의, 왜 있잖아, 지갑으로도 쓰고 핸드폰도 넣고, 그리고 책도 한 권쯤은 넣어 다닐 수 있는, 오빠는 항상 거기다 책을 넣고 다녀. 하여튼, 그런 크기의 손가방을 들고, 양말도 신지 않은 맨발에 샌들을, 스포츠 샌들 말고 단화를 개량해 만든 것 같은, 끈이 달린 밤색 샌들을 신고 있었지.

키는, 177에서 178쯤 돼 보였고 몸은 조금 말랐어. 뭐, 조각같이 생겼다고 할 순 없었어도, 스물여덟이라곤 도저히 믿어지지 않을 만큼 동안인 데다, 얼굴선도 여자처럼 부드러웠지. 남자한테 이런 말 하는 게 어떨지 모르지만, 피부도 나보다, 히히, 내가 좀 까맣잖아, 여자인 나보다도 훨씬 하얗고 매끄러웠어. 특히, 손이 그랬지. 그 왼손에, 가는 팔목에 비하면 굵은 은빛 '스위스 밀리터리' 시계를 차고, 자세히 보지 않으면 작아서 잘 보이지도 않을, 하트 모양의 검푸른 사파이어가 박힌 반지를 약지에 끼고 있었지.

튀는 구석이 없진 않았지만, 눈에 거슬릴 정도는 아니었어. 아니, 솔직히 말해, 그런 모습이 오빠한텐 아주 잘 어울린다고 느꼈지. 거기다 그 미소, 어디선가 본 듯한 그 미소를 봤을 땐, '이 사람 참 좋은 사람이겠다.'란 생각이 절로 들었지.

맞아. 첫눈에 반한 셈이지.

이게 아닌데……. 이런 얘길 꺼내려고 시작한 건 아닌데……. 이럴 바엔 차라리 곧장 본론으로 들어가는 게 더 나을 것 같다.

사실, 휴우, 나와 오빠의 관계는 다분히 육체적이었어. 오빠 표현대로 하면, 오빤 내 몸을 아주 탐했지. 길거리나 버스에서 입을 맞추는 건 그나마 얌전한 편이고, 어쩔 때 보면, 정말이지 오빤 때와 장소를 가리지 않았으니까.

한번은 이런 적도 있었어. 당일치기로 강릉에 놀러 갔을 때야. 새벽같이 나와 그랬는지, 바닷가를 얼마 돌아다니지도 않았는데, 금방 다리가 아프고 배도 출출해졌지. 근처 레스토랑을 찾았어. 자리마다 칸막이가 설치돼 있었지만 높이가 성인 남자 앉은키 정도고, 또 천장이 높은 2층이라 실내는 밝고 환했어.

창가의 손님들을 피해, 반대쪽 구석으로 들어갔지. 내겐 묻지도 않고, 서둘러 오빠가 맥주 두 병과 샌드위치 하나를 시켰어. 그러곤 주문한 게 나오자마자, 음식엔 손도 대지 않은 채, 내 치마 밑으로 손을 넣고, 아무 거리낌 없이 나를 자신의 무릎에 앉혔지. 그땐 이미 오빠의 돌출 행동에 많이 익숙해져 있었지만,

그래도 얼마나 놀랐던지!

당연히 싫다고 했지. 나라고 매번 손 놓고 오빠가 하는 대로 그냥 가만히 있었던 건 아냐. 때론 웃는 낯으로 달래기도 하고, 때론 화난 척 오빠 손길을 뿌리친 적도 여러 번이었으니까.

하지만, 하던 걸 멈추고 풀 죽은 아이처럼 고갤 숙이고 있는 오빠를 보면, 결국은 언제나 오빠가 원하는 대로 일이 진행됐지. 솔직히, 어느 정도는 나도 그걸 즐겼던 것 같고. 하긴, 오빠와 처음 사랑한 곳이 비디오방이었으니, 말 다했지.

그날은 참 이상한 날이었어. 영화 보러 갔는데, 단 두 개밖에 없는 시내 개봉관 중 하나는 보수공사로 휴업 중이고, 다른 하나 는 시간이 영 맞지 않았지. 거기다, 극장 바로 앞인데도 건너편 신축 건물에는 버젓이 비디오방이 세 들어 있었으며, 벌써 9월이 었고 날도 선선했는데 무슨 영문인지 그 비디오방의 에어컨만은 세차게 돌아갔으니…….

내가 졸랐어. 실은 그날 아침, 핸드폰 장만했다고, 연락할 일 있으면 지금 찍힌 번호로 하라고, 딴엔 자연스럽게 오빠한테 전 화를 걸었지. 한데, 다짜고짜 오빠가 이러는 거야.

"너 나 좋아하니? 혹시라도 그렇다면, 앞으로는 그 생각 버려 라. 나란 놈, 너 같은 애들이 좋아할 만한 그런 사람이 못 돼서 하는 소리니까."

그러곤 내 대답은 듣지도 않은 채, 친구들과 얘기 중이었다며 전화를 끊었지. 핸드폰을 들고 한참을 그대로 있었어. 눈앞이 차츰 흐릿해지더라. 오전 내내, 두 눈이 퉁퉁 부을 정도로 울었지. 그런데 우스운 건, 오후에 다시 오빠한테 전화를 걸어, 영화 보 여 달라고 졸랐다는 거야.

몰라. 진짜 잘 모르겠어. 그냥 오빠한테 다가가고 싶었어. 무작정 그랬지.

나중에, 친해진 뒤에 말이야, 그렇게 말했던 건 내게 끌리는 것에 대한 심리적 반작용이었다며, 오빠가 나를 위로하더라. 하지만 나도, 오빠가 날 그리 대수롭지 않게 여겼다는 것쯤은 짐작하고 있었어. 나는, 자기 후배와 잠시 알고 지낸, 그저 그런 평범한 여자 아이일 뿐이었으니까.

오빠를 알게 된 것도 그 후배를 통해서였지. '소개팅'에서 만난 그한테서 갑작스럽다 싶은 연락이 온 건, 여름방학도 거의 끝나 가던 지난 8월 중순이었어.

"대학 선배 중에 가깝게 지내는 형이 하나 있어. 어제 오랜만에 연락해 보니까, 글쎄, 그 형이 5월부터 이천의 '율현리'란 마을에서 산다는 거야. 밀린 공부도 하고, 준비할 것도 있고, 겸사겸사 나하고도 안면 있는 형들 몇 명과 집을 얻어 내려간 거라나. 고시 공부 시작했냐고 물으니까, 그 형 법대 나왔거든, 지금은 대학원 다니다 휴학 중이라며, 그냥 웃더군. 궁금한 게 많아 이것저것 물으려는데, 자세한 건 만나서 얘기하자며, 언제 한번 시간 내 이천에 놀러 오라는 거야.

형도 보고 싶고, 만난 지 꽤 됐거든. 네 생각도 나고, 또 오늘은 시간도 있고 해서, 그래서 내일 가면 안 돼, 라고 물었지. 다행히 형도 중학생 과외 빼곤 특별한 일 없다고, 4시 이후로는 아무 때나 괜찮다고 했어. 형하고 6시쯤 만날 생각인데, 어때, 같이 보지 않을래? 나도 그렇고, 형도 아직은 거길 잘 모를 테니까, 네가 갈 만한 곳도 안내해 주고. 시간 좀 내줄 수 있지?"

잘못된 만남? 아, 그래, 그 노래. 맞아, 잘못된 만남이지. 하지만, 실상은 더 나빠. 알아, 농담한 거. 그렇지만, 사실이 그런 걸, 뭐.

아무튼, 그날 그 극장 앞 비디오방에서, 누구나 한 번은 겪게 마련이지만, 나한텐 조금 빨리 찾아온 듯한 일이 뒤따랐지.

보조 의자에 다리를 뻗고 소파에 푹 파묻힌 채, 처음엔 잠자코 화면만 응시하던 오빠가, "잠깐만." 하며 별일 아닌 듯 어깨에 기댔어. 하지만, 어느새 옷 속으로 들어온 오빠의 왼손이 천천히 등을 가로질러 허리를 감싸 안더니, 오빠의 오른손 역시 몇 개 되지 않는 셔츠 단추를 빠르게 풀어 나갔지.

오빠의 뜻밖의 행동에 당황해 어쩔 줄 몰라 하는데, 풀어헤친 남방 위로 스치며 내려간 오빠의 오른손이 살짝 살색의 '나시 티'를 왼쪽으로 비스듬히 걷어 올리자, 이와 동시에 언제 어떻게 풀었는지 느슨해진 브래지어 너머로 왼쪽 가슴이 반쯤 드러났지. 얼굴이 화끈거렸지만, 오빠의 손이 가볍게 가슴을 매만질 때 내가 할 수 있었던 일이라곤, 입 안으로 들어오는 오빠의 혀를 순순히 받아들이는 것뿐이었어.

양쪽 가슴을 번갈아 보듬던 오빠의 따뜻한 손길이 미끄러지듯 아래로 내려가자, 끝나지 않을 것 같던 그 첫 키스도 끝나고, 입 안을 달콤하게 적시던 오빠의 혀 또한 이젠 비어 버린 가슴을 향해 아래로 내려갔지. 나는, 나는 눈을 감고, 내 모든 감각들이 팽팽하게 긴장하는 걸 즐겼어.

오빠는, 내가 잘 몰라 그렇게 느꼈는지 모르지만, 아주 능숙했지. 허리를 감았던 손으로 내 허리띠를 풀고, 다른 손등을 이용해 조심조심 지퍼를 내리는가 싶더니, 어느 틈에 벌써 오빠의 한 손이 분홍색 속옷을 지나 몸속 깊이 들어와 있었으니까. 곧

이어, 오빠의 손이 '몸 안'에서 좌우로 천천히 움직이는 것 같더
니, 팔과 다리부터 차츰 맥이 풀리고 조금씩 '몸 안'이 뜨거워졌
지. 얼마 뒤엔, 몸이 허공에 뜨는 것도 같았어. 신기했어. 사랑
한다는 게 이런 거구나 싶었지.

그러나 그건 시작이었어. 바지와 속옷을 조심스레 벗긴 후,
몸 위로 올라온 오빠가 볼과 입술부터 시작해 목과 가슴과 배꼽
에 차례로 입을 맞추고, 양손으로 가만히 다리를 벌렸지. 오빠
가 그 사이로 고개를 숙였어. 오빠의 긴 머리카락이 잠시 동안
여린 살결을 간질이는가 싶더니, 축축하고 따뜻한 오빠의 혀가
내 '그곳'에 닿는 게 느껴졌지. 그러곤, 대체 뭘 어떻게 했는지,
주변 사물들이 가물가물해지고, 소리도 들릴 듯 말 듯한 게, 정
신이 하나도 없었어. 그저 아득하기만 했으니까.

내가 그 아득함 속에서 아직 헤어나지 못하고 있을 때, 이번
엔 오빠가 거꾸로 배꼽부터 시작해 볼에까지 입을 맞추더니, 바
지의 허리띠를 풀고 지퍼를 내렸어. 흥분해 있었는데도, 오빠는
조금도 서둘지 않았지. 오히려, 나를 안고 만지고 입을 맞추고,
마지막으로 다시 한 번 손과 혀로 내 '그곳'을 흥건히 적시고 나
서야, '몸 안'으로 들어왔지.

처음 하는 여자들이 겪는다는 고통 때문인 것 같았어. 그래서
인지, 오빠가 다 들어오고 나서도 아픔 같은 건 거의 느끼지 못
했지. 하지만, 무언가 묵직한 게 들어왔다는 느낌뿐, 흔히들 말
하는 황홀함 같은 건, 솔직히 없었어.

뭐, 그렇다고, 오빠와 사랑하는 게 나빴단 뜻은 아냐. 아직 사
랑의 기쁨 같은 건 잘 몰랐지만, 오빠가 내 안에 있다는 사실과,
또 내가 오빠 품 안에 있다는 사실만으로 그때 나는 이미 충분

히 행복했으니까.

그치만, 푸홋, 그 뒤에 다시 나를 무릎에 앉히고, 오빠가 '몸 안'으로 들어왔을 땐, 무언가 가슴속까지 차 올라오는 게, 정말 숨이 '헉' 하고 막히며 '악' 하는 소리가 절로 나왔지.

웃음이 나와 웃은 거 아냐. 그래, 미쳤지. 미치지 않고서야, 모른다고 해야 할 사람하고 어떻게 그런 곳에서 스스럼없이 옷을 벗고 또 사랑할 수 있었겠니…….

사실, 강릉에도 당일치기로 다녀온 게 아니었어. 1박 2일이었지. 전부터 그럴 계획이었던 건 아니고, 오빠와의 일이 늘 그렇듯, 갑자기 결정된 거였어.

강의를 듣고 있는데, 오빠한테서 연락이 왔지. 여행 가고 싶으니까, 오늘 좀 일찍 내려오라고. 막무가내의 요구였지만, 말했듯이 난 오빠 말을 거부하지 못해. 엄마한텐 오늘내일 제출해야 할 리포트가 너무 많아 친구 집에서 밤새워야 할 것 같다고 핑계를 대고, 강의도 다 듣지 않은 채 이천으로 내려왔지. 이 좁은 바닥에서 아는 사람 만나면 어쩌려고 그랬는지, 지금 생각하면 참 겁도 없었어.

강릉까지의 그 길은, 아마 앞으로도 오랫동안 잊히지 않을 거야. 복잡하던 휴가철도 다 끝나고 또 평일이라, 승객은 많지 않았어. 거기다, 원주에서 한 명, 영월에서 두 명이 내리자, 차 안에는 겨우 네 명의 승객밖에 남지 않았지. 다들 알겠지만, 강릉까지는 원주·영월·평창, 이렇게 세 곳을 경유하잖아.

발단은 영월에서였어. 정식 휴게소도 아니고, 단순히 잠깐 거쳐 지나가는 경유지라 정차 시간이 얼마 안 됐지. 화장실에 다녀오면 딱 맞을 정도였어. 종종걸음으로 화장실에 갔다 왔지.

버스에 돌아와 보니, 오빠가 안 보였어. 안 간다더니 화장실에 갔나 생각했지. 다행히 기사 아저씨도 자리에 없었어. 뭐, 아저씨가 왔다고, 사람이 안 탔는데 설마 출발이야 하겠느냐만, 걱정도 되고 해 빨리 오라고 전화를 걸었지. 1~2분쯤 지났을까, 오빠가 나타났고, 오빠 뒤로 기사 아저씨도 보였지.

한데, 버스에 올라온 아저씨가 갑자기 미안한 표정을 지으며, 길도 많이 막히고 대관령에는 비까지 내려, 평창에 들렀다 강릉 가기엔 시간이 너무 빡빡할 것 같다며, 평창 가시는 손님은 옆 차로 옮겨 타시라고 부탁을 하는 거야. 맨 앞 좌석의 남자가 무심히 짐을 챙겨 먼저 나가고, 할 말은 많지만 갈 길이 바빠 할 수 없이 참는다는 표정으로 우리 뒤에 앉아 계시던 아주머니 또한 자리에서 일어나고 나니, 차 안에는 달랑 우리 둘만이 남게 됐지.

아저씨의 상식에 맞지 않은 행동이 조금은 불안해, 오빠를 쳐다봤어. 하지만, 오빠는 뭐가 그렇게 좋은지, 도리어 나를 보고 활짝 웃으며 "해브 어 나이스 트립!(Have a nice trip!)"이라고 했지. 일이 어떻게 돌아가는 건지, 도무지 갈피를 잡을 수가 없었지.

응, 맞아. 모두 오빠가 꾸민 일이었어. 내가 화장실에 가고 없을 때, 오빠가 기사 아저씨를 찾아가 사정사정했대. 나는 재 없으면 못 사는데 벌써 삼 개월째 냉전이다, 이러다간 정말 끝장 날 것 같다, 아까 보니까 강릉까지 가는 사람은 우리 둘뿐이고, 나머지 둘은 평창 가는 거 같은데, 젊은 사람들 인연 이어 주는 셈치고 한 번만 도와 달라, 어차피 여기선 평창 가는 차도 많지 않냐, 아저씨가 잘만 말씀해 주시면 충분히 가능한 일이다, 뭐, 이렇게 말이야. 사람들이란 그럴싸하고 멋있는 말뿐 아니라, 아주 단순하고 아주 유치한 말에도 곧잘 속아 넘어가잖아.

아무튼, 차가 출발하고 불이 꺼지고, 대관령 고개에 들어서면서 비까지 내리자, 기분이 묘했어. 그렇잖아, 주위는 완전한 어둠이고, 운전하는 아저씨를 빼면, 눈 씻고 찾아봐도 사람이라곤 없었으니.

누가 먼저랄 것도 없이 우린 서로를 껴안았지. 껴안은 채, 오빠가 의자를 뒤로 젖히고, 내 손을 오빠의 '거기'로 이끌었어. 오빠한테 키스하면서, 오빠가 원하는 대로, 오빠의 바지 지퍼를 내리고, 오빠의 '그것'을 꺼내 쓰다듬었지. 그러곤, 머리를 숙여 '그것'을 입 안으로 가져갔어.

그런 표정들 짓지 마. 이상한 거 아냐. 처음도 아니었고.

더럽지 않아. 정말 한 번도 더럽다고 생각한 적 없어. 물론, 처음엔 망설였지. 하지만, 이상하거나 더러웠기 때문이 아니었어. 어떻게 해야 할지 몰랐기 때문이었지. 사실, 손잡고 뽀뽀하고 키스하고 안고 만지고 사랑하는 것과 하나도 다를 게 없어. 너희들도 언젠가 알게 될 거야.

그래, 빨리 알 필요야 없겠지.

어쨌든, 오빠는 바로 많이 흥분했어. 여느 때와는 달랐지. 나 때문이라기보다는 아마 평소와는 다른 분위기 탓이었을 거야. 하지만, 그럴수록 나는 더욱 더 공을 들여, 오빠가 시키는 대로, 오빠의 '그것'을 사랑하고 또 사랑했지. 그리고 오빠의 '그것'을 사랑하면서, 나 또한 얼마나 간절히 오빠의 따뜻한 입김과 부드러운 손길이 조만간 나를 휘감길 바랐던지!

그렇게 한쪽으로 쏠리기 무섭게 다시 반대쪽으로 쏠리는 대관령의 굽이굽이 고갯길에서, 가끔은 우스워 죽겠다는 표정을 지으면서도, 우린 끝까지 사랑을 나눴지.

이해하기 힘들 거야. 미쳤단 생각이 드는 것도, 어쩌면 당연하고.

그런데, 오빠 우리와는 많이 달라. 급히 두 번을 사랑한 후, 곧바로 오빠가 잠에 빠져 든 날이었지. '쉽게 데리고 잘 수 있는 애, 고작 그게 전부인가.' 하는 전에 없이 서글픈 생각이 들더라. 모텔을 나오며, 불쑥 내가 우린 미쳤다고 했지. 그저 따뜻한 말 한마디를 기대했을 뿐인데, 오빠의 반응은 의외로 딱딱했어.

"미친 사람은 없어. 따라서 미친 말이나 미친 행동도 있을 수 없지. 그런데도 사람들이 어떤 말과 행동을 미쳤다고 부르는 건, 단지 그걸 보고 듣고 받아들이고 싶지 않기 때문이야. 특히, 자신의 선(善)을 과시하고 무지를 감추려 할 때는 더욱 그렇지.

예를 들어볼까. 만일 어떤 남자가 대통령을 죽이려고 결심했는데, 동기가 이웃 여자의 관심을 끌기 위한 것이었다고 하면, 사람들은 그를 간단히 미친놈이라고 치부하지. 거의 모든 정신과 의사들도 여기에 동의할 거야. 이처럼 인간은 미쳤다는 것을 통해, 자신이 선하다는 걸, 선하지 않은 인간의 행동은 인간의 자유의지와는 무관하다는 미신을 어렵지 않게 증명해 버리지."

익숙하진 않았지만, 시작할 때 오빠의 무표정이 섬뜩해서, 그리고 나중엔 오빠의 이상한 논리에 감염되어, 나는 아무 말 없이 오빠의 말을 듣고만 있었지.

"하지만, 범죄에서 미쳤다는 것, 즉 정신 질환과 연결시켜 인간성의 '절대선'을 확보한 이 도덕적 자위(自慰)는, 이건 '토마스 사스'란 의사의 의견인데, 까딱하면 현대사회를 오히려 의학의 대상으로, 그리고 인간을 책임 있고 자유로운 개인에서 통제되어야 할 어떤 존재로 바꾸고 말아.

생각해 봐. 한 사람의 살인 동기가 좀 유별나다고 해서, 그를 정신병자로 취급하는 게 어떤 결과를 부를지. 그것은, 때에 따라선, 처벌에 있어 아주 부당한 결과를 유발하기도 해. 이런 사례는 찾아보면 실제로 굉장히 많아. 아, 맞다. 「양들의 침묵」이나 「세븐」 같은 오래된 영화에도 나오잖아. 머리가 기막히게 좋은, 전혀 미치지 않은 미친놈."

준비한 듯 대응하는 오빠가 낯설기도 하고 무섭기도 해 갑자기 눈물이 쏟아졌지. 그때서야 놀란 오빠가 얼굴을 감싸 쥔 내 두 손을 풀며 미안하다고 사과했지. 자기를 사랑해 달라고 당당히 요구할 수 있는 건, 나를 사랑하고 있다는 바로 그 사실 때문이라고 덧붙이면서.

잘은 몰라도, 오빠는 이렇게 말하고 싶었던 것 같아. 우리 만남, 그중에서 오빠를 향해 간 내 행동은 내 마음이 스스로 선택한 결정이었고 스스로의 선택이었으니만큼 그 선택에 대해선 당연히 내가 책임을 져야 한다, 뭐, 이런 식으로 말이야. 훗, 너무 나쁘게만 해석했나?

하기야 전에도 오빤 이 비슷한 얘기를 한 적이 있었어. 그땐 그런 말을 하는 오빠가 그저 멋있게만 보였는데…….

후배가 내려온 그날, 오빨 처음 만난 날 말이야, 셋이서 호프집에 갔었어. 한데, 오빠가 이천에 내려와 있는 게 무슨 대단한 일인 양, 자리에 앉자마자 후배가 물었지.

"도대체 여기서 뭐해요? 형, 여기 연고도 없잖아요?"

"궁금할 것도 많다. 그냥 우연히 살게 된 거야. 정말이야. 3월

말인가, 상진이가 함께 이천 내려가 지낼 생각 없냐고 묻더라. 무슨 뚱딴지 같은 소리냐고 하니까, 작은아버지가 이천 사시는 데, 4월 중순경에 해외 주재원으로 나가시게 됐다고, 가족이라 고는 작은어머니 한 분뿐이고, 또 같이 나가실 테니, 자기 더러 한 2년 조용히 공부도 하면서 집도 좀 보라고 한다는 거야. 수고 비 조로 책 사 볼 정도의 용돈은 주겠다고 하시고. 마침 사는 것 도 갑갑하고, 한편으로 이제는 조금 진중해질 나이도 된 것 같 아, 딱히 뭘 하려는 계획은 없었지만, 그저 마음이라도 다잡아 볼 요량으로 내려왔지."

"형을 만나면 분명 즐겁고 재밌고 배우는 것도 많은데, 어쩔 때 보면 형의 다른 삶의 방식들, 술이나 여자 같은 거 말이야, 그걸 보면 이건 또 아닌데 했거든요. 솔직히 좀 혼란스러웠어요. 늘 그랬죠. 그런데, 이제 형 자신도 그걸 느끼는 건가요?"

밑도 끝도 없는 후배의 물음이 기습적이다 싶었던지, 오빠 잠 시 가만히 후배를 바라보기만 했어. 하지만, 곧 엷은 미소를 띠 며 천천히 입을 열었지.

"자식, 술도 안 먹고 벌써 취한 거야? 어쨌건, 물었으니 답해 야겠지. 엉뚱하게 들릴지 모르지만, 이런 경우를 한번 상상해 보자.

특정 분야에서 자타가 공인하는 권위자 '에이(A)'가 있어. 어 느 날, 그는 모종의 사건과 관련해 법원으로부터 감정(鑑定)을 의뢰받지. 그래서 그는 자신이 알고 있는 모든 전문 지식을 총 동원해 성실하게 조사하고, 이를 토대로 의견을 밝혀. 그런데, 그의 견해대로라면 불리하게 될 상대방 측이, 탈세나 미성년자 간음 같은 그의 사회적 허물을 들춰 법정에서 이를 까발리자,

그의 증언들은, 내용의 진정성에 상관없이, 순식간에 배심원들에 의해 외면당해 버리지.

우리의 법 현실과는 거리가 있는 영미 배심원 제도의 잘잘못을 가리자는 게 아냐. 우리 실생활에서도 빈번히 일어나는 이와 같은 태도들을 과연 옳다고 할 수 있는지 묻는 거지."

"하나의 행위를 갖고 섣불리 한 사람을 평가해선 안 된다, 뭐, 그런 건가요?"

계속 둘이서만 얘기하는 게 샘도 나고, 꿔다 놓은 보릿자루처럼 멍청히 앉아 있는 것도 모양이 우습고 해, 아무 말이라도 해야 했지.

"대충은요."

의외다 싶었는지 살짝 나를 보고 웃고, 오빠 다시 후배를 향해 말을 이어 갔지.

"왜, 예전에도 가끔 말했던 것 같은데, 내 판단의 기초는 사회가 만든 틀이 아니라, 단연코 특정된 한 개인이야. 보다 미시적으로는 개인의 개별적 행동이고. 사회적 존재일 수밖에 없는 개인이 자유로워 봐야 얼마나 자유로울 수 있냐 하는 문제를 일단 별론(別論)으로 한다면, 스스로 행한 모든 행위에 대해서는 마땅히 그 개인이 책임을 져야 해. 다만, 책임의 범위는 행한 행위로 제한돼야지, 개인의 전체 삶으로까지 확장돼선 안 돼.

특히 한 사회가 자유로운 사회인지 아닌지를 구분하는 본질적인 기준이, 단지 사회 안에 존재하는 규율 수(數)의 많고 적음이 아니라, 누가 그 규율들을 만들었느냐 하는 점에 있다고 한다면, 이는 더더욱 분명해지지."

이런 말을 하는 오빠의 얼굴은, 말을 높이는 오빠한테 "나이

도 제가 한참 어린데, 오빠, 편하게 그냥 말씀 놓으세요."라고
했더니, "야, 이 자식아, 네 여자 어떻게 할까 봐, 그새 벌써 내
얘기 다 한 거냐?" 하며 바로 맞받아치던, 조금 전까지의 장난
기 많은 그런 얼굴이 아니었어. 진지한 열의 같은 게 넘쳤지. 적
어도 나한텐 그렇게 보였어. 하지만, 약간은 넋이 나간 나와 달
리, 후배는 고개를 갸웃거렸지.

"지극히 개인적인 행실에 대한 변명치고는 너무 거창하게 들
리는데요. 나는 단지 이 칩거(蟄居)가 가져올 형의 변화된 모습
들을 기대했던 건데⋯⋯."

"하하, 그렇다고 네가 지적한 일들에 대해, 이건 잘한 짓이고
저건 어쩔 수 없었다고 변명하려는 건 아냐. 어쨌든, 잘못은 잘
못이니까. 나도 알아. 그리고 그것들 때문에 네가 혼란스러워했
다면, 그 역시 전적으로 내 잘못이지, 네 탓은 아냐. 그러나 너
를 좋아하는 형으로서 한 가지만 부탁하자. 네가 싫어하는 것들
을 통해 형을 바라보진 마라. 방금 말했듯, 그게 형의 전부는 아
니니깐."

한순간 어색한 침묵이 흘렀지. 하지만, 그런 자리가 으레 그
렇듯, 화제는 곧 가볍고 즐거운 것으로 바뀌었어. 그리고 때마
침 후배가 화장실을 가기에, '이제 저한테도 관심을 좀 보여 주
세요.'란 뜻으로 오빠를 빤히 쳐다봤지. 당황했는지, 오빠가 어
색하게 웃더라. 그 모습이 어찌나 귀엽던지⋯⋯.

그건 그렇고, 얘들아, 사는 건 의지가 아니라 우연으로 이루
어진 운명이 아닐까? 실은 나, 이미 오빠를 알고 있었거든. 좀
더 정확히 말하면, 본 적이 있었지.

화창하던 5월이었어. 숙녀복 할인 판매 광고를 보고, 학교 갔다 오는 길에 미란다호텔 행사장에 들렀지. 입을 옷이 없다고 며칠 투덜댔더니, 한번 갔다 와 보라고 엄마가 그러셨거든. 한데, 한 시간을 넘게 꼼꼼히 살폈어도 마음에 드는 옷이 없었어.

'올 여름에도 새 옷 입긴 다 틀렸나 보다.'라고 생각하며 빈손으로 1층 로비를 나섰어. 근데, 장마철도 아닌 시절에 느닷없이 소나기가 쏟아지는 거야. 한심한 기분이 들었지만, 비를 맞고 갈 순 없어, 하는 수 없이 엘리베이터 옆 의자로 가 앉았지.

한 3~4분이나 지났을까, 비가 그치길 기다리며 창밖을 바라보는 것도 지겨워, 멍하니 홀 안을 둘러보았어. 앳돼 보이는 남자 하나가 뭐에 기분이 상했는지 얼굴을 잔뜩 찌푸리고, 엘리베이터 앞에 서 있는 삼십대 중반의 여자 쪽으로 다가왔지.

"에이 씨, 5만 원이라 써 붙였으면, 5만 원만 받으면 되지, 자식들이 뭐 이렇게 말이 많아. 그게 있잖아, 보증금 명목으로 2만 원 더 내래. 방 물건 안 쓰면 나갈 때 되돌려 준다나. 기분 영 더럽네. 그냥 다른 데 갈까?"

"호텔은 원래 다 그래. 그러게 내가 넉넉히 가져가라고 했잖아. 자아, 그만 화내고 이거 갖고 어서 갔다 오세요. 나는 여기서 얌전히 우리 도련님 기다리고 있을 테니."

"알았어. 그럼 기다려. 빨리 갔다 올게."

아이 같은 웃음을 살짝 짓고, 여자가 건네주는 돈을 받아 남자는 다시 카운터로 뛰어갔지.

솔직히 말해, 나는 무슨 일이 일어나고 있는지 그 순간엔 얼른 이해가 가지 않았어. 둘의 생김새가 보통 연상되는 그런 칙칙한 모습과는 전혀 어울리지 않았거든. 거기다, 남자는 잘해야 나보다 한두 살 위로 보였고.

그러나 남자가 돌아와 여자의 팔짱을 끼고 엘리베이터를 타는 걸 보곤, 가슴 한구석이 서늘해졌지. 집으로 오는 내내, 그리고 그 후로도 얼마 동안은 우울하게 떠오르던 인상이었어.

짐작했겠지만, 그 남자가 바로 오빠였지.

처음 봤을 때부터 알았던 건 아니었어. 집에 돌아와 침대에 누웠을 때에야 비로소 깨달았지. 오빠의 미소가 왜 그토록 낯이 익었었는지를 말이야.

그날 밤, 잠을 이룰 수가 없었어. 창밖이 희뿌예질 무렵엔 눈물도 좀 났고. 그런데도 알 수 없는 건, 오빠가 하나도, 정말 하나도 밉지 않았다는 거야. 도리어, 한 번만 더 오빠를 만났으면 하는 마음만 자꾸 강하게 들었지.

여하튼 다음 날 오전, 밤새도록 끙끙대던 내가, "지금 재혁이 놈 목욕 좀 시키려고 시내에 나왔거든요. 서울 촌놈 모처럼 이천까지 내려왔는데, 온천에서 때 빼고 광이라도 내줘야죠. 넉넉 잡아 1시 어때요? 일단 패스트푸드점에서 만나 어디 좋은 데로 점심 먹으러 가요, 괜찮죠?"라는 쾌활한 오빠의 전화를 받고, 그 순간 오빠에 대해 아무런 반감이나 저항 없이 순순히 오빠의 말을 받아들인 것도 그래서였을 거야.

글쎄, 미련한 얘기지만, 왜 그랬는지 정말 모르겠어.

누가 그랬지. 아마, 연애란 광기와 흡사한 감정이라고. 그래, 어쩌면, 난 그 감정의 물결에 휩쓸려 버렸는지도 몰라. 사실, 그렇잖아, 오빠로부터 아무런 신호도 받지 못한 상황에서, 아니, 신호가 왔다 하더라도 오히려 더욱 더 단단히 빗장을 채웠어야 할 상황에서, 스스로 먼저 그렇게 쉽게 마음의 문을 열었으니.

아니면, 왜, 무섭거나 징그러운 거와 맞닥뜨리게 되면, 보지 않으려고 애를 쓰면서도 자신도 모르게 자꾸만 그쪽으로 고개를 돌리잖아. 그것처럼, 그때 벌써 난 오빠에게 다가가지 않으면 견딜 수 없게 돼 버린 건지도 모르지. 만일 그것도 아니라면, 지금 내가 매달리고 싶은 것처럼, 나로선 도저히 어찌할 수 없는, 그 어떤 힘의 작용 때문이었는지도 모르고.

돌이켜 보면, 우리 사랑은 처음부터 오빠를 향한 나의 이상하다 싶을 정도의 강한 집착과, 내 몸에 대한 오빠의 탐닉이 만들어 낸, 뒤틀리고 삐뚤어진 감정이었는지도 몰라.

오빠를 만난 며칠 뒤, 그 후배 말이야, 그와 통화할 때, 오빠한테 결혼할 여자가 있다는 소릴 듣고서도, 내가 별 망설임 없이 오빠에게 연락을 하고, 또 오빠와 사랑을 나눌 수 있었던 것도, 내가 오빠의 처음은 아니지만, 오빠에게 장래를 약속한 사람이 이미 있지만, 그 순간만큼은 내가 오직 오빠의 여자고, 오빠 역시 나만의 남자라는, 그런 병든 집착이 가슴속에 자리했기 때문이었을 테니까.

많이 놀랐구나. 하기야, 쉽게 생각할 수 있는 일은 아니지. 그럼, 이 말부터 했어야 했는데 그랬다. 실은, 오늘 오빠 결혼했어.

지원이와 내가 늦게 온 건 그 때문이지. 오빠 결혼식에 갔다 왔거든. 예쁘더라, 오빠도, 오빠의 그 언니도. 바보 같은 짓이란 건 알았지만, 그래도 가 보고 싶었어. 그런데, 잘 갔다 온 것 같아. 오늘 내가 이런 얘길 할 수 있었던 건, 오빠 결혼식에 다녀왔기 때문 같거든.

나도, 그런 생각 안 해 본 건 아냐. 사실, 나야 아직 어리고, 첫사랑에 눈이 멀어 한순간 제정신이 아니었다고 하면 그만이

지. 그러나 오빠 결혼할 사람을 두고, 결혼식 날짜까지 잡고, 다른 여자를 만나고, 게다가 그 여자와 사랑을 나눌 수 있다는 게, 오빠를 사랑하면 할수록 잘 이해되지 않았으니까. 그렇다고, 오빠가 나 때문에 그 언니와 헤어질 생각을 했느냐 하면, 그건 또 아닌 것 같거든.

하지만, 뭐랄까, 말로 정확히 표현할 순 없지만, 처음부터 난 오빠가 어떤 사람인지 알았던 것 같아. 나중에, 오빠에 대해 욕심이 생기면서부터 오빠가 이해 안 됐지만, 처음 만난 그 순간부터 오늘까지, 오빤 오빠 식대로, 또 난 내 식대로 사랑을 했던 거야.

물론, 아무렇지도 않다는 얘긴 아냐. 실은, 많이 속상해. 오빠를 만나 오빠와 사랑하게 된 걸 후회하지 않는다고, 그게 마음 편하다는 소린 아니니까. 솔직히 말하면, 오빠를 만나는 내내 가슴 한구석 어딘가에 뭔가가 걸린 듯, 언제나 답답하고 갑갑하고 그랬어.

내가 창피함을 무릅쓰고, 나도 뭐가 부끄럽고 뭐가 부끄럽지 않은 일인지 정돈 구분할 줄 알거든. 뭐, 이렇게 말하면, 부끄러운 것을 아는 애가 잘도 그랬다고 빈정거릴지도 모르지만. 아무튼, 내가 창피함을 무릅쓰고 이런 얘길 하는 건, 답답하게 혼자 속 끓이지 말고 가슴속에 있는 걸 모두 훌훌 털어놓다 보면, 뭔가 해결의 실마리를 찾을 수 있을 거라고 생각했기 때문이야. 오늘 지원이가 의도적으로 이런 자릴 마련한 것도 다 그런 뜻에서였을 거고.

……어쨌든, 이젠 오빠를 놔줄 수 있을 것 같다. 두려움은 지난 일 때문이 아니라, 앞으로 다가올 불행 때문에 생기는 거라

는데, 지금 나, 그 앞으로가 그렇게 두렵지 않거든.

　후훗, 이럴 때조차 오빨 떠올리면, 아직도 정신 못 차렸다고 나무라겠지만, 얘길 하다 보니 문득 이 말이 생각난다. 힘들 때면, 자신을 격려하기 위해 무슨 주문처럼 외운다던 구절이었지.

　"나는 조금씩 깨닫기 시작했습니다. 계속되는 자기 고민의 토로는, 자신만이 진실로 지옥에 있다는 뱉어 냄은, 지금 내가 겪는 가장 혹독한 지옥이라는 것을 말입니다. 그래서 다시금 나는 일상에 푹 젖으려고 합니다. 대신, 그 폭만큼은 얼마간 넓히도록 해야겠지요. 앞으로 할 이 작은 행동이, 언젠가는 내게 커다란 도움을 줄 거란 즐거운 상상을 한번 해 봅니다384."

　나 역시 그런 상상과 함께, 어젯밤 마지막 통화할 때, 오빠가 했던 말을 곰곰이 되씹어 보게 돼.

　"어느 한 시점에서의 선택이, 항상 뒷날 다른 시점에서 최선의 결과로 이어지는 건 아냐. 따라서 우리에게 남은 건, 다시 다른 한 시점에서의 또 다른 선택이겠지."

1판 1쇄 찍음 2008년 7월 18일
1판 1쇄 펴냄 2008년 7월 25일

지은이 | 하일지, 이순원, 구효서, 최용운, 박상우, 박병로, 심상대, 엄창석,
　　　　강홍구, 박석근, 해이수, 도태우, 황광수, 권성기
발행인 | 박근섭, 박상준
편집인 | 장은수
펴낸곳 | (주)민음사
출판등록 1966. 5. 19. (제16-490호)
서울시 강남구 신사동 506 강남출판문화센터 5층 (135-887)
대표전화 515-2000 팩시밀리 515-2007
www.minumsa.com

값 12,000원

ⓒ 박석근, 2008. Printed in Seoul, Korea

ISBN 978-89-374-8190-1　　03810